BASTEI
LÜBBE

Beverly Lowry

Zum Tode verurteilt, zum Leben verdammt

Ins Deutsche übertragen
von Kristian Lutze

TRUE CRIME
Der wahre Kriminalfall

BASTEI
LÜBBE

BASTEI-LÜBBE-TASCHENBUCH
Band 13 428

Erste Auflage:
Januar 1993
Zweite Auflage:
März 1993

Deutsche Lizenzausgabe 1993
by Bastei-Verlag Gustav H. Lübbe
GmbH & Co., Bergisch Gladbach
Originaltitel: Crossed Over
Lektorat: René Strien
Titelfoto: Michael Ian Kaye
Umschlaggestaltung:
Quadro Grafik, Bensberg
Satz: KCS GmbH,
Buchholz/Hamburg
Druck und Verarbeitung:
Brodard & Taupin, La Flèche,
Frankreich
Printed in France

ISBN 3-404-13428-1

Für Karla: ein langes Leben

Ich weiß, daß ich es getan habe, aber ich weiß nicht, was ich getan habe.

KARLA FAYE TUCKER, 1984

Schnappschüsse

Ich habe immer mit Blick auf eine leere, weiße Wand gearbeitet. Nichts, was man betrachten könnte, keine Sicht ins Grüne, keine verlockende Ablenkung durch ein Kunstwerk. Der Verstand bereist sich selbst, bereist das Land der Phantasie, wohin er, wenn man Romane schreibt, wenn man sich etwas ausdenkt – zumindest habe ich das immer geglaubt – auch gehört.

Wenn ich jetzt aufblicke, sehe ich nur Karla Faye: Schnappschüsse, Polaroids, verschwommene Schwarzweiß-Abzüge von kopierten Negativen; Bilder von Karla mit Kari, Kari mit ihrem Vater, Karla und Danny, Kari und Douglas, Karla mit ihren Hunden, Karla mit Kari und einem anzüglich grinsenden Freier, alle drei mit Scherzartikel-Hüten auf einer Silvester-Party, Babyphotos, Strandbilder, Karla, wie sie Spagat macht. Karla und die, die ihr über die Jahre wichtig waren, ihre Sippe, vom Kleinkindalter bis in die Gegenwart, im Todestrakt des Gefängnisses in weißer Häftlingskleidung mit ihrem neuen Clan.

In der Mitte, zwischen all den Schnappschüssen, hängt der Artikel des Houston Chronicle, der erstmals meine Aufmerksamkeit auf die Geschichte lenkte, der sich wie ein Haken in mein Herz bohrte und mich nicht mehr losließ, das Farbphoto von Karla Faye, den Kopf geneigt, die Hand am Kinn und dieser Blick. Manchmal kommen Menschen in mein Arbeitszimmer, sehen die Schnappschüsse, wollen wissen, wer das Mädchen ist. Wenn sie die Schlagzeile der Zeitung gelesen haben, wollen sie wissen, was um alles in der Welt die Bilder einer verurteilten Mörderin an meiner Wand zu suchen haben.

Wenn sie aus Houston stammen, erinnern sie sich vielleicht noch an den Prozeß. »Die Geschichte mit der Spitzhacke und den Orgasmen«, erinnerte sich eine Freundin mit Schaudern. »So was vergißt man nicht.«

Karla Faye hat die Bilder geschickt, natürlich. Sie ist unbedingt ein Mädchen, das sich gerne fotografieren läßt – eine kleine Schauspielerin, wie sie freimütig zugibt, lachend und ihren wunderschönen, dunklen Kopf in den Nacken werfend. Sie verfügt außerdem über das beneidenswerte Talent, die Linse der auf ihr ruhenden Kamera zum Näherkommen zu ermutigen und dann einfach nur dazusitzen und zu lächeln. Deswegen sehen Schnappschüsse von ihr aus wie Abbilder ihres wirklichen *Ichs* und nicht wie ein steifes, ausgestopftes Faksimile.

Wenn ich so hier sitze und arbeite, blicke ich von Zeit zu Zeit auf und verliere mich darin. Betrachte Frisuren, Ohrringe, Gesichtsausdrücke, und es dauert nicht lange, und ich bin in meinem Kopf unterwegs, und dann . . . weg. An anderen Orten, zu längst vergessenen Zeiten. Ich habe die Schnappschüsse chronologisch und nach Personen geordnet, als ob sie ein zu schreibender Roman wären: Mama Carolyn mit siebzehn, achtzehn, achtunddreißig; Karla als glückliches Baby, als Springins-Feld mit fünf, als Griesgram mit vierzehn . . .

So lasse ich mich hineinziehen und treiben, als wäre ich selbst am Ursprung der Geschichte und nicht nur jemand, der eher wie ein Buchhalter den trockenen Papierkram erledigt, das Auflisten, das Durchwühlen und Zusammenstellen. Ich fange an, mir die Situation vorzustellen, die Erzählung zu ordnen, versuche mir auszumalen, was sich ereignete, bevor der Auslöser klickte, und was danach geschah, wer das Bild arrangiert hat, wer darauf bestand, vorher schnell noch einmal mit einem Kamm durch ihr Haar zu fahren, wer es war, der sagte: »Okay, und jetzt alle mal lächeln.«

Ich versuche Verbindungen zu knüpfen; versuche, das, was die Fotos mir mitteilen, zusammenzubringen mit dem, was ich gehört und gelesen habe, so daß die eingefangenen Bilder die zu erzählende Geschichte erleuchten oder sie doch zumindest plausibel klingen lassen. Ich versuche, alles ins rechte Bild zu rücken, bis sich vielleicht – möglicherweise – einiges zusammenfügt und sogar, möglicherweise, irgendeinen Sinn ergibt.

Nicht nur Karlas Leben und warum sie getan hat, was sie getan hat; auch meins. Warum mich ihres so fasziniert, warum ich ständig diese Briefe in die Todeszelle schreibe, all die Bücher und Bilder und Zeitschriften-Abos schicke, die monatlichen Fahrten in die Strafanstalt unternehme; warum ich mein Herz an ein Mädchen verloren habe, das nicht nur zugegeben hat, zwei Menschen ermordet zu haben, sondern nach der Tat auch seelenruhig nach Hause gegangen ist und vor ihrer Krawall-Sippschaft damit angegeben hat.

Früher wurde, wenn man eine Wassermelone kaufte, immer ein Stück herausgeschnitten, um zu zeigen, wie rot das Fruchtfleisch war. Es gab ein paar Jahre, in denen es mir vorkam, als würde ich nur Särge aussuchen und Beerdigungen schmeißen. Meine Mutter starb; mein Sohn kam ums Leben; meinem Vater wurden beide Beine abgenommen, er lebte noch zwei Jahre und starb dann. Der Tod der Eltern ist nie leicht, aber der Tod des eigenen Kindes, rein und schlicht, läßt einen wie betäubt zurück . . . manchmal, so scheint es, für immer.

Als Peter starb, fühlte ich mich, als hätte jemand ein Stück aus mir herausgeschnitten wie aus einer Wassermelone, ungefähr in der Mitte, wo das Fleisch am rötesten und zartesten ist. »Wie wär's«, schien das Leben zu sagen. »Probier doch mal.« Ich wußte, daß der Schnitt für immer bleiben würde. Vielleicht heilte er irgendwann so weit, daß man das herausgeschnittene Stück wieder einfügen konnte, aber die Narbe würde nie mehr verheilen.

Das ist jetzt sechs Jahre her. Ich hoffe, daß ich mir inzwischen einen guten Platz in diesem Drama verdient habe; daß ich genug Überblick habe, um zu sortieren, was wohin gehört und welche Lücke diese liebende Kind-Frau Karla Faye Tucker – diese, zur selben Zeit, verurteilte Mörderin – genau zu jenem Zeitpunkt in meinem Leben zu füllen begonnen hat und wer genau sie für mich geworden ist, weit weg in der Todeszelle in ihrer weißen Gefängnis-Kluft und mit ihren Schulbüchern und selbstgebastelten Puppen, ihren Trimmspaziergängen und Aerobic-Übungen.

Auf der Suche nach Gründen komme ich ins Rutschen. Eine gute Schriftstellerin macht sich die Gründe zunutze, aber sie grübelt ihnen nicht nach oder schreibt sie auf – wenn sie wirklich gut ist. Es geht nicht um Gründe; trotzdem jagen wir ihnen nach, wir modernen Dechiffrierer der eigenen Erfahrung. Wie ein Hund der Fährte spüren wir ihnen nach.

Eine Verbindung, derer ich mir heute sicher bin, ist die: *Wenn Peter nicht ums Leben gekommen wäre, hätte ich mich nie auf den Weg gemacht, Karla Faye zu besuchen.*

Das war mir damals noch nicht klar, damals durchdachte ich Dinge nicht, machte keinen Versuch, meinem Besuch in der Todeszelle einen Sinn zu verleihen.

Ich hatte keine Ahnung, worauf ich mich einließ, als ich ging. Ich ging einfach.

Das war vor zwei Jahren. Und jetzt?

Es geht um Karla Fayes Leben. Ich bin die andere, ihre Freundin, Biographin; das große erzählende Nennt-Mich-Ishmael, höre zu, bin aufmerksam, versuche herauszufinden – für sie, für mich, für die niedergeschriebene Geschichte, die die Zeit aus all dem machen wird – was genau es ist, was Karla wirklich *getan* hat.

Was die Zukunft angeht, fällt mir nur ein *Halte durch* ein. Ihr beistehen. Ausleben, worauf ich mich freiwillig eingelassen habe, bis, ich weiß auch nicht... geschieht, was immer geschieht.

Dezember 1990

Der Weg dorthin

Wir standen total unter Strom und wollten einfach irgendwas machen . . . Wir sind rüber, um uns den Laden mal anzusehen, und irgendwas in uns hat gesagt: Los.

Karla Faye Tucker, 1983

Wir sind total ausgerastet. Ich war an dem Punkt von yeah, okay, was auch immer.

Jimmy Leibrant, 1984

Ich bin nicht zum Mörder erzogen worden.

Daniel Garrett, 1989

Mountain View

Vom Wagen aus gesehen ist Mountain View gar kein so schrecklicher Ort. Überhaupt nicht wie die Alcatraz/Sing-Sing-Vorstellung von einem Gefängnis – dieser kalte, graue, verlassene Felsen, wie ihn sich unsere Kino-überfütterte Fantasie ausmalt. Die Anstalt Mountain View des texanischen Departments für Strafvollzug besteht aus flachen, einstöckigen roten Backsteingebäuden, Verbindungswegen, Bäumen, Blumenbeeten und gepflegten Rasenflächen. Amerikanische und texanische Flaggen flattern nebeneinander am Mast.

Nicht, daß man gleich einziehen möchte. Doppelte Gitterzäune mit Stacheldrahtkrone markieren das Gelände als strengste Sicherheitszone; mit bewaffneten Wärtern besetzte Wachtürme lassen einem den Atem stocken und jagen einem einen kalten Schauer über den Rücken – obwohl man doch schon vorher wußte, daß man sie dort antreffen würde. Als ich an jenem Tag auf dem Texas State Highway 36 fuhr, war ich in erster Linie dankbar, nicht dort eingesperrt zu sein. Die wenigen Bäume waren klein, verkrüppelte Eichen, Mesquitbäume und dürre Pappeln. Gefängnisse werden nicht auf saftigen Wiesen errichtet. Wie ein Strafvollzugsbeamter einmal zu mir meinte: »Ich weiß nicht, ob das Department für den Bau extra die übelsten Flecken dieser Erde aussucht, oder ob es sich bloß so ergibt.«

Jenseits des Highways 36, östlich von Mountain View – von wo aus man zwar karge, felsige Hügel, nicht jedoch die Berge sehen kann – liegt die weniger restriktive Anstalt Gatesville. Dort gibt es nur einfache Ketten und Stacheldrahtzäune.

Wärter mit Gewehren im Anschlag ritten die Hügel zu meiner Rechten herab und bewachten die einzeln hintereinander marschierenden, ausschließlich männlichen Häftlinge einer Arbeitseinheit. Die Insassen trugen eintöniges Weiß, die Wärter waren in Grau gekleidet. Essenszeit; in der Gefängnissprache ›Achille‹ genannt.

Auf dem Weg von zu Hause nach Gatesville, eine Fahrt von gut zweieinhalb Stunden, hatte ich abwechselnd Maria Callas- und Aaron Neville-Kassetten gehört. Im Schatten der Strafanstalt schaltete ich die Musik ab.

Obwohl es morgens recht kühl gewesen war, war die Temperatur im Laufe des Tages schnell angestiegen, wie man es im Frühling in Texas oft erlebt. In diesem Teil des Staates kennt die Sonne, wenn sie erst einmal ihre Kräfte gesammelt hat, keine Gnade mehr. Ich hatte die Fenster geschlossen und die Lüftung eingeschaltet. Auf der Fahrt nach Gatesville hatte ich mir schon meine Jacke und meinen Pullover ausgezogen und saß jetzt in weiten Hosen und einer Baumwollbluse am Steuer.

Was will ich hier?

Das fragte ich mich immer wieder.

Ich bin fünfzig Jahre alt und Schriftstellerin; ich könnte im gemütlichen Nest meines Arbeitszimmers sitzen und mir Sachen ausdenken. Was will ich hier?

Antworten schossen mir durch den Kopf; billige, glatte Erklärungsversuche, denen ich nicht traute.

Frag nicht, klang vernünftiger. *Analysier nicht. Tu's einfach.*

In meinem Rückspiegel überquerte die Arbeitskolonne unter den wachsamen Augen der berittenen Wärter die Straße. Die Beamtin am Telefon war sehr herzlich gewesen, ihre Wegbeschreibungen unmißverständlich, so daß ich keine Probleme hatte, Mountain View zu finden. Ich hatte noch eine Stunde Zeit. Da, wo sich der neue Highway 36 mit der alten Landstraße kreuzt, bog ich rechts ab. Die Einfahrt nach Mountain View lag direkt vor mir. Männer, die damit beschäftigt waren, die Zufahrt auszubessern, winkten mir zu. Ich winkte zurück, wendete den Wagen und nahm die Business Route 36 ins Zentrum von Gatesville.

Als ich Freunden gegenüber erstmals erwähnte, daß ich diese Fahrt erwog, waren alle dagegen. Ich versuchte, ihnen zu erklären, daß ich Karla Faye Tucker nicht rausholen, ja nicht einmal ihr Leben retten wollte. Karla hatte ihre Verurteilung keinem hastig durchgepeitschten Verfahren zu verdanken; im Zeugenstand hatte sie zugegeben, an zwei unvorstellbar grausamen Morden beteiligt gewesen zu sein. Sie hatte getan, was man ihr vorwarf.

»Aber schaut sie euch an«, sagte ich zu meinen skeptischen Freunden. Und ich zeigte ihnen das Foto aus der Zeitung.

Meine Freunde warfen nur einen kurzen Blick auf das Bild. Ich wußte, was sie dachten: Wenn ich eine gerechte Sache brauchte, gab es dort draußen jede Menge Menschen, die mein Mitgefühl mehr verdient hatten als eine Mörderin. Ohne es ausdrücklich zu sagen, drängten mich meine Freunde, die Idee fallen zu lassen. Sie meinten es gut. Sie hatten mir in schlimmen Zeiten beigestanden und wollten jetzt, wo ich einigermaßen wieder auf die Füße gekommen war, nicht, daß ich zu einer erneuten Reise durch die Finsternis aufbrach. Schließlich fand ich eine Lösung für das Problem. Ich zeigte keinem mehr das Foto. Aber meine Gefühle veränderten sich nicht. Ich war von ihr fasziniert, das war alles. Von ihrem Aussehen, ihrer Geschichte, von Extremen, zu denen Leidenschaft, Umstände und Drogen sie getrieben hatten.

Fast drei Jahre vergingen zwischen jenem Tag, an dem ich die Geschichte zum ersten Mal in der Zeitung las, und jenem 9. März 1989, an dem ich die Callas- und Neville-Cassetten einpackte und endlich losfuhr.

Städte wie Gatesville gibt es überall in Texas – eine aufs freie Feld gebaute Kreisstadt mit einem Gerichtsgebäude im Zentrum, drumherum kleine Läden, ein Billard-Salon ein Maklerbüro und ein Café mit einem ›All-you-can-eat‹-Lunch-Buffet. Das Gerichtsgebäude von Coryell Country ist herausgeputzt wie ein Hochzeitskuchen, aber die Läden und Büros drumherum haben karge und schlichte Fassaden, angestrengt sauber, als ob sie ihr Leben lang von Wind, Sonne und protestantischem – hauptsächlich baptistischem – Arbeitsethos blankgeschrubbt worden wären. Auf einem ehemaligen Holzlager steht ein Steingebäude, in dem das Stadt-Museum untergebracht ist, außer an Wochenenden geschlossen. Das Museum wird von der historischen Gesellschaft betrieben, die in der Hauptsache aus Damen besteht, die zu viel Energie, Zeit und Intelligenz übrig haben.

Im Lebensmittelladen kaufte ich mir ein Mittagessen – eine Diät-Cola und eine Riesentüte Fritos – und fuhr dann auf der Business Route 36 zurück zum Gefängnis. Schon ein paar Meilen vorher markierten die ›Kein Autostop‹ und ›Anhalter mitnehmen verboten‹-Schilder die Grenzen des Gefängnisgeländes. Zu meiner Rechten lag die Anstalt Gatesville. Vor mir erhob sich Mountain View.

Ich bremste.

Jeder, der ein Gefängnis besucht, sagt das gleiche. »Ich wußte, was mich erwartete. Ich hatte es in Filmen gesehen und war innerlich darauf vorbereitet. Trotzdem . . .«

Es hat mit der Erinnerung an Träume zu tun, diese Konfrontation mit der Alptraum-Realität, eingesperrt zu sein, die erschreckende Vorstellung, wie leicht man die dünne Linie zur Gesetzlosigkeit überschreiten könnte und dann, dieser Ort hinter Zäunen.

Es hat damit zu tun, daß man es nicht sehen will – Gefängnisse, Gefangene –, weil man über diese Menschen, wenn sie erst einmal eingesperrt sind, nicht mehr nachdenken will.

Entlang der Straße zu meiner Rechten der Gitterzaun mit einer Krone aus sechsfachem Stacheldraht, der sich bis zur Kreuzung erstreckt. Circa alle fünfzig Meter wird der Zaun von einem Wachturm unterbrochen. In einem Turm saß ein Wärter, die Füße auf dem Schreibtisch, mit einem tragbaren Telefon in der Hand. Im nächsten stand ein Wärter und blickte auf den Gefängnishof und die Straße hinab.

Ich fragte mich, ob sie von Turm zu Turm anriefen, um die Position meines Wagens durchzugeben.

Es gab keinen Grund für die Vermutung, daß sie es taten; ich fuhr langsam, hielt mich in meiner Spur, beachtete alle Verkehrsregeln. Dieser Job da oben auf den Türmen kam mir sehr einsam vor. Zu Dienstbeginn und -ende Stechkarte abstempeln. Kein Radio, keine Zeitung, kein Kumpel zum Schwatzen. Nur Wind, Sonne und die endlose Parade der Insassen, das Telefon und dieses Gewehr. Wenn es keinen Grund gab, es zu benutzen, könnte ein Wächter sich nicht im Laufe der Zeit einen ausdenken? Nur, um etwas zu tun zu haben?

Die Bilder von Karla Faye im *Houston Chronicle* waren Farbportraits auf der Titelseite gewesen, erstaunlich scharf für Zeitungsphotos. Karla Faye im Alter von sechsundzwanzig. Zunächst sah man vor allem die dunklen Augen, diese wallende Mähne; wenn man die Zeitung aufklappte, bekam man auf den Innenseiten den Rest von ihr zu sehen, eine hübsche junge Frau in weißer Häftlingskluft, den Kopf leicht geneigt, das Kinn auf die linke Hand gestützt. Ich wußte damals natürlich noch nicht, wer sie war, obwohl ich mich vage an den Prozeß erinnerte, eine dieser alltäglichen Horror-Stories, die man eigentlich haßt, von denen man aber nie genug kriegen kann. Wie alle anderen auch erinnerte ich mich vor allem an die Tatwaffe und ein paar aufsehenerregende Bemerkungen, die sie über Sex gemacht hatte.

Ein schmales Gesicht, hohe Wangenknochen, schwarzes Haar (eine lockige Strähne, die sich gelöst hatte, hing über ihrem linken Auge wie eine offene Klammer), weiches Lächeln, ein abgesplitterter Schneidezahn. Genau in der Mitte ihrer dunkelbraunen Augen hatte der Blitz der Kamera einen Widerschein hinterlassen, einen stecknadelkopfgroßen weißen Punkt. Der Punkt ließ sie verletzlich aussehen, als sei er das Tor zu ihren Gedanken.

Neben den Fotos prangte die Schlagzeile: IN DER TODESZELLE: SPITZHACKEN-MÖRDERIN FINDET EIN ›NEUES LEBEN‹.

Im Frühjahr 1986 las ich den Artikel im *Chronicle*, las die

Bildunterschriften, wandte mich wieder dem Foto zu, betrachtete es und las noch einmal den Artikel: eine junge Frau in der Todeszelle, ihr Rock'n Roll-Leben, das sie dorthin gebracht hatte, das grausame Verbrechen mit der alptraumhaften Waffe wie aus einem zweitklassigen Horror-Film, ihre heißen Kommentare über Sex und ihre nachfolgende Rehabilitation in der Strafanstalt.

Auch zwei Jahre nach ihrem Todesurteil schaffte es Karla Faye Tucker noch auf die Titelseite, und das hatte mehrere Gründe. Es lag zum einen an der Geschichte selbst, ihrer Biographie, ihrer Verurteilung zum Tode, der Tatsache, daß, egal wie sehr sich unser Denken gewandelt hat, eine Frau, die tötet, noch immer eine Sensation ist.

Heute begehen sehr viel mehr Frauen Verbrechen als früher. Mehr Frauen verkaufen Drogen, rauben, stehlen, brechen ein, verkaufen ihre Kinder, kommen ins Gefängnis. Aber es sind immer noch Männer, die die gewalttätigen Verbrechen begehen, und zwar im Verhältnis neun zu eins, weswegen es auch Männer sind, die zum Tode verurteilt werden, Männer, die ihr Leben absitzen, zwischengelagert in den verschiedensten Todestrakten, wo sie darauf warten, zu sterben oder nicht. Im Frühjahr 1990 gab es in Texas vier Frauen im Todestrakt von Gatesville gegenüber zweihundertachtundsiebzig Männern im Block 1 der Anstalt Ellis in Huntsville. Im ganzen Land gab es zweitausendeinhundertfünfundachtzig Häftlinge, die in Todeszellen auf die Vollstreckung ihrer Urteile warteten, davon lediglich fünfundzwanzig Frauen. Seit 1976 sind einhundertfünfzehn Männer hingerichtet worden, aber nur eine Frau, Velma Barfield in North Carolina.

Karla Faye steigert die Auflagen, weil sie ein wandelnder Widerspruch ist. Sie ist attraktiv, fotogen und weiß zu posieren; das Verbrechen, das sie begangen hat, ist geradezu unvorstellbar, trotzdem hat sie es gestanden und trägt jetzt diesen Ausdruck von Nettigkeit und Spontaneität zur Schau, so als ob sie für die Kamera ganz *präsent* wäre, ohne jedes Geheimnis.

Man liest Karlas Lebensgeschichte, sieht ihr Foto und denkt, wenn die Umstände anders gewesen wären ... Man wünscht sich, daß Menschen sich ändern, daß ein Geständnis hilft, daß es Hoffnung gibt.

Sie sieht so gelassen aus. In dem Zustand, in dem ich damals war, habe ich sie darum beneidet. Ich fragte mich, ob man ins Gefängnis gehen mußte, um seine Ruhe wiederzufinden.

Für das Foto im *Chronicle* hatte Karla ihr Kinn in die Hand gestützt und den Kopf leicht geneigt – nicht *in* ihre Hand *hinein*, sondern ein wenig abgewandt. Ihr Kinn ruht in ihrer Handfläche, ihr Ringfinger und der kleine Finger bedecken einen Teil der unteren Gesichtshälfte, Mittel- und Zeigefinger sind am Kiefer entlang bis zum Ohrläppchen ausgestreckt. Ihre Fingernägel sind lang und sorgfältig gepflegt, sie trägt eine goldene Uhr und einen Ring, und blickt – scheinbar – völlig zwanglos und ohne jedes Unbehagen in die Kamera. Im Bilduntertext wird sie mit der Bemerkung zitiert, sie sei glücklich. Sie sieht glücklich aus. Sie sieht – so reden wir heute nicht mehr, aber es war das erste Wort, das mir in den Sinn kam, als ich das Foto sah – ›gut‹ aus. Und doch hat dieselbe Person zugegeben, Taten begangen zu haben, die man – wenn wir noch so reden würden – wohl ›böse‹ nennen müßte.

Über einem in den Hauptartikel eingeklinkten Kasten prangt die Schlagzeile: »Die Verkörperung des Bösen?« In dem Artikel wird einer der Männer, die in Karlas Fall ermittelt hatten, mit der Bemerkung zitiert, daß er Karla, als er sie 1983 kurz nach ihrer Verhaftung zum ersten Mal sah, auf keinen Fall den Rücken zuwenden wollte. »Ihre ganze Haltung, ihr Aussehen und alles an ihr war wie die Verkörperung des Bösen.«

Ich versuchte mir diese attraktive junge Frau als Inkarnation des Bösen vorzustellen und las den Artikel wieder und wieder. Ich dachte, daß ich vielleicht einmal über dieses Mädchen schreiben wollte, dessen Leben in solch extremen Kurven von Dunkelheit bis Hoffnung verlaufen war. Aber mehr noch, als über sie zu schreiben, wollte ich sie treffen. Sie einfach anschauen.

Das war 1986. Freunde sagten, »tu's nicht«, und ich tat es nicht. Ich vertraute ihnen. Und das war richtig so. Es war richtig zu warten.

Nachdem ich den Artikel ein letztes Mal gelesen hatte – die Morde waren natürlich unvorstellbar grausam; für nachvollziehbare Verbrechen werden Frauen nicht zum Tode verurteilt – legte ich die Zeitung neben meinem Arbeitsstuhl auf den Boden, wo ich Sachen stapele, mit denen ich noch nicht fertig bin. Ein paar Tage später las ich den Artikel noch einmal. Derselbe Ermittler, der 1983 geglaubt hatte, Karla Faye Tucker sei die Verkörperung des Bösen, meinte jetzt, sie sei ein völlig neuer Mensch, rücksichtsvoll, intelligent, hilfsbereit, sie würde ihren High School-Abschluß nachholen und ein Fernstudium an einem College aufnehmen, alles Verfügbare lesen und sei von geradezu überschwenglicher Fröhlichkeit, ›wie ein kleiner Hund‹. Ermittler, Gefängnisbeamte, Polizisten – Leute, die sich für gewöhnlich aus Prinzip weigern, ›einer Jury in den Rücken zu fallen‹, wie sie es nennen (also ihre Entscheidung zu hinterfragen), wenn jene die Todesstrafe befürwortet hat – setzten sich in Karlas Fall dafür ein, das Urteil zu mildern.

»Der Mensch, der Karla Tucker heute ist, ist nicht derselbe, der sie damals war«, meinte einer.

Habe ich das geglaubt? Nein, das habe ich nicht. Menschen werden keine anderen.

»Ich mag sie«, bemerkte jemand anders. »Und ich hoffe, daß sie nicht sterben muß.«

J.C. Mosier, ein Ermittler der Mordkommission, der an diesem Fall gearbeitet hatte, wußte nicht, was er glauben sollte. »Ich möchte nicht, daß sie stirbt«, erklärt er und ertappt sich dann selbst. »Ich glaube an die Todesstrafe«, führt er aus, »und sie ist nicht die einzige, die ich in die Todeszelle geschickt habe. In den meisten Fällen sind es einfach schlechte Menschen, Punkt, aus. Aber sie hatte von Anfang an nie eine Chance. Sie hatte gar keine andere Möglichkeit, als schlecht zu werden . . .. Und wenn es am Ende dann darum geht, so jemanden sterben zu sehen, dann glaube ich, daß mir das nicht gefallen würde.«

Okay, sagte ich mir, also laß es bleiben. *Du willst nicht wieder eine Beziehung zu einem jungen Menschen aufbauen, der sterben wird.*

Peter war seit September 1984 tot, das Opfer eines ungeklärten Falls von Fahrerflucht. Es gab eine Zeit, gar nicht lange vor Erscheinen von Karlas Foto auf der Titelseite, in der ich tagelang auf der Couch gelegen hatte, ohne mich umzuziehen, kaum den Kopf gehoben hatte, sondern einfach nur dagelegen, mit dem Gefühl, keine Ränder mehr zu haben, die die Grenzen meiner Person definierten, eine Zeit, in der ich mich eher wie ein aufgeschlagenes und ausgelaufenes rohes Ei fühlte als wie ein Mensch, nicht mehr existent als Wesen auf der Welt, wie ich sie kannte. Losgelöst von der Zeit selbst, erwog ich in jenen Tagen sogar den Wahnsinn als eine durchaus vernünftige Option: noch ein gekappter Faden, und ich wäre so weit gewesen.

Bis zum Frühjahr 1986 ging es mir wesentlich besser. Mit Hilfe der Zeit, von Freunden, einem Psychiater, einer Selbsthilfegruppe für verwaiste Eltern, Büchern, Gedichten, Mozart, einer Handleserin und einer Wahrsagerin hatte ich es zu einem ertragbaren Zustand milder Depression und chronischer Enttäuschung geschafft. Also nahm ich mir vor, auf die Stimme der Vernunft zu hören und die Ratschläge meiner Freunde zu befolgen. Ich nahm mir vor, vorsichtig zu sein und auf mich achtzugeben.

Ich legte den Artikel über Karla Tucker beiseite. Ich warf ihn allerdings nicht weg; ich faltete ihn nur zusammen und legte ihn auf einen Schreibtisch, den ich als Ablage benutzte. Mit der Zeit sammelten sich andere Zeitungen an. Gelegentlich sortierte ich sie aus. Als ich den Stapel durch hatte, stieß ich wieder auf Karla Faye, mit abgesplittertem Schneidezahn, das Kinn in der Hand und diesem Blick. Manchmal stand ich allein in meinem Arbeitszimmer und sah sie an.

Zweieinhalb Jahre später, im Dezember 1988, erschien ein

weiterer Artikel über Karla Faye, auf der ersten Seite des Innenteils, wo die weniger sensationellen Verbrechens- und Gerichtsreportagen laufen. Auf der Ebene des Bundesstaates war eine Petition zur Begnadigung Karla Fayes abgelehnt worden, das zuständige texanische Gericht für Gnadengesuche hatte die Todesstrafe mit acht zu eins Stimmen bestätigt. (ES BLEIBT DABEI, lautete die Schlagzeile, TODESSTRAFE FÜR SPITZHACKEN-MÖRDERIN.) Der Richter, der dagegen gestimmt hatte, hatte darauf verzichtet, ein Gegenvotum zu schreiben. Ich durchlebte damals eine reichlich lasche Zeit, in der ich an keinem speziellen Projekt arbeitete und wenig bis gar keine Begeisterung aufbrachte, mir eins zu suchen. Ich war zu ausgelaugt, mir Sachen auszudenken – außerdem war ich jahreszeitlich bedingt schlecht gelaunt und kein bißchen in der Stimmung, vernünftig zu sein. Also grub ich den Artikel von 1986 wieder aus, schrieb mir ein paar Namen raus und schlug ein paar Telefonnummern nach.

Schließlich stieß ich auf Jackie Oncken, Frau von Henry Oncken, einem der beiden Pflichtverteidiger, die Karla in ihrem Prozeß vertreten hatten. 1988 arbeitete Henry Oncken nicht mehr als Strafverteidiger. Er war als U.S.- Staatsanwalt – einer von vieren im ganzen Staat – inzwischen der ranghöchste Strafverfolgungsbeamte im Justizdistrikt von Südtexas.

Jackie Oncken war angemessen argwöhnisch. Wer ich sei und warum ich etwas über Karla Faye wissen wollte? Ich erklärte ihr, ich wisse nicht recht, warum ich anriefe, sei mir nicht einmal sicher, ob es überhaupt eine gute Idee sei, aber hier sei ich nun mal.

Wir sprachen fast eine Stunde miteinander. Für Jackie Oncken ist Karla Faye Tuckers Leben schrecklich wichtig geworden, genau wie für ihren Mann, einen strikten Law-and-Order-Republikaner und überzeugten Befürworter der Todesstrafe. Mehrmals im Jahr besuchen sie Karla; Karla strickt ihnen Pullover und Schals zu Weihnachten und Geburtstagen; sie stehen in regelmäßigem Kontakt mit ihr.

Jackie warnte mich, Karla würde keine Interviews geben. Eine Frau, an deren Ermordung sie beteiligt war, hatte einen Sohn. Karla stand auf dem Standpunkt, daß sie dem Jungen genug angetan hatte, ohne ihm zuzumuten, den Tod seiner Mutter jedesmal neu zu durchleben, wenn ein Artikel erschien. Ich sagte, okay, ich wollte auch gar kein Interview führen. Am nächsten Tag schrieb ich Karla Faye. Am Tag, als ich ihre Antwort erhielt – es dauerte zwei Monate – rief ich das Gefängnis an und verabredete einen Termin.

»Kommen Sie jederzeit«, hatte Karla Faye geschrieben. »Mein Zeitplan ist flexibel. (Ha!)«

An der Einfahrt zu Mountain View kam ich wieder an der Kolonne von Bauarbeitern vorbei, dann an zwei doppelstöckigen Apartment-Gebäuden aus schlichtem Backstein. Auf einem Schild stand ›Langsam – Kinder‹, ein weiteres warnte Besucher auf Spanisch und Englisch, daß sie sich vor Betreten des Gefängnisgeländes einer Durchsuchung zu unterziehen hatten. In einem Feld zu meiner Linken stocherte unter den Augen eines berittenen männlichen Wärters eine Kolonne weiblicher Sträflinge lustlos mit Hacken im Gras herum. Der Wärter hielt in einer Hand die Zügel, die andere lag beiläufig auf dem Sattelknauf. Er hatte ein Gewehr. Sein Pferd graste.

Es gab keine weiteren Hinweise darauf, was ich zu tun oder wohin ich mich zu wenden hatte. Ich entdeckte ein kleines handgeschriebenes Schild ›Besucher‹ und fuhr in die Richtung, in die der Pfeil wies, eine schmale Asphaltstraße hinunter bis zu einem Parkplatz vis-à-vis eines Backsteingebäudes im Farmhaus-Stil mit einem kirchenartigen Spitzdach. Niemand in Sicht, keine anderen Autos auf dem Parkplatz. Als ich aus dem Wagen stieg – ohne eine Ahnung, wohin ich mich wenden sollte –, erschien ein Wärter auf dem Backsteinturm auf der anderen Straßenseite. Die Türme sind circa zehn Meter hoch, quadratisch und gekrönt von einem verglasten Raum mit umlaufender Brüstung. Der Wärter trat auf den schmalen Balkon. Er hielt ein tragbares Telefon in der Hand.

»Ma'am?« Ich schirmte meine Augen mit der Hand gegen die blendende Sonne ab. Ich nannte meinen Namen und erklärte, wen ich besuchen wollte. Er sagte: »Bitte nehmen Sie im Wagen Platz und warten Sie« und verschwand wieder im Turm. Ich ging zurück zum Wagen und setzte mich, wie befohlen, den Blick geradeaus gerichtet, ans Steuer.

Hinter dem Backsteinhaus mit dem kirchenartigen Dach erstreckten sich offene Felder und dann einfach ebenes heißes Nichts: eine schier endlose Landschaft. Die wenigen Bäume wirkten verkümmert, keiner war groß genug, Schatten oder gar Schutz bei der Flucht zu bieten.

Ich wartete zehn Minuten, fünfzehn Minuten, machte die Wagentür auf, um frische Luft hereinzulassen, hörte schließlich die Stimme des Turmwächters – »Ma'am?« – und stieg aus. Der Wärter erklärte mir, ich solle zurück zum Parkplatz beim Pförtnerhäuschen am Eingangstor fahren, an dem ich zuvor vorbeigekommen war. Dort, meinte er, würde man mir weiterhelfen. Ich bedankte mich bei dem Turmwächter – an jenem Tag achtete ich darauf, mich bei allen und jedem überschwenglich zu bedanken – und fuhr dieselbe Straße zurück bis zu dem Parkplatz, an dem ich eben vorbeigekommen war. Der Parkplatz war ziemlich voll – wie immer. Ich stellte den Wagen in einer unmarkierten Parklücke ab und machte mich auf den Weg zu einem kleinen quadratischen Backsteingebäude, das so kunstvoll mit Zäunen umgeben war, daß es aussah wie ein besonders adrett verpacktes Geburtagsgeschenk. Kein Schild. Als ich auf das Tor zuging – Eisengitter und Stacheldraht –, kamen gerade zwei Wärterinnen heraus. Das Türschloß summte. Die Frauen hielten mir die Tür auf, und ich ging hinein.

Nachdem sie den gleichen Artikel und das gleiche Foto wie ich gesehen hatte – als Nachdruck in einem Hochglanz-Magazin –, war Melissa Malkovitch vom CBS-Fernsehnachrichten-Magazin ›West 57th‹ nach Mountain View gekommen, um Karla zu überreden, in ihrer Sendung aufzutreten. David Frost hatte sich schriftlich um ein Interview bemüht. Karla war hocherfreut gewesen, Melissa Malkovitch zu empfangen und durch ihre Anwälte von David Frost zu hören. Aber sie weigerte sich hartnäckig, Interviews zu geben.

In einem Brief an Henry Oncken hatte Melissa Malkovitch geschrieben: ›Ich kann es einfach nicht glauben. Oral Roberts hat ja gesagt und Karla nein.‹

Das Haus am Eingangstor ist das Nadelöhr von Mountain View, durch das alle geschleust werden, die die Anstalt betreten, einschließlich der Angestellten. In einem kargen grauen Raum, hinter einem mit dickem Maschendraht abgeteilten Tresen fertigt ein Wärter die Besucher ab und öffnet per Knopfdruck die Tore zum Verlassen und Betreten der Anstalt. An den Wänden preisen Zettel an schwarzen Brettern Jobs, Gebrauchtwagen und Häuser zur Miete an; offizielle Dokumente ehren den Mountain View-Angestellten des Monats und geben neue Regelungen und Bestimmungen der texanischen Strafvollzugsbehörde bekannt. Es gibt einen Getränke- und einen Snack-Automaten, der Cracker, Kekse, Chips und dergleichen im Angebot hat. An der Wand über dem Trinkbrunnen klebte eine Zeitlang ein handgeschriebener Zettel, auf dem es hieß: ›Keinen Kautabak in den Trinkbrunnen spucken. Er verstopft sonst.‹

Der Wärter im Empfangshäuschen fragte nach einem Ausweis mit Bild. Ich nahm meinen Führerschein aus der Brieftasche und händigte ihn aus.

Die Anstalt Mountain View wurde ursprünglich als Heim für schwer erziehbare Jungen gebaut, die in Konflikt mit dem Gesetz geraten waren. Damals hieß es schlicht Gatesville. Eine Freundin von mir, die in der Gegend aufgewachsen ist, sagt: »Gatesville war besser als eine Tracht Prügel, um Jungen zu disziplinieren. ›Wenn du so weitermachst‹, erklärten die Eltern ihren Söhnen, ›wirst du noch mal als Staats-Zögling enden.‹« Die Mutter meiner Freundin hat schon zu lange in einem Pflegeheim gelebt. Aber hin und wieder taucht in all ihrem sinnlosen

Gebrabbel eine präzise Erinnerung auf. »Die Staats-Zöglinge sind im Hof«, sagte sie manchmal, und dann zitterte sie vor Angst.

Vor den Fenstern zum Gefängnishof werden von Insassen hergestellte künstliche Blumengestecke zum Verkauf angeboten. Die Sträuße sind mit Preis- und Namensschildern versehen – ›Blue Hawaii‹, ›Spring Madness‹, ›Arrangement in Pink‹. (›Insasse‹ ist, wie ich rasch gelernt habe, die korrekte Bezeichnung. Bei meinen häufigen Besuchen in Gatesville habe ich nie einen Strafvollzugsangestellten das Wort ›Sträfling‹ oder ›Gefangener‹ benutzen hören. Sie sagen auch ›Beamter‹ oder, noch förmlicher, ›Strafvollzugsbeamter‹ und nie ›Wärter‹).

Neben dem Getränkeautomaten hängt ein Architekten-Entwurf von Mountain View aus dem Jahr 1960. Unter der Zeichnung steht ›Heim für Jungen‹. Irgend jemand hat ›Heim‹ durchgestrichen und ›Schule‹ darüber geschrieben.

Als Peter noch lebte, habe ich oft an Gatesville gedacht. Ich fürchtete, Peter könnte als Staats-Zögling enden. Dann wurde er zu alt für Gatesville, und meine Ängste wurden mit ihm erwachsener.

Ich träume nicht mehr so oft von Peter wie früher, aber wenn, ist es nicht so, als ob ich ein Bild von ihm betrachten, mich in der Vergangenheit verlieren und eine Weile auf den Wellen der Erinnerung treiben lassen würde; es ist überhaupt nicht wie eine Erinnerung. In den Träumen ist er wirklich hier; er kommt zu Besuch. Manchmal ist er ein Baby, meistens ist er so, wie er ungefähr ein Jahr vor seinem Tod war. Siebzehn, achtzehn.

Es gibt einige wiederkehrende Träume. In einem bin ich um sieben oder acht Jahre zurückversetzt, Peter lebt noch, und er hat Probleme – manchmal mit der Polizei, manchmal in der Schule. Wo auch immer – welche Autorität auf dem jeweiligen Gebiet auch herrscht – es ist immer die Art Ärger, die sich unter der Oberfläche zusammenbraut und immer komplexer wird, ohne daß sie zu einer Auflösung kommt, geschweige denn verständlich wird.

In dem Traum gehe ich auf Peter zu. Er steckt tief in Schwierigkeiten, eine Aura äußersten Unbehagens und gedämpfter, dunkler Erwartung umfängt ihn. Es ist ein Gefühl, das ich gut kenne, jede Sekunde am Abgrund des Unwägbaren zu stehen, sich zu fragen, was als nächstes geschehen wird, wie tief ihn seine Schwierigkeiten hinunterziehen werden und wie ich es aufhalten kann und auf welches Ende es in Gottes Namen schließlich zusteuert.

Er ist kein schlechter Junge, habe ich mir damals immer gesagt. Dann machte ich eine Kehrtwendung. *Vielleicht doch,* dachte ich, *vielleicht gibt es so etwas wie das angeborene Böse.*

Das ist jetzt Geschichte – Realität, kein Traum. Damals ging ich manchmal von den nicht zu leugnenden Tatsachen aus und sponn sie in die Zukunft weiter. Manchmal stellte ich mir vor, Peter im Gefängnis zu besuchen, er auf der einen Seite der Glastrennwand, ich auf der anderen; ich sah, wie die lockige Schönheit meines Jungen hart, dieses eigenartige Topas-Leuchten in seinen Augen für immer stumpf geworden war. Was sein Verbrechen anging, konnte ich nicht ertragen, mir auszumalen, was er vielleicht getan haben könnte, um so eingesperrt zu werden, geschweige denn wie lange er hier drinnen bleiben mußte.

Im Traum stecke ich wieder bis zum Hals in diesen alten Geschichten. Die Polizei redet wieder in meinem Leben mit, es ist mitten in einer weiteren endlosen Nacht, Peter ist noch nicht zu Hause, und mein Mann und ich gehen uns gegenseitig an die Gurgel – hysterisch. Wenn ein Kind Probleme hat, machen alle Eltern immer zuerst das eine: sie flippen aus. Blind wie kopflose Hühner tun sie alles, wovon in Büchern immer abgeraten wird, brechen die elterliche Front auf, gehen gnadenlos aufeinander los, schreien, brüllen, flattern mit den Flügeln und ignorieren ihren Kopf, der drüben auf dem Schlachtblock liegt und immer wieder warnend ruft: *Tu das nicht. Es ist falsch.*

Manchmal falteten wir, um uns zu beschäftigen – nachts um zwei oder drei – unsere Kleider. Manchmal fuhr mein Mann Glenn hinaus in die Nacht, um den Jungen aufzuspüren, während ich zu Hause Wache hielt, aus dem Fenster sah und darauf wartete, daß sein Wagen in die Einfahrt bog oder das Telefon klingelte. Ich wollte nicht, daß Glenn hinaus in die Nacht fuhr, er wollte sich nicht mehr meine halbgaren Theorien anhören, und so ging es weiter.

In dem Traum kommt Peter auf mich zu, und es ist, als käme er aus dem Land der Träume in die Nacht aus Fleisch und Blut zurück. Er lächelt und sieht hinreißend aus – nicht mürrisch oder verstockt – ich bin ganz panisch vor Sorge, und er versucht mich zu beruhigen. *Alles in Ordnung, Mom. Mir geht es gut.*

All das ist wirklich geschehen. Ich habe ihm geglaubt, ich habe meiner angeborenen Neigung vertraut, an das Gute, das Positive zu glauben, und es war nicht in Ordnung, es ging ihm nicht gut.

Der Traum steuert auf seinen Höhepunkt zu. Peter zieht mit Freunden los, lachend und irgendeinen Unfug im Sinn.

An dieser Stelle wache ich immer auf und liege noch eine Zeitlang auf der Schwelle des Unsagbaren. In einer Art Traum-Kater warte ich in der realen Nacht auf ein Zeichen von ihm: die Scheinwerfer des Wagens, den wir ihm nicht hätten kaufen sollen, die Streifen an die Decke werfen, der Lärm seines aufgedrehten Kassetten-Recorders, Van Halen, Rush, Bad Company oder seine Lieblings-Band Foreigner mit dem Titel ›Feels Like the First Time‹ oder »Cold as Ice‹, dann – sobald er drinnen ist – der Gestank seiner hormonellen Ausdünstungen und der heimlichen Zigaretten. Ich wache aus meinem Traum auf wie aus der Wirklichkeit und frage mich: *Wo ist er jetzt und was hat er diesmal angestellt?*

Man fällt tief aus dem Traum in das dumpfe, öde Was-Ist, aber der Sturz ist gnädigerweise kurz. Im Dunkeln richte ich mich mit der Realität ein. Ich muß mir keine Sorgen machen, daß Peter ein Staats-Zögling wird, keine Gedanken, wie ich ihm eine gute Mutter sein kann; Peter ist tot.

Man gewöhnt sich daran, seine Erwartungen herunterzuschrauben: Okay vielleicht geht er nicht aufs College; okay, vielleicht schafft er dieses Jahr den High-School-Abschluß nicht, vielleicht auch nie; gut, er wird als jugendlicher Straftäter in den Polizeiakten geführt und raucht Shit, *okay*, aber – so dachte ich damals – muß ich bis zum Gefängnis herunterschrauben?

»Miss Lowry.«

Ich wandte mich von dem Architekten-Entwurf ab. Aus einer Luke hinter dem Drahtverhau beugte sich der Wärter im Pförtnerhäuschen und reichte mir meinen Führerschein. »Da drüben müssen Sie den nochmals vorzeigen«, sagte er. »Nur noch ein paar Minuten.«

Ich schob den Führerschein in die Hosentasche. Zwei Tage später sollte ich ihn in meiner Brieftasche vergeblich suchen und annehmen, ich hätte ihn verloren. Seit damals habe ich gelernt. Bevor ich meinen Wagen auf dem Parkplatz vor dem Pförtnerhäuschen in Mountain View verlasse, klemme ich den Führerschein an meine Notiz-Kladde. Wenn ich ihn sehen kann, vergesse ich ihn nicht.

In meinem zweiten Brief fragte ich Karla Faye, ob ich ihr irgend etwas mitbringen solle – etwas zu essen vielleicht, ich dachte an selbstgebackenes Brot. Oder Toilettenartikel, vielleicht ein Paar smarte Ohrringe.

Karla antwortete schlicht nein, sie hätte alles, was sie je brauchen könnte. »Ich bin ohnehin schon soooooooo verwöhnt worden«, hatte sie geschrieben. »Vielleicht können Sie bloß ein paar 25-Cent-Stücke mitbringen, damit wir Limo trinken können, während wir uns unterhalten.«

Karla erzählte mir nicht, daß ich ihr gar nichts hätte mitbringen dürfen: keine Nahrungsmittel, keine Geschenke, keine Vorräte. Um mich ihr vorzustellen, hatte ich zusammen mit meinem Brief einen gefütterten Umschlag mit meinen Büchern und ein paar meiner Artikel geschickt. Der Umschlag kam zurück mit dem Vermerk ›Insassen dürfen keine Privatpakete entgegennehmen‹. Ich dürfe durchaus Bücher schicken, allerdings nur über eine Buchhandlung. Ebenso Fotos, aber Polaroids würden auf der nie endenden Suche nach Schmuggelware unten aufgeschnitten. Meine Briefe an sie würden vor der Zustellung durchleuchtet, wie umgekehrt auch ihre an mich. Ich dürfte Zeitschriften für sie abonnieren und könne ihr auch Briefpapier – jedoch keine Briefmarken – zukommen lassen, das Briefpapier müsse neutral und ohne persönlichen Namensaufdruck sein.

Zusätzlich zu den Regeln der Justizvollzugsbehörde hatte Karla für diesen ersten Besuch noch ein paar eigene aufgestellt. Als ich anrief, um den Interview-Termin zu verabreden, warnte mich der Aufseher, daß Karla ausdrücklich darauf bestanden hatte, daß ich kein Papier, keinen Bleistift und kein Bandgerät mitführen dürfe.

»Von mir aus gerne«, sagte ich zum Telefon, nachdem ich aufgelegt hatte. »Ich mache sowieso kein Interview.«

Ich kam mir extrem auffällig und störend vor, während ich wartete. Bald kam eine blonde, schwangere, junge Frau mit einem Klemmbrett und bat mich, mich einzutragen. Ich schrieb meinen Namen und den Namen der Insassin auf, die ich zu besuchen wünschte. Es gab auch eine Spalte, in der der ›Grund des Besuchs‹ einzutragen war. Ich war auf Karlas Geheiß als Journalistin gekommen. Ich hatte keine Ahnung, wie sich diese Unterscheidungen auf die im Gefängnis angewandten Regeln auswirkten. Weil alle vor mir als Grund des Besuchs ›Interview‹ angegeben hatten, tat ich dasselbe. Ich wollte die Spalte ›Auftraggeber‹ freilassen, sah aber, daß alle Vorgänger sie ebenfalls ausgefüllt hatten, und schrieb ›frei‹.

Hinter mir sagte ein junger Wärter mit glattem, sandfarbenen Haar, ich solle ihm in meinem Wagen folgen, und ging mit knallenden Stiefelabsätzen und mit einem dicken Schlüsselbund klimpernd zur Eingangstür. Ich bedankte mich beim Wärter in dem Pförtnerhäuschen, folgte dem anderen nach draußen, stieg in meinen Wagen, fuhr zu der Stelle, wo er in einem weißen Dienstkombi auf mich wartete, und folgte ihm zurück zu dem Parkplatz vor dem Backsteingebäude mit dem kirchenartigen Dach.

Der Kombi kam genau unter dem Wachturm zum Stehen. Mit einer ungeduldig ausholenden Armbewegung bedeutete mir der Wärter mit dem sandfarbenen Haar auszusteigen. Als ich ausgestiegen war und gerade die Wagentür zuschlagen wollte, rief er – von der anderen Straßenseite – »Ihre Handtasche können Sie nicht mitnehmen.«

Es macht einen so unsicher. Man weiß, man hat nichts Falsches getan ... oder doch? Wahrscheinlich verkörpern diese Wärter und Zäune in einem tieferen Sinne die moralische Autorität, die Polizisten unserer Träume, die Regeln, gegen die wir verstoßen haben, die Geheimnisse, die wir wahren. Ich warf die Handtasche auf den Sitz, schloß die Tür und überquerte, die Hände in meinen tiefen und weiten Hosentaschen vergraben – in denen ich alles mögliche hätte mitführen können – die Straße. In einem Wärterhäuschen zu ebener Erde wartete ich, bis mein Begleiter den Papierkram erledigt hatte. Er fragte nach dem Führerschein, warf einen Blick darauf, notierte meinen Namen, gab mir den Führerschein zurück, ging an mir vorbei aus einer Tür und führte mich wortlos zum ersten Tor.

Während der Wärter an dem Schloß herumfummelte – das einen tiefen, summenden Ton von sich gab – blickte ich nach oben. Diese Zäune, mein Gott, diese Zäune.

Gut drei Meter Gitterzaun mit einer Krone aus vierfachem Stacheldraht – zum Gefängnishof hin angeschrägt, so daß er noch schwerer zu erklettern war – und darüber weitere Stacheldrahtrollen in endlosen O's, ineinander gewunden wie eine Ziehharmonika. Zusammen knapp fünf Meter hoch.

Der Wärter öffnete das erste Tor und hielt es auf. Nachdem ich hindurchgegangen war, verriegelte er es hinter mir wieder. Ein asphaltierter Pfad und nach vier Metern ein weiterer Zaun, ein weiteres Tor mit einem summenden Schloß, dasselbe Arrangement aus drei Meter Gitterzaun mit gut einem Meter angeschrägtem Stacheldrahtzaun und Stacheldrahtrollen auf der

Krone. Dieselben Verriegelungen. Das zweite Tor schloß sich hinter mir. Ich folgte dem langbeinigen Wärter – meinem mürrischen Cowboy – zu einem roten Backsteingebäude mit vergitterten Fenstern.

Der Wärter versuchte, die Tür zu öffnen. »Sollte eigentlich offen sein«, grummelte er. Er zog einen Schlüssel aus der Tasche und führte ihn ins Schloß. Zunächst rührte sich nichts, dann ging die Tür auf.

Im Besuchszentrum machten die Absätze der Cowboystiefel ein durchdringendes, klickendes Geräusch wie die Krallen eines Hundes auf Beton. Mein Wärter sah sich mißbilligend um, als erwarte er, daß irgend etwas nicht in Ordnung sei. Der Cowboy war meine Feuertaufe. Bei allen Besuchen, die ich Mountain View seither abgestattet habe, bin ich stets mit derselben handfesten, ländlichen Höflichkeit behandelt worden.

Der Raum war völlig kahl. Roter Linoleum-Fußboden, Einheits-Plastikstühle, graue Metalltische, etliche Stapel kleiner Aluminium-Aschenbecher, schwarz vom endlosen Zigarettenausdrücken. Neben der Tür standen zwei identische Getränkeautomaten mit allem möglichen im Angebot, nur kein Coca-Cola oder Diät-Cola in Sicht.

Dann fielen mir die Fünfundzwanzig-Cent-Stücke wieder ein. Als ich meine Diät-Cola gekauft hatte, hatte ich mir fünf Dollar in Fünfundzwanzig-Cent-Stücke wechseln lassen, um sicherzugehen, auch genug dabeizuhaben. Die Geldstücke waren in meinem Portemonnaie, in meiner Handtasche, im Wagen. Da lag sie nun; ich hatte nicht vor, meinen Cowboy zu bitten, mich noch einmal raus-und wieder hereinzulassen. Er rannte herum und sagte, ich solle mich setzen. Wie ein Kind, das den Lehrer um Erlaubnis bittet, fragte ich ihn, ob die Toiletten zur öffentlichen Benutzung frei wären. Er sagte ja; ich betrat eine davon, und als ich zurückkam, war er verschwunden.

Ich ging ans Fenster mit Blick auf den Gefängnishof. Draußen spazierten die Insassen in Paaren, mit ihren gestärkten, weißen Baumwollhosen und kurzärmeligen Kitteln mit unvorteilhaften, offenen Kragen. Das Schuhwerk variierte von schweren Ledertretern bis zu Jogging-Schuhen. Manche der Frauen trugen Sonnenbrillen, vor allem verspiegelte Piloten-Sonnenbrillen. Die meisten trugen ihr Haar kurz, nach hinten gekämmt, maskulin. Viele der Insassen waren nur deshalb als Frauen identifizierbar, weil man wußte, daß sie es sein mußten. Die Sonne stand hoch am wolkenlosen Himmel. Nichts besonderes schien sich zu ereignen. Bei der Eingangstür zu einem der Schlaftrakte führten zwei schwarze Frauen in weißer Gefängniskluft ein lebhaftes Gespräch, die eine gestikulierte wild, die andere lachte. Die Wärterinnen in ihren äußerst unschmeichelhaften, männlich geschnittenen Uniformen gingen stets mit schnellen, bestimmten Schritten, während die Insassen schlenderten.

Ich rief mir noch einmal ins Gedächtnis, daß Karla Faye Tucker nicht für nichts hierher geschickt worden war: Sie hatte geholfen, zwei Menschen brutal und gnadenlos zu ermorden. Sie hatte im Zeugenstand in allen Einzelheiten über die Morde berichtet – hatte sogar *zweimal* davon erzählt, einmal bei ihrem eigenen Prozeß und dann noch einmal für die Anklage beim Prozeß gegen ihren Freund und Mordkumpan Danny Garrett.

Ich hörte Stimmen jenseits der Tür, durch die ich gekommen war, und ging hinüber. Draußen stand Karla Faye in weißer Gefängniskluft und mit einer gefütterten, grünen Armee-Jacke unterm Arm. Ich fragte mich warum. Der Tag war doch so heiß. In ihrer Begleitung befanden sich zwei Wärter, ein Mann und eine Frau. Während der Mann mit den Schlüsseln herumfummelte, wischte ihm Karla eine Fluse oder sonst etwas vom Hemd, bevor sie – ihren Kopf zur Seite legend – tadelnd den Zeigefinger hob. Der Wärter ließ den Kopf hängen und tat, als sei er beschämt. Seine Kollegin kicherte, und Karla lachte, den Kopf in den Nacken werfend.

Mein Mut sank. Ich wollte gegenüber dem Mädchen nicht gleich schwach werden, wollte ihr nicht von Anfang an *zugetan* sein. Ich wollte Karla Faye Tucker auf sichere Distanz halten.

Der Wärter fummelte mit dem Schlüssel im Schloß herum. Es wollte sich nicht bewegen. Nervös warf der Mann die Hände in die Luft; dann trat das Trio – noch immer lachend – den Rückzug an und verschwand.

Bis zu Peters Tod wollte ich eigentlich nie, daß mein Leben in allzu sicheren Bahnen verlief. Nicht daß ich übermäßig waghalsig gewesen wäre, aber ich mochte Unwägbarkeit, Dynamik, ein gewisses Risiko. Als mir der Boden unter den Füßen weggezogen wurde, verlor ich jeglichen Wagemut. *Bitte, bitte* bat ich denjenigen, der sich das alles ausgedacht hatte, wer immer es sein mochte, *laß es von nun an langweilig sein. Keine Überraschungen mehr. Ich wünsche mir von nun an ein eintöniges Leben.* Als ich jetzt in Mountain View auf Karla wartete, konnte ich nur denken, daß ich dieses Gebet wieder hinter mir gelassen hatte – warum war ich sonst hier?

Ein Schlüssel drehte sich im Schloß einer grauen Metalltür hinter mir. An der Tür hing ein Schild, auf dem in Englisch und Spanisch stand: Nur für Personal. Mein Cowboy kam durch die Tür, verriegelte sie hinter sich und machte mir ein Zeichen, ihm zu folgen. Nachdem er mich durch eine weitere Tür geleitet hatte, ging er weg.

Der Raum, in dem er mich zurückgelassen hatte, war offenbar das Besuchszimmer. Es gab zwei lange Tresen mit Stühlen diesseits und jenseits einer Trennscheibe aus Plexiglas. Jeweils mehrere Stühle waren übereinander gestapelt.

Von irgendwo hörte ich sie einen Flur entlangkommen, Karla und die Wärter – noch immer schwatzend und lachend. Ins Gespräch vertieft kam Karla direkt auf meine Seite des Tresens, fuhr dann – als sie mich sah – erschreckt mit der Hand zum Mund, machte ein paar Schritte zurück in die Richtung, aus der sie gekommen war, und sprang dann elegant über eine niedrige Mauer.

»Ich darf«, sagte sie, »nicht auf Ihrer Seite sein.« Der männliche Wärter verabschiedete sich. Karla winkte und rief ihn beim Namen. »Und von nun an sei ein guter Junge«, trug sie ihm auf. Der Mann sagte, er wolle sich bemühen, und verschwand.

Angesicht zu Angesicht mit Karla wartete ich darauf, erklärt zu bekommen, was ich zu tun hatte.

Das Zeitungsfoto hatte nicht übertrieben. Sie hatte langes, dunkles, glänzendes Haar. Augen so schwarz wie Kaffee aus Louisiana und eine recht dunkle Haut. Sie war dezent und sorgfältig geschminkt. Auf ihrem rechten Arm hat sie einen großen, braunem Leberflecken, der aussieht wie ein Schlammspritzer. Sie wirkt ein wenig grober als auf den Fotos, schwerer. »Ich bin *fett*!« klagte sie, bald nachdem wir uns kennengelernt hatten. »Es ist so schwer, das wieder runterzukriegen. Und sie kniff sich in den Hintern. »Ich mach' jeden Tag die Aerobic-Übungen im Fernsehen mit. Aber ich werd' es einfach *nicht* los.«

Irgendwo hatte ich vorher gelesen oder gehört, daß Karla Fayes sorgeberechtigter Vater, der Mann also, der sie mit großgezogen hatte, nicht ihr leiblicher Vater war. Ich erinnerte mich, daß sie griechischer Abstammung war. Sie sieht griechisch aus; wie ein Mittelmeer-Mädchen mit wildem Haar, eins mit dem Wasser und der Sonne.

Schließlich gab mir die Wärterin, eine freundliche, kleine, untersetzte Frau, ein Zeichen, Platz zu nehmen, ›wo immer Sie wollen‹, sagte sie. Karla wählte einen bestimmten Punkt auf ihrer Seite und blieb dort stehen. Also blieb ich auch stehen. Die Plexiglasscheibe überragte unsere Köpfe um gut einen Meter. Unten an der Scheibe befindet sich ein dickes Sprechgitter. Aber da Karla recht klein ist, würden wir einander sitzend nur durch das Sprechgitter sehen. Also stehen wir.

Karla faltete ihre Jacke und legte sie als Kissen zum Abstützen auf den Tresen. (Mit der Zeit begriff ich auch, warum die Stühle übereinander gestapelt waren: um hoch genug zu sitzen, sich gegenseitig durch das Plexiglas zu sehen, setzen sich die Leute auf mehrere Stühle. Ich selbst bin mittelgroß und brauche zwei.)

Sport und Gymnastik ist eines unserer Themen. Im Laufe des

nächsten Jahres sollte sich Karla nach und nach bis zu einem täglichen Fünfzehn-Meilen-Marsch auf einer Acht steigern, die sie sich auf dem kleinen Rasenstück abgesteckt hatte, das den Insassen der Todeszellen als Hof dient. (Dreiundzwanzig mal die Acht sind eine Meile. Ich fragte sie, woher sie das wisse; sie sagte, sie habe es mit einem ein Meter langen Zollstock abgemessen und dann ausgerechnet. Zählt sie jede Runde? »Früher schon. Jetzt nehme ich die Zeit mit einer Armbanduhr, damit ich Zeit zum Nachdenken habe, solange ich draußen bin. Gut eine Stunde sind fünf Meilen, gut zwei Stunden zehn und so weiter.«) Karla fragt mich nach Joggen und Yoga, nach Tanzen und Dehnübungen, die sie zur Entspannung ihrer Schultern benutzen kann – die seit einem Sprung von einer siebenundzwanzig Meter hohen Klippe in einen Teich in Austin steif sind. Ich mache ihr ein paar Yoga- und Dehnübungen vor – sitze auf dem Boden oder stehe mit einem Bein auf dem Tresen oder mache manchmal sogar einen Kopfstand an der Wand – zur großen Belustigung der Wärterinnen.

Als ich Karla im März 1989 kennenlernte, war sie neunundzwanzig. Sie kam mir eher vor wie dreizehn, ein Mädchen auf der Schwelle zur Erwachsenen, und das ist kein Wunder: Karla Faye hatte keine Jugend. Das Gefängnis hat ihr die Gelegenheit gegeben, noch einmal zurückzugehen und wie ein lernbehindertes Kind die verpaßten Schritte nachzuholen. Inzwischen ist sie in etwa bei fünfzehn angekommen.

Im Laufe der Zeit kam Karla Faye an den Punkt, mir alles zu erzählen, manchmal – oft – mehr, als vernünftig gewesen wäre. Als Gegenleistung halte ich sie über die Welt jenseits der doppelten Zäune auf dem laufenden. Ich schicke ihr Bilder, Postkarten. Als ich nach Washington gefahren bin, bat sie mich, Bilder vom Washington Monument, vom Lincoln Memorial und vom Weißen Haus zu machen. Als ich nach New York gefahren bin, wollte sie wissen: »Gehen Sie auch zum Times Square? Schauen Sie sich eine Ballettvorstellung mit Baryschnikov an?«

Ich habe Außen- und Innenaufnahmen von meinem Haus für sie gemacht – damit sie weiß, wie ich lebe; habe meine Kleider im Kleiderschrank, neue Schuhe, die ich mir gekauft habe, meine Hunde, Katzen und Pferde fotografiert, eine Schublade mit Plastikfächern, in der ich eine wertvolle Sammlung farbenprächtiger und witziger Accessoires aufbewahre: klimpernde Armbänder mit lustigen Anhängern; eine Armbanduhr in Form eines Hundegesichts, eine Kette aus Monopoly-Steinen und Ohrringe, Ohrringe, Ohrringe – in Form von Fischen, Wassermelonen, Sternen, Palmen, Kaninchen, Schlangen, Uhren, Flamingos, eines Kompaß und kleiner Bleistifte. »Wissen Sie, welche Ohrringe mir am besten gefallen«, schrieb sie in ihrer Antwort. »Die mit den Weltkugeln. Könnten Sie die vielleicht tragen, wenn Sie das nächste Mal kommen?«

Wenn ich rede, ist sie auf konzentrierte Weise still und aufmerksam, ein Schwamm. Wenn sie an der Reihe ist, wird es die reinste One-Woman-Show. Ihre Hände flattern, ihre Mähne fliegt. Ihre Antworten kommen spontan und wie ein Wasserfall. Sie platzt plötzlich los, fällt von einem Extrem ins andere, führt regelrechte Pantomimen vor und bedeckt erschreckt ihren Mund mit der Hand, wenn ihr ein Wort herausgerutscht ist. Weil sie die Morde uneingeschränkt gestanden hat, muß sie nicht mehr vorsichtig sein und ihre Worte mit Bedacht wählen; sie kann frei drauflos reden.

An jenem ersten Tag kommen wir nur stockend ins Gespräch – wie zwei Leute eben, die sich zum ersten Mal sehen. Meinem Vorstellungsbrief hatte ich einen Zeitschriften-Artikel beigelegt, der grob umriß, wer ich war, was ich geschrieben hatte und wie mein Leben verlaufen war. Durch den Artikel im *Houston Chronicle* und meinen Anruf bei Jackie Oncken wußte ich meinerseits eine ganze Menge über Karla Faye. Trotzdem sind wir uns fremd. Sie weiß nicht, ob sie mir, und ich weiß nicht, ob ich meinen Instinkten trauen kann.

Als ich mich dafür entschuldige, daß ich die 25-Cent-Stücke im Wagen vergessen habe, beteuert sie rasch, das sei nicht so schlimm, wirklich, sie sei gar nicht durstig, es sei egal. (Karla ist ständig damit beschäftigt, ihr Gegenüber zu beruhigen und die Dinge ins Lot zu rücken – ein schnell erlernter Anpassungs-Reflex, überlebenswichtig im Gefängnis.)

»Ehrlich gesagt«, meint sie und beugt sich vor, »hatte man mir Ihren Besuch nicht angekündigt. Ich hab' mir gerade die Haare gewaschen, als man mir Bescheid gab.« Sie lacht vor sich hin. »Da stand ich nun« – sie fährt sich mit den Händen durch die Haare, als würde sie sie einschamponieren – »den Kopf über dem Waschbecken . . .«

Der Raum, in dem wir uns treffen, ist etwa sieben mal fünfzehn Meter groß. Die Wärterin sitzt an einem Ende des Tresens auf einer kleinen Plattform, damit sie beobachten kann, was wir tun. Seit jenem ersten Besuch habe ich immer daran gedacht, Fünfundzwanzig-Cent-Stücke dabei zu haben. Nachdem ich Karla ein Getränk gekauft habe, gebe ich der Wärterin die Dose, die sie öffnet und Karla weiterreicht. Direkt darf ich Karla Faye nichts geben. Ich darf sie nicht berühren. In Texas sind Insassen des Todestraktes Besuche mit Körperkontakt untersagt, von dem Moment an, in dem sie in die Strafanstalt eingewiesen werden, bis zum Tag ihrer Hinrichtung. Der Wärterin dürfte ich kein Getränk kaufen, auch wenn ich wollte. »Das darf ich nicht annehmen«, erklärte mir eine von ihnen einmal, als ich es ihr anbot.

Es ist völlig zwecklos, nach dem Sinn von Gefängnisregeln zu fragen; Gefängnisregeln existieren um ihrer selbst willen, wie in jeder durchorganisierten Institution, seien es Internate oder das Militär. Ein schlauer Insasse lernt das sehr schnell. Ich überlasse mich Karlas Erfahrung.

Immer sind nur drei Personen in dem großen Raum, wenn wir uns treffen, ich, sie und eine Wärterin. Da die Insassen des Todestraktes von den normalen Gefangenen isoliert werden, behandelt man auch ihre Besucher gesondert. Menschen, die Insassen des Todestraktes besuchen wollen, bekommen werktags Termine zugewiesen, damit das Wochenende für die Besucher der gewöhnlichen Gefangenen frei bleibt. Insassen des Todestraktes dürfen einmal in der Woche zwei Stunden lang Besuch von genehmigten Freunden und Familienmitgliedern erhalten, maximal zwei Personen zur selben Zeit und höchstens vier Besuche im Monat. Alle drei Monate darf der Insasse eine neue Liste von zehn Personen erstellen, die die Gefängnisleitung zu genehmigen hat. Da ich als Pressevertreterin kam, wurde mein Besuch nicht als Karlas wöchentlicher gezählt.

An der Wand hinter der Wärterin hängen ein schwarzes Telefon und eine Uhr. Neben ihr steht ein Drahtverhau vom Boden bis zur Decke, auch Anwaltskäfig genannt, weil Anwälte ihre Mandanten in diesem Drahtverhau von Angesicht zu Angesicht treffen dürfen. Der Anwaltskäfig ist mit einem Vorhängeschloß gesichert. Neben dem Besucherraum, direkt hinter der Wand im Rücken der Wärterin, liegt der extra abgeteilte Schlaftrakt für Insassen der Todeszelle; es gibt Platz für acht Frauen. Durch die Fenster in meinem Rücken blickt man auf einen kleinen Hof, auf dem die Insassen des Todestraktes später im Jahr Blumen- und Gemüsebeete anlegen. Vor den Beeten ist Karlas Trimm-Trab-Acht markiert.

Für gewöhnlich bleibe ich etwa drei Stunden, von eins bis vier. Ich bin nach unseren gemeinsamen Nachmittagen oft erschöpft, Karla keineswegs. Sie kostet die letzten Minuten immer aus, führt vor dem letzten Lebewohl kleine Kunststückchen auf, treibt Scherze.

Bei diesem ersten Besuch entspanne ich mich die gesamten drei Stunden nicht, denke immer, jemand kommt herein – der Anstaltsleiter, ein Sheriff oder, Gott bewahre, der Cowboy – um uns entweder zu erklären, unsere Zeit sei abgelaufen, oder aber, um die Gründe meines Hierseins prinzipiell in Frage zu stellen. Ich denke die ganze Zeit, vielleicht kommen noch andere Besucher oder ... Ich weiß nicht was. Eingesperrt zu sein macht einen verrückt, selbst wenn man nur auf der Durchreise ist.

Nichts dergleichen geschieht. Um halb drei ist Schichtwechsel. Karla muß den Raum mit der ersten Wärterin verlassen und dann mit der nächsten wieder hereinkommen. Die zweite Wärterin sieht ziemlich genauso aus wie die erste. Sie sitzt nur da.

Ich habe keine Ahnung, ob die Vollzugsbeamtinnen uns zuhören oder nicht; ich habe keine Ahnung, ob irgend jemand – beispielsweise der Anstaltsleiter – danach fragt, worüber wir reden. Ich vermute, die Wärterinnen haben genug eigenes Leben zum Grübeln, auch ohne sich um unseres zu kümmern, aber mit Sicherheit weiß ich das natürlich nicht. Wir sind nur drei Frauen auf unterschiedlichen Seiten einer Plexiglasscheibe.

McKean Street 2205

Das Schwierigste beim Erzählen einer Geschichte – Roman oder Tatsachenbericht, selbst bei einem Witz – ist, sich für einen Anfang zu entscheiden. Am Anfang war . . . was?

»Enden sind schwer faßbar, Mitten nirgendwo in Sicht, aber am Schlimmsten ist es anzufangen, anzufangen, anzufangen.« Donald Barthelme hat das geschrieben.

Wo also nimmt diese Geschichte ihren Lauf – mit den Morden? Karla Faye war damals dreiundzwanzig und stand unter Drogen. Das texanische Recht verlangt es, daß zunächst das Verbrechen an sich dargelegt wird, in allen Einzelheiten, ohne mildernde oder erschwerende Umstände und/oder sonstige Faktoren, die zur Tat geführt haben. Das texanische Recht verlangt, daß zunächst Schuld oder Unschuld festgestellt wird, unabhängig von Soziologie, Psychologie, Drogen und I. Q.; unabhängig von Gründen, Motiv und Verständnis. Das texanische Recht hat wie jedes Recht seine Logik, und es ist sicherlich richtig, daß die Verantwortung für Verbrechen zugewiesen und übernommen werden muß und nicht nur mit Verständnis zur

Kenntnis genommen werden kann. Aber als Schriftstellerin bin ich gewöhnt, Motive zu betrachten, Charakter, familiären Hintergrund, Blutsbande; juristische Erwägungen sind für mich schwer verdaulicher Stoff. Fängt ein Alptraum mit dem Einschlafen oder mit seinen Ursachen an? In Karlas Fall war der Weg dorthin lang und kurvenreich, die Kulmination der Ereignisse schmerzhaft unvermeidlich (man ahnt die Pointe schon sehr lange, bevor sie schließlich kommt), die Eskalation drastisch und gnadenlos. Zwei Menschen tot, zwei weitere, die auf den Tod warten.

Aber eins nach dem anderen, um *anzufangen*, um ein nacktes, vogelscheuchenartiges Gerippe der Geschichte zu skizzieren... In den Stunden der Morgendämmerung des 13. Juni 1983 fuhren im Nordwesten der Stadt Houston, Texas, Karla Faye Tucker, dreiundzwanzig, ihr Liebhaber, der Barkeeper Daniel Ryan ›Danny‹ Garrett, siebenunddreißig, sowie ein flüchtiger Bekannter, James Arnold ›Jimmy‹ Leibrant, dreißig, Betreiber eines illegalen Drogen-Labors, in Danny Garretts blauem 77er Ranchero zur Wohnung eines gewissen Jerry Lynn Dean, sechsundzwanzig, den Karla Faye haßte. Dort ermordeten Karla Faye und Danny Garrett zwei Menschen, Jerry Lynn Dean und eine Zufallsbekannte, die zweiunddreißigjährige Deborah Ann Thornton. Danach entwendeten sie aus Jerry Lynn Deans Hinterlassenschaft einen Motorradrahmen, einige Ersatzteile und einen blauen 74er El Camino.

Ein Ranchero ist ein komisch aussehendes Vehikel, halb PKW, halb Pick-Up-Truck. Genau wie ein El Camino. In beiden Fällen sieht der vordere Teil des Wagenchassis genauso aus wie die gängigen Automodelle des jeweiligen Jahres, aber anstelle einer Rückbank gibt es eine Ladefläche. Eine vorübergehende Mode. Man sieht sie bisweilen noch in den Vorstädten.

In Texas gibt es den Ausdruck ›jemanden gefressen haben‹. Karla Faye hatte Jerry Lynn Dean von dem Tag an gefressen, an dem sie ihn zum ersten Mal traf; und das hatte seine Gründe. Am Tag, an dem Karla Jerry traf, es war 1981, kam sie eben hundemüde von einer Woche Anschaffen in Midland nach Hause in ihre Wohnung am Quay Point, die sie mit ihrer besten Freundin Shawn teilte, um im Wohnzimmer eine Harley vorzufinden, die Öl auf ihren Teppich tropfte. Das hatte ihr an diesem Tag gerade noch gefehlt. Sie wußte zwar, daß ein Mann seine Harley im Wohnzimmer abstellen mußte, aber irgend etwas an dem Anblick dieser auf ihren Teppich ölenden Harley machte sie, als sie so erschöpft nach Hause kam, fuchsteufelswild. Karla empfing Freier nie in ihrer eigenen Wohnung, sie wollte, daß es ein besonderer Ort für sie blieb. Zu Hause war eben zu Hause, und das Geschäft war etwas anderes. Also marschierte Karla Faye in die erste Etage und überraschte Jerry mit Shawn in *ihrem*, Karlas Bett. Sie haßte die Art, wie Jerry sie ansah, so schlapp und kläglich, und warf ihn aus der Wohnung. Danach ereigneten sich noch andere Dinge, die ihre Abneigung gegen Jerry Dean verstärkten, aber die Gründe ergeben zusammen keinen Sinn, wenn man nicht von der grundsätzlich, primitiven Tatsache ausgeht, daß die heranwachsende Karla Faye Tucker ein Heißsporn war, ein leidenschaftliches Mädchen mit sehr klaren Vorstellungen, die, hatte sie jemanden erst einmal gefressen oder ins Herz geschlossen, mit Feuer und Entschlossenheit gegen oder für ihn stand.

Als Kind der Harley Davidson-Subkultur – im Süden und Südwesten sowie an der Westküste nach wie vor ein großer Kult – mochte Karla Faye harte, mit allen Wassern der Straße gewaschene, maskuline Männer. Männer, die wissen, wie man ein hautenges T-Shirt, Blue Jeans und Motorradstiefel trägt, die ihre Drinks und Drogen vertragen können, Männer, die sich gewalttätige Filme ansehen, sie zu Waffen-Shows mitnahmen und ihr ein halbdurchsichtiges T-Shirt mit dem Aufdruck ›Kill Them All. God Will Sort Them Out‹ schenkten. Obwohl sie nie besonders auf Tätowierungen stand – sonst hätte sie sich doch selbst tätowieren lassen, oder nicht? – waren viele Männer, die Karla kannte, tätowiert. Sie mochten Pit-Bulls und gaben damit an, in Vietnam grausame Untaten begangen zu haben. Es waren eben richtige Männer.

Damit ein Mann Karlas volle Aufmerksamkeit genoß, mußte er – das war Grundvoraussetzung – in der Lage sein, ›sich in jeder Situation zu behaupten‹. Mit Betonung auf ›jeder‹.

Obwohl er eine Harley hatte und mit anderen Motorradfahrern herumhing und -fuhr, war Jerry Lynn Dean kein solcher Mann. Jerry Lynn Dean war ein Schlappschwanz, und ein Schlappschwanz verdient es nicht, eine Harley zu besitzen. Einem Schlappschwanz würde man seine Harley früher oder später wegnehmen.

Nachdem Karla Jerry Lynn Dean zum ersten Mal aus der Wohnung geworfen hatte, passierte noch einmal haargenau das Gleiche: Erneut fand sie, nach Hause kommend, die öltropfende Harley auf ihrem Wohnzimmerteppich und Jerry wieder im Bett mit Shawn vor. Sie schmiß ihn erneut raus, energischer und unmißverständlicher diesmal. Sie markierte ihre Grenze im Staub. Hinterher erklärte sie Shawn, daß sie wissen solle, daß ihr Zuhause immer auch Shawns Zuhause wäre, daß dieser Kerl Jerry hingegen auf Dauer unerwünscht sei. Punkt. Aus.

Schließlich heiratete Shawn Jerry Dean und verließ die Wohnung am Quay Point. Für eine Weile zog Karla mit ihrer Schwester Kari zusammen. Irgendwann in dieser Zeit – nach Shawns Hochzeit – fuhr Karla mit einer berühmten Rock'n Roll-Band, deren Mitglieder sie seit einiger Zeit kannte, nach New Orleans. Auch Shawn war mit von der Partie, schaffte es aber nicht bis New Orleans, weil sie mit den Roadies und nicht mit der eigentlichen Band unterwegs war. Hinterher entwickelte Shawns Ehemann Jerry Dean die fixe Idee, daß Karla Faye Shawn zur Teilnahme an einer Party mit der Rock'n Roll-Band gezwungen hatte. Aus Rache dafür und für den Rausschmiß aus ihrem Haus kramte Jerry Lynn Dean einige von Karlas Fotoalben heraus, die Shawn aufbewahrte, bis Karla wieder eine eigene Wohnung gefunden hatte, und stach auf einige der

Bilder in dem Album ein, darunter – und das ist entscheidend – auch auf eines von Karlas Mutter.

Am nächsten Tag kam Shawn bei Karla vorbei, um eine Jacke abzuholen. Das war im März 1989, drei Monate vor den Morden. Karla erklärte Shawn, daß sie sie gerne jederzeit besuchen könne, solange sie diesen Jerry nicht mitbrächte. Worauf Shawn herumdruckste und meinte, nun ja, er sei unten im Wagen. Karla stürmte aus dem Haus und begann erneut, auf Jerry Lynn Dean einzuschlagen, erwischte ihn kalt und verpaßte ihm einen gezielten Schlag aufs Auge. Jerry Dean trug eine Brille, und Shawn mußte ihn zur Ambulanz bringen, um einige Splitter aus seinem Auge entfernen zu lassen.

Karla Faye war immer besonders stolz auf ihre Kämpferqualitäten. Boxen. Geballte Fäuste. Sie konnte es auch mit einem Mann aufnehmen, ihn blitzartig angreifen und ihm auch weh tun.

Aber Jerry eins aufs Auge zu verpassen, das reichte ihr nicht. Ihn zu verprügeln wog in keiner Weise die Tatsache auf, daß er das Foto ihrer Mutter zerfetzt hatte. Es war das einzige Bild ihrer Mutter, das Karla besaß, zumindest behauptete sie das damals – vielleicht war es das einzige Foto in dem Album, das Jerry Lynn Dean in die Hände gefallen war, denn es gab durchaus weitere Bilder von Karla Fayes Mutter. Aber das war egal; was zählte, war die Wut, die Karla noch immer auf Jerry hatte. Sie kam einfach nicht darüber hinweg, und in ihrem Innern braute sich ein tödlicher Haß zusammen. Anfang 1983 war Karlas Mutter drei Jahre tot, nachdem sie 1979 im Harris County Hospital ihren letzten verzweifelten Kampf gegen die Gelbsucht verloren hatte.

Karla dachte viel an ihre Mutter. Wenn Jerry Dean wußte, was gut für ihn war, würde er ihr besser aus dem Weg gehen.

Gründe? Es ist passiert. Gründe haben sich aufgetürmt.

Nach einer bestimmten *Ursache* zu suchen, sich zu fragen, warum Karla Faye Tucker, Jimmy Leibrant und Danny Garrett ausgerechnet am 13. Juni 1983 um vier Uhr morgens in Dannys

Ranchero stiegen und in die Watonga Street fuhren, um dort unter zwei schlafenden Menschen ein Blutbad anzurichten, ist, als wolle man einen ganz bestimmten Teerklumpen an der gesamten Küste des Golfs von Mexiko finden.

Niemand hat es so *entschieden.* Es ist passiert.

Karla Faye und Danny Garrett lebten damals zusammen in einem gemieteten Haus in der McKean Street 2205. Sie lebten wie ein Paar. Seit Januar waren sie zusammen. Danny Garrett wollte heiraten, Karla war sich nicht sicher. Sie hatte sich gerade erst von einem Mann *scheiden* lassen, den sie nie geliebt hatte, und durchgesetzt, wieder ihren Mädchennamen führen zu dürfen. Sie war sich nicht sicher, ob sie sofort wieder in die Pfanne hüpfen wollte, selbst wenn Danny Garrett vielleicht der einzige Mann war, den Karla Faye außer ihrem Vater je geliebt hat.

Die McKean Street geht vom Katy Freeway im Nordwesten Houstons ab und liegt in einer Vorstadtgegend namens Spring Branch. Als ich 1966 nach Houston zog, hieß es, Spring Branch sei für weiße Angehörige der Mittelschicht mit Kindern genau die richtige Gegend. Spring Branch hat ein eigenes Schulsystem und ist im Gegensatz zu Houston selbst in von der Stadtverwaltung festgelegte Zonen unterteilt: Einige Straßenzüge sind als Gewerbegebiete, andere ausschließlich als Wohngebiete ausgewiesen. In Houston kann es einem passieren, daß man sich sein Traumhaus kauft, um dann mitzuerleben, wie nebenan ein Vierundzwanzig-Stunden-Supermarkt aufmacht, wo die Leute rund um die Uhr Notrationen von Bier und Tampons kaufen. Als Spring Branch gebaut wurde, galt Houston immer noch als zu groß gewordene Cowboy-Stadt, im wesentlichen unheilbar reaktionär, rassistisch und proletenhaft, *redneck* eben. Spring Branch hingegen galt als eine Klasse besser. Das Schulsystem sollte angeblich besser sein. Ich weiß nicht, ob die Häuser und Schulen wirklich besser waren. Es ging unausgesprochen immer um eins: mehr Weiße, weniger Schwarze und Hispanos – der bürgerliche Traum.

Es gibt Viertel in Spring Branch, die aussehen, wie man es von einer amerikanischen Vorstadt erwartet: genormtes Instant-Leben, Backsteinhäuschen am Ende von Sackgassen, die gartenarchitektonisch gestalteten Freiflächen mit den gewundenen Asphaltwegen und sorgsam gestutzten, pflegeleichten Hecken. Aber Spring Branch hat auch seine Nischen. Einen Block von den gestutzten Hecken entfernt ist nichts mehr. Ein brachliegendes Grundstück, voll mit weggeworfenen Sofas und Autositzen. Ein Hinterhof, der als Parkplatz für verschrottete Trucks dient. Ein Hof zur Straße, der den Hunden und Motorrädern anheimgefallen ist. Ein aufgebockter Wagen.

Houston ist noch so jung und hat es so eilig, daß es an vielen Ecken der Stadt so aussieht. In einem Block gibt es kathedralenartige Stuckverzierungen an den Decken, lizensierte Bars und Bäder, im nächsten nur Brachflächen, Kaschemmen und handgeschriebene Schilder ›Ich repariere Autos‹ und einen Pfeil, der in einen Hinterhof weist.

Den Grund, auf dem Houston gebaut ist, hat man schließlich dem Sumpf abgetrotzt, und der Schlamm droht ständig, sein rechtmäßiges Land zurückzufordern.

2205 McKean liegt ein kleines Stück nördlich der Kreuzung Hammerly Road und MecKean Street. Auf der anderen Straßenseite, dem Haus, in dem Danny und Karla Fay lebten, gegenüber, liegt eine große Freifläche von knapp fünftausend Quadratmetern. Zur McKean Steet hin wird sie von einem kleinen Feld und einem Graben begrenzt, aber den meisten Platz nimmt eine vor Jahren ausgebeutete Sandgrube ein, die jetzt mit Wasser gefüllt ist.

Irgend jemand hat neben die Sandgrube ein teures Apartmentgebäude namens Spring Lake geklotzt. Verandas überblicken das Baggerloch, und es gibt Bootsstege und Weidenbäume. Auf einem Schild steht: Schwimmen im See verboten.

In dem Baggerloch ist Karla immer schwimmen gegangen. Sie hat ihre Hunde mitgenommen und ihnen zugesehen, wie sie Stöcke apportierten. Danny Garrett sagt, angeblich befindet sich auf dem Grund der Sandgrube ein Kran, der so tief im Schlamm versunken ist, daß man ihn nicht mehr auffinden, geschweige denn bergen kann.

Im Juni 1983 hatte es in der McKean Street eine Menge Gerede gegeben. Karla Faye, Danny Garrett und Jimmy Leibrant überlegten – und sprachen ganz ungeniert darüber – dem großen Schlappschwanz Jerry Lynn Dean verschiedene Motorradteile zu stehlen. Jerry Lynn Dean gehörte eine Nummer kleiner gemacht. Es gab Gerüchte über einen geplatzten Drogen-Deal, und jeder wußte, daß Karla Faye Jerry haßte. Das Gerede baute sich auf. Sie wußten, daß Jerry an einer Spezialanfertigung einer bestimmten Harley mit starrem Rahmen baute, Stück für Stück, so wie er die Einzelteile von Freunden und auf Sammlerbörsen besorgen konnte, und wer war er, daß er glauben konnte, er sei einer Harley würdig? Das stand zur Debatte, es war bestimmt ein wichtiges Thema; und es gab noch weitere. Es gab die andauernde heftige Abneigung Karlas gegenüber Jerry Lynn Dean; die Tatsache, daß er das Bild von Karlas Mutter zerfetzt hatte. Und dann war da noch, nicht unbedingt als entscheidender Punkt, aber als Faktor, der eine Rolle spielte, das ganze Bild plötzlich klar werden ließ und dem Trio eine bestimmte Richtung vorgab, die Tatsache, daß man einem Mann, der eine Harley baut, am besten dadurch eins auswischt, indem man sein Motorrad auseinandernimmt und die Teile stiehlt. Für die meisten Männer, die eine Harley haben, sagt Karla, ist ihr Motorrad wie ein eigenes Kind.

Wenn das Gerede zu irgendeinem Ende führen sollte, wenn sich Karla, Jimmy und Danny am frühen Morgen des 13. Juni 1983 wie echte Kerle benehmen und es diesem Schlappschwanz mal so richtig zeigen wollten, wußten sie wie, und sie wußten, woran sie sich halten mußten. Außerdem baute Karla gerade selbst ein Motorrad und brauchte Teile. Jerry hatte Teile. Außerdem hatte Shawn Jerry mittlerweile verlassen, diesmal endgültig, wie sie schwor, und war zu Karla gekommen, um ihr ihre Lippe und Nase zu zeigen, die Dean ihr eingeschlagen hatte. Karla verdiene eine Medaille dafür, daß sie Jerry an jenem Tag aus dem Haus geprügelt habe, sagte sie noch, und ihr sei es egal, was Karla Jerry diesmal antun würde.

Daß Shawn von einem Mann geschlagen worden war, der sich selbst nicht in jeder Situation behaupten konnte, war der I-Punkt: Zu diesem Zeitpunkt begann auch das Gerede über den Diebstahl der Motorradteile. Es galt unbedingt, Rache zu üben. Erst eine Woche zuvor hatten Karla, Shawn und Kari in dürftiger Verkleidung – Hüte und Sonnenbrillen, um die Videokamera über dem Bankautomaten zu täuschen – mit Jerrys von Shawn entwendeter Bankkarte seine gesamte Barschaft in Höhe von vierhundertsechzig Dollar abgehoben. Shawns Mutter hatte berichtet, daß Jerry sie fuchsteufelswild angerufen und gedroht habe, Anzeige gegen Shawn zu erstatten.

»Shawn werd' ich mir kaufen«, soll Jerry Dean angeblich wortwörtlich gesagt haben.

Wieviel mehr sollte Karla noch hinnehmen? Sie und Shawn waren enge Freundinnen, wirklich eng. Beste Freundinnen. Als Shawn mit eingeschlagener Lippe und Nase zu Karla gekommen war, hatte die gewußt, daß sie etwas unternehmen mußte. Sie wußte nur nicht genau was.

Am 13. Juni 1983 wohnte Shawn schon seit einigen Wochen bei Danny, Karla, Karlas Schwester Kari und Karis Ex-Mann Ronnie Burrell, der ein Drogenlabor zur Herstellung von Speed-Tabletten betrieb. Aber Shawn stand noch immer in Kontakt mit ihrem Mann und wußte zu berichten, daß Jerry jemanden auf Karla Faye angesetzt hatte. Nicht, um sie zu töten – sondern, um ihr mit einem Flammenwerfer das Gesicht zu verbrennen und sie fürs Leben zu verunstalten. Shawn erzählte, Jerry habe gesagt, für dreihundert Dollar würde jemand den Job für ihn erledigen. Ein Typ namens Sideburns.

Gerüchte. Gerede.

Jerry hatte einen Flammenwerfer in der Wohnung, auf dem Fernseher. Sagte Shawn.

So vergingen der 11., 12. und 13. Juni mit Gerede, und in folgender Gesellschaft: Motorrad-Rocker, Kiffer, korrupte Bullen, Nutten, Rock-Musiker und Oben-ohne-Tänzerinnen. Männer mit einer Tätowierung auf der Spitze ihres Penis als Beweis für ihre Männlichkeit.

Und in dieser Gesellschaft gab es jede Menge *sie sagt, er sagt.* Karla hatte ihre Clique – mehr eine *Sippe* als eine Clique – und obwohl Karla in ihrer Familie die jüngste war, war sie, vor allem nach dem Tod ihrer Mutter, die *Toughe* geworden, die zeigte, wo es langging, wenn jemand Ärger machte: Wenn man etwas erledigt haben wollte, erzählte man es Karla. Manchmal, wenn man nicht wollte, daß etwas geschah, und es ihr absichtlich nicht erzählte, kümmerte sie sich trotzdem darum. Zum Beispiel um Kari. Karla wußte, daß ihre große Schwester Kari sich andauernd in die denkbar übelsten Kerle verliebte, die sich früher oder später als echte Schweine erwiesen. Wenn Kari nun mit einem Mann zusammen war, von dem Karla glaubte, er sei nicht gut für sie, fand sie jemanden, von dem sie annahm, er würde Kari besser behandeln – ein Kerl namens Mohawk beispielsweise –, machte die beiden bekannt, wohlwissend, auf welchen Typ Kari stand – und ließ der Natur ihren Lauf. Und den nahm sie auch.

Karla mochte die Kleine sein, aber seit dem Tod der Mutter hatte sie den Laden übernommen. Kari war verletzbar, man mußte sich um sie kümmern, und Karla Faye war vielleicht ein kleines bißchen verrückt darüber geworden, alles zu regeln und zu kontrollieren. Vielleicht war es ihre Art, sich zu bestätigen, daß ihre Mutter nicht wirklich tot war, indem sie an ihrer Stelle mit eiserner Faust regierte. Sie wirkte ja so hart. Sie war leidenschaftlich und selbstsicher, muskulös und schlank; in ihren Jeans und dem engen T-Shirt, mit ihrer flachen Brust und den sehnigen Armen sah sie mit hochgestecktem Haar aus wie ein kleiner, drahtiger griechischer Junge. Mit ihrer dunklen Haut, dem schwarzen Haar, den O-Beinen und einer klaren Vorstellung ihrer eigenen Grenzen war Karla so ganz anders als alle anderen Mitglieder ihrer Familie. Die anderen waren alle weich und unentschlossen, mit blasser Haut, geraden Beinen und blauen Augen. So sehr unterschied sich Karla von ihnen, daß man nie geglaubt hätte, sie gehöre zu dieser Familie.

Sie wollte sein wie sie. Bis heute hält sie immer die blonden Mädchen für hübsch, nie die dunklen.

Es gab also diese Sippe; sie waren seit Jahren zusammen, vor allem der harte Kern der Frauen, Karla Faye, ihre ältere Schwester Kari und Shawn Jackson Dean. Die drei hatten zusammen gelebt, waren zusammen auf Reisen, mit Rock-Bands auf Tour und anschaffen gewesen. Solange Karlas Mutter noch lebte, war sie stets die Ehren-Anführerin dieser Mädchen-Bande gewesen, sie hatte sie das Leben gelehrt, wenn nicht mit vielen Worten, so doch durch ihr mütterliches Vorbild. Mama Carolyn hatte ihre Freier an Kari weitergereicht, die sie wiederum Karla überlassen hatte. Mama Carolyn hatte mit ihren Töchtern Joints gedreht, bevor die zum ersten Mal ihre Tage hatten. Und keine von ihnen tat etwas, ohne daß die anderen davon wußten.

Beste Freundinnen, nichts war je vorher so oder wird es je wieder sein; die meisten Frauen werden das verstehen – wir haben es alle selbst erlebt. Mit Ausnahme der beiden Jahre, in denen sich Shawn und Karla wegen einer Prügelei, die Karla mit Shawns Schwester Shay gehabt hatte, zerstritten hatten, hatte Shawn immer mehr oder weniger in jedem Haus mitgewohnt, in dem Karla gerade lebte. Sie klebten aneinander wie Siamesische Zwillinge, sagt Karla.

Als Teenager war Karla Faye einige Jahre mit einem Bauschreiner namens Stephen Griffith verheiratet gewesen, aber sie hatte ihren Mann mit der Zeit verachten gelernt, und als im Mai 1983 endgültig die Scheidung ausgesprochen wurde, erstritt Karla Faye das Recht, wieder ihren Mädchennamen zu führen, damit jede Spur von Griffith in ihr getilgt würde und sie wieder ganz die sein konnte, die sie einmal gewesen war, die Tochter ihrer Mutter, Karla Fay Tucker.

Sie war zurück bei der Sippe. Außerhalb war sie ein Niemand. Jetzt war sie wieder sie selbst.

12. Juni 1983. Karla behauptet, sie habe Jerry Lynn Deans Drohungen, dreihundert Dollar dafür zu bezahlen, daß ihr jemand das Gesicht verbrannte, nicht ernst genommen. Sie glaubte, Jerry hätte nicht das Zeug für so etwas gehabt.

So existierten sie, immer mit einem Fuß außerhalb des Gesetzes, einen Atemzug – wenn überhaupt – diesseits der Gewalt. Jimmy Leibrant und Ronnie Burrell lebten davon, selbst zusammengemixte Speed-Tabletten zu verkaufen. Wie ihre Mutter machten Karla und Kari ihr Geld am Telefon.

Kifferin mit acht, an der Heroin-Nadel mit elf, nahm Karla alles an Drogen, was sie kriegen konnte. Sie schluckte Pillen. Downer, Blocker und Schlaftabletten. Gerne auch LSD. Und sie liebte die Nadel. Liebte das Gefühl, wenn die Spritze in ihre Vene eindrang, fast mehr als die Droge selbst. Alle hatten sie ihre Ärzte, die ihnen Rezepte schrieben. Im Sprechzimmer ihres Arztes, der einem für zwanzig Dollar und einmal Grabschen aufschrieb, was man haben wollte, traf Karla auch Danny Garrett. Danny Garrett trug ein Halfter mit einer .38er Pistole in einem Stiefel, eine kleine Papiertüte mit Drogen in dem anderen. Alle Barkeeper würden Waffen tragen, versicherte er Karla. Im Haus in der McKean Street gab es mindestens zwei Waffen, eine im Schlafzimmer, eine weitere hinter der Couch im Wohnzimmer.

Der Abgrund war immer – permanent – nur einen Augenaufschlag entfernt. Es brauchte bloß ein Wimpernklimpern.

2205 McKean Street ist ein gediegen aussehendes Reihenhaus aus dunkelbraunem Backstein, klein, modern, wie ein Stadthaus mit Garage und einem kleinen Garten, der nicht viel Arbeit machte. Mit Teppichboden, Vorhängen und Einbauküche. In einem Zimmer schliefen Karla und Danny, Karlas Schwester Kari Tucker Burrell in einem anderen. Jimmy Leibrant hielt sich so häufig in der McKean Street auf, weil Kari ihrem Ex-Mann Ronnie Burrell ein Zimmer angeboten hatte und Ronnie Burell und Jimmy Leibrant wiederum bei der Herstellung und dem Verkauf von Speed Geschäftspartner waren.

Danny gefiel es gar nicht, daß Ronnie Burrell einzog, aber er wurde zwei zu eins überstimmt. Ronnie schlief in dem dritten Zimmer. Jimmy lebte nicht mit in dem Haus, war jedoch sehr oft zu Gast.

Daniel Ryan Garrett war in Karla Faye Tucker verliebt, und zwar seit dem Augenblick, als er ihr zum ersten Mal begegnet war. Er wollte sie nicht verlieren. Und wenn Danny irgendwas über Karla Faye gelernt hatte, dann, daß man sie erstens am ehesten dazu kriegte, etwas zu tun, indem man ihr sagte, sie solle es nicht machen, und daß man sich zweitens nie zwischen sie und ihre Schwester stellen durfte.

Also zog Ronnie Burrell ein. Ronnie Burrell war ein unheimlicher Typ. Jeder sagte: Ronnie würde alles machen. Ronnie wußte Bescheid, regelte Sachen, er war der geborene Macher und Boß, nicht die großmäulige Angeberversion wie Karla, sondern echt. Ronnie hat Tätowierungen; eine auf seinem Arm ist die Schwarze Rose des Todes. Im Zeugenstand sagte Danny Garretts Bruder Douglas, er glaubte, Ronnie Burrell sei der Teufel, und er meinte es ernst.

Nachdem sie bei Jerry Dean ausgezogen war, lebte Shawn mit in dem Haus in der McKean Street; sie schlief in einem Zimmer mit Kari.

Als Kari und Ronnie verheiratet waren, hatten sie ein gemeinsames Kind, einen Sohn. Der Junge lebte bei Ronnies Eltern.

Shawn hatte von einem Ehemann vor Jerry eine Tochter. Das Mädchen lebte bei ihren Großeltern.

Jimmy Leibrant übernachtete hin und wieder in der McKean Street 2205, schlief auf der Couch, hatte Sex, hing rum. Andere kamen und gingen. Die Sippe bekam Zulauf und schrumpfte, verteilte sich, aber blieb doch immer bestehen. Im Wohnzimmer stand eine Couch, auf der jeder für eine Nacht kampieren konnte, außerdem konnte jeder in jeder beliebigen Nacht in einem beliebigen Bett schlafen. Die Leute tauschten, wechselten und teilten ihre Partner; sie betrogen ihre Ehemänner, -frauen,

Freunde und Freundinnen; manchmal gab es flotte Dreier oder Vierer. Karla Faye achtete allerdings stets darauf, einen Mann nicht zu betrügen, wenn sie fest mit ihm zusammen war, verheiratet oder nicht. Freier waren eine andere Sache, Freier zählten nicht als Betrug, Freier waren geschäftlich.

Ihre Familie. Ihre Sippe. Plus zwei Pitbull-Weibchen, Tessa und Tooter. Karla konnte gut mit Hunden umgehen. Sie hatte sie gelehrt, auf Handzeichen zu reagieren.

In der McKean Street 2205 war Sex wie Essen. Für Kari und Karla war das schon lange so. Nicht, daß sie nicht eine konventionelle Erziehung für Mädchen genossen hätten; ihre Mutter hatte ihnen früh beigebracht, zu kochen und sauber zu machen (»Und ich meine nicht bloß sauber«, sagte Karla, »sondern *richtig* sauber.«) – eine korrekte Erziehung war ihr sehr wichtig. Worte. Gute Ratschläge. Doch Karla und Kari bekamen mit, daß Mama Carolyn ein schickes Apartment, tolle Kleider und viel Spaß hatte und ihr Geld am Telefon verdiente. »Macht es so, wie ich es euch sage, und nicht, wie ich es euch vormache«, erklärte sie ihnen, was Kari und Karla jedoch nicht abhalten konnte. Und ihre Mutter hat sich, wie Karla zugibt, auch nicht allzusehr dagegen gewehrt, daß ihre Töchter das gleiche taten wie sie.

Und so lernten sie durch das Vorbild ihrer Mutter, wenn schon nicht durch ihre guten Ratschläge, daß ein weibliches Geschlechtsteil nicht dazu da war, sich zu amüsieren oder besonders private Gefühle zu hegen; nein, es ließ sich davon leben . . . nicht nur leben, es brachte einen in der Welt weiter, verschaffte einem Unabhängigkeit und jede Menge *Zeug*. Es versorgte einen mit langen Ledermänteln von Neimann-Marcus, schicken Schuhen, edlen Möbeln, weichen Sesseln und einem eleganten Couchtisch. Man brauchte keinen Verstand, keine Pläne, mußte kein langweiliges Stechkarten-Leben führen, wenn man über dieses großartige Kapital verfügte, dessen Wert keinerlei Schwankungen unterworfen war, nie in Frage gestellt wurde. Männer gab es dort draußen immer genug.

Im Frühjahr 1983 ging es Kari und Karla gut. Einmal im Monat fuhren sie nach Midland, einer Stadt im Westen Texas, um im Sun Valley Motel zu arbeiten. Die Besitzer des Hotels waren nette Leute. Sie arrangierten alles: Termine und Honorare. In dem Hotel gab es eine Suite, in der sie arbeiteten. Nach einer Woche kamen Karla und Kari jedesmal mit jeweils 1500 bis 2500 Dollar nach Hause, was fast reichte, um den ganzen restlichen Monat davon zu leben. Das war natürlich vor dem Ölpreis-Sturz. Wenige Jahre später sollten sich die texanischen Geschäftsmänner um die wenigen Jobs und ihr bißchen Geld schlagen, anstatt monatliche Trips ins Sun Valley Motel zu unternehmen, um Geschäfte mit Edel-Nutten aus Houston zu tätigen.

Karla und Kari hatten einen weiteren festen Termin in Enid, Oklahoma; die restliche Zeit bestritten sie ihren Lebensunterhalt per Telefon – ein rotes Telefon, das kein Mann beantworten durfte. Als Prostituierte – sie selbst ziehen die Bezeichnung Call-Girl vor – waren Karla und Kari stolz auf ihre Unabhängigkeit. Sie trafen ihre eigenen Verabredungen, hatten ihre eigenen Kundenlisten. Die Männer riefen sie an, nicht umgekehrt. Und sie hatten jede Menge Freizeit. Um herumzuliegen. Pläne zu schmieden, Klamotten zu kaufen. Noch mehr Drogen zu nehmen.

Danny hatte einen festen Job, schon immer. Die herumhängenden Kiffer und die viele Freizeit, über die Karla Faye verfügte, störten ihn. Nicht, daß er keine Drogen genommen hätte, er war selbst ein regelmäßiger Konsument; aber er glaubte, daß es besser für Karla wäre, wenn sie einen regulären Job hätte, und er hoffte, sie mit seiner Liebe zu überzeugen, mit dem Anschaffen aufzuhören, ja er glaubte sogar, daß sie es vorhatte. Aber als Karla dann im Mai nach Midland gefahren war, war er mit Kari auf der Wohnzimmercouch in eine dumme Geschichte geraten. Ein schwerer Fehler. Das wußte auch Danny damals – jeder, der sich mit Schwestern auskannte, hätte es gewußt – aber er und Kari waren beide voll gewesen, und – es war eben passiert.

Als Karla nach Hause kam, erzählte Danny es ihr. Karla sagt, sie sei gar nicht so sehr *wütend* als vielmehr *verletzt* gewesen, als sie es hörte; sie fühlte sich vor allem von Kari hintergangen; schließlich war Kari ihre Schwester. Dann kam es noch schlimmer: Kari erklärte ungeniert, daß es ihr mit Danny Spaß gemacht habe und sie nichts bereue. Ihre eigene Schwester. Was Danny anging, schob Karla das Ganze auf die Tatsache, daß er ein Mann war, und da sie von jedem Mann, mit dem sie je zusammengewesen war, betrogen worden war, fragte sie sich, warum es mit Danny anders sein sollte? Und so zog sie sich auf ihr altes und gewohntes Verhalten zurück, Männern – auch Danny – schlicht nicht mehr zu vertrauen.

Wenn Karla Faye auch nicht *wütend* war, so war sie sich doch nicht zu schade, es den beiden heimzuzahlen; sie tat es nur anders als die meisten Frauen, sagt sie. Sie strafte ihre Schwester und ihren Freund mit Schweigen, ließ sie nicht über das reden, was sie getan hatten, brüllte sie nie an oder hob auch nur die Stimme, sagte vorneweg die wenigen Sätze, die sie zu sagen hatte, und sprach dann drei Tage lang kein einziges Wort. »Sie wußten, daß ich es wußte und ihnen nie wieder vertrauen würde, und ich wollte mir gar nicht anhören, was sie zu sagen hatten.«

Kari erlitt über Karlas Reaktion einen Nervenzusammenbruch. Danny versank in einem schwarzen Loch aus Schuldgefühlen und Depression, aus dem er bis heute nicht herausgekommen ist. Als Karla drei Tage später wieder mit ihnen zu reden begann, war alles anders; alles. »Ich wußte, daß Jimmy und ich nie wieder so sein würden wie vorher und daß wir nie zusammen alt werden konnten. Und ich wußte, daß ich Kari nie wieder trauen würde, wenn es um einen Mann ging, den ich mochte . . .«

Danny arbeitete als Barkeeper in einem als Single-Bar bekannten Laden – man brauchte eine Mitgliedskarte, um reinzukommen –, im Jet Set Club. Karla sagt, es wäre ein Sex-Club gewesen, in den man ging, um neue Partner zu treffen, zu tauschen, zu wechseln, Affären zu haben. Danny war einst ein erstklassiger Barkeeper gewesen und hatte exotische Getränke in Nobel-Bars wie der auf dem Dach der Galleria gemixt, in einem Houstoner Luxus-Hotel. Die Leute sahen Danny Garrett gern bei der Arbeit zu, er bewegte sich so geschmeidig, war so gut, ließ alles so leicht aussehen. Aber seither war es mit ihm bergab gegangen. Statt eines Chrysler 300 fuhr er jetzt einen Ranchero und arbeitete im Jet Set Club. Er war einmal verhaftet worden. Waffen- und Drogenbesitz.

Ein Grund kam zum anderen, aus dem Schneeball wurde eine Lawine. Wenn man Karla fragt, warum sie sich mitten in jener Nacht vom 12. auf den 13. Juni 1983 entschlossen hat, nach draußen zu gehen, in den Ranchero zu steigen und mit Danny Garrett und Jimmy Leibrant zu Jerry Lynn Deans Apartment zu fahren, sagt sie, daß sie nicht glaubt, irgend etwas wirklich bewußt entschieden zu haben... »Mein Verstand«, sagt sie, »war völlig hinüber.«

Es passierte. Sie fuhren. Anlässe und Gründe vermischen sich, ergeben einen Moment lang einen Sinn und fallen dann wieder auseinander. Nichts davon kann auch nur ansatzweise als Erklärung dienen – ohne die Party, das Wochenende, die Nadeln und das Speed.

Der Sonntagabend des 12. Juni 1983 war ein dunkler Abend, es war Neumond. Nach dem Kalender noch kein Sommer, aber wer will das ab Mai in Houston schon so genau sagen. Die Fehde zwischen Jerry Lynn Dean und Karla Faye lag in der Luft, das ganze Gerede. Jenseits von Fehden und Groll war da noch ein weiterer Faktor, die unbestreitbare Tatsache, daß Karla Faye Tucker, Danny Garrett und Jimmy Leibrant in jener dunklen Juninacht 1983 gegen drei Uhr morgens in Danny Garretts blauen Ranchero stiegen und zu Jerry Lynn Deans Apartment fuhren, weil sie – im Grunde genommen, weil sie völlig zu waren.

Seit drei Tagen hatten sie im Haus an der McKean Street herumgehangen und Amphetamine gespritzt, Tequila getrunken (Karla trank ihn am liebsten mit klarem Schnaps gemischt) und Tabletten geschluckt, von Freitag, dem 10., bis Sonntag, dem 12. Der 11. war Karis Geburtstag, es sollte eine Party werden. Das ganze Wochenende über kamen und gingen Leute im Haus ein und aus. Shawn hatte eine Orgie versprochen. Sie brauchten Männer, und Shawn war die Woche zuvor losgezogen und hatte welche rekrutiert.

Am Morgen des Sonntags, des 12. Juni, hatten vier Teilnehmer des Wochenendes – Kari Burrell, Shawn Dean, Jimmy Leibrant und ein weiterer männlicher Partygast – gemeinsam Sex; Jimmy hatte sogar seine Anlage aufgebaut, um den Spaß auf Video aufzunehmen. Für Karla stand sowohl privater als auch beruflicher Sex zur Zeit außer Frage, weil sie eine Zyste an den Eierstöcken hatte. Sie würde im Juni auch ihren monatlichen Midland-Trip ausfallen lassen müssen. Danny, der sich gerade von einer vierwöchigen Hepatitis erholte, war auch nicht voll auf der Höhe. Am Sonntag, dem 12., grillte irgend jemand. Koteletts, sagt Kari. Im Garten von 2205 McKean Street steht ein Gas-Grill, ein weiteres Insignium hoffnungsfroher Bürgerlichkeit. Am Sonntagnachmittag hielt Karla mit ihren Hunden Tooter und Tessa ihre Dressierstunde ab, ließ sich die Haare schneiden, schluckte Pillen, trank und spritzte Speed.

»Leute kamen und gingen«, erinnert sie sich, »platzten rein, knallten sich den Kopf zu, aber so lief das damals eben, rein und raus.«

Am Sonntagabend war die Orgie mehr oder weniger zu Ende. Um die Zeit »waren auch nicht mehr allzu viele Leute da.«

Karla Faye und Jimmy Leibrant hatten seit drei Tagen nicht geschlafen.

Nachdem sie die gegrillten Koteletts gegessen hatte, hatte Kari Burrell einen Job, mit einem regelmäßigen Kunden namens Sammy. Von Sammy hat man – verständlicherweise – seither nichts gehört oder gesehen. Ronnie Burrell wollte irgendwann nach zehn zu Hause sein; er schaffte es nicht.

Danny ging zur Arbeit und kam wieder nach Hause.

Jetzt waren es nur noch drei: Karla, Jimmy, Danny.

Mehr Speed.

Und sie hatten lange genug im Haus herumgehangen. Als der Sonntag endete und der Montagmorgen nahte, waren die drei absolut wild darauf, rauszukommen und irgend etwas zu unternehmen, und zwar aus einem ganz simplen Grund. »Wir standen total unter Strom und wollten einfach irgendwas machen.«

»Irgendwas machen« ist eine Formulierung, die immer wieder auftaucht. Egal was, wenn es nur über den toten Punkt hinweghalf, wenn es die Energie nur auf irgend etwas oder irgend jemanden jenseits ihrer selbst lenkte, so daß sie, wenn die Handlung erst einmal abgeschlossen war, wieder diesseits der Grenze, in sich selbst zur Ruhe kommen konnten.

»Jimmy rannte die ganze Zeit im Flur hin und her auf der Suche nach irgend etwas zu tun. Er schwitzte und war völlig aufgedreht. Er sagte die ganze Zeit, er würde verrückt werden, wenn er . . . nicht bald irgendwas machen würde.«

Keiner wußte, was das sein sollte. Wie gelangweilte, hypermotorische Kinder, die immer mehr und mehr wollen, ohne sagen zu können, warum oder was genau eigentlich, nur . . . auf die andere Seite rüber, *bedürftig* und außer Kontrolle.

Man muß an dem Punkt gewesen sein, so fertig mit den Nerven, den Verstand so betäubt, in einem Spiel um alles oder nichts.

Die Mitspieler müssen, jenseits von Gut und Böse, die Grenze zum Alptraum längst überschritten und eine Realität erreicht haben, wo alles, wirklich alles passieren kann.

Ich

Ich höre die Geschichten, betrachte die Fotos und versuche nach und nach zu verstehen, was geschehen ist; versuche, in der Phantasie und Erinnerung die Grenze zwischen ihrer und meiner Welt zu überschreiten.

Als kleines Mädchen war ich dick, mein Vater war dick und mein Bruder auch, das Gewicht meiner Mutter schwankte, und wir waren alle auf unser verzweifeltes Fettsein fixiert, Fettsein war ein wichtiges Thema in unserer Familie. Deshalb besorgte uns mein Vater, ein Apotheker, Diät-Pillen. Damals hielt man Diät-Pillen noch nicht für Drogen, sie galten als Medizin. Als ich auf dem College war, ging ich einmal mit einer Gruppe Studentinnen zu einer Apotheke in Oxford, Mississippi, um Dexedrin-Langzeit-Kapseln zu kaufen, damit wir die ganze Nacht wachbleiben und für die Abschlußklausuren pauken konnten. Keiner von uns traute sich, nach den Pillen zu fragen, außer der Dünnsten von uns, ein Mädchen aus Jackson, die nicht mehr als neunzig Pfund gewogen haben kann. Sie flanierte also in den Laden, erklärte dem Apotheker, sie mache eine Diät und brauche, nun ja, sagen wir fünfzig Kapseln. Als der Apotheker statt dessen Tabletten vorschlug, meinte das dünne Mädchen, nein, sie würde wohl doch die höhere Dosierung brauchen. Der Apotheker zählte ihr anstandslos die fünfzig Kapseln ab.

Ich blieb die ganze Nacht über meinen Büchern und Notizen wach und kam mir unglaublich clever vor. Am nächsten Tag brillierte ich in meiner Klausur im Einführungskurs Philosophie, ich schrieb mich um Kopf und Kragen und verfaßte lange Erörterungen über ... keine Ahnung, was es eigentlich war. Neben dem Zensurbogen, auf dem am nächsten Tag am schwarzen Brett meine 1+ bekannt gegeben wurde, hatte mein Professor eine persönliche Bemerkung geheftet: »Woher«, wollte er wissen, »weißt du so viel über Kant?«

Kant? Mittlerweile waren alle gespeicherten Informationen zu Staub zerpulvert. Geschichte. Ich war so voller brillanter Ideen, daß mein Bleistift gar nicht mit dem Notieren nachkam, so voller intelligenter Antworten, Sätze, Paragraphen . . .

Nach der Klausur fand ich auf einer Seite des Notizbuches, über dem ich drei dieser vier Nächte gehockt hatte, eine zittrige Zeichnung und sinnlose Randbemerkungen, irgend etwas von einem Boot mit Schaufelrad, das auf mich zukam. Und ein Bild des Bootes.

Ich konnte mich an kein Boot mit Schaufelrad erinnern und hatte nicht die geringste Ahnung, woher die Zeichnung stammte. Ich zerriß die wirren Notizen und das Bild, fuhr nach Hause und fand, nachdem ich mir meine Mundhöhle wund gebissen hatte, endlich Schlaf, kam über die Pillen hinweg. Als Heranwachsende war Fettsein so ziemlich das Schlimmste überhaupt, aber ich habe diese Diät-Pillen nie wieder genommen.

Das will ich gar nicht meiner Vernunft zugute halten. Es hatte nichts mit Willenskraft oder einem anderen Entschluß zu tun. Die Angst trifft ihre eigenen Entscheidungen.

Doch das ist nur Kinderkram, ein Flüstern im Vergleich zu den Stimmen, die am 12. und 13. Juni in der McKean Street 2205 zu hören gewesen sein müssen . . .

Aber genug, um mit Hilfe der Phantasie den Sprung zu schaffen.

Jene giftige Wurzel

In der Gegend von Houston, in der Karla Faye mit Danny Barrett lebte, gibt es jede Menge Apartment-Gebäude, von denen die neueren mit vielversprechenden Namen locken: Whisper Wood, Hickory Ridge, Hammerly Woods. Das Apartmentgebäude neben dem Baggerloch an der McKean Street heißt

Spring Lake, das, in dem Jerry Lynn Dean mit seiner Frau Shawn wohnte, trug den Namen Windtree. (Inzwischen ist Windtree verkauft und in Stradford Oaks umbenannt worden.)

In *Macbeth* – auch eine Geschichte, die von den finsteren Aktionen einer dunklen Nacht und ihren blutigen Konsequenzen handelt – zweifelt Banquo, der Inbegriff von Konvention und gesundem Menschenverstand, nachdem er die geschlechtslosen Hexen hat herumtollen und ihre Prophezeiung tun sehen, an seinen eigenen Sinnen: »War so was wirklich hier«, fragt er ungläubig seine Freunde, »wovon wir sprechen? Oder aßen wir von jener gift'gen Wurzel, die die Vernunft bewältigt?«

In der Nacht vom 12. auf den 13. Juni war der gesunde Menschenverstand in der McKean Street 2205 ausbruchssicher weggeschlossen. Karla Faye, Danny Garrett und Jimmy Leibrant hatten schon seit Tagen an der *gift'gen Wurzel* genagt.

Karla erinnert sich an einen Wendepunkt. »Jedesmal, wenn Jimmy sagte, er würde verrückt werden, wenn er nicht bald etwas unternehmen würde, meinte Danny: ›Ich weiß, was wir machen können.‹ Und er zog ein Stück Papier aus der Tasche und begann, den Grundriß von Jerrys Wohnung aufzumalen.«

Als Karla etwa eine Woche vor ihrem Geburtstag Shawn Deans Blue Jeans gewaschen hatte, hatte sie in der Hosentasche einen Satz Schlüssel gefunden, die Shawn schon vermißt hatte: die Schlüssel zu Jerry Lynn Deans Wohnung und seinem Wagen. Karla erinnerte Jimmy und Danny daran, daß sie die Schlüssel hatte, und ging sie holen. Danny skizzierte den Grundriß; Jimmy war ganz wild darauf, etwas zu unternehmen.

Es begann.

Karla ... war zu allen Schandtaten bereit.

Jimmy ... total ausgerastet ... an dem Punkt von *yeah, okay,* was auch immer.

Danny war schon früher in Jerry Deans Wohnung gewesen, er wußte, wie die Räume lagen. Auch Karla war schon einmal dort gewesen, aber sie war an jenem Tag so mit Drogen vollgepumpt gewesen, daß man sie nach Hause tragen mußte. An die Wohnung hatte sie keine Erinnerung.

Obwohl sie davon geredet hatten, Motorradteile zu stehlen, wollten sie nicht in dieser Nacht bei Jerry Lynn Dean eindringen, um die Teile zu stehlen. Danny sagte, sie brauchten einen Plan, sie müßten ganz cool an die Sache herangehen. Danny war der Lehrer, der Älteste, er hatte einen eigenen Wagen, einen Job, Autorität. In jener Nacht verließen die drei mit der festen Absicht das Haus, nichts zu unternehmen, was über das bloße Auskundschaften des Gebäudes für zukünftige Beutezüge hinausging. Das haben sie zumindest damals geglaubt und glauben es bis heute.

Karla sagt, Danny habe gemeint, sie sollten mal vorbeifahren und sich den Laden ansehen, und sie und Jimmy hätten das für eine gute Idee gehalten. Hinzufahren, um zu sehen, ob jemand in dem Gebäude noch um diese Zeit wach war, in welchen Apartments noch Licht brannte, wie die Fenster und Türen der Wohnungen lagen.

Jimmy sagt, er sei zur Abschreckung mitgekommen, falls es Ärger geben sollte.

Auf dem Weg aus dem Haus in der McKean Street nahm Danny eine Schrotflinte mit, wahrscheinlich die, die hinter der Wohnzimmercouch aufbewahrt wurde. Er trug Handschuhe.

Niemand dachte sich etwas dabei.

In Houston ist eine Schrotflinte nichts Ungewöhnliches. Eine Menge Leute in Spring Branch haben wahrscheinlich bis heute nicht nur Schrotflinten hinter der Wohnzimmercouch, sondern auch andere Waffen in anderen Zimmern: Handfeuerwaffen, Gewehre, automatische Waffen, manche auch geladen. Diese Leute halten sich deswegen nicht für Verbrecher.

Es gab in jener Nacht keinen formellen Plan, irgend jemanden zu verletzen oder irgend etwas zu stehlen. Trotzdem nahm Danny die Waffe mit. Und Handschuhe.

Karla sagt, sie seien zu einem, wie nennt man es noch, Aufklärungseinsatz unterwegs gewesen. Danny war beim Militär gewesen; er behauptete, ein gewisses Know-how zu haben. So ging man eine solche Sache an. Erst spionierte man das Objekt aus, dann schlug man zu.

Die drei standen gar nicht mehr so sehr am äußersten Abgrund, als vielmehr irgendwo jenseits davon, wo das Denken nicht mehr fortschreitet, sondern einfach dahintreibt. In der Rückschau ist das leicht zu erkennen. Aber als die drei damals in den Ranchero stiegen, die McKean Street in südlicher Richtung bis zur Hammerly Road und weiter die fünfeinhalb Meilen in östlicher Richtung bis zu Jerry Lynns Apartment in der Wantonga Road 4000 fuhren, planten sie nicht *bewußt*, irgend jemanden zu überfallen. Natürlich war es noch immer eine durchaus konkrete Option, Jerry Lynn Dean Motorradteile zu stehlen, aber nicht sofort. Das war, wenn überhaupt, für eine andere, spätere Gelegenheit geplant.

Eine dunkle Nacht. Gründe bauten sich auf, ohne zusammen einen Sinn zu ergeben, stapelten sich in den Köpfen nur zu Größe und Gewicht, wie Autos auf einem Schrottplatz.

Jerry Lynn Dean lebte in einer Erdgeschoßwohnung an der Watonga Street in der Houstoner Vorstadt Oak Forest, dem an Spring Branch angrenzenden Stadtteil. Oak Forest ist auch so ein Auf-der-Kippe-Stadtteil, wo vor allem Menschen leben, denen weder sehr viel Bildung noch sehr viel Zuversicht mit auf den Weg gegeben ist; Menschen, die meist vergeblich versuchen, sich zur nächsten Einkommens- und Sozialprestige-Stufe hochzuhangeln. Auf den Hauptstraßen hat praktisch jeder zweite Laden irgend etwas mit Autos zu tun: Reparaturwerkstätten, Reifenhändler, Wagenpolstereien, Lack- und Schönheitsreparaturen. Es gibt Rollschuhbahnen, Bowling-Center, sektiererische Kirchen. Einige Straßenzüge stammen noch aus der Zeit vor dem zweiten Weltkrieg und sind recht hübsch. Die meisten bestehen aus Wohnhäusern, in denen die Mieter kommen und gehen, schnell und reibungslos. Die Läden sind mit Gittern gegen Einbrecher gesichert. Unter den Parkverbotsschildern steht die Nummer des Abschleppdienstes, bei dem man seinen Wagen wieder abholen kann. Es ist eine Gegend, in der mobile Redneck-Aufsteiger leben, wobei ›oben‹ meist Welten entfernt liegt und ›mobil‹ vor allem ohne festen Halt, d.h. von einer Wohnung in die nächste, bedeutet.

Der Windtree-Komplex liegt ein wenig zurück in einem kleinen Hain, fast wie auf einer Lichtung. Es gibt kleine Eichen, Zürgelbäume, ein paar Hickories. Im Windtree gibt es zwei getrennte Sektionen von Apartmentgebäuden, eine für Mieter mit Kindern und eine für Mieter ohne. Weil Shawn Jackson Deans Tochter Jamie Kay eine Zeitlang mit ihr und Jerry zusammengelebt hatte, wohnte Jerry Dean in der Familien-Sektion der Windtree Apartments.

Die Apartmentgebäude selbst sind recht ansehnlich, wenn auch reichlich beliebig. Es handelt sich um Backsteingebäude mit Fliegengittern aus Aluminium vor Fenster und Türen. Vor dem Haus gibt es gestutzte Buchsbaumhecken, Carports, eine Rasenfläche. Wegen der Bäume und der – für Houston – untypischen Senke an dieser Stelle der Watonga Street ist es sogar ganz nett. Sauber. Zurechtgemacht wie ein kleines Viertel für sich. Es gibt Tausende von Wohnblöcken genau wie diesen in ganz Houston. Hoffnungsvoll.

Die Hammerly Road ist eine vielbefahrene Geschäftsstraße mit Wohnhäusern, Shopping-Center, kleinen Lebensmittelläden und etlichen Fast-Food-Restaurants. An der breiten, mit Ampeln geregelten Kreuzung der Hammerly und der Mangum Road gibt es weitere, größere Geschäfte. Wenn man in östliche Richtung die Hammerly Road entlangfährt, um zur Watonga Road zu gelangen, muß man an der Ampel rechts abbiegen, an den Läden vorbeifahren, eine Bahnlinie überqueren und . . .

Dann wird aus der Mangum die Watonga Road. Die Straße wird zur grasbewachsenen Promenade. Man hat die Geschäfte hinter sich gelassen. Die Straße fällt leicht ab. Zu beiden Seiten erstreckt sich eine von Bäumen gesäumte Lichtung, während man auf die schönen Häuser zufährt. Eine nette, ruhige Gegend.

Früher endete die Mangum Road in einer Sackgasse an den Bahngleisen, bevor man die Windtree Apartments erreichte. Als Karla Faye, Danny Garrett und Jimmy Leibrant von der McKean Street zu Jerry Lynn Dean fuhren, mußten sie von Norden aus an den Apartment-Komplex heranfahren, eine direkte Zufahrt von der Hammerly Road gab es nicht.

Die Apartment-Gebäude der Windtree-Anlage liegen links und rechts der Watonga Road. Um in südlicher Richtung zum Apartment 2313 zu gelangen, muß man die Watonga Road überqueren und dann nach links in eine Einfahrt abbiegen.

Karla, Danny und Jimmy bogen in ihrem blauen Ranchero links in den Windtree Drive ab und hielten sich dann rechts. Sie stellten den Wagen in der Nähe des Hintereingangs zu Jerry Lynn Deans Apartment-Gebäude ab. Die Tür zu seinem Apartment lag zu einem Hof. Seine Hintertür führte aus der Küche auf eine der Zufahrten zum Windtree, die auf die Watonga Road und weiter durch das Gelände führten. Jimmy Leibrant gibt an, er habe sich, nachdem Danny Garrett den Ranchero geparkt hatte – nicht auf dem Parkplatz, sondern auf der Einfahrt zu dem Apartment – aufgemacht, seinen Part der Ausspäh-Aktion zu erledigen und nach dem El Camino zu sehen.

Aufklärungseinsatz. Die Mission.

Um nachzusehen, in welchen Apartments noch Licht brannte. Wie die Fenster und Türen lagen.

Träume

Karla war Dannys Schülerin. Danny lehrte Karla Dinge wie ihre Nachtsichtfähigkeit zu entwickeln, eine Waffe oder eine Ski-Maske zu tragen, in tiefster Dunkelheit über einen Graben zu gelangen, Seen zu überqueren, in Ski-Maske, Handschuhen und schwarzer Kleidung Zäune zu überwinden. Im Dunkeln zu sehen. Zu beobachten, ohne entdeckt zu werden, zu lauschen, ohne gehört zu werden.

Er brachte ihr bei, Menschen zu beobachten, um zu erfahren, wie sie lebten, um zuschlagen zu können, wenn sie am schutzlosesten und verwundbarsten waren, spät nachts, wenn sie sich ausgezogen und ihr Haar gelöst hatten; wenn sie dem Schlaf entgegendösten, das Visier offen und das Bewußtsein nur noch halb wach.

Er fütterte ihre Träume mit diesen Bildern: alles unter Kontrolle haben, mit allen Wassern der Straße gewaschen, in ihrer eigenen Welt nach ihren eigenen Regeln handeln, sich in jeder Situation aus eigener Kraft durchsetzen.

Er lehrte sie, durch die Nacht zu schleichen, bis sie ein Teil von ihr wurde: absolut unsichtbar, völlig geräuschlos.

Lehrte sie, bis sie das Spiel umkehrte.

Bis sie nicht länger Gejagte war.

Bis sie selbst zur Jägerin wurde.

Was ist denn los?

Danny Garrett trägt Motorradstiefel, ein schwarzes Harley-T-Shirt mit einem Adler sowie den Worten ›Harley's the Best, Forget the Rest‹ auf Brust und Rücken. Er hat die Schrotflinte bei sich. Karla Faye trägt Blue Jeans, Boots, ein dunkles T-Shirt. Wie viele Drogenkonsumenten ist sie spindeldürr, keine fünfzig Kilo. Im Dunkeln flüstern sie gedämpft miteinander – das großspurige Gerede ist plötzlich und zwangsläufig verstummt – und schleichen sich von der Hintertür zur Wohnungstür von Jerry Lynn Deans Apartment.

Der Weg ist nicht weit. Es gibt keine Fenster. Nirgendwo brennt Licht. Die Rolläden sind heruntergelassen. Es gibt nicht viel auszuspähen bei dieser Aufklärungsmission. Windtree liegt in tiefem Schlaf.

Jedes Apartment-Gebäude des Windtree-Komplex besteht aus vier Wohneinheiten, zwei unten, zwei oben. Jerry Lynn Dean wohnte im Erdgeschoß eines Eckgebäudes, ohne Nachbarn zur Rechten. Wenn er aus seinem Schlafzimmerfenster sah, blickte er auf einen Carport, die Auffahrt und Autos. Das zweite Erdgeschoß-Apartment grenzt an sein Wohnzimmer. Links schließen sich, U-förmig um den Hof gebaut, weitere Gebäude mit jeweils vier Apartments an.

Die Eingangstüren zu den ebenerdigen Apartments des Windtree liegen etwas zurück. Die Balkone der Apartments im ersten Stock bilden einen kleinen Überhang, so daß die Tür selbst bei Tageslicht im Dunkeln liegt. Es gibt einen kleinen Balkon, eigentlich mehr eine zwei-mal-drei Meter-Betonplattform, auf der die Leute Grills, Trimmbänke, Kinderfahrräder und Skateboards abstellen. Es gibt ein Aluminium-Fenster und eine mit Fliegengitter besetzte Aluminium-Tür. Einen Briefkasten. Die Apartment-Nummer.

Auf der Betonplattform vor dem Apartment 2313 befiehlt Danny Karla, die Tür aufzumachen. Karla gräbt in den Taschen ihrer engen Jeans nach Jerry Lynn Deans Schlüssel.

»Ich glaube nicht, daß wir irgendwas beschlossen haben, aber . . . Ich weiß nicht, aber ich glaube, von dem Zeitpunkt an, als wir die Tür geöffnet hatten, danach . . . Ich bin das -zig Mal im Kopf durchgegangen. Ich weiß nicht, warum Danny sagte, ich sollte die Tür aufmachen, und ich weiß nicht, warum ich es getan habe. Ich geb' Danny nicht die Schuld, er war nicht der Anführer, wir waren alle gleichberechtigt, aber von dem Moment an . . .«

Karla runzelt die Stirn. Als ihr Blick wieder klar wird, läßt sie dem häßlichen Gedanken seinen Lauf. »Ich glaube, von dem Moment an hatten die Leute da drinnen keine Chance mehr.«

Karla schließt die Wohnungstür auf. Danny schiebt sich an ihr vorbei. Sie folgt ihm. Das Wohnzimmer ist im Gegensatz zur Küche mit Teppich ausgelegt (wie es in dieser Gegend von Houston bei Mietwohnungen üblich ist, genau wie eine zentrale Klimaanlage und Lüftung, die Einbauküche und der überdachte Parkplatz). Hinter der Küche, einen kleinen Flur hinunter (das ganze Apartment hat nur etwa 80 Quadratmeter) liegen ein Badezimmer und zwei links und rechts vom Flur abgehende Schlafzimmer.

Danny weiß, in welchem Zimmer Jerry Dean schläft, in dem kleinen; in dem leeren, von den Erbauern von Windtree als Elternschlafzimmer konzipiert, war früher Shawns Tochter Jamie Kay untergebracht, als die beiden noch hier wohnten. Danny hat den Grundriß der Wohnung gezeichnet; er weiß, wohin er geht. Er betritt das Apartment, Karla folgt ihm dicht auf den Fersen.

Kurz nachdem sie die Wohnungstür geöffnet und das Apartment betreten haben, hören sie eine Stimme.

»Jerry sagte –«, setzt Karla während des Prozesses an. Ihr Anwalt unterbricht sie. Woher sie wußte, um wessen Stimme es sich handelte, ob sich Karla sicher sei, daß es die Stimme von Jerry Lynn Dean war, die sie hörte, als sie die Tür zum Apartment 2313 öffnete, ob sie Jerry Lynn Deans Stimme *erkannt* habe?

»Na ja«, erwiderte Karla, »es war sein Apartment, also hab' ich einfach angenommen, daß er es gewesen sein mußte.« Die Stimme kam jedenfalls aus dem kleinen Zimmer, in dem Jerry schlief.

»Was ist denn los?« ruft die Stimme aus dem kleinen Zimmer.

Letzte Worte haben immer etwas Wehmütiges, vor allem wenn die Person, die im Begriff ist zu sterben – die Person, die im Begriff ist, ermordet zu werden – geschlafen hat.

Was ist denn los? klingt freundlich, fast flapsig; es klingt entgegenkommend, zuversichtlich, beiläufig, authentisch. *Was ist denn los?* ist vor allem ein Ruf in die Nacht und das Unbekannte, ein Flehen um Normalität, nach ungestörtem Schlaf.

Nach einer Rückkehr zu dem Zustand eine Minute zuvor, als die Nacht noch ruhig war, bevor die Eule schrie und die Grille zirpte.

Was ist denn los? ruft der Mann, der gleich ermordet werden wird, aus seinem Bett, als er ... was hört? Schritte auf dem Rasen vor seinem Fenster, als die beiden schwarz gekleideten Gestalten Türen und Fenster überprüfen, um herauszufinden, welche Lichter noch brannten, wie die Türen und Fenster lagen? Ein Rascheln draußen? Das Öffnen und Schließen seiner Wohnungstür? Gedämpfte Schritte auf der Auslegeware, lautere auf dem Küchenfußboden? Vielleicht spürt er nur, daß etwas nicht stimmt, etwas Ungewohntes, ein Eindringen in die Stille der dunklen Neumond-Nacht, den unregelmäßigen Atem zweier Menschen, die dermaßen unter Strom stehen, daß sie genausogut fliegen könnten.

Es ist ein Augenblick, der uneingeschränkt dem Opfer gehört. Die Eindringlinge sind jetzt jenseits von Soziologie, Mitleid und Verständnis. Sie haben die Grenze zum Reich des puren, unvorstellbaren Horrors überschritten.

Drei Uhr morgens, sagt man, aber für die meisten inneren Uhren ist es tiefe und dunkle Nacht, die tödlichste, dunkelste, *dichteste* Stunde der Nacht. Wenn man am verwundbarsten ist. Um drei haben wir losgelassen. Um elf sind die Nachrichten vorbei. Mitternacht laufen noch die Talk-Shows. Um eins wird in Houston die letzte Bestellung aufgenommen. Um zwei schließen die Bars. Um drei sind die meisten von uns sicher zu Hause und sternhagelvoll.

»Um drei Uhr morgens will man nicht angerufen werden«, hörte ich den Vater eines ermordeten Jungen in einem Radio-Interview sagen. »Und wenn doch, will man nicht rangehen. Wegen einer Tasse Kaffee ruft niemand um drei Uhr morgens an.«

Was ist denn los? Der Schlüssel dreht sich im Schloß. Man hört Schritte – von Stiefeln – erst gedämpft, dann nicht mehr. Am Rande des Erwachens hat Jerry Lynn Dean vielleicht gedacht, er habe ein Geräusch geträumt, nicht gehört; vielleicht hat er sich in seinem halbwachen Zustand gefragt, ob er tatsächlich etwas gehört hatte, oder ob die Realität vielleicht aufgehoben war, verwoben in den Kontext eines Traumes. Jerry Lynn Dean hat vielleicht gedacht, er würde die Frage im Traum stellen, nicht an wirkliche Menschen.

Neben ihm lag ein Mädchen, ein Mädchen, das er erst an diesem Nachmittag auf einer Bier-Party kennengelernt hatte. Als er die realen oder imaginären Geräusche hörte, hat Jerry Dean da an das Mädchen gedacht, daran, sie zu schützen oder ihr die Schuld zu geben; hat er sich vielleicht gefragt, wer dieses Mädchen wirklich war und ob sie möglicherweise mit ihm ins Bett gegangen war, um ihn in diese Falle zu locken?

Karla folgt Danny durch das Wohnzimmer und die Küche; sie gehen einen Flur entlang. Es ist dunkel, aber Danny hat den Grundriß im Kopf. Er geht bis zur Schwelle der Tür, hinter der Jerry Lynn Dean schläft. Und Karla . . .

»Ich war direkt hinter ihm . . . und das Licht war aus, und das Fenster war an der gegenüberliegenden Wand, und durch einen kleinen Spalt im Vorhang kam ein bißchen Licht. Und ich konnte auf dem Boden die Umrisse eines Körpers erkennen, der sich aufgerichtet hatte . . . Ich konnte keine Einzelheiten erkennen. Gesichter oder Jerrys Klamotten oder irgendwas, aber ich konnte sämtliche Umrisse erkennen, wie Schatten an der Wand . . . Und ging an Danny vorbei und setzte mich auf ihn. Einfach drauf.«

Drauf?

»So.«

Erzählen Sie uns wie.

»Auf seinen Schoß.«

Zeigen Sie es mir.

Sie weiß nicht warum, sie hat es einfach getan, aus dem Impuls des Augenblicks, dessen Eigendynamik sie dorthin trieb, weiter nach vorn. Karla ging also und setzte sich auf Jerry Deans Schoß, mit dem wenigen Licht, das durch die Vorhänge fiel, als einzige Orientierung.

Der Autopsiebericht zeigt an, daß Jerry Lynn Dean ein ziemlich kleiner Mann war, knapp eins siebzig, 64,5 Kilo. Er hatte einen Schnäuzer und halblange, blonde Haare. Er schlief nackt auf einer Matratze auf dem Fußboden. Die Matratze lag ein wenig von der Wand abgerückt, mitten im Zimmer, näher am Fenster als an der Tür. Ein kleines Zimmer. Hinter Jerry Lynn Deans Kopf war das Fenster mit Gardinen und den bis auf einen Spalt zugezogenen Vorhängen. Fotos des Tatorts zeigen ein unordentliches, mit Kisten vollgestelltes Zimmer, zwei Trittleitern, ein kleines Gerät, Werkzeuge, Gartengeräte, weitere Kisten. Im Wohnzimmer stand die halbfertige Harley auf einem, wie es heißt, Podest, das doch mehr aussieht wie ein billiger Holztisch.

Karla »ging auf ihn zu, setzte sich auf ihn drauf und erklärte ihm, er solle sein Maul halten«.

In diesem Augenblick erkannte Jerry Dean offenbar, wer da auf ihm saß. *»Karla«*, sagte er. *»Wir können alles klären.«* Irgendwas in der Richtung. *»Wir können alles klären. Ich habe keine Anzeige gegen Shawn erstattet. Ich hab' ihre Mutter nicht angerufen.«* Womit er sich auf die Bankkarte, die 460 Dollar und seine vermeintliche Drohung bezog: *»Shawn werd' ich mir kaufen.«* Jerry muß geglaubt haben, Karla sei gekommen, um es ihm für seine Drohungen gegenüber Shawn heimzuzahlen.

Jerry Lynn Dean war Brillenträger. Wieviel er tatsächlich gesehen hat, als er um drei oder vier Uhr morgens aufwachte und Karla Faye Tucker zuerst in seinem Zimmer, dann auf seinem Schoß vorfand, wohlwissend, wozu sie fähig war, und als er vielleicht hinter ihr Danny Garrett als Verstärkung mit der Schrotflinte ausmachte – wieviel er aber tatsächlich gesehen hat, wissen wir nicht. Inzwischen ängstlich geworden, bat Jerry Lynn Dean um Gnade. »Karla«, sagte er, »wir können das irgendwie regeln ...«

Frage: In welchem Tonfall sagte er das?

Antwort: Flehentlich.

Karla erklärte Jerry Lynn Dean, er solle sein Maul halten.

Sein Maul halten? Andere sagen, es sei mehr gewesen als das.

»Eine Bewegung, und du bist tot, du Wichser«, habe sie gesagt, hat Karla ihrer Schwester Kari hinterher erzählt... einen Satz, an den sie sich selbst nicht erinnern kann, ohne deswegen abzustreiten, ihn gesagt zu haben. »Schon möglich«, sagt sie und schließt die Augen. »Schon möglich, daß ich zumindest *gesagt* habe, ich hätte es gesagt. Und das ist genauso schlimm.«

Ab hier werden die Dinge verschwommen. Weil es so wichtig ist, wer den ersten und/oder tödlichen Schlag geführt und wer zu der unvorstellbaren Tatwaffe gegriffen hat, will sich keiner mehr daran erinnern. Außerdem geht es in Handgemengen immer chaotisch zu. Die Leute bringen durcheinander, was in welcher Reihenfolge passiert ist. Jimmy Leibrant war noch nicht von seiner Mission zurückgekehrt, oder vielleicht doch, denn er behauptet, er sei zurück zu dem Ranchero gegangen, um sich einen Moment hinzusetzen, und dabei eingenickt, obwohl er keine fünf Minuten zuvor in der McKean Street 2205 regelrecht rammdösig gewesen war, total ausgerastet, wie wild darauf, etwas zu unternehmen. Karla erinnert sich jedenfalls daran – vermischt mit dem, was Danny ihr hinterher erzählt hat, so daß sie nicht sicher ist, was tatsächlich vorgefallen und was erzählte Geschichte ist – daß Jerry Lynn Dean einen letzten Versuch unternahm, sich selbst zu verteidigen, indem er Karlas Arme direkt über den Ellenbogen packte. Karla wehrte sich natürlich gegen Jerrys Griff, sie rangen miteinander, und dann griff Danny Garrett ein, wobei er Karla Faye von Deans Schoß auf die Erde schubste.

Das ist jedenfalls Karlas Erinnerung, und die ist alles, was wir haben. Jimmy Leibrant war nicht dabei, die Opfer sind tot, und Danny Garrett hat nie ein einziges Wort über die Tat verloren. Zweimal hat Karla die Geschichte im Zeugenstand vorgetragen, sie mir und ihren Anwälten erzählt, und die Geschichte verändert sich nie. Nie beginnt Karla zu schwafeln, um sich aus der Bildmitte an den Rand des Geschehens zu reden, immer hält sie den Scheinwerfer der Schuld direkt auf sich gerichtet.

Außerdem gehen einem die Lügen irgendwann aus: Menschen kommen stets an einen Punkt, nach dem es nicht mehr gelingt, die Situation wieder und wieder heraufzubeschwören. Karla kommt nie an diesen Punkt; ihr Blick ist klar, sie wirkt die ganze Zeit voll konzentriert und scheint immer wieder zu fragen: Was willst du sonst noch wissen? Manches – das Blut zum Beispiel – ist, sagt sie, aus ihrer Erinnerung verschwunden. Das ist keineswegs ungewöhnlich. Nach Verbrechen wie aus einem Horror-Film kann sich die Mehrheit der Täter nicht an Blut erinnern.

Auch wenn das Blut verschwunden ist, an andere grausame Einzelheiten der Tat erinnert sich Karla durchaus. »Als ich weggeschubst worden war und mich wieder hochgerappelt hatte und auf die Füße gekommen war, sah ich, wie Dannys Schatten mit einem Hammer auf Jerrys Kopf einschlug. Als ich zur Tür ging, um das Licht anzumachen, war er schon fertig . . .«

Das Licht? Warum sollte sie das Licht anmachen, was wollte sie sehen? Sie weiß es nicht. In dem Moment war es ein naheliegender Gedanke.

Fertig womit?

Jerry zu schlagen.

Und der Hammer? Karla Faye sagt, er habe auf der Ladefläche des Rancheros gelegen, ein Schlosser-Hammer, betont sie, obwohl es auch ein Tischlerhammer gewesen sein könnte, sie ist sich wegen der korrekten Bezeichnung nicht sicher, hätte es jedenfalls immer einen Schlosser-Hammer genannt. Im ganzen Zimmer verstreut lagen etliche Werkzeuge, die Danny hätte benutzen können. Ganz zu schweigen vom Kolben der Schrotflinte. Ein Hammer wurde nie gefunden. Nach Ansicht des Gerichtsmediziners von Houston war die Waffe, mit der man auf Jerry Lynn Deans Kopf eingeschlagen hatte, höchstwahrscheinlich kein Hammer, sondern eine stumpfere Waffe, vielleicht das stumpfe Ende der Spitzhacke, vielleicht der Kolben der Schrotflinte; andererseits könne es auch ein Hammer gewesen sein.

Karla Faye ist sich absolut sicher. Sie war dabei. Es war ein Hammer.

»Nein, natürlich haben sie den nie gefunden, weil ich ihn, so weit ich konnte, in das Baggerloch geworfen habe. Er war ganz blutig. Den wollte ich doch nicht so herumliegen lassen. Jimmy Leibrant wollte ihn behalten. Ich bin etwa eine Woche später zu dem Baggerloch gegangen und hab' ihn so weit ich konnte hineingeworfen.«

Karla träumt von dem Baggerloch, stellt sich vor, es würde austrocknen, und auf dem Grund würde der Gegenstand liegen, mit dem, da ist sie ganz sicher, Danny auf Jerry Lynn Deans Kopf eingeschlagen hat, der Hammer.

Es ist schwer, sich diese seltsame Szene vorzustellen. Karla Faye sagt, von ihrer Position am Boden aus habe sie Danny genau hinter Jerry Dean gesehen, zwischen den Vorhängen und dem Kopfende der Matratze, wie er von *oben* auf Jerry Deans Kopf einschlug. Das hört sich seltsam, ja regelrecht merkwürdig an, aber andererseits behauptete Danny Garrett von sich, in solchen Sachen ausgebildet zu sein; in seiner Militärzeit hatte er angeblich gelernt, wo man eine Person treffen muß, um sie schnell zu töten, ohne Spuren zu hinterlassen. Vielleicht hat Danny Garrett in jener Nacht nach dem richtigen Punkt gesucht. *Warum* er plötzlich auf den Mann im Bett losging, ist eine andere Frage. Ob er Karla Faye schützen wollte, als Jerry Dean ihre Arme packte, oder ob das Speed in seinem Körper ihm plötzlich ins Gehirn schoß, oder ob es einfach an der Zeit war loszuschlagen, wovon zwar alle behaupten, daß sie es nicht vorhatten, wovon sie aber tief drinnen bestimmt auch wissen mußten, daß es die ganze Zeit eine unausgesprochene Möglichkeit war.

Jedenfalls verließ Danny Garrett, nachdem er mit irgendeinem Werkzeug auf Jerry Lynn Deans Kopf eingeschlagen hatte, das Zimmer. Vielleicht war er erschöpft. Karla blieb bei eingeschaltetem Licht mit dem sterbenden Mann allein. Jerry Lynn Dean war im Verlaufe des Kampfes irgendwie auf den Bauch gerollt, das Gesicht nach unten.

Wegen der ihm von Danny Garrett zugefügten Verletzungen begann der bewußtlose Jerry Dean ein Geräusch von sich zu geben. *Ein Gurgeln,* dem Vernehmen nach, verursacht durch in die Lunge fließendes Blut und Gewebeflüssigkeit. Ein lautes Geräusch.

Es ist ein Geräusch, das vielen Mördern unter die Haut geht. Dieses Gurgeln, ein lautes, unmenschliches Gurgeln. Mörder wollen, daß dieses Geräusch aufhört. Sie können es nicht ertragen, werden davon völlig aus der Fassung gebracht, als ob das Geräusch ein Affront wäre, die Rache des Opfers, jenseits aller tolerierbaren Grenzen. Als Richard Herrin 1977 Bonnie Garland den Schädel mit einem Tischlerhammer einschlug, weil sie ihm mitgeteilt hatte, daß sie ihn nicht mehr sehen wollte, machte Bonnie Garland die gleichen gurgelnden Geräusche. Diese Geräusche brachten Richard Herrin so in Rage und aus der Fassung, daß er seinem Opfer auf die Kehle schlug, um es zum Verstummen zu bringen. Sie verstummte nicht. Stundenlang nicht.

Der Gerichtsmediziner hat bestätigt, daß es die Kopfverletzung war, die das gurgelnde Geräusch verursachte. Die Schläge auf Jerry Lynn Deans Hinterkopf waren so heftig gewesen, daß es seinen Schädel direkt oberhalb des Hinterhauptbeins vom Hals gerissen hatte. Wenn der Kopf so abgerissen wird, füllen sich die Atemwege mit Blut und Gewebeflüssigkeit und . . .

Karla stand da, und »Jerry lag das Gesicht nach unten auf der am Boden liegenden Matratze und machte dieses gurgelnde Geräusch . . . und ich hörte es, und es wollte nicht aufhören, und ich wollte nur, daß es aufhört . . .‹

»Also sah ich mich um nach der Spitzhacke, die an die Wand gelehnt stand. Ich griff danach, packte sie, und ich holte aus und schlug sie ihm in den Rücken . . . vier oder fünf Mal.«

Jerry Lynn Dean besaß eine Spitzhacke, weil er gelegentlich für eine Kabelfernseh-Firma arbeitete. Es gehörte auch zu seinen Pflichten, Kabel von Telefonmasten zu Häusern zu verlegen. Um Houstons festgetrocknete Grasböden aufzubrechen und die Gräben auszuheben, benutzte er eine Spitzhacke. Er schlief in einem Zimmer mit den Werkzeugen seines Gewerbes und parkte seine Harley im Wohnzimmer, die Spitzhacke im Schlafzimmer. So lebte er eben.

Aber dieses Geräusch. Er machte noch immer dieses Geräusch.

Irgendwann um diese Zeit muß auch Jimmy Leibrant in das Apartment gekommen sein, wahrscheinlich, um Danny zu helfen, die Kisten mit den Motorradteilen auf die Ladefläche seines Wagens zu laden. Vielleicht war er aber auch nie weg, das ist schwer zu sagen, denn Jimmy Leibrant wollte seine eigene Haut retten. Jedenfalls bleibt die Tatsache unumstößlich, daß er nicht an den Morden beteiligt war. Durch die Wohnungstür hört Jimmy die Geräusche, die Jerry Lynn Dean von sich gibt, also kehrt er zurück und . . . Als Jimmy Leibrant sah, wie Karla Faye mit der Spitzhacke auf Jerry Lynn Deans Rücken einhieb, verließ er das Apartment – oder um es mit Karlas und Dannys Worten zu sagen, »er klemmte den Schwanz ein und rannte«.

Jimmy sagt, er hätte sich »aus dem Staub gemacht . . . weil ich damit nichts zu tun haben wollte. Das war nicht geplant gewesen, da wär' ich nie dabei gewesen. Geplant war eine kleine Einschüchterung und ein bißchen Geld abkassieren. Aber *das* war nun gar nicht meine Art.«

Jimmy Leibrant verließ die Windtree Apartments, ging zu Fuß über die Watonga Street bis zur McKean Street 2205 und rief Ronnie an, damit der ihn abholen käme. Beim ersten Versuch ging Ronnie nichts ans Telefon, weil er fest schlief. Beim zweiten Mal nahm er dann ab.

Während Karla weiter auf Jerry einhieb – ohne großen Erfolg, da das Gurgeln andauerte – begann Danny, die Motorradteile auf die Ladefläche des Rancheros zu packen. Aber das Geräusch wollte einfach nicht aufhören, also kam Danny Garret schließlich ins Zimmer zurück – wahrscheinlich auf Bitten Karlas, da sie es ja war, die das Geräusch nicht ertragen konnte –, drehte Dean auf den Rücken und schlug die Spitzhacke in seinen Brustkorb. Danach war Jerry Dean still.

Als die Polizei am nächsten Morgen eintraf, lief im Radio im Wohnzimmer laute Musik. Niemand kann sich daran erinnern, es eingeschaltet zu haben. Niemand kann sich daran erinnern, daß überhaupt ein Radio lief. Um diese Uhrzeit hatte auch niemand in den Apartments im ersten Stock gehört, wann es eingeschaltet worden war. Wenn Danny Garrett sich an ein Radio erinnert oder es selbst eingeschaltet hat, sagt er es jedenfalls nicht.

Was die Wahl der Tatwaffe anbelangt, so sagte Dan, sie sei eben griffbereit gewesen, erklärte Dannys Bruder Douglas Garrett im Zeugenstand. »Sie war direkt da . . . neben ihm. Sie war direkt da . . . Dan sagt, es war völlig verrückt. Sie wachten auf. Und da war die Spitzhacke.«

In all den erhitzten Diskussionen über Was-wäre-wenn, die sie im Haus an der McKean Street geführt hatten, bei all den Plänen, Motorradteile zu stehlen, war in der Tat auch die Frage aufgetaucht, was passieren würde, wenn sie Jerry Lynn Dean bei ihrem Diebstahl in seiner Wohnung antreffen würden? Was, wenn er schlief und aufwachte, was dann? Dann müßten sie ihn, hatten sie bei ihrem Gerede beschlossen, *erledigen.*

Damit wären sie auf der nächsthöheren Stufe angekommen.

Den Einsatz erhöhen. Von den Laden ausspähen über Diebstahl bis zum Mord. Doch – so sagten sie sich bei ihrem Gerede, bevor irgend jemand tatsächlich etwas getan hatte – sie hatten gar keine andere Wahl.

Als Jerry Lynn Dean schließlich still war, fuhr Danny damit fort, die Motorradteile aus dem Apartment zu schaffen. Wieder blieb Karla.

»Danny war aus dem Zimmer gegangen. Ich bemerkte, daß an der Wand bei der Tür unter ein paar Laken ein Körper lag . . .«

Es war noch jemand im Raum, das Mädchen, das mit Jerry Lynn Dean im Bett gelegen hatte. Karla sagt, sie hätte die andere Person gar nicht bemerkt, bis Jerry Lynn Dean still war, und als das der Fall war, hätte sie die andere Person plötzlich wahrgenommen, die zu diesem Zeitpunkt nicht mehr auf dem Bett, sondern unter ein paar Laken auf dem Boden gelegen hätte, am Fußende vor der Matratze. »Ich weiß nicht, warum sie dort war«, sagt Karla heute. »Danny hat jemandem erzählt, er hätte sie gleich am Anfang gesehen, als wir in das Zimmer kamen, und ihr gesagt, sie solle sich unter dem Laken verstecken und sich ruhig verhalten. Davon weiß ich nichs. Ich weiß nur, daß sie, als ich sie zum ersten Mal sah, dort lag.«

Die Fantasie ist gefährlich, versetzt sie uns doch in die Lage, uns in Kopf und Herz der unschuldigen Bettgefährtin zu versetzen, in gewisser Weise das Mädchen zu werden, das in dem Bett neben einem Mann schlief, den sie erst am Nachmittag kennengelernt hatte, das dann die Eindringlinge hörte und was vor sich ging, die Geräusche, das Gurgeln aus Jerry Lynn Deans Kehle. Man stelle sich vor, wie lang die vorangehenden Minuten ihr vorgekommen sein müssen, von dem Moment, als sich der Schlüssel im Schloß drehte und Jerry Lynn Dean in die Dunkelheit rief: *»Was ist denn los?«* durch den ganzen Rest bis zu diesem Augenblick. Es ist unaussprechlich, fast undenkbar.

Ein Körper? Wieder fragt der untersuchende Staatsanwalt nach, will deutlich machen, daß Karla nicht von einem *Körper*, sondern von einem Menschen redet. Einem lebendigen Menschen.

»Ihr Kopf war unter einem Kopfkissen, und der Körper zitterte . . . unter den Laken. Mein Verstand war an einem Punkt, ich weiß nicht, wo er war. Ich griff erneut nach der Spitzhacke, holte aus und hieb sie der Person in die Schulter.«

Deborah Ann Thornton, 32, arbeitete als Buchhalterin im Maklerbüro Lawyers Title Company of Houston. Karla Faye hatte Deborah Thornton nie in ihrem Leben gesehen, genausowenig wie Danny Garrett. Deborah Thornton hatte Jerry Lynn Dean erst am Nachmittag zuvor, am Sonntag, dem 12. Juni 1983, auf einer Swimmingpool-Party in ihrem Apartment-Komplex kennengelernt. Dean lud sie zu sich ein. Debby organisierte einen Babysitter für ihre Stieftochter und ihren

Sohn und fuhr dann in ihrem blauen Pick-up-Truck mit dem Nummernschild ›DEBBY‹ zum Apartment 2313 in der Watonga Road 4000, den Windtree Apartments in Oaktree, Houston. Sie hatte sich die Sachen, die sie am nächsten Morgen zur Arbeit tragen wollte, mitgebracht – ein grüngestreiftes Kleid, das im Badezimmer hing, sowie Lockenwickler für ihr Haar. Laut Autopsie-Bericht war Deborah Thornton eins fünfundsiebzig groß – gut fünf Zentimeter größer als Jerry Lynn Dean – und wog fünfzig Kilo. Im Bett – auf der Matratze auf dem Boden – trug sie in jener Nacht nur ein T-Shirt mit der Aufschrift ›Teller 2‹ auf der Brust sowie einen Ring und eine goldene Kette. Die trug sie noch immer, als die Polizei am nächsten Morgen eintraf.

Wer je einen Boden mit einer Spitzhacke oder einer Rodeharke aufgebrochen hat, weiß, wie schwer eine Spitzhacke ist; wenn man nicht außergewöhnlich kräftige Oberarme und Schultern hat, muß man nach ein oder zwei Schlägen pausieren. Karla hatte kräftige Arme, aber sie hatte sich ein Jahr zuvor bei jenem waghalsigen siebenundzwanzig-Meter-Sprung in den Teich sämtliche Fasern in beiden Muskeln gerissen, also waren ihre Arme möglicherweise inzwischen entkräftet, denn als Karla mit der Spitzhacke auf Deborah Thornton einschlug, streifte sie nur ihre Schulter.

Kein Gefühl mehr jetzt, denn selbst wenn *wir* uns vorstellen können, wie es gewesen sein muß, Deborah Thornton zu sein, Karla konnte es nicht – weil das Opfer für den Mörder jede Menschlichkeit verloren haben muß, damit er oder sie ihr Werk vollenden kann. Beim Mord hat der Mörder jede Fantasie, jedes Gefühl ausgeblendet. Was bleibt, ist ein Job, der erledigt werden muß, der technische Ablauf der Tat.

Die Spitzhacke »drang nicht in den Körper ein. Ich versuchte es ein zweites Mal, und als ich das tat, tauchte unter den Laken eine Person auf, eine Frau, die nach der Spitzhacke griff«.

Das Licht war noch immer an. Das Radio auch. Deborah Thornton kam unter den Laken hervor, um um ihr Leben zu kämpfen. Daß Debbie Thornton nicht sterben wollte, war eine

Sache; zusätzlich zu ihrem Selbsterhaltungstrieb hatte Deborah Thornton überdies schlicht mehr Informationen zur Verfügung, als Jerry Dean sie gehabt hatte. Deborah Thornton wußte, daß es mit diesen Eindringlingen kein Verhandeln gab, kein ›alles irgendwie regeln‹ – diese Leute waren *jenseits von Gut und Böse.* Außerdem hatte Deborah Thornton einen Sohn, und obwohl es schwer fällt, sich vorzustellen, daß sie in diesem Moment an irgend jemand anderen gedacht haben soll, mag die Tatsache, daß es den Jungen gab, unbewußt eine Rolle gespielt haben. Nicht zu vergessen, daß Deborah Thornton Karla Faye an Größe und Gewicht überlegen war, gut fünfzehn Zentimeter und vier Kilo.

Karla kämpfte, als »genau in diesem Moment, als sie sich gerade aufgerichtet und nach der Spitzhacke gegriffen hatte, Danny ins Zimmer kam und ebenfalls die Spitzhacke packte. Er hat uns beide getrennt. Und als ich die Spitzhacke plötzlich nicht mehr in der Hand hielt, bin ich ins Wohnzimmer gegangen . . . und hab' ein paar Kisten zu Dannys Wagen gebracht«.

Deborah Thornton kämpfte um ihr Leben. Danny sagte später, Deborah Thornton habe sich ihren Angreifern zumindest entgegengestellt, während Jerry Dean »nicht mal den Mumm hatte, aufzustehen und um sein eigenes Leben zu kämpfen«. Karlas Schwester Kari Tucker Burrell zitiert Karla mit der Bemerkung: »Das Mädchen umzubringen war eine Scheiß-Knochenarbeit«. Karla schwört, so etwas nie gesagt zu haben.

Es ist schwierig, die genauen Zeitabläufe zu rekonstruieren, Zeit spielt keine Rolle, aber irgendwann kam Karla Faye zurück ins Schlafzimmer, und »das Mädchen saß auf dem Boden, und die Spitzhacke steckte tief in ihrer Schulter, und sie saß aufrecht und hatte ihre Hände um die Spitzhacke geklammert. Und Danny stand über ihr, und sie sagte: ›O Gott, es tut so weh. Wenn ihr mich umbringen wollt, dann beeilt euch bitte.‹«

Im Zeugenstand legte Karla Faye beide zur Faust geballten Hände übereinander auf die Schulter, wie Deborah Thornton es getan hat, als sie so auf der Matratze hockte und versuchte, sich das elende Ding aus der Schulter zu ziehen.

»Und Danny trat ihr gegen den Kopf und zog gleichzeitig die Spitzhacke raus, und als er sie trat, warf es sie flach auf den Rücken, und er hieb ihr die Spitzhacke direkt in die Brust. Als ich das sah – es passierte sehr schnell – wandte ich mich um und ging aus dem Schlafzimmer, und Danny folgte mir, und wir packten uns den Motorradrahmen und trugen ihn zu Jerrys Wagen.«

Danny ließ die Spitzhacke in Deborah Thorntons Herz stecken, die Spitze hatte sich gut zwanzig Zentimeter in ihre Brust gegraben, und ein Teil ihres T-Shirts und die ›2‹ von ›Teller 2‹ waren in der tiefen Wunde verschwunden.

Danny fuhr mit dem Ranchero davon, Karla nahm den gestohlenen El Camino. Die beiden Wagen trennten sich, der eine fuhr in südlicher Richtung zu Douglas Garretts Apartment, der andere nach Hause in die McKean Street 2205.

Inzwischen war es draußen taghell, 6 Uhr 30.

Die Waffe, das Weib, der Abgang

Ich fragte Joe Magliolo, den Staatsanwalt, der die Anklage gegen Karla führte, warum Karla Fayes Fall eine so außergewöhnliche Aufmerksamkeit auf sich zog, daß die Leute sich selbst sechs Jahre später noch daran erinnerten.

Joe Magliolo antwortete ohne jedes Zögern.

»Die Waffe«, sagte er. »An dem Morgen, als sie die Leichen fanden, war überall im Gericht davon die Rede. Wohin ich auch ging, sprachen die Leute darüber. Ich war damals noch nicht leitender Staatsanwalt. Ich hatte keine Ahnung, daß ich je mit dem Fall zu tun haben würde. Aber ich habe gleich am ersten Tag davon gehört, wegen der Waffe.«

Einer der Ermittler sagte bei Danny Garretts Prozeß im Zeugenstand aus, daß die Polizei vor der Verhaftung von Danny Garrett und Karla Faye Tucker alles daran gesetzt hätte, den Fall um jeden Preis schnell aufzuklären. Wahrscheinlich weil es sich um einen Mord gehandelt habe, wurde der Kriminalbeamte gefragt, worauf er den Fragesteller korrigierte. »Nein«, sagte er. »Einen *Spitzhacken*mord.«

Die Waffe ist ein Grund. Und als sie dann die Mörder ergriffen, stellte sich heraus, daß einer von ihnen eine Frau war . . .

Früher war die bevorzugte Waffe von Mörderinnen in der Regel Gift, vor allem weil der Platz einer Frau eben in der Küche war, wo Gifte aufbewahrt und Speisen bereitet wurden. Heutzutage wird eine Frau mit erdrückender statistischer Wahrscheinlichkeit zu einer Schußwaffe greifen; genau wie ein Mann übrigens auch.

Um jemanden mit einer Schußwaffe umzubringen, muß man nicht allzu nah an ihn herankommen.

Eine Spitzhacke ist eine Waffe wie aus einem Alptraum, eins dieser Haushalts- und Gartenwerkzeuge, von denen man weiß, wie nützlich sie sind, und trotzdem . . . ist es gerade dieser Utilitarismus, der einen schaudern läßt, die Vorstellung, daß wir vom Tod umgeben sind, daß der eigene Hammer, mit dem wir Nägel in die Wand schlagen, um Bilder aufzuhängen, uns umbringen kann, unsere Nähschere, das Schnitzmesser des Großvaters, der Schraubenzieher, mit dem ich eine klemmende Schublade aufgestemmt habe; daß die Mordwaffen überall sind, gewöhnliche Allerweltsgegenstände des täglichen Gebrauchs. In der Anklageschrift heißt die Spitzhacke übrigens Breithacke.

Wenn eine Frau tötet, ist das immer eine Nachricht. Wenn eine Frau ohne jede Gnade und mit einer solchen Waffe tötet, wird die Nachricht brandheiß.

Lizzie Borden fällt einem ein. Die Leute aus Fall River, Massachussetts, wußten sofort von der Waffe, mit der sie ihre Eltern umgebracht hatte, genau wie wenig später jeder andere im ganzen Land.

Nachdem Karla Fayes Prozeß mit ihrer Verurteilung zum Tode abgeschlossen war, brachte eine True-Crime-Detektiv-Postille eine Story über den Fall mit einem Foto von Joe Magliolo – selbstgefällig und triumphierend lächelnd –, in den Händen die erhobene Spitzhacke.

Das ist billig, aber was soll's, er hat gewonnen.

Als ich einmal im Leseraum des Berufungsgerichts Prozeßakten studierte, kam ein Anwalt herein, der eine Akte suchte. Als er die sechzig Bände erblickte, die vor mir auf dem Tisch gestapelt waren, meinte er: »Muß ein Kapitalverbrechen sein.« Ich bejahte das. Der Anwalt linste über meine Schulter, um zu sehen, wer der Angeklagte war. »Oh, sie«, sagte er. »Ist das nicht die mit der . . .?« Und der deutete mit beiden Armen die Ausholbewegung zu einem Schlag mit einer Spitzhacke an.

Die Waffe sorgt für gute Auflagen, genauso wie eine Frau, der der Prozeß auf Leben und Tod gemacht wird. Aber um wirklich sensationell zu sein, fehlte der Story noch ein weiteres Element, das Karla persönlich beisteuern sollte.

Einen Monat und fünf Tage nach der Tat, am 18. Juli 1983, riefen Danny Garretts Bruder Douglas und Karlas Schwester Kari Tucker bei einem gewissen J.C. Mosier an, einem Ermittler der Mordkommission und langjährigen Schulfreund von einer von Dannys Ex-Frauen. Mittlerweile hatte Kari einen der Pit-Bulls – Tessa – genommen und war aus dem Haus in der McKean Street ausgezogen. Kari Burrell und Douglas waren schon seit geraumer Zeit eine lockere Beziehung eingegangen. Nach den Morden lebten sie zusammen, genau wie ihre Geschwister, Danny und Karla Faye. Ronnie Burrell war für eine Weile zu seinen Eltern gezogen, wo sein und Karis Sohn lebte.

Weil J.C. Mosier in Oak Forest aufgewachsen war, beschäftigte ihn der Doppelmord mit der Spitzhacke nachhaltig. Es war zwar nicht sein Fall, aber er hatte die Entwicklung der Ermittlungen genau verfolgt. »Es war so brutal«, sagte er. »Wir in der Mordkomission haben die Sache alle genau verfolgt. Es war einfach so bizarr. Und es wurde jeden Tag schlimmer.«

Als Douglas Garrett am 18. Juli 1983 J.C. Mosier anrief und ihm erzählte, daß sein Bruder Danny und Karla Faye, die Schwester seiner Freundin Kari, Jerry Lynn Dean und Deborah Thompson getötet hatten, traute J.C. Mosier seinen Ohren nicht, vor allem was Danny betraf. »Ich fragte, *was* hat er getan?« erinnert sich J.C.

Darauf lief es also hinaus, so geschah es. Kari und Douglas lieferten Karla und Danny der Polizei aus. Douglas willigte sogar ein, ein verstecktes Mikrophon zu tragen.

Bruder und Schwester brachten Bruder und Schwester in die Todeszelle.

Douglas Garrett verriet seinen Bruder, weil er Angst hatte. Danny und Karla hatten offenbar mit ihrer Tat angegeben. Sie hatten davon gesprochen, auch noch andere Leute zu erledigen. Das Gerede wurde düsterer, erschreckender. Karla Fayes Prahlereien gingen über bloßen Mord hinaus.

»Doug«, soll Karla zu ihm gesagt haben, »mir ist es bei jedem Schlag gekommen.« Mit der Spitzhacke, meinte sie.

Kari bestätigte das: »Sie hat mir erzählt, daß sie jedesmal, wenn sie auf Jerry eingeschlagen hatte, hochgesehen hat und grinsen mußte und einen echten Abgang hatte, und daß sie ihn dann noch einmal geschlagen hat.«

Nach seinem ersten Gespräch mit Douglas und Kari wußte J.C. laut eigenem Bekunden sofort, daß es ein Fall für die Höchststrafe war und daß sie ihn nur lösen konnten, wenn Douglas ein verstecktes Mikrophon tragen würde. Das erklärte J.C. Douglas von Anfang an. Sie arbeiteten einen Plan aus. J.C. wollte alles auf Band, einschließlich Karlas Orgasmen.

Nach dem Prozeß kursierte im Gericht der Witz, daß *Cosmopolitan* wegen eines Interviews angerufen habe. Das Magazin habe erfahren – so ging der Witz – daß Frauen in Houston eine neue Methode gefunden hätten, zu ihrem Höhepunkt zu kommen.

Eine Frau. Eine Spitzhacke. Zwei Morde. Jener schwer faßbare, hast-du-einen-hast-du-keinen, weibliche Orgasmus.

Karla bestreitet nicht, daß sie gesagt hat, sie hätte ›einen echten Abgang‹ gehabt, sie hat es nie bestritten.

»Ich hab' immer versucht«, erklärte sie im Zeugenstand, »mich selbst als möglichst abgewichst darzustellen, wenn Sie mir die Ausdrucksweise verzeihen.«

Ich

Erschaffe ich sie neu, indem ich in der Phantasie ihr Leben und ihr Verbrechen noch einmal durchlebe, oder schafft sie in gewisser Weise mich neu, indem sie die Welt meiner Erfahrung ausdehnt und mich über das hinaus treibt, was vorzustellen ich mir vorstellen konnte?

Wenn man sich Sachen ausdenkt, reist man an Orte, an denen man nie gewesen ist, wird mit Menschen bekannt, die man nicht kennt, dehnt sich über die eigenen Grenzen aus, um neue Leben, eine andere Geschichte, eine fremdartige Geographie in das eigene Leben und die eigene imaginierte Erfahrung einzubauen.

Wenn ich in dem Besuchszimmer auf der anderen Seite der Plexiglasscheibe sitze, ist Karla meine Erzählerin.

Ich spüre, wie ich Grenzen überwinde und dorthin gelange, wo sie ist und gewesen ist.

Und dann passiert es. Unter den Augen der Strafvollzugsbeamtin gelingt der Insassin der Todeszelle die Flucht. Wie ein schwebender Engel von Chagall kommt sie auf meine Seite des Tresens, überwindet die doppelt gesicherten Absperrungen und gelangt dorthin, wo sie nichts zu suchen hat. In mein Leben.

Peter

»Und ... möchtest du noch irgendwas über mich wissen?«

Die Uhr über dem Kopf der Wärterin zeigt fünf vor vier. Karla und ich haben fast drei Stunden miteinander geredet. Obwohl ich reichlich erschöpft bin, scheint sie noch immer mit Feuereifer bei der Sache.

Fast das ganze erste Jahr über haben wir immer an derselben Stelle gesessen, etwa in der Mitte des Tresens, die Wärterin am einen Ende, die Tür zum Besuchszimmer am anderen. Als Karla mir einmal etwas Persönliches erzählen wollte, sind wir ein paar Stühle weiter zur Tür gerückt. Das nächste Mal noch einen Stuhl weiter. Inzwischen setzen wir uns immer so weit wie möglich von der Aufsichtsbeamtin weg, auf die beiden letzten Stühle vor der Tür, wenn sie uns nicht ausdrücklich anweist, es nicht zu tun. Da tuscheln wir dann miteinander wie zwei Schulmädchen.

Karla beantwortet meine Frage mit einer Frage.

»In dem Artikel, den Sie geschickt haben – war von Ihrem Sohn Peter die Rede. Er hatte Probleme. Und er ist gestorben?«

Zusammen mit dem Brief, in dem ich mich ihr vorstellte, hatte ich ihr auch ein Interview geschickt, das in einer Houstoner Zeitschrift veröffentlicht worden war. Das Interview ging recht detailliert auf mein Privatleben ein, Peters Tod wurde erwähnt sowie die Tatsache, daß er ein Problemkind war.

Ich bin ganz offen mit ihr. »Hab' ich mir gedacht«, sagte ich, »daß du danach fragst.«

Nach drei Stunden ununterbrochenem Gespräch standen wir erneut vor der Wahl, ob wir uns noch näher kommen, weiterreden, mehr enthüllen sollten, und wenn ja, wie weit wir gehen sollten. Jeder weitere Schritt führte uns auf gefährliches Gelände; tieferer Sumpf, mehr Schlangen.

Drei Stunden sind eine kurze Zeit, aber wir wagten uns immer weiter vor. Ich glaube, der Ausgangszustand, in dem wir uns beide befanden, beschleunigte diese Entwicklung, in Verbindung mit den ungewöhnlichen Gesprächsbedingungen – keine Unterbrechungen, keine sozialen Erwartungen, nichts weiter zu tun, *außer* zu reden – von der Tatsache ganz zu schweigen, daß wir beide ohnehin dazu neigen, uns kopfüber in Freundschaften zu stürzen, spontan und uneingeschränkt.

Aber bis ich diese Frage gestellt hatte, waren alle Geschichten diejenigen Karlas gewesen.

Ich betrachte meine Hände und überlege, wo ich anfangen soll.

Karla wartet.

Es war damals beinahe fünf Jahre her, aber es war mir noch immer eine Notwendigkeit, es die Leute wissen zu lassen. Ich hatte das Gefühl, daß ich, weil Peters Tod mich gezwungen hatte, als ganz neuer Mensch, als eine Frau, die mir gar nicht besonders vertraut war, neu anzufangen, den Leuten mein neues Ich auch bekannt machen mußte. Und so erzählte ich wie eine alte Oma, die ihre Narben zeigt, wieder und wieder meine Geschichte. Ich konnte vom Erzählen gar nicht genug kriegen, ich habe sie jedem erzählt, der mir zuhörte, darunter auch einigen, die darauf gar nicht besonders erpicht waren.

»Mein Sohn ist getötet worden«, sagte ich immer, »in einem Fall von Fahrerflucht« – manchmal sagte ich auch nur ›Fahrerflucht‹, lernte jedoch nie, ›Unfall‹ zu sagen, weil es das nicht war.

Ich legte eine ganz besondere Detailfreude an den Tag: die Ironie der konkreten Einzelheit, bis hin zur Kleidung, dem Wetter, der Umgebung und den haarklein beschriebenen Stellen, an denen der Körper von dem Wagen getroffen wurde. Ich vermute, ich habe gedacht, daß ich die Geschichte, wenn ich sie nur oft genug und in genügend genauen Einzelheiten erzählte, auch irgendwann glauben – akzeptieren, schlucken – würde. Ich denke, ich wollte, daß sie ein alter Hut wird, ein Stück meiner Geschichte, auf das ich, wenn ich mich irgendwann zu einer besseren Zukunft hochgearbeitet haben würde, wie auf eine schwere Vergangenheit zurückblicken konnte.

Die Menschen waren sehr freundlich zu mir. Ich weiß nicht, wie sie es geschafft haben, aber Freunde haben mich zuhörend, abwartend ausgesessen. Keine Zeitpläne, keine Belehrungen.

»Ich hab' mich nie –« erzähle ich jetzt Karla, meinem gebannten, *gefesselten* Publikum – »mit dem Ausdruck ›Unfall mit Fahrerflucht‹ anfreunden können. So haben es die Zeitungen und die meisten Menschen genannt. Aber . . .«

Etwas neu zu erzählen ist wie etwas neu zu schreiben. Man schleift die Sätze glatt, redigiert den Text, achtet auf Ungenauigkeiten und unnötige Phrasen. Die kleinste Fehlformulierung quält einen wie ein Sandkorn im Auge. Das nächste Mal probiert man es mit einem neuen Ausdruck, einem anderen Anfang, präziseren Vokabeln. Man will die Geschichte nicht verlieren, man will sie nicht vergessen oder verfälschen, man will erzählen, wie es sich *genau und im einzelnen* abgespielt hat, will die Geschichten irgendwann einmal völlig richtig erzählen, und wenn einem das gelungen ist, wird die Geschichte zu einem Denkmal des Geschehenen.

»Ich habe versucht zu sagen, ›als Peter starb‹. Aber das hat nicht funktioniert, weil es nicht stimmte. Schließlich habe ich es bei der Version belassen: ›Mein Sohn ist bei einem Fall von Fahrerflucht getötet worden‹.«

»Ein Auto hat ihn regelrecht . . . überfahren?«

»Irgendein Fahrzeug. Ein PKW, ein Laster. Wir wissen es nicht.«

Karla wird blaß, fragt nach dem Datum, an dem es passiert ist. »4. September 1984. Montag, der 3. war Labour Day.«

Ich sehe, wie sie nachrechnet, sich zurückerinnert: damals war sie im Untersuchungsgefängnis eingesperrt und wartete auf Dannys Prozeß.

Wenn Karla zuhört, ist sie ganz bei der Sache, eine grimmige Gesprächsteilnehmerin. Sie ist still, aufmerksam, konzentriert, verbissen.

Sie sieht mir fest in die Augen, als ich fortfahre.

4. September 1984

Der Labour Day jenes Jahres war ein verregneter Tag nach einem trockenen Sommer. Das Gras war verdorrt, die Blätter welk, der Pegel des Flusses, der an unserem Haus vorbeifließt, so tief gefallen, daß die unterirdischen Überlaufrohre leer blieben. Normalerweise ragten überspülte Steine knapp über die Wasseroberfläche, so daß man sich daran stoßen und Badeanzüge aufreißen konnte. Flache Flußbiegungen waren zu einem Rinnsal vertrocknet.

Um das Ende des Sommers zu begehen, hatte Peter am Nachmittag des Labour Days eine Party geplant, eine Zusammenkunft von Freunden, um Musik zu hören, Bier zu trinken, Chips zu knabbern und im Fluß zu schwimmen.

Dienstag, der 4. September, war der erste reguläre Schultag des neuen Schuljahres an der San Marcos High-School. Peter war im Januar achtzehn geworden, im Sommer davor hätte er die Schule beenden sollen. Hatte er aber nicht. Ich wußte nicht mal, in welche Klasse er offiziell ging.

Für Glenn und mich war der Labour Day ein großes Ereignis. Normalerweise kamen Peters Freunde nur zu Besuch, wenn wir nicht da waren und jemand das Haus einhütete oder es völlig leer stand. Sonst ging er immer zu Freunden, oder sie versammelten sich an einem ihrer Treffpunkte – dem Kettle, dem Sonic oder am Fluß –, aber er hatte seine Freunde nie mit nach Hause gebracht, es sei denn für kurze Zwischenstops, um fernzusehen, jemanden anzurufen, oder bevor sie gemeinsam irgendwo hinfuhren.

Es fällt mir noch immer schwer, seine beiden Leben zusammenzubringen. Als Kind war Peter so unternehmungslustig und fröhlich, so entschieden normal. Als die Kinder noch klein waren, war Peters älterer Bruder Colin der Schwierige. Peter lebte auf der Straße, spielte mit Inbrunst, schlief tief und fest, pflegte unzertrennliche Jungenfreundschaften, trieb

Sport, führte mit seinen Freunden ein Leben außerhalb der Familie.

Die achte Klasse war sein letztes gutes Jahr. In der neunten bekam er Ärger mit seinen Lehrern, seine Noten sackten ab, er fing mit der Lügerei an. In der zehnten Klasse lief es genauso oder wurde noch schlimmer. Na und, sagte ich mir immer wieder. Die meisten Kinder dieses Alters tun sich schwer in der Schule, vor allem Jungen. Aber Peter fing an, zu weit zu gehen. »Er kann es nicht unterlassen, Grenzen auszutesten«, erklärte mir ein Lehrer, »Autoritäten in Frage zu stellen.« Ich bemühte mich, nicht allzu ängstlich zu sein. Was weiß der schon, dachte ich.

1982 zogen wir von Houston nach San Marcos. Peter und zwei Freunde hatten einen Wagen gestohlen – einen Trans-Am mit dem Adler auf der Kühlerhaube – und eine eintägige Spritztour damit unternommen. Sie stahlen einige persönliche Gegenstände aus dem Auto, darunter einen kleinen Kassettenrecorder, den sie gegen eine Pizza eintauschten. Peter war verhaftet worden, während er noch die Pizza aß – er war als einziger verhaftet worden, weil seine Kumpel beschlossen hatten, daß es an der Zeit war, sich zu verkrümeln – und hatte eine Nacht in Polizeigewahrsam verbracht, ohne die Namen seiner Kameraden zu verraten.

Es hatte bereits andere, weniger ernste, wenngleich ebenso beunruhigende Zwischenfälle gegeben – mit der Polizei, in der Schule, zu Hause. Der immer fröhliche kleine Junge war als Jugendlicher mürrisch, verdrießlich und schwierig geworden, ein Problemkind eben, bei dem man ständig Angst haben mußte, daß es in neue Schwierigkeiten geriet. Ich weiß nicht, warum er sich selbst auf einmal nicht mehr als geliebtes Kind gesehen hat, aber einen Zwischenfall, der sich ungefähr zu der Zeit ereignete, als der wirkliche Ärger anfing, habe ich nie vergessen. Ich weiß nicht, ob er tatsächlich so bedeutsam war, aber mir kam er immer vor wie ein tiefer Riß in seinem Leben.

Wir lebten damals in einem Außenviertel von Houston namens West University; einer Gegend, in der Kinder – jedenfalls damals – gefahrlos umherstreifen konnten. Es war ein Samstag. Peter spielte irgendwo draußen, bis er plötzlich zu Hause auftauchte, zur Haustür hereinplatzte und mich rief. Er hätte sich am Arm weh getan, erklärte er. Er war verschwitzt und schmutzig und allein, seine Freunde hatten sich verzogen. Obwohl er sein Handgelenk mit allergrößter Behutsamkeit umklammert hielt, konnte ich nichts weiter erkennen als Dreck und erklärte ihm, er solle sich waschen. (Peter kam oft mit kleinen Kratzern angerannt, die dann genauestens untersucht werden mußten, als handele es sich um ernsthafte Verletzungen. Als er noch ganz klein war, habe ich ihm seine Kratzer immer weggeküßt. Dann wurde er zu alt fürs Küssen und ... das wurde ein *Problem* zwischen uns. Ich wußte nicht mehr, was er wollte; Pflaster reichten nie.)

»Mom.« Er drehte den Arm, und ich sah die Schwellung. »Der ist gebrochen«, sagte ich. Er starrte stumm auf die Schwellung und sah mich dann an. Er hatte eine Lieblingsredewendung: *Sag bloß, Mom,* wenn ich etwas völlig Offensichtliches angemerkt hatte. Diesesmal sagte er es nicht, aber sein Blick sagte es.

Ich kenne keine schwierigere Aufgabe, als Eltern zu sein. Bis zum heutigen Tag habe ich keine Ahnung, was von dem, was ich für meine beiden Jungen getan habe, konstruktiv und nützlich, wichtig und gut war, und was ihnen geschadet hat. Es ist mir ein einziges Rätsel geblieben, bis heute, wo mein Sohn Collin erwachsen ist und eine eigene Familie hat. In Wirklichkeit weiß man nie etwas, und man trägt diese Frage wie einen Stachel im Fleisch ein Leben lang mit sich herum.

Wir fuhren Peter zur Ambulanz. Nachdem die Röntgenaufnahmen vorlagen, beugte sich der Arzt zu Peter herab und sagte: »Den hast du dir schon selbst eingerenkt, stimmt's?«

Er saß in T-Shirt und Jeans auf dem Untersuchungstisch, das lange, wuschelige Haar fiel ihm ins Gesicht, und er nickte. In seine eigenen Gedanken verloren und in den Anblick seines Armes vertieft, sagte er nichts.

Ich weiß nicht mehr, was er uns erzählt hat, was vorgefallen war: irgendein blöder Unfall, glaub' ich – er sei über einen Stein gestolpert und hätte den Sturz nicht mehr abstützen können. Es dauerte eine Weile, bis er mit der wahren Geschichte herausrückte. Wie sich herausstellte, hatten er und seine Freunde ein Seil an einem Baum befestigt und sich wie Tarzan über einen Graben geschwungen. Als Peter an der Reihe war – vielleicht war er der erste, ich weiß es nicht – löste sich der Knoten. (Ich dachte an die Gräben in meiner Heimatstadt, als er die Geschichte erzählte, und sah ihn durch die Luft in irgendein Schlamm-, Schmutz- oder Grasloch segeln. Ich brauchte einige Tage, bis ich mich daran erinnerte, daß die Gräben in West University alle betoniert waren, so daß Peter bei seinem Sturz auf hartem Beton gelandet sein mußte.) Er versuchte, sich mit der Hand abzustützen, und das Handgelenk brach. Peter renkte sich die Knochen an Ort und Stelle wieder ein.

Weil sie Angst hatten, Ärger zu bekommen, wenn sie die Wahrheit erzählten, dachten seine Kumpel sich eine andere Geschichte aus, die Peter zu Hause erzählen konnte. Erst am nächsten Abend, nachdem sein Arm in Gips war und unser Leben wieder seinen normalen Gang lief, erzählte er von dem Seil. Dem verkehrten Knoten. Dem Sturz. Dem betonierten Graben.

Ich weiß nicht, was diese Episode zu bedeuten hat, wenn sie überhaupt etwas bedeutet, aber mir kam es immer so vor, als ob dieser freie Fall durch die Luft für Peter der Sturz in die zweite Hälfte seines kurzen Lebens war. Und was die Tatsache angeht, daß er sich selbst das Gelenk wieder einrenkte, so kann ich nicht einmal die Vorstellung ertragen.

Danach schien es, als habe der fröhliche, unbeschwerte Junge das Gefühl entwickelt, sein Leben stünde unter einem schlechten Stern, als hätten ihn das Schicksal, die Planeten, die Zeit, die Geburtenfolge, das Wetter oder sonst etwas, das jenseits seines Einflusses stand, ins Straucheln gebracht.

Als ich am Morgen des 3.September 1984 aufwachte und sah, daß es am Labour Day zum ersten Mal seit Monaten regnete, erwartete ich, daß Peter darauf mit gewohnter Verdrießlichkeit und einem ›Hätte ich mir ja denken können – bei meinem Glück‹ reagieren würde. Aber an jenem Tag schien Peter untypisch gut gelaunt und in der Lage, das Beste daraus zu machen. Sein bester Freund Bobby Numbrano kam vorbei, um bei den Vorbereitungen zu helfen; ebenso eine seiner Freundinnen – er hatte zwei –, Cindy Rodriguez. Sie verkabelten die Stereo-Anlagen, fotografierten sich gegenseitig und sahen dem Regen zu. Andere Freunde kamen, dazu ein paar Mädchen, die ich nie zuvor gesehen hatte und deren Namen ich nicht kannte.

Schauer zogen vorüber, kehrten zurück. Tiefhängende graue Wolken bedeckten den Himmel. Die Luft war feucht wie ein benutzter Putzlappen.

Es war ein schwieriger Sommer gewesen. Im Juni desselben Jahres hatte Peter seinem Vater Geld gestohlen, etwa dreihundert Dollar, und sich nicht einmal die Mühe gemacht, den Diebstahl zu verheimlichen. Es war nicht das erste Mal, daß so etwas passiert war.

Wir hatten ihm zuviel gegeben, das wußten wir. Zuviel Freiheit, zu viele eigenständig zu treffende Entscheidungen. Einfach zuviel *Zeug:* Dinge, Kleidung. Als er darauf reagierte, indem er immer mehr verlangte und auch nahm, wußten wir nicht, was wir tun sollten. Wir versuchten es mit dem üblichen, Therapie, Internat, harte Linie, weiche Welle. Wie alle Eltern, deren Kinder Probleme haben, waren wir nicht in der Lage, die Dinge mit der nötigen Differenziertheit zu betrachten.

Am Morgen nach dem Diebstahl erklärte ich Peter, er müsse ausziehen. »Ich glaube«, sagte ich, »wir haben das Ende der Fahnenstange erreicht.«

»Du meinst das Ende des Stricks«, erwiderte Peter.

Ich war derartige Bemerkungen gewöhnt; er quälte mich oft mit ihnen, verstärkte die düsteren Andeutungen mit seinem besten finsteren Blick. Ich habe nie geglaubt, Peter könnte Selbstmord begehen. »Das ist für manche Menschen ein Ausweg«, erklärte er mir einmal. »Aber für mich nicht.« Er sagte das mit solch ruhiger Gewißheit – als erklärte er mir, seine Haare seien nicht rot – , daß ich ihm glaubte.

Trotzdem warf ich ihn nicht einfach raus – ich konnte nicht. Ich half ihm bei der Suche nach einer Unterkunft. Er zog bei ein paar Freunden ein, vielleicht war es auch eine ganze Gang. Das war im Juni 1984.

Nachdem es ein paar Monate recht gut oder zumindest *okay* gelaufen war, wurde Peter im August erneut verhaftet.

Eines Nachts rief uns Bobby Numbrano an. Peter hatte in Austin eine gestohlene Waffe versetzt und saß im Gefängnis von Travis County. Wir riefen unseren Anwalt an – Peters Anwalt –, unseren Freund Jim Pape, der uns erklärte, es sei praktisch unmöglich, ihn um diese Zeit noch rauszuholen, und wir müßten wohl bis zum nächsten Morgen warten.

Am nächsten Morgen rief uns Pape an, er hatte die entsprechenden Schritte veranlaßt, ich konnte Peter abholen.

Austin im August: Die Sonne brannte. In der Innenstadt von Austin verfängt sich die Hitze zwischen den hohen weißen Wolkenkratzern und strahlt von den Bürgersteigen ab. Peter traf mich an der Straßenecke 53. und Eighth Street vor dem Travis County-Gefängnis. Mit seinen Surfer-Shorts und dem Tournee-T-Shirt einer Rockband, seiner leicht schief sitzenden Oakland Raider-Schirmmütze und den weichen braunen Locken, die ihm über die Ohren und den Nacken fielen, mit seinen abgetretenen weißen Leder-Nikes und den bis zu den Knien hochgezogenen Socken, die seine langen, schlanken Schienbeine betonten, sah er wunderschön aus . . . und geradezu schmerzhaft jung.

Er stieg in den Wagen. »Ich muß zur Arbeit«, sagte er nur. »Ich bin schon zu spät.«

Er hatte einen Job in einem Restaurant in unserer Gegend, wo er Hamburger, Tacos und Baked Potatoes zubereitete. Er arbeitete schon seit acht Monaten dort, sein Stundenlohn war bereits zweimal erhöht worden, und er wollte den Job nicht verlieren. Es war das einzige, was ihm noch geblieben war, worin er gut war.

Wir fuhren in südlicher Richtung.

Als wir den Ben White Boulevard und die Stadtgrenze von Austin erreicht hatten, war sein Bluff in sich zusammengefallen. Peter brach in Tränen aus. Bevor man ihn in die Zelle gesperrt hatte, hatte die Polizei ihm seine Schnürsenkel abgenommen. Sein Zellengenosse war wegen Läusen in Behandlung. Die Temperatur betrug über 35 Grad, und die Air-Condition in dem funkelnagelneuen Gefängnis von Austin war kaputt. Er erzählte mir von dem Gestank und den Schreien, von der orangefarbenen Medizin, mit der man den kahlrasierten Kopf seines Zellengenossen eingerieben hatte. Er erzählte, wie ein Polizist ihn angewiesen hatte, einen bestimmten Flur hinunter zu gehen, und wie sie ihm erklärt hatten, was für ein mieses Stück Dreck er doch sei, während er versuchte, seine Schuhe ohne die Schnürsenkel nicht zu verlieren, und wie er daran gedacht habe, sich aus einem Fenster auf den drei Stockwerke tiefer liegenden Bürgersteig zu stürzen.

»Wirklich, Mom«, sagte er. »Ich hab' daran gedacht.«

Plötzlich wird mir bewußt, wie unangemessen, ja unverschämt es ist, einer Frau, die in der Todeszelle sitzt, von den Schrecken eines Gefängnisses zu erzählen.

Karla liest meinen Gedanken und nickt: weiter. Das ist eine der Grundvoraussetzungen für eine erfolgreiche Anpassung an ein massiv eingeschränktes Leben: die Verluste möglichst geringhalten, sich nicht gegen das Schicksal auflehnen, den Standpunkt einer Außenstehenden nicht verlieren. *Verglichen womit* ist der Schlüssel.

Auf dem Weg nach San Marcos bat mich Peter, wieder nach Hause kommen zu dürfen. »Mit diesem Apartment, in dem ich jetzt lebe«, sagte er, »ist nichts gewonnen.«

Ich weiß noch genau, an welcher Stelle der Interstate 35 wir gerade waren, als er sagte: »Nichts ist gewonnen.« Wir waren schon an Kyle und dem Rastplatz vorbeigefahren und kamen jetzt auf die Ausfahrt Yarrington Road zu, wo der Blanco River eine scharfe Biegung macht und Peter einmal einen Wagen zu

Schrott gefahren hat. Peter hat praktisch nie irgendwelche reflexiven Äußerungen getan. Ich glaube nicht, daß ich ihn die Redewendung ›nichts ist gewonnen‹ je zuvor hatte benutzen hören.

Ich erklärte ihm, daß wir das meiner Ansicht nach irgendwie hinkriegen könnten, und setzte ihn bei der Arbeit ab. Am Abend redeten wir dann. Ich erklärte Peter, er müsse sich bei Glenn für den Diebstahl des Geldes entschuldigen, bevor er wieder einziehen könne. Peter wollte das nicht, aber er muß es doch irgendwann über sich gebracht haben: Die beiden haben das unter sich besprochen, ich habe nie gefragt. Zwei Wochen vor der Labour Day-Party feierten Glenn und Peter jedenfalls eine tränenreiche Versöhnung, die sie beide bis ins Mark erschütterte. Beide wollten sie so unbedingt daran glauben, daß jetzt vielleicht alles besser würde.

Nachts im Bett habe ich, seit ich Kinder hatte, die Sicherheit für das Haus und die Meinen immer daran gemessen, wie gleichmäßig die anderen im Schlaf atmeten. Wenn die Menschen in meinem Haus die Nacht ruhig durchatmen, was kann dann schiefgehen?

Als Peter heimgekehrt war, konnte ich wieder schlafen. Wenn ich das Bedürfnis hatte, konnte ich aufstehen, in sein Zimmer gehen und ihn ansehen, ausgestreckt in seinem Bett, die Arme auf einer Seite, den Kopf in dem weichen Kissen vergraben, das er so mochte, die langen Beine gekreuzt und bewegungslos. Noch lange nach seinem Tod roch sein Zimmer nach ihm. Selbst heute habe ich, wenn ich auf ein vergessenes Überbleibsel seiner Habseligkeiten stoße, manchmal noch das Gefühl, ihn wieder riechen zu können, und ich erinnere mich daran, daß mein Bruder genauso gerochen hat, als er älter wurde, nach heimlichen Zigaretten und Teenagersorgen.

Im September sollte Peters Fall möglicherweise zur Anklage kommen. Er hatte die Waffe zurückgegeben, war heimgekehrt, hatte sich für das neue Schuljahr angemeldet. Pape meinte, Peter würde wahrscheinlich nicht angeklagt, aber ... Himmel, das Rechtssystem war unsere kleinste Sorge.

Am Tag der Labour Day-Party kamen Peter und seine Freunde nicht ins Haus, außer wenn sie die Toilette benutzten oder etwas holen wollten. Die Party fand in der Garage statt – sie waren zu acht oder zehnt, manchmal vielleicht auch mehr. Sie kamen und gingen. Ich hatte nicht angeboten, etwas zu essen vorzubereiten, das hatte ich schon zu oft getan. Sie zogen Junk-Food vor: Chips, Erdnüsse und so weiter. Wenn es Zeit für eine warme Mahlzeit wurde, fuhren sie zu Burger King, McDonald's oder Wendy's, wo Freunde von ihnen arbeiteten, und holten sich eine Gratis-Portion Zwiebelringe oder Pommes Frites ab. Ich hatte mir sowieso vorgenommen, nicht zu versuchen, die Dinge zu regeln.

Glenn und ich saßen lesend im Wohnzimmer. Ich sah aus dem Fenster, als die Gruppe zum Fluß aufbrach, um im Regen ein Bad zu nehmen.

Die Jungen trugen ihre Fluß-Ausrüstung: zerlumpte, abgeschnittene Jeans, zerrissene schwarze T-Shirts mit irgendwelchen Band-Namen und ausgetretene Turnschuhe, die ruhig naß werden konnten. Peters Freunde waren alle Hispanos. (In jenem Jahr waren etwa 65 Prozent der Schüler der San Marcos High-School Hispanos; trotzdem war es für einen weißen Anglo-Amerikaner völlig ungewöhnlich, so viele hispanische Freunde zu haben.) Ihre dichte, dunkle Mähne flatterte bei jedem Schritt unter ihren sorgsam zu Stirnbändern gefalteten Tüchern. Peter schloß seinen Kassettenrecorder an, und sie hörten ›Oldies‹: Foreigner, Bad Company, Rush, Cheap Trick. Die Nummer ›Cold as Ice‹ spulten sie ein paarmal zurück, um sie noch einmal zu hören. Für sie war es ein nostalgischer Abend. Das Ende des Sommers, der Beginn ihres letzten Jahres auf der High School.

»Peter und seine schlimmen Freunde«, sagte ich, als ich aus dem Fenster sah. Und ich lachte.

Das Lachen war damals längst selten geworden, Heiterkeit fast vergessen. Ich haßte es, so bitter und ernst geworden zu sein, wenn es um Peter ging, aber ich wußte nicht, was ich dagegen tun sollte. An jenem Tag, ich weiß es nicht, dachte ich vielleicht, daß wir das Schlimmste hinter uns hatten. Sogar Glenn, der noch stärker zu düsteren Gedanken neigt als ich, lachte ein wenig.

Lange Zeit hatte Peter von seinen ›Teenager-Jahren‹ gesprochen, als seien sie ein lästiger Auftrag, den man ihm zugeteilt hatte. »Das ist das Teenager-Leben«, erklärte er mir schulterzuckend, wenn ich ihm wegen seiner Raucherei in den Ohren lag. Wenn er seine Teenager-Jahre erst einmal hinter sich gebracht hatte, so hatte er sich vorgenommen, würde er sich ändern. Am Labour Day jenes Jahres hatte er, glaube ich, das Gefühl, er müsse jetzt, nachdem er wieder zu Hause wohnte und seine, wie er schwor, letzte Chance auf der High-School wahrnehmen wollte, diese Veränderung nach außen dokumentieren, indem er im Haus seiner Eltern eine Party feierte.

Ich weiß noch, was wir an jenem Abend gegessen haben. Wir brieten Steaks und bereiteten einen frischen Salat. Peters Steak stellten wir in den Ofen, damit er es essen konnte, wenn seine Freunde gegangen waren. Nach dem Abendessen sah ich mir mit Glenn Football im Fernsehen an. Die Cowboys spielten. Gegen neun schaute Peter herein und fragte – mit klarem Kopf und ohne zu lallen – nach dem Zwischenstand. Wir erklärten ihm, daß Dallas verlöre. Er jubelte. Wir erinnerten ihn daran, daß am Dienstag die Schule beginnen würde und die Party deswegen nicht mehr allzu lange dauern sollte. Peter erklärte sich einverstanden und kehrte zu seinen Freunden zurück.

Um zehn lief das Spiel noch immer. Peter sagte, Cindy müsse bald gehen, und ob ich zum Geburtstag ihrer Mutter eines meiner Bücher signieren könnte, weil er ihr etwas schenken wollte. Ich signierte ein Buch; Peter zeigte mir eine witzige Glückwunschkarte, die er gekauft hatte, sagte, er wolle Cindy und die anderen noch nach Hause bringen, und ging.

Völlig normal. Nicht stoned. Nicht betrunken.

»Wir haben ihn nie wieder gesehen.«

»Hat er ... wissen Sie, ob er Drogen genommen hat?«

Das ist Karlas Standardfrage, wenn sie von jungen Menschen hört, die auf die eine oder andere Art ein dunkles Ende gefunden haben.

»Er hat Gras geraucht, Bier getrunken. Hinterher habe ich Colin gebeten, mir die Wahrheit über alles zu sagen, und er meinte, Peters Clique habe keine harten Drogen genommen, aber ich weiß es nicht.«

Karla nickt und behält ihren Gedanken für sich.

Als das Football-Spiel zu Ende war, schrieb ich Peter eine witzige, liebevolle Notiz – überall im Haus hinterließen wir uns witzige, liebevolle Notizen, verziert mit witzigen, liebevollen Zeichnungen –, in der ich erklärte, daß sein Steak im Ofen auf ihn warte, und ihm eine gute Nacht wünschte. Danach gingen Glenn und ich zu Bett.

Seit jener Nacht kann ich es nicht mehr ertragen, das Ende einer Geschichte nicht zu wissen. Ist es ein glückliches Ende oder ein trauriges? Stirbt jemand? Am Ende dieser Geschichte stirbt der Junge. Der Junge wird getötet. Wir erzählen diese Geschichte aus der Perspektive der Zukunft, einer Zukunft, die die Vergangenheit noch einmal durchlebt und neu erschafft, aus einer Zeit, in der es keinen Jungen mehr gibt, denn der Junge ist tot.

Kate

Es war Zeit zu gehen. Die erste Wärterin sagte, jemand werde kommen, um mich herauszulassen, aber ich solle zunächst nachsehen, ob die Tür zum Besucherraum offen sei. Sie war es nicht. Die Wärterin kam herüber, fummelte lange mit ihrem Schlüsselbund herum und murmelte vor sich hin, bis sie einen Schlüssel fand, der paßte.

Ich ging zurück, um mich von Karla zu verabschieden. Von

jenseits des Maschendrahts rief sie »Bye-bye« und winkte, wedelte wild mit der Hand wie ein kleines Kind. Ich erwiderte ihren Abschiedsgruß.

Eine zweite Wärterin kam hinzu. Die beiden nahmen Karla in ihre Mitte und eskortierten sie den Flur hinunter zu einem Raum, wo man sie einer Leibesvisitation unterziehen würde.

Ich kam in den Raum mit den Getränkeautomaten.

Auf ihrem Weg den Flur entlang rief Karla noch einmal »Bye-bye«, ein Singsang aus zwei Noten.

Ich hob meine Stimme und rief ihr zu, das nächste Mal würde ich Fünfundzwanzig-Cent-Stücke in der Tasche haben. Karla rief noch einmal, noch lauter »Bye-bye«, als ob ich langsam in der Ferne verschwinden würde und sie ihre Stimme heben müßte, um zu mir vorzudringen.

Als ich die Eingangstür des Besucherraums öffnete und in die heiße Nachmittagssonne trat, riefen wir uns noch immer Verabschiedungen zu. Dann klackten die schweren Metalltüren hinter mir ins Schloß, und mein erster Besuch war beendet.

Unser Abschied erinnerte mich daran, wie ich als Kind meine Großeltern besucht hatte – bevor die Streitereien anfingen, als mein Vater sich noch mit seinen Brüdern verstand. Auf der Rückfahrt winkten mein Bruder und ich meinem Onkel, meiner Tante, den Cousinen und Großeltern so lange durchs Rückfenster zu, bis sie nur noch winzig kleine Punkte waren. Mein Vater drückte bis zur nächsten Straßenecke auf die Hupe und weiter, wenn wir Richtung der Fähre abgebogen waren, die uns über den Mississippi bringen würde. Selbst wenn wir längst keinen mehr sehen konnten, winkten mein Bruder und ich immer noch.

Während ich vor dem doppelten Gitterzaun unter einem Ahornbaum stand und darauf wartete, herausgelassen zu werden, vergrub ich meine Hände tief in den Taschen, um sicherzugehen, daß ich meine Wagenschlüssel und meinen Führerschein noch bei mir hatte.

Der Ahornbaum spendete wenig Schatten, kein Luftzug

raschelte in seinen Blättern. Ich fragte mich, ob irgend jemand wußte, daß ich hier war. Auf dem Turm stand jetzt ein neuer Wärter Posten, der auch keinerlei Anstalten machte, aus seinem Verschlag zu kommen. Der Gefängnishof war fast völlig ausgestorben.

Du fühlst dich so einsam. Dein Verstand sagt dir zwar, daß man dich hier schon nicht allein stehenlassen wird, aber dein Herz rast.

»Tut mir leid, daß es so lange gedauert hat«, entschuldigte sich ein höflicher hispanischer Wärter, als er schließlich etwa eine Viertelstunde später auftauchte. »Wir hatten Zählappell.« Er öffnete das erste Tor.

»Zählappell?« Er entriegelte das zweite.

»Wir zählen jeden einzelnen Insassen.«

Ich bedankte mich und trat durch das Außentor, das sich summend öffnete. Mein Wagen auf dem Parkplatz war der reinste Backofen. Ich versuchte meine Lippen mit einem Stift einzufetten, aber er war geschmolzen.

Auf dem State Highway 36 schaltete ich, um Gesellschaft zu haben, die Nachrichten ein. Als ich die Interstate 35 erreicht hatte, hatte ich das Radio schon wieder abgedreht. Statt dessen hörte ich mir noch einmal Karlas Geschichten an, sah im Geist ihre Augen, hörte ihre warme, helle Stimme.

Wie wär's. Das Leben hatte diesmal gar nichts damit zu tun. Diesmal war ich es selbst. Ich traf die Wahl, ging das Risiko ein. *Probier doch mal.*

Am nächsten Morgen – dem 10. März – war es kühl und neblig, typisches Märzwetter in Texas. Mittags würden wir wieder in kurzen Ärmeln herumlaufen.

Glenn und ich hatten damals zwei Pferde, eine Stute namens Shatterproof und ihr einjähriges Fohlen Buy the Glass. Shatterproof war wieder trächtig. Jeden Morgen sah ich als erstes aus dem Fenster, um zu sehen ob sie in der Nacht gefohlt hatte.

Am Morgen des 10. März waren die Pferde nicht in Sicht. Wir gingen zum Stall und fanden Shatterproof auf dem

Boden liegend mit einem großen, gelblichen Haufen an ihrem Schwanz. Hinter ihr fielen die Strahlen der Morgensonne in weichem Rosa durch die Bäume. Am Fluß stieg Nebel auf, der warme Atem der Stute bildete kleine Wölkchen, und aus dem gelben Haufen stieg Dampf auf. Es war der Kopf des neugeborenen Fohlens, eingehüllt in die Fruchtblase.

Glenn sperrte Buy the Glass aus dem Stall aus und ging zum Haus zurück, um den Tierarzt anzurufen. Ich blieb, machte Fotos – ich hatte für alle Fälle meine Kanera mitgebracht –, beobachtete Shatterproof und versuchte, ihr Mut zu machen.

Der Kopf des Fohlens erhob sich und fiel wieder zu Boden. Shatterproof wühlte in der Box umher, um die Beine auszustrecken, sie keuchte, drückte, stand auf, ging im Kreis und legte sich an einer anderen Stelle wieder hin. Ich machte Fotos, drückte mit Shatterproof, fühlte mit ihr, besänftigte sie und half ihr, als das Fohlen sicher heraus war, die Nachgeburt abzureißen, damit sie nicht darauf ausrutschte, wenn sie versuchte, sich hinzustellen. Als Glenn zurückkam, war alles vorbei. »Es ist ein Mädchen«, erklärte ich ihm.

Während ich fotografierte, dachte ich: »Das wird Karla gefallen. Sie wird völlig ausflippen, wenn sie das sieht.«

Als das Fohlen endlich die Zitzen der Mutter gefunden hatte und saugte, als die Sonne richtig aufgegangen und die Spannung abgeklungen war, betrachtete ich dieses neue, erstaunlich kräftige und gesunde Wesen und dachte, wie seltsam das Leben doch war – wie unvorhersagbar es einen *in Anspruch nahm.* Keine fünfzehn Stunden zuvor hatte ich im Todestrakt gesessen, von einem unvorstellbar grausamen Mord gehört und meinerseits meine eigene Geschichte von Trauer und Verlust erzählt. Jetzt machte das Leben seine Autorität wieder geltend, mit neuer Lust und Kraft.

Das alles ergab überhaupt keinen Sinn. Vielleicht war es die schiere Unwahrscheinlichkeit, die mich daran mit Hoffnung erfüllte. Am nächsten Tag, als der Film entwickelt war, schickte ich Karla die Fotos.

Weil das Fohlen von einem Hengst namens Ponti Bars gezeugt wurde, haben wir es Pontificate genannt. Wir rufen es Kate. Sie ist ein geschmeidiges Fuchsfohlen mit einer weißen, sternförmigen Blässe.

Kate ist lebendig und muskulös; sie ist temperamentvoll, ja sie kann richtiggehend *gemein* sein.

Buy the Glass ist mittlerweile fort. Wir haben Shatterproof wieder decken lassen, aber sie ist dieses Jahr nicht trächtig geworden.

Träume

Am 4. April 1989, eine Woche, bevor der nächste Besuch bei Karla verabredet war, hatte ich einen Traum.

Ich habe sie besucht; sie war in einer typischen Gefängniszelle untergebracht, wie man sie aus dem Kino kennt, graue Steinwände und ein Gitter, durch das wir uns unterhielten. Dann sprach ich mit einer Wärterin, und auch sie war Karla. Wir redeten nur kurz. Karla, die Wärterin, äußerte den dringenden Verdacht, daß Karla, die Gefangene, einen Fluchtversuch unternehmen wollte. Ich ging in die Zelle zurück, um zu fragen, aber die Insassin Karla sagte nichts, und ihr Gesichtsausdruck war völlig verschlossen. Ich aß in der Gefängniskantine zu Mittag; das Essen war mies.

Dann bin ich auf einmal zu Hause, und diese Person kommt quer über das Feld auf mein Haus zu. Im dunklen Licht der Dämmerung kann ich nicht erkennen, wer es ist, aber mein Herz schlägt schneller, und dann ist sie da, mit ganz kurzem Haar, als hätte sie einfach eine Schere genommen und alles abgeschnitten. Sie trägt eine enganliegende goldene Bluse mit einem wild-bunten Muster, einen engen schwarzen Rock, leichte Schuhe und eine kleine Handtasche über der Schulter ... nuttig, aber sehr niedlich. Ich kann es gar nicht fassen, daß sie rausgekommen ist, und ich bin aufgeregt, daß sie ausgerechnet *mich* besuchen kommt, und ich habe Angst. Sie hingegen ist völlig gelassen – als ob das alles alltäglich wäre.

Wir reden. Ein Wagen kommt die Straße entlang und nimmt sie mit. Während ich ihm nachsehe, habe ich den Bruchteil einer Sekunde das Gefühl, daß ich sie geworden bin – daß ich ihre Gedanken denke, ihre Gefühle fühle und ihre Motive verstehe: *Ich werd' nicht lange draußen bleiben, ich weiß, daß sie mich schnappen werden, aber bis dahin habe ich das, und es ist das Risiko wert.* Ich frage mich, wie viele Jahre sie ihr für die Flucht zusätzlich aufbrummen werden und warum sie ihr Haar, wenn sie es zur Tarnung schon kurz geschnitten hat, nicht auch noch gefärbt hat. Ich weiß auch, wohin sie fährt, nach Houston, um ihre Mutter zu besuchen.

Als nichts weiter passiert, gehe ich davon aus, daß alles geklappt hat. Aber ich mache mir Sorgen. Der Traum wird von einem Gefühl der Spannung beherrscht, wie eine Verfolgungsjagd im Kino.

Verschwommene Szenen. Von ihren Wärtern befragt, gebe ich an, Karla nicht gesehen zu haben. Ich mache mir noch mehr Sorgen, frage mich, ob sie überhaupt Geld hat, und mache mir Vorwürfe, ihr keins angeboten zu haben.

Zeit vergeht, eine lange Unterbrechung, und dann bin ich in meiner Heimatstadt, und Karla ist auch da, und ich zeige ihr alles. Wir gehen in eine Milchbar, und ich frage sie, ob sie in Houston ihre Mutter getroffen hat, und sie sagt ja, und ich bin voller Bewunderung für sie und denke, was für ein schlaues Mädchen sie doch ist, genau dorthin zu gehen, wo die Behörden sie vermuten, und trotzdem nicht geschnappt zu werden. Ich fahre sie herum, an einem Haus vorbei, in dem ich früher gewohnt habe, und dann ist es Abend oder doch zumindest dunkel. Die Gefahr macht mir Angst und erregt mich.

Irgendwann tauschen wir die Rollen, und ich bin auf einmal diejenige, die auf der Flucht ist. Weil ich nicht so gerissen bin wie Karla, werde ich sofort erwischt. Sie nehmen mir meine Bluse und meinen Rock ab. Ich trage jetzt nur noch einen weißen Baumwoll-Slip und Ballerinas. Ich betrachte meine Beine und sehe, daß ich schlanke Waden habe, Karlas Waden. Es ist passiert, ich bin sie geworden. Es macht mir nichts aus, ins Gefängnis zurückgebracht zu werden, so läuft eben das Spiel. Weil ich inzwischen die Mentalität einer Gefangenen angenommen habe, empfinde ich eine große Genugtuung, als ob ich sagen wollte: »Na ja, wenigstens hab' ich meine Mutter noch mal gesehen.«

In der nächsten Szene ist auf einmal meine eigene Mutter da. Sie liegt in einem Bett in einem Altersheim. Sie trägt ein lavendelfarbenes Nachthemd, und sie hat sehr große, hängende Brüste. Sie scheint unter Beruhigungsmitteln zu stehen und wirkt sehr verwirrt. Ihre Altersheim-Mitbewohner versuchen, sie zum Essen zu bewegen. Irgendwie habe ich das Gefühl, als würde sie betrunken torkeln, sogar im Bett. Ich stehe über ihr, links von ihrem Kopf, und betrachte die ganze Szene von oben. Ich wünsche mir, sie könnte diesen Ort verlassen und wieder gesund werden: Sie will aufstehen und mit mir gehen. Ich nehme ihre Hand, und sie macht Anstalten aufzustehen ... sie sieht so entschlossen aus wie Karla am Anfang des Traumes ... und ich will ihr unbedingt helfen, aber es ist so schwer, und ich weiß nicht, ob ich es schaffe ... und dann ist der Traum zu Ende.

Ich wußte nicht recht, was ich damit anfangen sollte, außer ihn aufzuschreiben und ihn mit Karla zu teilen. Sie schrieb mir zurück und sagte, sie fände ihn *prima.*

Der Tod meiner Mutter 1982 kam ziemlich plötzlich und unerwartet – sie war 63; das Sterben meines Vaters an den Folgen seines Alkoholismus und Symptomen im Zusammenhang mit seiner Diabetes im Sommer 1988 war lang und quälend. Er war in einem Pflegeheim ans Bett gefesselt gewesen, wo er sich in den letzten Tagen vor seinem Tod weigerte, irgend etwas anderes zu sich zu nehmen als in Milch und Zucker aufgeweichte Cornflakes, die ich ihm mit einem Löffel einflößen mußte. Nach einer Weile aß er auch die Cornflakes nicht mehr und wollte nur noch gezuckerte Milch.

Wenn ich einen Roman schreibe, weisen mich meine Träume immer auf Fehler hinsichtlich der Charaktere, Motive, Bilder und Logik hin. Ich schenke ihnen stets viel Aufmerksamkeit.

In den Monaten nach Peters Tod träumte ich ständig von ihm. Meistens lebte er im Traum noch. Diejenigen, in denen er schon tot war, waren Alpträume, vor allem solche über Einzelheiten seines Sterbens oder die allmähliche Verwesung seines Fleisches, über das, was die Zeit seinen sterblichen Überresten antat. Aus solchen Träumen erwachte ich stets in atemlosem Grauen. Andere wiederum, in denen Peter selbst von der anderen Seite auf einen Sprung zu mir herüber kam, versöhnten mich.

In einem Traum war ich in eine Dia-Show in einem Zirkuszelt gegangen, die einen Blick in den Himmel – den wirklichen Himmel – versprach. Der Anpreiser versprach, Virginia Woolfe werde erscheinen. Er wies auf ein Bild auf der Zeltplane, das ihren Schreibtisch zeigte. Vita Sackville-West werde vielleicht auch kommen. *Virginia Woolfe?* Ich kaufte eine Eintrittskarte und betrat das Zelt. Es gab ansteigende Ränge, und ich setzte mich ganz nach oben.

Es war tatsächlich der Himmel, den man sah, aber anstelle von irgendwelchen Schriftstellern war gerade ein himmlisches Baseball-Spiel im Gange. Peter spielte im Außenfeld. Seine weichen Locken fielen unter seiner Baseball-Mütze auf die Schultern und in die Stirn – der Schirm war wie im wirklichen Leben hochgeklappt –, und er erwartete leicht gebeugt den Ball, feuerte den Werfer an und war überhaupt nicht so mürrisch und verschlossen, wie er es in den letzten Jahren seines realen Lebens gewesen war, sondern glücklich, völlig offen für das Leben und schön. Er sah einmal zu mir hoch. Ich war mir nicht sicher, ob er mich erkannt hatte. Ich rief seinen Namen, doch er reagierte nicht. Als das Spiel vorbei war, lief ich zu der Tribüne über dem Spielerausgang zu den Umkleidekabinen. Die ganze Mannschaft marschierte vorbei. Ich sah Peter unter mir hindurchgehen, ohne den Versuch zu unternehmen, mit ihm Kontakt aufzunehmen, weil ich inzwischen wußte, daß er das nicht konnte. Er verschwand mit seinen Mannschaftskameraden plaudernd unter der Tribüne.

Aus diesem Traum erwachte ich erfrischt und glücklich. Er hatte so ruhig ausgesehen, so friedlich und wunderschön wie ein richtiger Engel.

War Karla in dem Traum meine Mutter, war sie Peter, versuchte ich ihr Leben zu retten, wollte ich sie aus dem Gefängnis befreien, sie *werden?* Oder was sonst?

Als ich einer befreundeten Soziologin, die sich auf Kriminologie und abweichendes Verhalten spezialisiert hat, erzählte, daß ich Karla ein zweites Mal besuchen wollte, sah sie mich erstaunt an. Den ersten Besuch hatte sie noch verstanden, »aber warum«, fragte sie mich ganz direkt, »kehrst du dorthin *zurück?*«

Ich erzählte den Karla-Traum einem Psychiater, auch ein Freund. Er sagte, der Traum weise auf unverarbeitete Geschichten im Zusammenhang mit meiner Mutter hin sowie auf ein Gefühl tiefer Ambivalenz, was meinen Besuch in Gatesville anginge. »Vielleicht bist du das erste Mal nicht *als Schriftstellerin* dorthin gegangen«, warnte er mich, »aber du bist bestimmt gegangen, weil du eine bist. Vielleicht mußt du dir darüber klar werden – weniger warum du überhaupt gegangen bist, als vielmehr, warum du dorthin *zurück*kehrst.«

Das war am Sonntag, dem 9. April. Montags, den 10., am Abend vor meinem nächsten Besuch bei Karla, hatte ich mich entschieden, am nächsten Morgen anzurufen und abzusagen.

Du mußt nicht, sagte ich mir. *Niemand wird dir eine schlechte Note geben, wenn du absagst.* Ich sagte mir, daß ich schon zu oft in meinem Leben Ereignissen und Plänen ihren eigenen Lauf gelassen hatte. Inzwischen sollte ich doch in der Lage sein, ein wenig zu recherchieren und einfach scharf nachzudenken. Vielleicht sollte ich eine Liste erstellen: Gründe zu erfahren auf der einen Seite, Gründe, nicht zu erfahren, auf der anderen.

War nicht die Bestimmung der Unbekannten als Methode, zu einer Entscheidung zu kommen, ein Teil des Prozesses, erwachsen zu werden?

Ich habe in jüngster Zeit etwas über mich herausgefunden: Ich bin kein besonders impulsiver Mensch und brauche oft viel Zeit, mich zu einer Handlung durchzuringen, aber wenn ich für mich Klarheit gewonnen habe, wenn die Entscheidung erst einmal gefallen ist, stelle ich sie nicht mehr in Frage. Listen helfen da überhaupt nicht, es ist längst zu spät für Listen. Es ist, als wäre ich schon dort. Ich kann mich bereits aufbrechen sehen, als wäre ich jemand anders.

Der gesunde Menschenverstand, die Unbekannten sagten mir, denk nach, warte. Aber am Dienstagmorgen machte ich mich auf den Weg, die I-35 hinauf in nördlicher Richtung.

Wie zur Belohnung säumten Felder mit blauen Lupinen meinen Weg. Nachdem ich bei Temple auf den Highway 36 in westlicher Richtung gewechselt war, tauchten neue Wildblumen am Straßenrand auf, die in unserem Teil des Staates nicht vorkommen. Ich entdeckte eine weiße, glockenförmige Blume, die ich noch nie in meinem Leben gesehen hatte und auch danach nie wieder gesehen habe, so ähnlich wie Mohn.

Als ich das Besucher-Zentrum betrat, saß Karla Faye wieder hinter demselben Fenster und starrte auf die Tür, durch die ich, wie sie wußte, kommen würde.

Ich klimperte mit den Münzen in meiner Hosentasche. »Fünfundzwanzig-Cent-Stücke.«

Karla sagte, sie habe sich schon den ganzen Morgen auf Erdbeerbrause gefreut.

Mit vor Erleichterung weichen Knien ging ich zum Getränke-Automaten und dachte, daß ich sie beinahe sehr enttäuscht hätte.

Sie hatte sich ihr Haar in Locken gelegt und hochgesteckt,

und es sah sehr schick aus – extra, da war ich sicher, für mich. Ihre Haut sah ein paar Nuancen dunkler aus.

Ich zog mir irgendein völlig überzuckertes Getränk, gab der Wärterin Karlas Erdbeerbrause, machte ein Kompliment zur neuen Frisur und fragte sie, ob sie in der Zwischenzeit eine Kreuzfahrt in der Karibik unternommen hätte.

Karla warf ihren Kopf zurück und lachte. »Ich habe mich gesonnt«, sagte sie. »Wir sind schon alle ganz braun hier.«

Gegen Ende dieses zweiten Besuches verpflichtete ich mich dann. Ich erklärte Karla Faye, daß ich sie einmal im Monat besuchen würde, wenn nicht etwas völlig Unvorhergesehenes und Unverschiebbares dazwischenkam; so konnte sie sich entspannen und mußte keine Zeit damit verschwenden, sich zu fragen, ob ich wohl zurückkommen würde. Und ich würde nicht zu Hause rumsitzen und darüber grübeln, ob ich fahren sollte, und wenn ja, wann und warum.

Wir unterhielten uns durch einen roten Lippenabdruck auf dem Plexiglas. Irgend jemand vor uns hatte auf meiner Seite einen Begrüßungs- oder Abschiedskuß auf die Scheibe gedrückt. Manchmal war der Kuß auf Karlas Wange, manchmal über ihrem Auge.

Inzwischen haben wir unsere festen Rituale. Zur Verabschiedung pressen wir unsere Handflächen gegen die Plexiglasscheibe, bis unsere Finger weiß werden, ziehen dann die Hand zurück, verschränken die Arme über der Brust, umklammern fest unsere Schultern und wiegen uns sanft hin und her. So umarmen wir uns selbst als Ersatz füreinander.

Caney Creek

Sie sagen, du bist die Achse des Rades. Alle anderen sind nur Speichen. Sie sagen, du bist die Nummer eins.

Douglas Garrett, 1984

Die haben gar nichts, Doug. Keine Fingerabdrücke, nichts

Danny Garrett, 1984

Danny und Karla waren stolz ... Sie hat nichts bereut ... Sie haben gekichert und gegrinst und gesagt, sie wären jetzt berühmt ... Wir hatten Angst um unser Leben.

Kari Tucker Garrett, 1984

Die stochern doch bloß in der Scheiße. Die haben gar nichts ... Wenn sie mehr darüber wissen wollen, können sie ja unseren Anwalt anrufen.

Karla Faye Tucker, 1984

Eingesperrt

In den fünf Wochen zwischen dem Wochenende des 11. Juni 1983, als Karla Faye und Danny Garrett total ausrasteten, zu Jerry Lynn Dean und Deborah Thornton fuhren und ein Blutbad anrichteten, und ihrer Verhaftung am 20. Juli 1983 prahlten und protzten sie, was das Zeug hielt, und machten sich überall wichtig.

In diesen fünf Wochen rannten sie herum und verkündeten, daß sie wohl, da sie mit den ersten Morden davongekommen waren, noch jemanden erledigen müßten. Wen, das hatten sie noch nicht entschieden, aber sie erwähnten ein paar mögliche Kandidaten. Die Ermittler der Mordkommission der Polizei von Houston bissen derweil bei Karla auf Granit. Sie ließ sich ihre Fingerabdrücke abnehmen und willigte sogar ein, sich einem Lügen-Detektor zu unterziehen, bis Danny anrief und fragte, ob sie verrückt geworden sei, worauf sie der Polizei von Houston mitteilte, sie habe ihre Meinung geändert, was sie nach Ansicht ihres Anwalts nicht hätte tun sollen. Karla kümmerte das alles herzlich wenig, sie war jetzt ihr eigener Chef; außerdem hatte die Polizei ohnehin nichts in der Hand, die stocherten nur im Nebel.

Was Karla und Danny nicht wußten und wahrscheinlich auch nicht geglaubt hätten, wenn es ihnen jemand erzählt hätte, war, daß Douglas Garrett und Kari Burrell in der Nacht von Montag, dem 17. Juli, auf Montag, dem 18. Juli, eine Entscheidung trafen. Kari wurde zunehmend nervöser. Beamte der Mordkommission hatten sie verhört; man hatte ihnen Fotos der Opfer gezeigt – den verstümmelten Jerry Dean und Deborah Thornton mit der Spitzhacke in der Brust –, während Danny davon sprach, weitere Menschen zu erledigen, die von den

Morden wußten, wie Jimmy Leibrant oder Ronnie Burrell. Die ganze Geschichte wurde zu gefährlich und bizarr, außerdem waren sowohl Kari als auch Douglas in gewisser Hinsicht tatbeteiligt, hatten von Anfang an von den Morden gewußt und ihren Geschwistern geholfen, Diebesgut zu versetzen oder zu verstecken. Douglas lief mit einer .38er in der Bademanteltasche herum, seit er geträumt hatte, von Menschen mit Pistolen umzingelt zu werden.

In der Nacht vom 17. auf den 18. Juli beschlossen Kari Burrell und Douglas Garrett, dem Ganzen ein Ende zu setzen, indem sie ihre Geschwister bei der Polizei verrieten.

Am Montag, dem 18. Juli, erhält J.C. Mosier von der Mordkommission in Houston einen Anruf von einer Person, die im offiziellen Polizeibericht später als ›persönliche, verläßliche und vertrauliche Quelle‹ bezeichnet wird. Laut Polzeibericht erklärt der anonyme Informant J.C., daß ein gemeinsamer Freund unbedingt mit ihm reden will. J.C. fragt, wer dieser gemeinsame Freund ist; der Informant sagt, es sei Douglas Garrett. Es läuft darauf hinaus, daß Douglas J.C. erzählt, daß eine Freundin und sein Bruder Danny in die Spitzhacken-Morde verwickelt seien. Inwiefern verwickelt? Na ja, meint Douglas, er hat sie begangen.

Worauf J.C. fragte: »Er hat *was* getan?«

Douglas Garrett erklärte, er sei bereit, alles zu erzählen, aber J.C. mußte vorsichtig vorgehen; schließlich waren die Spitzhacken-Morde nicht sein Fall. Aber als Douglas sich weigerte, mit irgend jemandem außer J.C. zu reden, wurde es arrangiert. J.C. sagte Doug, er solle Kari mitbringen; sie trafen sich für etwa zwei Stunden. J.C. Mosier sagt, er habe noch nie in seinem Leben zwei verschrecktere Menschen gesehen.

Am Nachmittag des 20. Juli verdrahtete Lieutenant Kenneth Rodgers, Mitglied einer Sondereinheit der Houstoner Polizei, Douglas Garrett und erklärte ihm dabei, wie das Gerät funktionierte: Ein winziges Nagra-Tonbandgerät wurde in Douglas Stiefel versteckt, ein kleiner Sender an seiner Brust befestigt, so daß Polizeibeamte das Gespräch überwachen konnten. Während dessen bereitete J. C. Mosier Douglas auf seinen Auftritt vor. Er erklärte ihm, wie er sich verhalten sollte (ganz natürlich und beiläufig bleiben, Small-talk machen), welche Informationen er auf das Band bannen sollte (den Mordvorsatz, den Diebstahlsvorsatz und Karlas Orgasmus), und was er sagen sollte, wenn er in Gefahr geriet und gerettet werden mußte.

In der Hauptsache riet er Douglas Garrett, seinen Mund zu halten. »Laß die Leute reden. Wir wollen sie reden hören . . . sei einfach still. Ich will hören, was sie zu sagen haben.« Oder wie er es im Prozeß gegen Danny Garrett formulierte: »Das Beste, was wir hoffen konnten, war . . . daß er reinkommt, ein Gespräch in Gang kommt, die entscheidenden Sätze gesagt werden, er wieder geht und wir die Haftbefehle vollstrecken können.«

Laut Sergeant Ted Thomas, einem der Ermittler der Mordkommission, der die Morde an Jerry Dean und Deborah Thornton untersuchte, war es »ein wirklich komplizierter Fall. Es gab jede Menge Verdächtige, sowohl auf seiten des Mädchens wie auf seiten des Mannes. Wir hatten keine Ahnung, wohin die Ermittlungen führen würden. Und wir können ohnehin nie sicher sein, daß wir einen Fall auch wirklich lösen. Wir folgen einfach den Spuren. Und dann ist man eines Tages plötzlich am Ziel.«

Mit dem Tonbandgerät in seinem Stiefel und dem auf die Brust geklebten Sender fuhr Douglas Garrett mit seinem Motorrad von seinem Garagen-Apartment an der Fairway Street im Südosten von Houston via Gulfgate am Gulf Freeway in die McKean Street 2205 im Nordwesten von Houston, eine Strecke von gut dreiundzwanzig Meilen. Um die Kabel zu verbergen, trug er ein langärmliges schwarzes Hemd.

Als Douglas kurz vor 17 Uhr durch die Haustür in der McKean Street 2205 trat, saßen drei Personen auf der Couch im Wohnzimmer und begrüßten ihn. Die erste Frage, die man ihm stellte, war, warum er an einem so heißen Juli-Tag ein langärmliges Hemd trage. Douglas redete sich damit heraus, daß es sein einziges sauberes sei. Er fragte, ob es etwas zu trinken oder zu rauchen gäbe.

Nichts zu rauchen. Douglas macht eine Bemerkung darüber, daß die Stadt völlig *ausgetrocknet* sei.

Ein paar Straßenecken entfernt hocken Beamte der Houstoner Polizei in einem getarnten Lieferwagen vor einem Empfänger, lauschen der Unterhaltung, warten. Wenn Douglas Garrett ›Jesus Christus‹ sagt, heißt das, er ist in Gefahr.

Einer der Männer war Ted Thomas, ein anderer James Ladd von der Mordkommission. Thomas und sein Partner William Owens waren mit den Ermittlungen im Umfeld von Deborah Thornton betraut; Ladd und seine Partnerin Carolyn Newman befaßten sich mit dem von Jerry Lynn Dean. Ladd und Newman hatten Karla und Danny bereits unter Druck gesetzt. Wegen ihrer allgemein bekannten Antipathie gegenüber Dean hatte man Karla lange vor Danny in Verdacht. In der Woche vor der Verhaftung waren Jim Ladd und Carolyn Newman täglich im Haus in der McKean Street gewesen, um die beiden Verdächtigen in die Enge zu treiben. Aber bis zu dem Zeitpunkt, als Douglas Garrett J. C. Mosier angerufen hatte, war der Fall völlig offen. Karla und Danny galten als nicht dringender tatverdächtig als ein paar andere Kandidaten; tatsächlich hatte es zunächst mehr Verdächtige im Umfeld von Deborah Thornton als im Bekanntenkreis von Jerry Lynn Dean gegeben. Ihr Vater William List war ein bekannter und wohlhabender Homosexueller, der regelmäßig Jungen in Houston auflas und sie mit in seine riesige, häßliche Villa in Seabrook nahm, wo sie für ihn arbeiteten und weiß der Himmel was sonst noch taten. Sowohl Deborah Thornton als auch ihr Bruder hatten ihren Nachnamen geändert, um sich von ihrem Vater loszusagen. Auch im Berufsleben genoß List einen zweifelhaften Ruf. Zum Zeitpunkt des Mordes war bereits ein Termin festgesetzt, an dem Deborah Thornton bei einer Anhörung der Steuerbehörde gegen ihren Vater aussagen sollte. Da sie die einzige Person war, die die zwielichtigen Aktivitäten ihres Vaters aufdecken konnte, gab es hinreichend Grund, Deborah Thorntons Umfeld im Hinblick auf den Mord mit der Lupe zu untersuchen. (Während des Prozesses gegen Danny Garrett wurde William List von vier Jungen, die er mit nach Hause gebracht hatte, überfallen und ermordet.)

Auch J. C. Mosier lauschte dem Gespräch, das sich in der McKean Street 2205 entwickelte, ebenso wie Kenneth Rodgers und ein weiterer Beamter der Sondereinheit, außerdem Carol Newman, Thomas' Partner William Owen und vier uniformierte Streifenbeamte.

Haftbefehle für Karla und Danny waren vorbereitet und unterschrieben. Jetzt hing alles von Douglas Garrett ab.

Ronnie Burrell sitzt auf der Wohnzimmercouch, als Douglas hereinkommt, zusammen mit Marla Leibrant, Jimmy Leibrants Schwester und, laut Douglas' Angaben, »ein Mädchen namens Cookie, deren Nachnamen ich nicht kenne.« Cookie erweist sich als Ronnies aktuelle Freundin Mary Lou Moore. Douglas plauscht eine Weile mit dem Trio, Ronnie sagt, er solle sich ein Bier aus der Tüte auf dem Boden nehmen. Ronnie war seit geraumer Zeit überhaupt nicht gut auf Douglas zu sprechen, weil der ihm in einem Wutanfall die Tür eingetreten hatte, aber die Einladung zu einem Bier läßt Douglas vermuten, daß Ronnie die Geschichte mit der Tür vergessen oder abgehakt hat. Er nimmt die Einladung an.

Wenig später schlendert Douglas ins Schlafzimmer, um mit Dan und Karla zu reden.

Es gab während des Prozesses und danach eine Menge Spekulationen darüber, welche Vergünstigungen man Douglas Garrett möglicherweise gewährt hatte, um ihn zu überzeugen, einen Sender und ein Bandgerät zu tragen, um heimlich das Geständnis seines Bruders aufzunehmen. Für die meisten von uns ist der Verrat eines engen Verwandten eine Sache, für die sich auch Gründe finden lassen, wie beispielsweise die nackte Angst – die Aufnahme eines im Endeffekt vielleicht tödlichen

Geständnisses, während man vorgibt, ein freundschaftliches Gespräch zu führen, eine ganz andere. Douglas und die Polizei behaupten natürlich, es habe keinen Handel gegeben, aber Tatsache ist, daß man Douglas, obwohl er Karla und Danny geholfen hatte, Diebesbeute aus Jerry Deans Apartment zu verstecken oder möglicherweise sogar loszuschlagen, nie über seine Rechte belehrt oder ihn gar verhaftet hat. Douglas ist für die Polizei kein Unbekannter: er wurde ein paarmal wegen verschiedener Straftaten verhaftet, es kam jedoch nie zur Anklage. Die ›persönliche, verläßliche und vertrauliche‹ Quelle von J. C. Mosier kann durchaus Douglas selbst gewesen sein. Der 20. Juli war vielleicht nicht das erste Mal, daß er als Informant in Erscheinung trat.

Als Douglas mit seinem langärmligen schwarzen Hemd ins Zimmer kommt, liegen Karla und Danny träge auf ihrem Bett. Danny muß um halb sieben bei der Arbeit sein. Karla ist auf Pillen. Douglas benimmt sich ganz natürlich, er ist zurückhaltend, plaudert über Ronnie und daß er ihm ein Bier angeboten hat, hört zu. Als der richtige Moment gekommen ist, steuert er mit der unbeirrbaren Zielstrebigkeit, mit der eine Schwalbe auf eine Mücke berabstößt, auf das entscheidende Thema zu.

»Ich hab' mich gefragt, ob ihr eigentlich mit dem Vorsatz zu Jerry gefahren seid, jemanden umzubringen? . . . Haben die Leute geschlafen? . . . Habt ihr sie aufgeweckt?«

Danny Garrett beantwortet die Fragen seines Bruders rückhaltlos. »Es war ein Wahnsinnstrip«, sagt er. »Es ist eben passiert . . . Wir sind ausgeflippt. Einfach ausgeflippt.« Auch Karla macht mit. Sie wirft eine neue Pille ein und meint: »Die stand eben einfach da«, um die Benutzung der Spitzhacke zu erklären. Als Dogulas sagt, daß er und Kari von verschiedenen Ermittlern befragt worden sind, rät ihm Danny, ganz cool zu bleiben. »Unser Anwalt hat uns erklärt«, warnt er seinen Bruder, »daß es wie bei Fischen ist. Wenn man den Mund aufmacht, legen sie ihre Haken aus.«

Karla und Danny beantworten Dougs Fragen ohne Zögern,

vor ihm haben sie nichts zu verbergen, ihm haben sie bereits erzählt, daß sie die Spitzhacken-Mörder sind, außerdem versichert Douglas Danny auf Band: »Du weißt doch, ich bin dein Bruder, ich paß schon auf, daß dir nichts passiert.«

Jimmy Leibrant war nicht in der McKean Street 2205, als Douglas an jenem Tag zu Besuch kam. Jimmy war seit Tagen nicht gesehen worden, weiß der Himmel, wo er steckte, Douglas Garrett kannte nicht einmal Jimmy Leibrants Nachnamen. Jim Ladd dachte, daß Jimmy Leibrant möglicherweise schon von Karla und Danny ermordet worden sein mochte. Hatten sie nicht davon gesprochen, noch mehr Leute zu erledigen? Warum nicht als ersten ihren Augenzeugen? Aber am 20. Juli 1983 zwischen 17 und 18 Uhr, während Douglas noch im Schlafzimmer mit Danny und Karla redete, tauchte Jimmy Leibrant ungeplant – und völlig überraschend – in der McKean Street auf.

Der Informant ist auf Draht. »Da ist ja auch euer Augenzeuge«, bemerkt Douglas beiläufig. »Im Nebenzimmer.«

Hektik im Polizeilieferwagen. Keiner hatte sich träumen lassen, daß ihnen auch Jimmy Leibrant in die Arme laufen würde. Ted Thomas kümmert sich sofort um einen Haftbefehl für Jimmy Leibrant.

All das passiert, wie gesagt, ein paar Straßenecken von der McKean Street 2205 entfernt, ohne daß irgend jemand im Haus außer Douglas davon weiß. Danny und Karla glauben, sie führen ein ganz alltägliches Gespräch mit Dannys Bruder. Vielleicht kommt es ihnen seltsam vor, daß Douglas die ganze Zeit gezielte Fragen über die Morde stellt, aber andererseits ist er auch völlig durcheinander. Die Polizei nervt ihn seit Tagen, Kari hat furchtbare Angst und kommt mit dem Streß überhaupt nicht klar, sie ist in vielerlei Hinsicht ein zerbrechliches Mädchen. Außerdem hatte Douglas diesen seltsamen Traum mit den Leuten mit den Pistolen, die hinter ihm her sind, in dem draußen auf der Telefon Road Schüsse aufpeitschen, und sie kommen näher und näher, bis er sich an einem Fenster in die Enge getrieben sieht und die tödlichen Schüsse erwartet.

Im Schlafzimmer erzählt Douglas Karla und Danny von seinem Traum. »Es war so verdammt echt«, sagt er, und seine Stimme zittert, und wenig später beginnt er zu weinen. Douglas ist ein komischer Typ, der bekanntermaßen gern mal mit dem Messer zusticht, von Zeit zu Zeit die Beherrschung verliert und überhaupt ein bißchen seltsam ist. Er war sogar einmal eine Zeitlang in einer Nervenklinik. Karla und Danny reden zu diesem Zeitpunkt gar nicht mehr über den Mord, sie prahlen nicht einmal rum. Sie versuchen, Douglas zu beruhigen.

»Die haben gar nichts, Doug«, versichert Danny seinem Bruder immer wieder. »Nichts.«

»Die stochern doch bloß in der Scheiße«, wiederholt Karla. »Die haben gar nichts.«

Wenn sie laut genug spricht und jedes Wort so deutlich betont, daß man sie verstehen kann, klingt Karla hart und kalt, mit einem knochenharten texanischen Akzent, daß es einem einen Schauer den Rücken hinunterlaufen läßt. Sie klingt kühl und gefühllos, kein bißchen wie das Mädchen, das sie heute ist.

Wenn man sie so hört, fragt man sich unwillkürlich, wo ihre Gefühle in jenen Tagen denn *waren* – vergessen, verloren, vergraben – oder was sonst?

Als Douglas mit der Erzählung seines Traumes zum Ende kommt – »direkt auf der Telephone Road«, stammelt er immer wieder, »die Männer mit den Pistolen waren direkt da draußen und kamen immer näher«, – sagt er noch, »es war so echt«, dann entsteht eine Pause, bis Danny ihn tröstet: »Zeit. Die Zeit wird es schon richten.« Und dabei klingt seine Stimme so beängstigend kalt, daß es einem den Atem verschlägt; kälter noch als gewöhnliches Eis, mehr wie Trockeneis, gleichzeitig dampfend und kalt – und bei der kleinsten Berührung verbrennt es einem die Haut. In diesem Augenblick wird klar, warum eine Jury vielleicht der Ansicht sein könnte, daß es nicht im Interesse der Allgemeinheit ist, diesem Mann Gnade zu gewähren. Man versteht, warum eine Jury mehr Mitgefühl mit Douglas hat, obwohl er das Todesurteil seines eigenen Bruders unterschrieben hat, als mit Danny und Karla.

Während Danny sich duscht und für die Arbeit umzieht – er kommt zu spät, aber das ist egal; er wird ohnehin nach dem Stoßgeschäft früher los müssen, um nach Austin zu fahren, wo er am nächsten Morgen vor der Alkohol-Kontroll-Behörde von Texas aussagen soll – bringt Karla Douglas zu seinem Motorrad.

Douglas ist aufgeregt, weswegen Karla ihn zu seiner Harley begleitet. Sie will ihn beruhigen. Als Douglas Garrett sich auf sein Motorrad schwingt, reibt Karla ihm über seine breite, muskulöse Schulter und gibt ihm einen Klaps. Seine Haut unter dem langärmligen Hemd ist schweißnaß.

Es ist jetzt nach sechs. Douglas ist eineinviertel Stunden im Haus gewesen. Nachdem er auf seiner Maschine davongebraust ist, kehrt Karla ins Haus zurück. Danny zieht sich an.

In den Fahrzeugen der Houstoner Polizei machen sich die Polizeibeamten bereit, das Haus zu stürmen. Der Fall ist gelöst. Es ist Zeit.

Jimmy Leibrant hatte das Haus in der McKean Steet im hellbraunen Ford Pinto seiner Schwester Marla bereits wieder verlassen, bevor die Polizei einen Haftbefehl ausstellen lassen konnte. Kurz nachdem Douglas weggefahren ist, taucht der hellbraune Pinto erstaunlicherweise wieder auf. Jimmy steigt aus, geht ins Haus, kommt wieder heraus, ohne daß jemand im Haus besondere Notiz davon nimmt. Die Leute kommen und gehen. Die Polizei hat es sehr wohl bemerkt. Jimmy steigt wieder in den Pinto, fährt die McKean Street in nördlicher Richtung bis zur Emmora Road und biegt auf einen Parkplatz vor einem Lagerschuppen ein – einer dieser Läden, wo man auf Monatsbasis Stauraum mieten kann. Jimmy wollte auf eine Party, mußte aber zunächst noch etwas abholen. Als er vom Vorhängeschloß seines Verschlags aufblickt, sieht er sich umzingelt: von Polizeiwagen und von Männern der Mordkommission, der Sondereinheit und von Streifenpolizisten, die Waffe im Anschlag.

Am 20. Juli 1983 um 18 Uhr 30 Ortszeit bekommt Jimmy Leibrant auf dem Parkplatz eines Lagerschuppens an der Emmora Road Ecke McKean Street seine Rechte vorgelesen und wird verhaftet. Das Mädchen, das mit ihm in dem Pinto gesessen hat, wird ebenfalls ins Präsidium abtransportiert.

In der Zwischenzeit ist man in der McKean Street 2205 noch völlig ahnungslos. In seiner Arbeitskleidung setzt Danny Garrett seinen blauen Ranchero rückwärts aus der Einfahrt und fährt auf dem Weg zur Arbeit ebenfalls die McKean Street in nördlicher Richtung bis zur Emmora Road. Jimmy Leibrant ist mittlerweile in Polizeigewahrsam. An der Ecke McKean Street und Emmora Road – an derselben Stelle, an der die Houstoner Polizei Jimmy Leibrant festgenommen hat – sieht sich Danny Garrett auf einmal einer Armada von Polizeifahrzeugen gegenüber – und aus einem der Wagen springt mit gezogener Waffe sein alter Freund J. C. Mosier und verliest ihm seine Rechte. Es ist 18 Uhr 44.

Man fragt sich unwillkürlich: Wußte Danny Garrett beim Anblick der Polizeifahrzeuge, daß es sein Bruder war, der ihn verraten hatte; daß er es gewesen sein mußte, daß alle die Fragen, die Douglas ihnen im Schlafzimmer gestellt hatte, einen bestimmten Zweck hatten? Oder befand sich Danny Garrett nach wie vor im Höhenrausch seines Bluffs und dachte noch immer: *Die kriegen mich nicht; die haben gar nichts; die probieren's nur mal?*

Danny Garrett leistete bei seiner Verhaftung keinerlei Widerstand. Als J. C. Mosier ans Wagenfenster trat und ihm erklärte, daß er wegen Mordes verhaftet sei, wandte sich Danny Garrett ihm laut Mosiers Bericht zu und meinte: »Hey, J. C., glaubst du, daß ich so was machen würde?« Als J. C. ihn aufforderte, aus dem Wagen zu steigen, zuckte Danny mit den Schultern und meinte nur: »Na denn. Ich hatte sowieso keine Lust, nach Austin zu fahren.«

J. C. Mosier schnaubt angewidert. »Wird wegen Mordes verhaftet, und alles, was er zu sagen hat, ist: ›Ich hatte sowieso keine Lust, nach Austin zu fahren.‹«

J. C. versicherte, es habe ihm keine Probleme bereitet, seinen Freund zu verhaften. »Rein professionell? Nein«, sagt er. »Ich hatte ein Problem damit, daß er es getan hat.«

Keiner im Haus in der McKean Street wußte von den Verhaftungen ein paar Straßenecken weiter. Als Jimmy Leibrant und die Garrett-Brüder gefahren waren, gingen die Leute im Haus weiter ihren Angelegenheiten nach, dem, was sie ernsthafter als alles andere betrieben: Sie hingen – ganz alte Kumpel und beste Freunde – Bier- und Drogen-redselig herum, eine sehr männliche und prahlerische Versammlung.

Ronnie Burrell sitzt mit Jimmy Leibrants Schwester Marla und dem Mädchen namens Cookie auf der Wohnzimmercouch. Sie sehen fern und trinken Bier. In allen Zeugenaussagen und Geschichten taucht immer wieder diese Wohnzimmer-Couch als Ausgangspunkt von Aktionen und Ereignissen auf. Die Leute kiffen auf dieser Couch, setzen sich völlig unter Strom, nehmen harte Drogen und haben Sex. Auf dieser Couch hatten Danny Garrett und Kari Burrell ihr verhängnisvolles Techtelmechtel, und Ronnie Burrell scheint auf dem Sofa fast eine Art festen Wohnsitz gehabt zu haben.

Als Karla sich von Danny verabschiedete, hat sie die Haustür offen stehen lassen. Es besteht keine Notwendigkeit, sie zu schließen, wo doch ständig Leute kommen und gehen. Karla Faye geht durch das Wohnzimmer, wo Ronnie und die beiden Frauen noch immer vor dem Fernseher hocken, in die Küche, um sich etwas zu essen zu holen. Tooter hat sie im Schlafzimmer eingeschlossen.

Aus dem Kühlschrank nimmt sie sich gebratenen Fisch und eine Flasche Ketchup. Sie hat gerade auf der Couch Platz genommen, als Ronnie plötzlich ans Fenster tritt. Sie weiß nicht warum, vielleicht hat er etwas Verdächtiges bemerkt. Am Fenster stehend, zieht Ronnie die Gardinen beiseite. »Wessen Lieferwagen ist denn das?« fragt er.

Karla kommt ans Fenster. Quer vor ihrer Einfahrt steht ein großer, grüner Lieferwagen, aber Karla denkt sich nichts weiter dabei. Vielleicht hatte jemand eine Panne. Sie ißt weiter. Später wollen alle auf eine Geburtstagsparty. Man hat einen riesigen Hasch-Schokoladen-Keks als Geburtstagstorte gebacken. Er liegt auf dem Tisch bereit und hat in etwa die Größe einer mittleren Pizza.

Der dramatische Augenblick ist gekommen, Zeit für den Pas de deux oder die letzte Arie, aber Karla sitzt auf der Couch und ißt mit bloßen Händen Fisch. Es ist ihre letzte Minute in Freiheit, und sie sitzt in ihrem gestrickten Trägerhemdchen, ihren Schlangenleder-Stiefeln und ißt Bratfisch mit Ketchup. Es ist einer dieser Momente: Hinterher fragt man sich, was mit dem Keks passiert ist, ob noch jemand zu der Party gegangen ist und wer sich um den Hund gekümmert hat.

Am Fenster stehend, mit Blick auf den grünen Lieferwagen, der ihre Auffahrt blockiert, begreift Ronnie Burrell auf einmal, was los ist. »Es sind die Scheißbullen«, sagt er, was ihm wahrscheinlich aufgrund seiner zahlreichen eigenen Verhaftungen klar wird. Und er sprintet in Windeseile aus dem Wohnzimmer, den Flur hinunter in Richtung eines der Schlafzimmer. Nur mit einem Bademantel bekleidet, läuft er in das hintere, öffnet das Fenster und . . . springt. Einfach so. Im Bademantel.

Logischerweise sitzt die Polizei von Houston dort auch auf der Lauer und bringt ihn unter großem Gelächter wieder ins Haus. »Hey«, sagen sie, »der Kerl ist ja so gut wie nackt.«

Die Haustür steht offen. Von den vielen Verhören, die er mit ihr schon geführt hat, erkennt Jim Ladd Karla im Flur vor dem Wohnzimmer stehend, in der Hand einen Teller mit Essen. Ronnie ist inzwischen durch das hintere Fenster geflüchtet, die beiden Mädchen sitzen auf der Couch. Mit gezogener Waffe stoßen Polizisten die Tür auf, rufen »Polizei! Keine Bewegung!« und im ganzen Haus bricht Geschrei und Gebrüll aus. Überall ist Polizei, und alle glauben, gleich erschossen zu werden. Tooter ist im Schlafzimmer eingeschlossen und bellt sich die Seele aus dem Hals. Ein Polizist brüllt: »Beißt der verdammte Hund?« Und Marla fleht: »Erschießen Sie den Hund nicht, bitte, erschießen Sie den Hund nicht!« Cookie sagt: »Ich bringe Tooter nach draußen. Nur erschießen Sie sie nicht!« Beide wissen, daß, wenn ein Polizist die Schlafzimmertür öffnet, Tooter angreifen und erschossen werden würde. Das Nächste, woran sich Karla erinnert, ist, daß sie mit dem Gesicht gegen eine Wand gedrückt steht, überall ist Ketchup und Fisch verkleckert, und sie spürt eine Pistole an der Schläfe.

Karla schüttelt den Kopf. »Wenn ich mir Fernsehkrimis ansehe, wo Leute verhaftet werden, finde ich das immer peinlich, wissen Sie? Weil es genau so abläuft. Ich weiß nicht, überall Ketchup. Und sie haben mir die Beine auseinander getreten, mich abgetastet und . . .« Sie schüttelt den Kopf und lacht.

Auf dem Band erinnert Douglas Karla und Danny immer wieder daran, daß die Polizei bei ihm gewesen ist und ihn mit Fragen gelöchert hat. »Die sagen, du bist die Achse des Rades«, berichtet er. »Alle anderen sind nur Speichen. Sie sagen, du bist die Nummer eins.« Und immer wieder versuchen Karla und Danny, Douglas' Befürchtungen zu zerstreuen. »Die haben gar nichts, Doug.«

»Die stochern doch bloß in der Scheiße. Nichts haben die.«

Ich frage Karla, ob sie damals wußte, wofür sie an jenem Tag verhaftet wurde.

»Ich wußte gar nichts«, antwortet sie, »ich wußte nur, da war die Pistole.« Und sie richtet Daumen und Zeigefinger wie eine Waffe gegen ihre Schläfe.

Karla glaubte wirklich, daß die Polizei nichts in der Hand hatte; sie glaubte, wie sie auch auf dem Band sagte, daß die bloß herumstocherten – selbst als sie verhaftet wurde noch. Außerdem war sie völlig zu. (An einer Stelle auf dem Band kann man hören, wie sie sich eine neue Pille aus dem Glas schüttelt.) Und wenn sie völlig zu war, und das war damals praktisch ständig der Fall, dann war sie zäh wie Draht, zackig, eiskalt und selbstsicher. Karla erfuhr von dem Bandgerät in Douglas' Stiefel, dem Sender an seiner Brust und dem Sinn all der gezielten Fragen – »Haben die Leute geschlafen? . . . Habt ihr sie aufgeweckt? ... Seid ihr eigentlich mit dem Vorsatz zu Jerry gefahren, jemanden umzubringen? ... Sag mal, Karla, stimmt es, daß er dich angemacht hat ...?« – erst etwa einen Monat später, als man sie zu einer Anhörung vor Beginn des eigentlichen Prozesses brachte. Sie betrat den Raum, und ihre Ankläger standen ihr plötzlich gegenüber, Douglas und ihre Schwester Kari. Als das Verfahren dann seinen Lauf nahm, erfuhr Karla auch von dem Band.

Um sechs ist es im Juli in Houston noch immer brütend heiß und nicht weniger hell als mittags.

An jenem Abend wurden sämtliche Anwesende im Haus in der McKean Street, einschließlich Ronnie Burrell, Marla Leibrant und Mary Lou ›Cookie‹ Moore in Gewahrsam genommen.

Am 20. Juli um 21 Uhr 04 machte Jimmy Leibrant gegenüber dem Ermittler der Mordkommission James W. Ladd eine Aussage, deren Niederschrift sieben Seiten umfaßt. »Lassen Sie es hinter uns bringen«, sagte er wie Gary Gilmore oben in Utah, bevor er erschossen wurde. Es war noch immer heiß. Im Juli ist es in Houston bis Mitternacht heiß.

Um 21 Uhr 55 machte Ronnie Burrell die Aussage, daß Danny Garrett am Morgen des 13. Juli nach Hause gekommen war, ihn gebeten hatte, ihm mit den Motorradteilen und Ersatzteilen des El Camino zu helfen, und daß er, Ronnie, mit Danny zu Dougs Apartment an der Fairway Road gefahren und unterwegs Dannys Handschuhe aus dem Wagenfenster geworfen hatte. Er sagte, er habe für Danny die Schrotflinte, die er in jener Nacht nach Windtree mitgenommen hatte, versetzt und Jimmy Leibrant geholfen, die Seriennummer des gestohlenen Harley-Rahmens auszubrennen.

Etwa zur selben Zeit zeigte sich Marla Leibrant noch standhaft. Sie erklärte der Polizei, daß sie Karla noch nie in ihrem Leben wütend gesehen habe und daß Karla, Danny und ihr Bruder diese Morde nie begangen hätten. Sie sagte auch, ihrer Meinung nach sei Ronnie Burrell nicht besonders schlau.

Um 22 Uhr erklärt Karla, sie wolle mit Ted Thomas allein reden.

Sie erzählt Thomas, daß sie, wenn er sie auf die Toilette gehen ließe – ihr Magen reagierte, nervös, der übliche Durchfall –, um eine Zigarette zu rauchen, auspacken werde. Ted Thomas willigt ein. Als Karla schließlich von der Toilette zurückkommt, sagt sie nur, daß sie am Abend des 12. Juni völlig zu war und sich an nichts mehr erinnern könne, Jimmy Leibrant ihr jedoch gesagt habe, sie sei völlig ausgeflippt. Als Ted Thomas Karla fragt, was sie mit ›ausgeflippt‹ meint, sagt sie nur, daß sie unter Drogen manchmal durchdrehe, sich dann an nichts mehr erinnern könne und daß Jimmy Leibrant nichts weiter gesagt habe, als daß sie eben völlig ausgeflippt sei. Einmal sei sie auf Drogen so durchgeknallt, daß sie versucht habe, ihre Schwester zu erwürgen. Und hinterher habe sie sich auch an nichts erinnern können.

Als sie ihm jetzt diese Geschichte erzählt, muß Ted Thomas beinahe über die Gerissenheit grinsen, mit der sie den Gang zur Toilette erschwindelt hat. Er erkundigt sich nach ihrer Gesundheit. »Sie hatte Magenprobleme«, sagt er.

Am 20. Juli um 23 Uhr 45 werden Danny und Karla im Gefängnis von Harris County eingesperrt. Seit jener Nacht haben sie nie wieder einen Fuß in die Freiheit gesetzt. Sie haben das Gefängnis nur bei gesundheitlichen Problemen und für Gerichtstermine verlassen. Wenn Karla das Gefängnisgelände für einen Arzttermin verläßt, wird sie an Händen und Füßen gefesselt.

»Wenn wir im Gegenzug für ein Schuldbekenntnis lebenslänglich bekommen hätten«, sagt Mack Arnold, einer von zwei Pflichtverteidigern Karlas, »hätte ich ihr geraten, den Handel anzunehmen. Auf der Stelle.«

»Wir hatten praktisch nichts«, sagt der andere Verteidiger, Henry Oncken. »Die Gegenseite hatte Farbfotos, ein Videoband . . .« Wir sitzen in seinem gemütlichen Haus in Spring, Texas, nördlich von Houston, und er wirft die Hände in die Luft

– als wolle er eine Erinnerung vertreiben. »Und das Tonband.« Er schüttelt sanft den Kopf. Henry Oncken ist ein äußerst kontrollierter Mensch, ein Mann, dem jeder unangemessene Gefühlsausbruch unangenehm wäre, so daß es einem, wenn er jetzt diese winzige Kopfbewegung macht und einen dabei mit seinen blassen, traurigen Augen ansieht, im Gedächtnis haften bleibt. »Unsere einzige Chance, ihr Leben zu retten«, fährt er fort, »war, sie menschlich erscheinen zu lassen. Und das konnten wir nur, indem wir sie ihre eigene Geschichte erzählen ließen.«

In Henry Onckens blauen Augen steht jetzt die Trauer und die Enttäuschung, die sich dort dauerhaft einnisten, wenn man einmal sein Bestes gegeben hat, um zu helfen und etwas zu retten, und es nicht annähernd gereicht hat.

Mutter

»Ich glaube, das alles –« Karla deutet mit der Hand in Richtung der vergitterten Fenster hinter ihrem Kopf – »wäre nicht passiert, wenn meine Mutter nicht gestorben wäre.«

Von ihren eigenen Worten überrascht – sie erweckt nicht gern den Eindruck, ihre Tat entschuldigen oder rechtfertigen zu wollen – zögert sie und beugt sich näher zu mir.

»Nicht, daß ich meiner Mutter die Schuld gebe, ich gebe niemandem die Schuld außer mir selbst, aber als sie starb, ich weiß nicht . . .« Ihre Stimme verliert sich.

»Sie starb, als ich zwanzig war, und es hat mich, ich weiß nicht, verändert. Ich wurde der Welt gegenüber kalt und gleichgültig.«

Ich frage, ob es in Mountain View nicht einen Anstalts-Psychiater gibt, der ihr vielleicht helfen könnte, diese Gedanken auszuloten.

Ihr Körper versteift sich. »Sicher«, sagt sie, »aber das ist hier draußen die reinste Gerüchteküche. Nachrichten machen schnell die Runde. Man bittet, den Psychiater sprechen zu dürfen, und jeder weiß es sofort. Außerdem ...« Sie wischt den Gedanken beiseite.

»Im County-Gefängnis hatte ich ein paar Sitzungen mit einem Psychiater; seither weiß ich, daß das nichts für mich ist. Wenn ich mit jemandem reden wollte, dann schon eher mit einem Priester.«

Karla Faye senkt einen Moment lang ihren Blick, aber als sie mich wieder ansieht, sind ihre Augen klar. Sie will ihre Aussage über die Wirkung, die der Tod ihrer Mutter auf sie hatte, keinesfalls relativieren. Sie war nur noch nicht ganz darauf vorbereitet, den Gedanken auch laut zu äußern.

»Sie hatte dreimal Hepatitis. Beim dritten Mal ist sie daran gestorben. Es war ein grausamer, schmerzhafter Tod. Und ich weiß nicht ...«

Ich wußte bereits eine ganze Menge über Karlas Mutter. Jackie Oncken hatte mir einiges erzählt. Der Artikel im *Houston Chronicle* hatte von Karla Fayes Kindheit mit einer Prostituierten als Mutter berichtet. Bis zu diesem Augenblick hatte noch niemand ein nettes Wort für Carolyn Moore übrig gehabt.

Karla zögert.

»Ich hab' meine Mutter geradezu abgöttisch verehrt. Ich glaube nicht, daß man in Worte fassen kann, wie sehr ihr Tod mich damals getroffen hat, aber ich bin sicher, Sie können sich das vorstellen, weil Sie erlebt haben, wie Peters Tod Sie erschüttert hat. Es ist, als hätte man ein Glied aus einer Kette entfernt, das nie wieder zu ersetzen ist.«

Als ich zwei Jahre nach Peters Tod beschloß, mit der Therapie aufzuhören, zu der ich seit seiner Beerdigung zweimal die Woche gegangen war, hatte ich nicht die Illusion, geheilt zu sein. Aber zu dem Zeitpunkt konnte ich endlich wieder frei atmen, Auto fahren, meinen Alltag bewältigen. Ich hatte lange genug über mich geredet; es wurde Zeit, weiterzugehen. Das war in gewisser Weise auch das Eingeständnis einer Niederlage. Ich beendete einen ganz bestimmten Erkenntnisprozeß, weil ich wußte, daß er zu nichts führte, weil ich wußte, daß es mir nie wieder sehr viel besser gehen würde.

»Sie starb am Heiligen Abend 1979. An dem Tag brach mein ganzes Leben zusammen. Inzwischen kommt und geht der Schmerz, aber die Schuld ist für immer geblieben.«

Ich

Wieder an meinem Schreibtisch, betrachte ich das veritable Karla Faye Tucker-Familienalbum, das an meiner Wand hängt, und denke, daß Karlas Mutter der Schlüssel ist.

Wenn ich Carolyn Moore verstehe ... denke ich die ganze Zeit.

Wenn ich herausfinden kann, was zwischen dem ersten und dem letzten Schnappschuß mit ihr geschehen ist ...

Dann wieder weiß ich nicht, was es zu bedeuten hat und wieviel, aber es könnte ein Anfang sein.

Carolyn mit siebzehn

Das älteste Bild, das ich von Karlas Mutter besitze, ist ein Schwarzweiß-Schnappschuß, auf dessen Rückseite jemand geschrieben hat: ›Carolyn mit 17‹.

Irgend jemand? Es ist eine altmodische, sorgfältige Frauenhandschrift. Wer außer einer stolzen Mutter würde so etwas festhalten, wer außer Carolyn Moores Mutter Zelda Donaldson, die Frau, die Karla Großmama B. nennt?

Carolyn Moore wurde im Oktober 1936 in Houston geboren, wo sie als Einzelkind aufwuchs. Genau wie ihr erster Mann, Lawrence Earl Tucker – genannt Larry –, ebenfalls ein Einzelkind. 1936 war Houston gerade einmal einhundert Jahre alt. Noch ganz am Anfang. Selbst 1963, als ich mit meinem Mann an der Ostküste lebte und er versuchte, nach Texas zurück zu wechseln, erhielten wir auf die Frage, in welche Stadt man ziehen könnte, immer die unumstößliche Antwort: »Dallas.« Houston sei ein riesiger Kuhfladen von einer Stadt, erklärte man uns, aufstrebend, aber . . . Es gab dort keine echte Innenstadt, kein wirkliches Kulturleben, nur eine Menge Leute und eine Menge Moos; der Überlandkanal, die Ölindustrie, die Viehmärkte. Und jede Menge plattes Land, das man dem Sumpf eben erst abgetrotzt hatte, wie man uns erinnerte. Eine Stadt, die als schlaue Idee in den Köpfen einiger gerissener Geschäftemacher entstanden und über dieses Stadium auch noch nicht besonders weit herausgekommen war.

Während ich die Schrift auf der Rückseite des Schwarzweiß-Schnappschusses betrachte, stelle ich mir vor, wie Großmama B. die Aufnahme sofort nach dem Entwickeln beschriftet hat, um nicht zu vergessen, in welchem Jahr sie entstanden ist und wie alt ihre Tochter damals war. Schließlich war Carolyn Moore das einzige Kind, das Großmama B. je zur Welt bringen sollte. Da war es wichtig, Dokumente zu bewahren.

Ich wurde 1938, zwei Jahre nach Carolyn Moore, in Memphis, Tennessee geboren – als erstes Kind einer sehr jungen Mutter. Ich war die Tochter, nach der sie sich so gesehnt hatte, ein Mädchen, das es im Leben einmal besser haben sollte, wenn sie mit Gottes Willen irgendeinen Einfluß darauf haben sollte. Genau wie Großmama B. hielt meine Mutter Datum, Alter und Anlaß auf der Rückseite von Fotografien fest: ›Bev macht ihre ersten Schritte‹ – ›Bev mit 2‹.

In meinem ersten Schuljahr polierte meine Mutter jeden Abend meine weißen Schuhe. Jeden Morgen legte sie mein Haar in Locken. Jeden Abend bügelte sie mein Kleid. Ich war die Hoffnung meiner Mutter auf eine bessere Zukunft – das wußte ich –, also hielt sie die Dokumente meines Lebens in makelloser Ordnung. In mein Baby-Album schrieb sie in der ersten Person, so als wäre entweder sie ein Säugling oder ich eine ausgedachte Figur, die sie erschaffen hatte:

»Mit acht Monaten habe ich angefangen, meinen Kopf zu schütteln, um nein zu sagen. Mit zehn Monaten habe ich zum ersten Mal mit Förmchen gespielt. Ich habe einen rosafarbenen Teddybär. Dem habe ich Arme und Beine ausgerissen, aber ich habe ihn immer noch lieb ... Ich finde Wasser ganz toll ... Mutter hat mir erzählt, daß ich bald noch eine kleine Schwester bekomme. Sie redet ständig von Susi, und ich will immer wissen, wo Susie ist ...«

Wie sich herausstellte, war Susi jedesmal ein Junge.

Ich kann mich nicht daran erinnern, sie je Mutter genannt zu haben. Für mich und meine Brüder war sie immer Mama. Ihr wirklicher Name war Dora Lee, und sie haßte ihn. Alle Welt nannte sie Henry, was sie ›Henri‹ buchstabierte, wobei sie auf das modische – irgendwie französische – ›i‹ großen Wert legte. ›Henry‹ war die Kurzform von ›Henrietta‹, einem Spitznamen, den mein Vater aus der Comic Strip-Serie ›Andy Gump‹ entliehen hatte.

Meine Mutter machte gern Sachen, die sie für *anders und außergewöhnlich* hielt: Sie ließ sich mit einem Männernamen anreden, bei dem sie auf der französischen Schreibweise bestand, sie bereitete Currys, als sonst noch niemand in der Stadt davon auch nur gehört hatte, sie sprühte den Weihnachtsbaum rosa ein, bevor es sonst jemandem auch nur im Traum eingefallen wäre. Nachdem der Baum rosa war, trat sie einen Schritt zurück und bewunderte ihr Werk mit grimmiger Miene, so als wollte sie sagen: »Jetzt haben wir's ihnen aber gezeigt.« Mit ›ihnen‹ meinte sie eigentlich nur eine Person – ihre Mutter, die verhaßte Polly.

Nach dem Tod meiner Mutter fanden wir Tagebücher, die wir offensichtlich nach ihrem Tod lesen sollten. Darin hinterließ sie

Aufzeichnungen darüber, wie es war, als jedes von uns drei Kindern geboren wurde. Um welche Uhrzeit wir auf die Welt kamen, und wie die Geburt verlief. In den Passagen über mich enthüllte meine Mutter, daß sie mich nach einer Debütantin benannt hatte, deren Bild sie in der Sonntagsausgabe des *Memphis Commercial Appeal* in der Woche vor meiner Geburt gesehen hatte. ›Beverly‹. Das war anders, außergewöhnlich. Vielversprechend.

1954: ›Carolyn mit 17‹ – ein schlankes, sehr attraktives Mädchen – sitzt im Sommerkleid auf der Treppe vor einem massiven Backsteinhaus. Die Sonne spiegelt sich in ihren Augen, ihre Arme sind bloß. Das Kleid ist aus einem halbdunklen, hauchzarten Stoff mit einem weiten, wadenlangen Rock. Das Mädchen sitzt selbstbewußt auf der mittleren von drei Betonstufen, den linken Fuß auf dem Bürgersteig, das rechte Bein angewinkelt und den Fuß in den Falten ihres Rocks verborgen. Carolyn Moore sitzt kerzengerade und stolz da. Der linke Fuß ist leicht hochgestellt, so daß ihr ganzes Gewicht auf der Spitze des mittelhohen Absatzes ihres Schuhs ruht. Ihre Hände sind gefaltet. Das Kleid hat eine enge Taille und einen weiten V-Ausschnitt mit einem großen, weißen Chorkragen. Es sieht aus wie die 50er-Jahre-Kopie eines Christian Dior-Kleids: breite Schultern, enge Taille, voller, bauschiger Rock.

Das Kleid steht Carolyn Moore gut. Sie trägt es mit Anmut und Haltung. Die Absätze ihrer Lederpumps sind keineswegs übertrieben – keine spitzen Dornen, aber auch nicht diese Alte-Krankenschwestern-Hacken, sondern die Art Schuhe eben, die wir 1954 mit sechzehn oder siebzehn trugen: Man konnte bequem darin laufen und trotzdem flott und schick aussehen. Um ihr rechtes Handgelenk trägt sie ein Armband, um den Hals eine Kette mit Anhänger, vielleicht ein Kreuz oder ein Amulett. Ohrringe, kurzes, dunkles, hinter die Ohren zurückgekämmtes Haar, ein reines und offenes Gesicht, jung und unbeschwert, und sie lächelt. Ihre leicht unregelmäßigen Zähne glänzen. Vielleicht sind sie ein wenig zusammengebissen, oder sie versucht, einen Überbiß zu verdecken. Ihre Augenbrauen sind sanft geschwungen, die sorgfältig geschminkten Lippen von einem vollen Rot, aber das war 1954 eben so.

Sie weiß, was sie will, diese ›Carolyn mit 17‹. Wie sie zu sitzen weiß, und was sie mit ihren Händen zu tun hat. Ihre ganze Haltung, die Art, wie sie sich auf dieser Treppe *inszeniert* haben muß, hat von den Schultern bis zu den Zehen etwas von der Bestimmtheit und Grazie einer Tänzerin. Sie sieht geschmeidig und selbstsicher aus, ganz junge Frau, die auf dem Bürgersteig auf- und abspazieren und als nächstes alles mögliche tun könnte. Sie hat etwas Weltoffenes, so gar nicht Südstaatliches. Sie ist ein durch und durch texanisches Mädchen.

Trotzdem ist ›Carolyn mit 17‹ typisch für unsere Generation, die gezupften Augenbrauen, die geschminkten Lippen, die Haltung, die – so hofften wir – nach Suzy Parker aussah. Wir kleideten uns, wenn schon nicht wie ältere, so doch wie mittelalte Damen – mit Hüftgürtel, Strümpfen und Lederpumps – und trugen Alte-Damen-Handtaschen mit uns herum. Uns vernünftig anzuziehen lernten wir erst, als wir Mitte zwanzig waren und schon ein paar Kinder hatten. Der Grundton des amerikanischen Lebensgefühls hatte sich verändert, und wir, die wir in den fünfziger Jahren aufgewachsen waren, hatten diese Veränderung begierig und sehnsüchtig erwartet – sich jung zu kleiden, sich wie ein Narr aufzuführen, die Füße zu bewegen.

Neben der Treppe, auf der ›Carolyn mit 17‹ sitzt, ist ein niedriger, immergrüner Busch, eine Art Wacholder-Strauch. Er rankt sich über die Treppen und füllt so eine Lücke. Erkennbar die Idee eines Landschaftsarchitekten, eine immergrüne Rankpflanze wie diese schmückte die Eingangstür jedes gutbürgerlichen Nachkriegshauses in Amerika. Es sah gepflegt und zu stolzen Hoffnungen berechtigend aus, ganz *Das schöne Haus.*

Teile der Backsteinfassade hinter Carolyn Moore sind zurückgesetzt. Die Haustür liegt links außerhalb des Bildausschnitts, aber der Rahmen ist noch zu erkennen. Man sieht einen vertikalen Holzbalken und zwei Reihen Glasbausteine, wie sie damals so beliebt waren.

Ein solides, robustes Haus mit einem Flair von Bürgerlichkeit, wie die Treppe, die Backsteine und die Glasbausteine andeuten. Schick und voller Wirtschaftswunder-Optimismus: nichts Halbgares, kein billiger Fertigbau für die weiße Unterschicht. Aufstrebend wie die Stadt Houston selbst.

Als ich zwölf war, bauten meine Eltern das einzige eigene Haus, in dem wir je gewohnt haben. Wir lebten damals in Greenville, Mississippi, wo ich aufwuchs. Das neue Haus sollte unser Traumhaus werden: nie mehr zur Miete wohnen, nie mehr von Haus zu Haus ziehen, weil eines Abends irgendein Vermieter anrief, um dringenden Eigenbedarf anzumelden; endlich würden wir uns auf Dauer niederlassen. Meine Mutter bestellte zwei Häusergrundrisse, einen von *Haus und Garten*, den anderen von *Das schöne Haus.* Beide Entwürfe waren zweistöckig, was mir damals aufregender als alles andere erschien.

In unserem neuen Haus sollte es diesen ganzen modischen *Schnickschnack* geben. Ein Erkerfenster. Eine quergeteilte Tür. Holzfußböden, eine mit Rotfinken und Magnolien bedruckte Tapete, und ein zusätzliches halbes Badezimmer. (Wer hatte je von einem halben Badezimmer gehört?) Als das neue Haus erst im Rohbau stand, fuhren wir manchmal nach dem Abendessen vorbei und ließen das schmutzige Geschirr einfach auf dem Küchentisch unseres gemieteten Hauses in der Manilla Street stehen.

Immer war es mein Vater, der den Vorschlag machte. »Laß uns das Haus ansehen«, sagte er dann, und wir sprangen auf und fuhren hin.

Im schwindenden Licht der Dämmerung, zwischen Eimern voller Nägeln, Stapeln von Bauholz und Sägeböcken spielten wir als ob. »Tu so, als ob du draußen wärst«, sagte mein Vater dann, und er tat so, als ob er die obere Hälfte der geteilten Tür öffnen und nach mir rufen würde. »Laß uns uns ins Wohnzimmer setzen und Radio hören«, »laß uns im Eßzimmer ein Steak essen, Bev – und genau hier werden wir einen Kronleuchter anbringen!« Auf sein Bitten hin spielte ich, daß ich die Treppe hoch in mein eigenes Zimmer ging, mich an meine Frisierkommode setzte und aus meinem Fenster auf die grasbewachsene Promenade blickte, die unsere Straße in der Mitte teilte – eine alte Straße, eine gute, alte Straße – Washington Avenue.

Ich weiß nicht, wer entschieden hat, welche Pflanzen im Hof unseres Traumhauses wachsen sollten, aber neben unserer Eingangstreppe hatten wir denselben rankenden Wacholderstrauch wie ›Carolyn mit 17‹.

Als wir in das neue Haus einzogen, glaubten wir, daß so auch unsere Zukunft aussehen würde: vielversprechender, gefestigter, leichter. Wir zählten uns zur Uptown-Country-Club-Gang, dem Who's Who in Greenville.

Es war ein hoffnungsloser Traum. Drei Jahre, nachdem wir in unser Traumhaus eingezogen waren, verloren wir es wieder. Es gab jede Menge Gerede, Mahnverfahren, säumige Raten. Mein Vater hatte zum ersten Mal in unserem Leben ein eigenes Geschäft, eine Transport- und Lagerfirma, obwohl er Zeit seines erwachsenen Lebens ein reisender Pharmazievertreter gewesen war. Die Transport- und Lagerfirma öffnete die Tür zur Gutbürgerlichkeit, aber irgend etwas, ich weiß nicht was, lief schief. Linien wurden gezogen, Feinde benannt, so daß wir sie auf ewig verachten und ihnen die Schuld geben konnten. Es gab Gerüchte, daß Käse im Lager vergammelte. Ich begriff damals nicht, wie eine Bank einem das Haus abnehmen konnte, und ich weiß bis heute nicht genau, was der Mann, den meine Mutter bis zu ihrem Tod für unser Unglück verantwortlich machte und haßte, getan hat – oder ob er überhaupt etwas getan hat. Tatsache war jedoch, daß sie, wer immer ›sie‹ auch sein mochten, uns unser Haus sowie einige Möbel und – für meinen Vater ein echter Tiefschlag – das Baldwin-Klavier meiner Mutter abnahmen, auf dem sie uns immer vorgespielt hatte.

Für uns hieß das: zurück zu unserem alten Leben in gemieteten Häusern und immer auf dem Sprung. Zur Miete wohnen war auch irgendwie aufregend. All die Häuser, die dunklen Ecken, die Gerüche und Überraschungen, die seltsamen Vorstellungen von einem perfekten Haus, die die Leute, die vor uns hier gewohnt hatten, gehabt haben mußten. Mein Bruder und ich haben immer geglaubt, wir würden – wer weiß? – irgendwelche Geheimnisse entdecken. Jedesmal, wenn wir umgezogen waren, fragte mein Vater als erstes: »Okay, und wo stellen wir den Weihnachtsbaum auf?«

›Carolyn mit 17‹ ist ein Bild voller Hoffnung. Ein hübsches texanisches Mädchen in den Eisenhower-Jahren. Der Korea-Krieg war vorbei, wir lebten im Frieden.

Das nächste Bild, das ich von Carolyn Ann Moore besitze, stammt von 1956; sie ist gerade im Begriff, Carolyn Moore Tucker zu werden. Ein Schwarzweiß-Foto zeigt Carolyn in ihrem Hochzeitskleid vor hellen Vorhängen mit einem Muster aus Blumen und vage fernöstlichen Pagoden. Das Hochzeitskleid ist zweiteilig, das Oberteil, ein tailliertes, weißes Spitzenbody mit Stehkragen und langen, am Handgelenk gerafften Ärmeln. Unterhalb der Taille geht das Oberteil in einen dieser knappen, frechen kleinen Röcke über, die man Schößchen nennt, wie es Lauren Bacall in *To Have and Have Not* trägt. Unter dem Spitzenjäckchen trägt Carolyn Moore ein schulterfreies Seidenkorsett. Der weite Rock, den sie unter dem Spitzen-Peplum trägt, ist aus Tüll, genau wie der Hauch von Schleier, der an dem Blumenkranz auf Carolyn Moores Kopf befestigt ist. In der Hand hält sie ein Bouquet, eine weiße Orchidee mit Seidenpflanzen, zusammengehalten von einer Samtschleife

Sehr hübsch. Wessen Traum, frage ich mich – Carolyns? Großmama B.'s? Die Leute heulen immer auf Hochzeiten, weil es so entsetzlich *hoffnungsvolle* Anlässe sind. Ich selbst kann es nicht ertragen, mein eigenes Hochzeitsfoto anzusehen. »Auf dem Weg in die Kirche, wo wir den Bund fürs Leben schließen ... und nie wieder allein sein werden«, das war damals nicht nur Getue, und das ist es auch heute nicht.

Carolyns Locken sind fester als auf dem ersten Bild, sie trägt eine Perle im Ohr, hat den Kopf leicht zur Seite gewandt, so daß sie auch rechts oben aus dem Bild auf einen Punkt knapp oberhalb der Linse zu blicken scheint. Ihre Lippen sind ernst aufeinander gepreßt. Ich habe den Eindruck, daß sie sich ungern mit geschlossenem Mund fotografieren läßt, vielleicht wegen der leichten Unregelmäßigkeit ihres Kiefers, die auf diesem Foto wie ein Unterbiß aussieht. Sie hat blasse Augen, blasse Haut und diese roten Lippen.

Sie ist ein Mädchen voller Geheimnisse, aber das sind wohl die meisten Bräute. Keck sieht sie aus und intelligent, in ihrem Blick liegt etwas Wissendes, als verberge sie etwas.

In einem ihrer ersten Briefe hat Karla mir erzählt, daß ihre beiden Eltern aufs College gegangen sind. »Sie waren/sind«, schreibt sie, »sehr intelligente Menschen, aber das hat mit ihnen aufgehört! Denn von uns Mädchen hat keine etwas davon. Ja.« Sie sagt, ihr Vater habe das College ohne Abschluß verlassen, um zur Armee zu gehen, aber sie glaubt, ihre Mutter könne möglicherweise ein Examen gemacht haben. Später fragte sie ihren Vater danach, und er stellte das richtig. »Er sagt, Mutter sollte aufs College gehen, aber dann kam etwas dazwischen.« Carolyn Tuckers erste Tochter Kathi Lynne wurde 1956 geboren, ihre zweite, Kari Ann, im Juni 1957, und ihre dritte, Karla Faye, am 18. November 1959.

»Alle K's«, erklärte Karla stolz. Und sie stößt ihren Zeigefinger durch die Luft, als wolle sie den Buchstaben auf einer unsichtbaren Schreibmaschine tippen.

Carolyn Moores Mann, Lawrence Earl Tucker, war zwei Jahre älter als Carolyn, ein breitschultriger Hüne, der sein Geld als Hafenarbeiter verdiente. Er arbeitete zu unregelmäßigen Zeiten am Houston-Kanal – Schichtdienst, tags und nachts. Im Laufe der Zeit gelang es ihm, sich in eine Firma namens Gulf Motorships einzukaufen. »Ein-Drittel-Teilhaber«, prahlt Karla. »Eine Zeitlang war mein Dad eine große Nummer.«

Das nächste Bild, das ich von Carolyn Tucker habe, ist ein

Farbfoto. Die Aufnahme stammt von Ende 1956, und Carolyn ist mit Kathi, ihrem ersten Kind, schwanger.

Sie sitzt mit ihrem Mann auf einer rostfarbenen Couch mit glänzendem Muster. Carolyn Tucker lehnt gegen Lawrence Tuckers Schulter, den Wangenknochen an sein Kinn gedrückt, den geschwollenen Bauch auf seinen Brustkorb gestützt. Ihr rechter Arm liegt entspannt auf seinem Bauch. Lawrence Tucker macht sich auf der Couch ziemlich breit, sein linker Arm liegt auf der Rückenlehne, sein rechter um die Schulter seiner jungen Frau. Seine große Hand ruht auf ihrer Hüfte. Er hat die Beine nach Männerart gekreuzt, den linken Knöchel auf dem rechten Knie. Er trägt dunkle Hosen, kurze schwarze Socken, Schnürschuhe und ein schwarzes Hemd mit feinen weißen Streifen. Zwischen dem Socken und dem Saum seines Hosenbeins sind ein paar Zentimeter sehr weiße Haut sichtbar. Lawrence Tuckers rötliches Haar ist im Stil der fünfziger Jahre glatt nach hinten gekämmt, und er küßt seine Frau an der Spitze ihrer Augenbraue auf die Stirn. Seine Gesichtsfarbe ist genauso blaß wie ihre. Er hat die Augen geschlossen.

Ein niedliches Bild, die frisch verheirateten Einzelkinder erwarten bereits ihr erstes Kind. Carolyns dunkelblondes Haar fällt in sanften Wellen um ihr Gesicht. Sie trägt noch immer schwere Ohrringe und malt sich die Lippen rot. Sie trägt eine weiße Schwangerschaftsbluse und einen dunklen Rock. Ihre Taille ist breiter geworden, aber sie hat noch nicht den typischen Ballonbauch einer Hochschwangeren. Ihre geschwungenen Brauen sind hochgezogen, und sie sieht noch immer sehr geheimnisvoll aus. Hinter Lawrence und Carolyn Tucker kann man dieselben Vorhänge mit dem Blumen- und Pagoden-Muster erkennen wie auf dem Porträt der jungen Braut. Neben den Vorhängen sieht man offene Jalousien. Draußen ist tiefschwarze Nacht.

Ich frage Karla nach dem Hochzeitstag ihrer Eltern. Sie weiß ihn nicht. Haben sie ihre Hochzeitstage nicht gefeiert? Sie schüttelt den Kopf. Gehörte die Liebesgeschichte ihrer Eltern nicht zu den immer wieder erzählten Familien-Anekdoten? Nein.

Auf der Rückseite des Fotos von Lawrence und Carolyn Tucker, die sich auf der rostfarbenen Couch aneinanderkuscheln, steht nichts, aber die Vorhänge verraten die Kulisse. Bestimmt hat Carolyn ihr Brautbild im Haus ihrer Mutter aufnehmen lassen. Jetzt, wo sie verheiratet und schwanger ist, ist sie mit ihrem Mann dorthin zurückgekommen, vor die Vorhänge mit den Blumen und den Pagoden. Vielleicht waren sie zu Großmama B. – in das massive Backsteinhaus mit dem rankenden Wacholderstrauch und den Glasbausteinen – zum Abendessen eingeladen. Lawrence Tucker trägt ein modisches Hemd. Sie sehen beide schick gemacht aus.

Als ihre Tochter zur Welt kam, nannte Carolyn Moore sie Kathi Lynne. Nicht Katherine oder Kathleen, sondern Kathi mit einem *i* und Lynne mit einem *e* – eine der neuen Ära der sechziger Jahre gemäße Version von Kathleen. Im folgenden Jahr nannte sie ihre zweite Tochter Kari mit einem *i*. Dann – das K war damit vorgegeben – folgte Karla Faye mit einem *e*. Inzwischen ist Carolyn ein gediegener, altmodischer, bürgerlicher Name. Aber Ende der fünfziger Jahre forderten hoffnungsvolle, aufrechte junge Frauen die Autoritäten heraus, indem sie ihren Kindern, vor allem ihren Töchtern, nicht in erster Linie neumodische Namen (die Flut von Tammys und Ambers sollte erst noch kommen), als vielmehr alte Namen mit neuer Schreibweise gaben. In Karla Fayes Sippe gab es jede Menge Mädchen mit *i*-Namen: Kathi, Kari, Shari, Debi. Und Mädchen mit Jungennamen, die nur anders geschrieben wurden: Shawn, Shay, überall Stabreime: Kathi, Kari, Karla; Shawn war die jüngste von drei Schwestern namens Shay, Sherry und Shawn. Als ich mit Karlas ehemaligen Freundinnen sprach, saß ich einmal mit einer Debby, einer Debbie und einer Debbi im Zimmer. Während die Typen eher gewöhnliche Joes waren: Danny, Douglas, Joe, Ronnie, Jimmy. Ein paar Richards, Steves und Jameses.

Auf dem Farbfoto vor den Blumen- und Pagoden-Muster-Vorhängen sieht die Zukunft der beiden Frischverheirateten rosig aus. Wie Caroyln ihren Wangenknochen und ihren Bauch gegen Lawrence lehnt, der entspannte Arm auf seiner Brust, die Art, wie er seine Hand sanft, aber besitzergreifend auf ihren Hintern legt, das alles deutet auf ein gegenseitiges Einverständnis hin. Er wird ihr Fels in der Brandung sein, sie seine zarte und liebliche Blume, seine Freundin für immer.

Karla: »Dad war immer in Mutter verliebt und hat nie etwas Ernstes mit einer anderen angefangen, solange sie noch lebte.«

War vielleicht ganz in Ordnung so, denkt man unwillkürlich. *Sie mag ihn. Er verehrt sie.* Sie hätten ein ruhiges und zufriedenes Leben leben können. Nicht notwendigerweise glücklich, aber ruhig und anständig und im großen und ganzen in Ordnung.

Als ich 1965 mit meinem Mann nach Houston zog, war es genau die Eigenschaft, die andere Menschen an dieser Stadt so heftig kritisierten, auf die ich mit dem größten Enthusiasmus reagierte. Als ein Mädchen, das in einer traditionell südstaatlichen und klassenbewußten Stadt in Mississippi aufgewachsen war, gefiel mir die Rodeo-Mentalität der Kuhfladen-Stadt Houston, wo es nicht so sehr darauf ankam, wer dein Vater, und noch viel weniger, wer dein Großvater gewesen war. Wer sich am längsten auf dem Rücken des bockenden Wildpferds halten konnte, gewann den Preis. Zugegeben ziemlich krass, auch unzivilisiert. Aber lebendig; bereit für was auch immer als nächstes kam, das Raumfahrtprogramm, Kunst, Oper, Herztransplantationen, egal was – und so war ich auch. In einer solchen Atmosphäre, in der alle Griffe erlaubt sind, war es leicht, mit dem Schreiben anzufangen. Es gab keine Tradition, der man sich verpflichtet fühlen mußte. Keiner sah zu; man konnte es einfach tun. Ich glaube, in gewisser Weise hat die rauhherzige Offenheit Houstons es mir erst möglich gemacht, zu mir selbst zu finden, meine eigene Vergangenheit und Stimme zu entdecken und dazu zu stehen.

Ich schuf mir einen Arbeitsplatz, im Schlafzimmer, mit Blick auf eine leere, weiße Wand.

Die Zeiten waren eben danach, das war alles. Die Zeiten waren danach, aus dem Haus zu gehen, neue Leute zu treffen, keinen BH mehr zu tragen, moralische Ansprüche zu lockern, Whiskey zu trinken, zu kiffen und wilde Klamotten zu tragen. Der Ölpreis stand im Himmel. Weiße Männer in Banken liehen anderen weißen Männern auf das bloße Versprechen eines dünnen Versprechens hin Geld. Rock'n Roll. Zeit für ein durch und durch texanisches Mädchen, ihre Hüften zu schwingen, in Clubs und Konzerte zu gehen und die wilden Zeiten zu nutzen, solange sie noch wild waren.

Möglicherweise hätte Lawrence Tucker die Augen offen halten sollen, während er seinen Claim absteckte und die Spitze der sanft geschwungenen Augenbraue seiner Frau küßte.

Möglicherweise hätte es ihm aber auch nichts genutzt: Denn das Mädchen war *reif*.

Kinder unserer Zeit

Wir wollten unseren Kindern gute Freunde sein, Carolyn Moore und ich, keine Polizistinnen, die mit dem Stock über sie wachten, wollten, daß sie neue Dinge erlernten, nicht den verstaubten alten Mist, in ihrem Tempo und auf ihre Art.

Ich las *Summerhill*: alle gebildeten Eltern lasen damals *Sumerhill*; wir dachten, *Summerhill* sei der Weg in eine bessere Zukunft.

Mein älterer Sohn Colin wurde 1961 in New York geboren. Er wurde in Houston eingeschult. Weil wir keine Diktatoren sein wollten, die nur ihre alten Hüte weiterreichten, lehrten wir Colin nie, seine Schuhe zuzubinden. Also entwickelte der Junge im Lauf der Zeit seine eigene Technik.

Colin ist ein höflicher, liebevoller junger Mann, der andere Menschen ungern bedrängt, aber als er Anfang zwanzig war, fragte er uns, warum ihn nie jemand diese grundlegende Fertigkeit gelehrt hatte.

»Wir haben dir«, sagte ich, »wichtigere Dinge beigebracht.«

Ich glaubte es nicht. Und er glaubte es auch nicht. Aber weil er ein so höflicher, liebevoller Junge ist, *tat* er so, als ob er es glaubte.

Die Zeiten. Carolyn Moore und ich waren beide auf demselben Trip, freier Busen, enge T-Shirts, und bloß keine Damen-Handtasche oder Hüftgürtel. Nur daß ich mich fest an den Stamm klammerte, während Mama Carolyn weit, *weit* draußen war, auf dem dünnsten aller Äste, der nie den Hauch einer Chance hatte, nicht zu brechen.

Ein hartes Mädchen

Ich habe noch nie davon gehört, daß Männer so etwas tun – sich kopfüber in eine Freundschaft stürzen, als hätten sie einander schon immer gekannt, sich gegenseitig Liebesgeheimnisse und Lebensgeschichten erzählen. Die Vergangenheit nachholen, einzelne Momente wieder und wieder durchleben, Lücken füllen, sich erzählen, wer unsere Mütter waren, und wer unsere Väter. Sich anvertrauen, welche Jungen wir toll fanden, welche Mädchen und Frauen uns verraten und welche unsere tiefsten Geheimnisse gewahrt haben.

»Mutter hat immer gesagt, ich hätte seltene Qualitäten.« Karla klimpert mit den Augenlidern und kichert vor sich hin. »Rare Qualitäten!« Als wolle sie sagen: »Guck doch mal!«

Das früheste Bild, das ich von Karla habe, wurde von einem Fotografen aufgenommen. Es zeigt sie mit etwa sechs Monaten zusammen mit ihrer knapp zweijährigen Schwester Kari. Die beiden Mädchen posieren auf einem großen Kissen vor einem gemalten, blauen Hintergrund wie ein Himmel mit ziehenden Wolken.

Karla ist pummelig, mit kleinen Pausbäckchen, dunklem Haar und erstaunten, schwarzen Augen. Sie trägt ein hellblaues Kittelchen und eine passende Strampelhose. Kari ist ein kleines Schneeweißchen mit feinem, hellblonden Haar und blasser Haut, einem anmutig geschwungenen Mund und einem leichten Silberblick. Sie trägt den Kittel dunkelblau mit rot-weißen Zickzack-Borden am Kragen und an den Ärmeln. Am Ellbogen hat Kari einen Kratzer, und sie hat einen Arm schützend über Karla Fayes Brust gelegt. Karlas Arme sind ausgestreckt; mit dem einen scheint sie nach der Kamera zu greifen, den anderen reckt sie gerade in die Luft – die Hände hohl, als wolle sie Regen einfangen.

Zwei knuddelige Babies. Wohlgenährt. Makellos gekleidet.

Karla schickt zu jedem Bild einen Kommentar wie eine Widmung. Über dieses schreibt sie: »Wenn ich dieses Bild anschaue, muß ich weinen ... Ich weiß nicht, warum, aber jedesmal, wenn ich es angucke, schießen mir Tränen in die Augen.«

Hoffnungen, Versprechungen.

Ich habe ein ähnliches Foto von meinen Jungen machen lassen, als sie klein waren. Peter wurde im Januar 1966 geboren, in dem Jahr, als wir nach Houston zogen. Ungefähr fünfzehn Monate lang lebten wir zu viert in einem möblierten Apartment in einem Apartment-Komplex, wo Menschen nur solange blieben, bis sie eine bessere Wohnung fanden. Die Möbel waren so häßlich wie standardisierte Motel-Einrichtungen; die Matratzen waren mit Schonbezügen aus Plastik überzogen. Ich weiß nicht genau, warum wir uns darauf eingelassen haben, aber wir haben es getan. Eines Tages klapperte ein Fotograf Apartment für Apartment ab. Colin war ungefähr sechs, Peter noch nicht ganz zwei. Der Fotograf machte mir ein Sonderangebot, und ich ging darauf ein. Es ist ein wunderschönes Foto geworden: beide Jungen blicken so niedlich in die Kamera, als könne sie nichts erschüttern, komme, was da wolle; Colin, der ernste Erstgeborene, in einem dunkelblauen Rollkragenpullover und hellbeigen Jeans, Peter, pummelig und barfüßig, in einem roten Overall und einem weißen Strickhemd mit Tiermuster, auf seinem Gesicht dieser glückselige Ausdruck, den er als Baby hatte – diese Aura völligen Vertrauens in seine Position als geliebtes Kind der Familie, die er in seinen Kleinkindjahren wie eine Schmusedecke mit sich herumtrug.

Hinter den Jungen sieht man denselben Hintergrund wie auf dem frühen Foto von Karla und Kari. Blaue Wolken, himmelwärts.

Die erste Wohnung, an die Karla sich erinnern kann, war ›draußen in Genoa in der Nähe vom Almeda-Einkaufszentrum.‹

So erklärt und versteht man in den Außenbezirken Houstons den Weg, anhand von Einkaufszentren und Freeways: Draußen am Gulfgate; in der Nähe des Kanals direkt an der 45; den Eastex-Freeway entlang an Northline vorbei. Genoa liegt südlich von Houston am Gulf Freeway, der weiter zum Golf von Mexiko führt. Eine Arbeitergegend, beherrscht von Raffinerien. Große, silberne Tanks bestimmen den Horizont, Gasflammen erleuchten die Nacht.

»Während wir dort lebten, haben sich Dad und Mutter erst getrennt und sind dann wieder zusammengekommen, und dann sind wir in ein Haus gezogen in einer Straße, die Fisher Street hieß. Da haben wir etwa ein Jahr gewohnt, bevor wir in das Haus in der Hewitt Street im Nordwesten von Houston umgezogen sind, wo ich gewohnt habe, bis ich ungefähr dreizehn war.«

Statusmäßig sind diese Umzüge Aufstiege. Von Genoa in die Fisher Steet und dann in den Nordwesten von Houston. Die Tuckers waren nicht arm. Sie fingen als Familie eines Tagelöhners an, der versuchte, Überstunden und Extraschichten einzuschieben, wann immer er konnte, um ein Bein auf den Boden zu bekommen. Und eine Zeitlang gelang ihm das auch. Oberflächlich gesehen ging es ihnen nach und nach besser – kein echter Statusgewinn, aber Vorteile, die die jeweils neuen Wohngegenden mit sich brachten: Schulen, Vorgärten, Kirchen, Polizeischutz, Straßenlaternen, der allgemeine Umgangston.

»Meine Kindheit, als wir alle als Familie zusammen gelebt haben, war eigentlich ziemlich normal. Wir hatten ein Wochenendhaus an einer Bucht, und ich hab' im reifen Alter von ungefähr sieben oder acht Boot und Laster fahren gelernt ... Wir haben Fische und Krabben gefischt und all die anderen Sachen gemacht, die eine normale Familie macht, wenn sie für eine Woche oder ein Wochenende in ihr Haus am See fährt. Wir hatten auch einen Hund. Sie hieß Ladybug. Mindestens dreizehn Jahre hat sie bei uns gelebt.«

Großmama B. sagt, Karla und ihre Schwestern seien immer in die Kirche gegangen. Karla kann sich nur an zwei Mal erinnern, aber Großmama B. behauptet, daß sie bis zu ihrem neunten oder zehnten Lebensjahr sehr oft gegangen ist. Karla mag nicht darüber streiten. Großmama B. hat ihre eigene Art, sich an Sachen zu erinnern.

Der Hund der Familie, das Haus an der Bucht, die Kirche. *Wenn ich nur hart genug arbeite,* muß Larry Tucker gedacht haben. *Genug Stunden abreiße. Genug Geld verdiene ...*

Eine weitere Studiofotografie, die ich besitze, zeigt drei Schwestern wie Chormädchen nebeneinanderstehend, im Alter von etwa acht, sechs und fünf Jahren. Kathi trägt ihr blondes Haar in einem perfekten Barbie-Puppen-Pagenschnitt, Karis Haar ist weißblond. Karla steht mit ihrem lockigen, schwarzen Wuschelkopf, ihrer dunklen Haut und diesen leuchtend schwarzen Augen als dritte in der Reihe ...

Sie sehen hinreißend aus, wie drei ausgestopfte Häschen auf einem Bett.

Zwei Häschen von einem Planeten. Das jüngste von einem anderen.

Eine Zeitlang haben Karla und Jackie Oncken auf Jackies Vorschlag hin Familienanekdoten ausgetauscht: Geschichten aus glücklichen Tagen, traurigen Zeiten und lustige Begebenheiten. Es war eine Möglichkeit, die Lebensgeschichte der anderen zu erfahren; außerdem hatte Karla Jackie gebeten, ihr bei der Verbesserung ihrer Rechtschreibung und ihres Ausdrucks zu helfen, und Jackie hatte gedacht, es wäre vielleicht lustiger, wenn man dies anhand von Geschichten tun würde. Das folgende stammt aus einem Brief, den Karla Jackie Oncken 1985 geschrieben hat:

Ich will Ihnen noch eine meiner Lieblingsgeschichten aus der Zeit, als ich klein war, erzählen. Ich war ungefähr acht, und wir (meine Familie) hatten ein Wochenendhaus an der Bucht in Cany *(durchgestrichen)* ähem . . . Cainy Creek in der Nähe von Brazoria und Sargent. Wir hatten ein Boot, das ungefähr fünfzig Stundenkilometer fahren konnte und das wir jedesmal mitgenommen haben, wenn wir in das Wochenendhaus gefahren sind. Also als ich ungefähr acht war, brachte mein Daddy mir und meinen Schwestern bei, wie man mit dem Boot auf dem See vor unserem Haus herumfahren konnte. Das hat mir risigen(!) Spaß gemacht, und ich bin jeden Morgen als erste aufgestanden, hab mir meinen Badeanzug angezogen und bin in das Boot gesprungen und hab es etwa drei Meilen den See hinaufgefahren (der See machte ganz viele Biegungen, ich glaube, es war in Wirklichkeit ein Flußarm oder so) und hab das Boot vollgetankt und bin zu unserem Landesteg zurückgefahren und hab meine Schwestern abgeholt und dann haben wir uns den ganzen Tag gegenseitig auf Wasserskiern über den See gezogen.

Eines Morgens sahen mich unsere Nachbarn so ganz allein angefahren kommen und das Boot an dem Landesteg festmachen, und ihnen fielen beinahe die Augen aus dem Kopf! HA. Sie fragten meinen Dad, ob ich das Boot schon alleine fahren dürfte, und er erklärte ihnen, daß ich damit besser umgehen könnte als er. Ich hab mich so erwachsen gefühlt. Ich grinste bloß von einem Ohr zum anderen und sprang mit meinen Schwestern wieder ins Boot und fuhr los. Mit meiner Familie ins Wochendhaus an der Bucht zu fahren, hat mir immer riesigen(!) Spaß gemacht! Von dort hab ich ganzviele(!) angenehme und glückliche Erinnerungen. Als Daddy das Haus letztes Jahr verkauft hat, hab ich geweint. Aber jetzt fährt niemand mehr dorthin, also mußte er es verkaufen. In meinen nächsten Briefen erzähl ich noch mehr davon. Von dort gibt es ganzviel(!) zu erzählen!

Caney Creek liegt etwa fünfundfünfzig Meilen südwestlich von Houston, zum Golf von Mexiko hin, in der Nähe der Stadt Brazoria. Für die acht- , neunjährige Karla war Caney Creek das große Erlebnis ihrer Kindheit.

Karla liebte das Wochenendhaus an der Bucht ganz besonders, weil es Treppen hatte. So weit sie sich zurückerinnern kann, mochte sie schon immer Räumlichkeiten mit Treppen. Außerdem kannte der Besitzer des örtlichen Ladens die Tucker-Mädchen und ihren Daddy, so daß er wußte, daß es in Ordnung ging, wenn die Mädchen alleine zum Tanken oder Süßigkeiten kaufen vorbeikamen und sagten: »Schreiben Sie's auf Daddys Rechnung.«

»Ich schwöre«, sagt Karla, »das war das *größte!*«

Ich hab' ein Foto, auf dem Karla in einem roten Bikini oben auf der Treppe des Wochenendhauses sitzt. Richtig großspurig sieht sie aus und jungenhaft, schlank und dunkelhäutig, wie aufgezogen und zum Abflug bereit.

In Caney Creek lernten alle drei Mädchen Autofahren. Karla war noch so klein, daß sie auf der Sitzkante balancieren mußte, um Kupplung, Bremsen und Gaspedal zu erreichen, und konnte so kaum über das Armaturenbrett blicken, aber sie fuhr trotzdem, lange bevor sie alt genug dafür war. Lawrence Tucker verbot seinen Mädchen, den Laster zu fahren, aber das taten sie natürlich doch, und er wußte es wahrscheinlich, ohne etwas dagegen zu tun, weil er seine drei Töchter verwöhnte. Wofür war ein Wochenendhaus an der Bucht schließlich da, wenn nicht, um Dinge zu tun, die man in der Stadt nicht tun konnte? Als die Mädchen dann alt genug waren, allein an den Strand oder in die Stadt zu fahren, nun ja, das war ein Riesenschritt.

»Mann«, sagt Karla, »ich habe dieses Wochenendhaus echt geliebt.«

Auf dem von Douglas Garrett aufgenommenen Band unterhalten er und Danny sich lange darüber, was mit den gestohlenen Motorradteilen passieren soll, die Douglas, wie er sagt, noch immer hat. Douglas erklärt, er müsse die Teile loswerden, weil er für drei Monate nach Waco gehen würde, um sich für einen neuen Job ausbilden zu lassen, und weil die Polizei dauernd bei ihm wäre, um ihn wegen der Morde auszufragen. (Tatsächlich hatte er die Teile zu diesem Zeitpunkt schon im Brazos River versenkt. Und er hatte auch nicht vor, nach Waco zu gehen, um sich für einen Job anlernen zu lassen.)

»Diese Teile«, sagt Douglas immer wieder. »Wir müssen irgendwas wegen der Teile unternehmen.« Danny macht verschiedene Vorschläge, darunter auch, »die Teile ins Scheißmeer zu schmeißen, wenn es sein muß.« Während der Diskussion murmelt Karla im Hintergrund vor sich hin.

»Wir können nach Brazoria rausfahren«, sagt sie. »Sie in Caney Creek deponieren . . .« Ihre Stimme verliert sich und blendet sich dann wieder ein. »Caney Creek« – versteht man deutlich. »Caney Creek.«

Es ist geschehen. Und es ist noch immer dort draußen. In Caney Creek waren die Tuckers eine glückliche Familie, die ein normales glückliches Familienleben mit einem normalen Hund lebten.

Doch Ärger braute sich bereits zusammen. Wie ich, wenn ich über Peters Leben nachdenke, teilt Karla ihr Leben in zwei Teile: die gute, glückliche Zeit und danach, als alles durcheinander geriet. Tatsächlich waren Streit und Ärger für die Tuckers in jenen Caney-Creek-Jahren eine Art ständige Hintergrundmusik. Damit Larry Tucker all das sagen konnte, was er über seine Frau sagte, nachdem sie geschieden waren und er das Sorgerecht für die Kinder erhalten hatte – er nannte sie eine Hure und eine Hexe –, mußte Carolyn Moore schon seit Jahren herumgemacht haben. Und ungefähr um die Zeit war es auch, daß Karla anfing, Marihuana zu rauchen.

»Ich war acht oder neun. Alle haben es gemacht – die älteren Kinder, meine Schwester, Kinder in meinem Alter. Als meine Mutter es herauskriegte, sagte sie: ›Wenn du schon rauchst, junge Dame, dann wenigstens richtig.‹ Und sie holte Papierchen, und ich mußte solange Joints drehen, bis ich es richtig gut konnte. Deswegen konnte ich immer perfekte Rollen drehen.«

Ich habe ein Bild von Karla, Kari und Kathi, das Weihnachten 1967 in einem von Großmama B.'s Apartments aufgenommen ist. Karla ist ein drahtiger Floh, während die beiden anderen Mädchen weich und blaß und blond aussehen, und wie ihre Mutter wirken sie immer ein wenig flatterhaft, ein wenig verschwommen an den Rändern.

Die sechziger Jahre. Mama Carolyn hat ihre Töchter modisch gekleidet. Schlaghosen, weiche Hemden. Nur Kari trägt einen Rollkragenpullover. Ihr schulterlanges Haar ist so silberweiß wie das eines Christbaumengels, und sie lächelt schüchtern in die Kamera – mit der gleichen Kieferunregelmäßigkeit wie ihre Mutter. Kathi trägt herbstliche Farben. Ihr langes Haar hängt schlaff herunter, ohne Glanz und Farbe. Karla Faye steht vor ihren Schwestern, in einer blaßrosa Baumwollbluse mit Puffärmeln und passender rosakarierter Schlaghose. Dem Schnitt nach sollte die Hose in der Hüfte sitzen, aber da Karla knochig ist wie ein Junge, wird sie etwa in der Höhe des Bauchnabels von einem eng geschnürten Gürtel gehalten. Durch die Lücke zwischen ihren schlanken O-Beinen könnte bequem ein Cocker-Spaniel kriechen; sie trägt ihr Haar in einer unmodischen, ohrenfreien Kurzhaarfrisur, wie man sie einem abenteuerlustigen Kind verpaßt.

Wieder war es Großmama B., die das Foto machte, in einem ihrer Apartments. Großmama B. war mehrmals verheiratet – laut Karla darunter zweimal mit demselben Mann. Ich habe zwei Fotos von Großmama B. Sie sieht richtig süß aus mit ihrer stolzen, aufrechten Pose. Das Haar hat sie rot gefärbt und zu einer schnittigen Pompadourfrisur hochgefönt. Ziemlich sexy.

Hinter den Mädchen auf dem Foto von Weihnachten '67 kann man einen billigen weißen Kunststoffwandbehang erkennen. In einer Ecke steht eine Konsole mit Fernseher, dessen Antennenkabel und Stecker hinter dem Wandbehang hervorragen. Links neben den Mädchen stapelt sich ein Haufen Weihnachtsgeschenke, rechts von ihnen kann man eine Tür mit einem Vorhängeschloß erkennen.

Ganz normal.

Karla sagt, als dieses Foto gemacht wurde, hätte Kari schon mit Jungen rumgemacht. Karla rauchte bereits Zigaretten und vielleicht sogar ein wenig Shit.

Mit zehn hat sie sich zum ersten Mal Heroin gespritzt.

»Ich saß auf der Veranda vorm Haus, als der Freund meiner Schwester mit seiner Harley vorbeikam, um Kari abzuholen. Ich sagte ihm, daß sie nicht da war, und er sagte: ›Willst du 'ne Runde mitfahren und high werden?‹ Ich sagte: ›Na logo‹, und stieg auf.

Der Typ auf der Harley fuhr mit ihr rum und fragte sie, ob sie mal was nehmen wollte, wonach man sich richtig gut fühlen würde. Karla wußte damals noch nicht, worauf Karis Freund wirklich aus war; er hatte sich gedacht, daß er sie nur so richtig locker high machen müßte, um sich ein bißchen verbotenen Zehnjährigen-Kram abzuholen. Dazu kam es nicht. Karla wurde zu schlecht von dem Stoff. Kari war wütend, aber Karla war stolz. Mehr als alles andere wollte sie sein wie ihre Schwestern und ihre Mutter – blond, hübsch und high –, und mit dem Typ auf der Harley hatte sie zumindest einen Test bestanden. Sie hatte gedrückt, Heroin; gut, ihr war zwar schlecht geworden, aber hinterher ging es ihr prima.

Wo war der Hüter dieser Mädchen, ihr Wächter, ein Erwachsener, der sagte: »Halt – nein! Ihr seid zu jung!«? Niemand fühlt sich verantwortlich. Keiner findet, daß sie zu jung sind.

Ihr zehntes Lebensjahr war Karlas bestes, danach war es vorbei – genau wie es bei Peter nach der fünften Klasse der Fall gewesen zu sein schien, als der Knoten des Seils sich löste, er in den Betongraben fiel, sich sein Handgelenk brach und es selbst wieder einrenkte.

Karla sagt, die Leute hätten eine falsche Vorstellung, wenn sie glaubten, sie hätte Drogen genommen, um vor irgend etwas zu ›fliehen‹. Alle reden ständig von der ›Flucht‹, sagt sie, glaubt aber nicht, daß sie versucht hat, vor irgend etwas zu ›fliehen‹. Sie glaubt, daß sie auf Drogen war, weil ihr der Zustand, in den die Drogen sie versetzten, gefallen hat, Punkt. Und nachdem sie mit dem Heroin angefangen hatte, probierte sie praktisch jede verfügbare Droge. Als sie noch jünger war, glaubte sie, sie würde bereits alles kennen, als sie dann älter wurde, erfuhr sie, wieviel mehr es noch gab, Pillen und LSD und Speed und Psychopharmaka, und so ging sie immer weiter auf der Suche nach neuen Territorien, lernte, wie man das eine mit dem anderen ausbalancieren konnte.

Die Selbstsicherheit, mit der Karla etwas behauptet, wirkt schrecklich überzeugend. Man will ihr einfach glauben, selbst wenn man es besser weiß. In Mountain View höre ich zu und nicke und laß mich von ihrer Begeisterung anstecken, und dann komme ich nach Hause und sage laut zu meinen Bildern an der Wand: »Wer sagt denn, daß ein zehnjähriges Mädchen überhaupt eine Vorstellung davon hat, wann sie mit einem Problem konfrontiert ist und wann sie versucht zu fliehen, oder ob sie das Problem überhaupt erkennt?«

Von ihrem elften Lebensjahr bis zu dem Abend vier Monate vor ihrem vierundzwanzigsten Geburtstag, als sie im County-Gefängnis eingesperrt wurde, war Karla Faye durchgehend auf Drogen, die ganzen dreizehn oder vierzehn Jahre lang, mit Ausnahme von zwei Wochen in der Zeit, als sie verheiratet war und mit allem aufgehört hatte.

Ich habe mir das Haus an der Hewitt Street, in dem Karla mit dreizehn gewohnt hat, angesehen. Es ist ein freundliches kleines

Backsteinhaus an einer sauberen, breiten Straße, gesäumt von anderen freundlichen kleinen Backsteinhäusern mit gepflegten Vorgärten, gestutzten Hecken und einer Doppelgarage. Eine saubere, sichere Gegend. Ein Ex-Drogen-Kumpel von Karla erklärte mir einmal ganz unverblümt: »Das gute an der Gegend ist, daß es dort keine Schwarzen gibt.« (Als ich das Karla erzählte, wurde sie extrem wütend: »Meine Mutter«, sagte sie, »war vielleicht wild, aber sie hatte nie irgendwelche Vorurteile. Sie hat uns beigebracht, nie jemanden wegen seiner Hautfarbe zu verurteilen. Und das hab' ich auch nie getan.«)

1969, achtzehn Monate, nachdem Carolyn Tucker zum letzten Mal ausgezogen war, wurde die Scheidung rechtskräftig.

Lawrence Tucker bekam das Sorgerecht für die drei Mädchen zugesprochen, und es war schrecklich.

»Stellen Sie sich einen Film vor über Eltern, die sich scheiden lassen und sich eine Schlammschlacht um die Kinder liefern, und dann kriegt der Vater sie, und die Mutter wird von den Kindern getrennt, und die Kinder klammern sich, als sie weggebracht werden sollen, im Gerichtssaal an die Mutter, dann haben Sie in ungefähr ein Bild davon, wie ich mich daran erinnere ... Ich weiß noch, daß Dad mit uns drei Mädchen eines Abends ins Kino ging, und als wir nach Hause kamen, war Mutter mit all ihren Sachen weg. Wir waren völlig vor den Kopf geschlagen. Danach haben wir sie eine ganz lange Zeit nicht gesehen. Ich kann mich nicht daran erinnern, daß mir jemand erklärt hätte, wohin sie gegangen war oder warum ... Ich kann mich allerdings an viele Male erinnern, als ich nach Mutter gefragt hatte, und Dad mir erklärte, wie schlecht sie war und daß sie eine Hure und eine Hexe und sonst noch was sei. Das sind die beiden Bezeichnungen, an die ich mich besonders gut erinnern kann ...«

»Ich weiß auch noch, daß es mich sehr verletzt hat, wenn meine Schwestern schlecht über meinen Dad redeten, wenn wir mit Mutter aus waren. Als Mutter das bemerkte, verbot sie ihnen, vor mir über Dad zu reden, und erzählte mir, was für ein guter Mann mein Daddy war und daß ich das, was Kathi und Kari sagten, nicht ernst nehmen sollte.«

Etwa zwei Jahre lang lebte Karla allein mit ihrem Vater in dem Haus in der Hewitt Street. Larry Tucker hatte zwar das Sorgerecht für seine Töchter erhalten, aber als Kari und Kathi alt genug waren, mit ungefähr zwölf oder dreizehn, durften sie selbst entscheiden, wo sie leben wollten. Beide zogen zu ihrer Mutter. Karla erinnert sich, wie nahe sie und ihr Vater sich in der Zeit waren, als sie allein mit ihm lebte. Wenn sie zusammen zu Pancho's mexikanischen Dinner-Buffets gingen, Ball spielten. Wenn sie nicht gerade völlig zugeknallt war, sagte sie, verlebten sie und ihr Dad in diesen zwei oder drei Jahren ein paar der glücklichsten Tage ihres Lebens.

Lawrence Tucker arbeitete als Lagerarbeiter am Kanal. Der Kanal liegt weit entfernt von der Hewitt Street, und Lawrence Tucker war oft weg, zu allen möglichen Zeiten, tags und nachts, eben jedesmal, wenn ein Schiff einlief. Als man ihn bei Karlas Prozeß fragte, warum er es zugelassen habe, daß Karla doch zu ihrer Mutter zog, gab er folgenden Grund an: Er war oft weg, weil sein Beruf das verlangte; Karla war zu oft allein und flippte rum. Er hatte sie nicht unter Kontrolle und wußte nicht, was er tun sollte.

Karla erzählt gerne, wie streng ihre Mutter in den ersten Jahren war, wie sie den Mädchen eine Tracht Prügel verpaßte, sie gutes Benehmen und Tischmanieren lehrte, wie sie ihnen beibrachte zu kochen und sauberzumachen, wie sie ihnen Grenzen setzte und immer das letzte Wort hatte. Karla sagt, in ihrer frühen Kindheit sei ihre Mutter die perfekte Hausfrau nach allen bürgerlichen Regeln und Maßstäben gewesen: Sie habe immer Frühstück und Abendbrot bereitet, den Mädchen etwas zu Mittag gekocht, das Haus *blitzblank* gehalten und ihnen, sobald sie laufen konnten, alle Hausfrauenpflichten beigebracht. Und Spiele mit ihnen gespielt: Domino und Monopoly.

Auch wenn Carolyn Moore ihrer Tochter wie eine strenge Mutter vorgekommen sein mag, so hatte sie doch einen entscheidenden Fehler: Die dunkle Seite übte eine unwiderstehliche Anziehungskraft auf sie aus: Männer, die mit dem Gesetz in Konflikt geraten waren, das aufregende und unkonventionelle Leben, in dem gewöhnliche Gesetze und Regeln keine Rolle spielten; ein Leben, in dem sie *handeln* und die Selbständigkeit empfinden konnte, die sie brauchte. Wo sie gehen konnte, wohin sie wollte...

Ihr Leben war irgendwo dort draußen, nicht zu Hause; und ihre erste Verpflichtung galt diesem Leben, das sie in vollen Zügen auskosten wollte.

Tolle Kleider. Ein tolles Apartment. Unabhängigkeit. Eine Frau, die sich in jeder Situation behaupten konnte.

Als jemand, der die Innenbahn des Lebens für sich in Anspruch nahm, liebte Carolyn Moore die Grauzone, wo sich die Wege der Gesetzlosen und der Gesetzeshüter kreuzen und Leute auf beiden Seiten des Rechts leben, wo ein halbwegs intelligenter Mensch beide Seiten sehen und herausfinden kann, was *wirklich* abgeht: Wer wem was antut und wer *die* sind, die die Fäden wirklich in der Hand halten. Eine Zeitlang arbeitete Carolyn Moore tagsüber im Polizeipräsidium von Houston und nahm nachts Drogen und empfing Freier.

In Texas gibt es viele Baptisten. Baptisten haben einen starken Einfluß auf die Gesetzgebung des Staates. Noch bis 1966 konnte man in einer Bar in Houston keinen Cocktail bestellen; man mußte eine Art Ausweis haben, um Einlaß in einen sogenannten ›Privatclub‹ zu bekommen. Bars waren Läden, in denen man Bier trank. Die Parkplätze der Bars in der Nähe des Almeda-Einkaufszentrums und des Kanals waren – und sind noch immer – voll von Pickup-Trucks mit Gewehrhalterung. 1966 war die Stadt noch roh, die Macht der Baptisten ungebrochen, der dunklen Seite des Lebens war leicht beizukommen. ›Gut‹ war dieser ganze rigide, fundamentalistische Verhaltenskodex. Alles andere war schlecht.

Das Gericht übertrug Larry Tucker das Sorgerecht für seine drei Töchter.

Als ich Karla frage, warum das Urteil ihrer Meinung nach so ausgefallen ist, schwankt sie und sagt dann: »Vermutlich haben sie geglaubt, daß Dad ein ... gefestigteres Leben hatte.«

Aber Larry Tucker war, wenn es um seine Frau und seine Töchter ging, restlos überfordert; Larry Tucker bekam seine drei wilden Töchter nie in den Griff – aber wer hätte das schon? Zuerst fingen die älteren an, Ärger zu machen, dann ging es auch bei Karla los; er glaubte, daß ihre Mutter vielleicht mehr ausrichten konnte. Er wollte Karla Faye nicht zu Carolyn Moore schicken, er wußte, was seine Ex-Frau trieb, aber Karla trieb sich herum, fixte, geriet in Schlägereien, flog von der Schule ... Er mußte rund um die Uhr auf den Docks arbeiten ... Wieviel schlimmer konnte es werden?

Berühmte Abschiedsworte; denn der Abstieg gewinnt jetzt an Fahrt.

»Mutter hatte eine Menge Einfluß. Sie hatte über zehn Jahre eine Beziehung mit einem Mann; er war ... die Leute würden ihn, Sie wissen schon, einen korrupten Bullen nennen. Er balancierte auf der Grenze, er wußte Dinge. Sie balancierten alle auf der Grenze. Mutter rief immer alle möglichen Leute an und warnte sie, wenn er ihr erzählt hatte, daß eine Drogenrazzia anstand. Die Leute riefen bei ihr an, um Sachen zu erfahren. Meine Mutter wußte, wie sie sich zu *bewegen* hatte. Ich habe ihr immer dabei zugesehen und mir gewünscht, so zu sein wie sie. Ich wollte die Dinge auf meine Art regeln. Ich wollte der erste weibliche Quarterback in der National Football League sein.«

All die turbulenten Jahre hindurch scheint sich Lawrence Tucker einen grundlegenden Sinn für Anstand bewahrt zu haben. Und wenn er gegenüber seinen Töchtern gelegentlich unglückliche Bemerkungen über ihre Mutter machte, na ja, man hatte ihn provoziert.

Tuckers Anständigkeit war aber vielleicht ein wesentlicher Teil seines Problems. Denn für Mama Carolyn und die Mädchen war anständig gleichbedeutend mit blöde.

Debi Bullard, eine Schulfreundin von Karla, sagt: »Ich fand es immer toll, zu Mama Carolyn zu gehen. Da war es aufregend. Ich meine, verglichen mit Larry. Und, na ja . . . verglichen mit meinem Elternhaus. Mama Carolyn war eine Edelnutte. Sie war gut im Geschäft. Sie kleidete ihre Töchter teuer. Es ist schwer, drei Mädchen großzuziehen. Sie wußte, wie man einen Laden schmeißt. Ich habe diese Frau geliebt. Meinen ersten Joint habe ich mit Mama Carolyn geraucht. Sie saß auf der Couch und hat ein Pfund zerbröselt.«

Wie sich Mama Carolyn all die teuren Klamotten, die schicken Möbel und den gemütlichen braunen Sessel leisten konnte, hat Debi Bullard, wie sie zugibt, schon irgendwie gewußt, auch was Karla und Kari so trieben, aber sie hat es auch irgendwie doch nicht gewußt. Sie vermutet, daß sie es sich nicht eingestehen wollte, weil sie dann darauf hätte reagieren müssen, sie aber weiter dorthin zu Besuch kommen wollte.

Eines Samstags, sie war etwa dreizehn, lag Debi, wie sie erzählte, in Mama Carolyns Bett und sah sich im Fernsehen Zeichentrickfilme an – es war Samstagnachmittag, woran sie sich wegen der Filme, die sie sah, ganz genau erinnert. »Mama Carolyn kam rein und sagte: ›Debi, da draußen ist ein Mann, der zweihundertfünfzig Dollar für dich zahlen würde, wenn du willst.‹ Als ich gar nichts sagte, meinte sie: ›Kindchen, du mußt nicht. Es liegt ganz bei dir . . .‹ Ich sagte, auf gar keinen Fall, und sie ging wieder. Ich schlüpfte wieder unter die Decke und sah weiter Zeichentrickfilme.«

Ich fragte Debi Bullard, warum sie nein gesagt hat.

»Ich hatte Angst. Ich war noch Jungfrau, und ich hatte eine Wahnsinnsangst.«

»Wovor?« fragte ich sie.

»Ich hatte einfach nur Angst.«

Karla sagt, Debis Geschichte sei ›Phantasie-Kitsch‹. Sie wird wütend, wenn irgend jemand ihre Mutter runtermacht, vor allem jemand, der nicht zur Familie gehört, und ganz besonders, wenn er andeutet, daß Mama Carolyn etwas so Verwerfliches getan habe, wie einen Handel abzuschließen, um ein Mädchen ins Gewerbe einzuführen.

Die Freundinnen dieser Geschichte – Karla, Kari, Debi und Shawn – haben nach wie vor eine durch und durch pubertäre Wahrnehmung voneinander und werden sie wahrscheinlich auch nie ablegen; ihre Freundschaften sind früh entstanden, haben sich in der Pubertät entwickelt und sind dort steckengeblieben. Die Freundinnen fallen oft plötzlich und ohne Vorwarnung übereinander her, stellen die Glaubwürdigkeit und Motive der anderen in Frage. Jede glaubt, allein die volle Wahrheit über irgendeine Begebenheit zu kennen, die gerade zur Debatte steht. Sie sind alle lebhaft und ein wenig eifersüchtig aufeinander.

Wie auch immer, Larry Tucker konnte mit diesem aufregenden Leben nicht konkurrieren. Dort draußen gab es all die üblen Typen, und er war keiner von ihnen. Rock'n Roll. Die schlimmen Kerle waren immer die aufregendsten.

»Daddy war ... ist ... ein guter Mensch«, lauten Karlas letzte Worte zu diesem Thema.

Debi Bullard, die ein paar Straßen entfernt von Karla Fayes Haus in der Hewitt Street lebte, kann sich noch daran erinnern, wie sie völlig stoned zur Schule gegangen sind. »Eines Tages rief Mama Carolyn an. Wir hatten hundert Valium. Mama Carolyn sagte: ›Euer Daddy weiß, daß ihr diese ganzen Pillen habt, also seht zu, daß ihr sie loswerdet.‹ Wir haben jede dreißig Stück geschluckt. Wir waren tagelang völlig dicht.«

Debi schätzt, daß sie und Karla ungefähr elf waren, vielleicht zwölf.

Ungefähr zur selben Zeit probierte Karla auch zum ersten Mal Sex – mit elf, vielleicht zwölf. Es passierte in einem Haus, in dem Kari gerade wohnte, nachdem sie von zu Hause weggelaufen war. Dort traf Karla einen Typen, den sie süß fand, und sie verzogen sich in ein Schlafzimmer. Alle anderen Leute in dem Haus waren um etliches älter als Karla und auch Kari, aber niemand fand etwas dabei, daß Karla mit dem süßen Kerl im Schlafzimmer verschwand, und alles, was Karla wußte, war, daß alle anderen auch Sex hatten und daß sie bei allem, was die anderen machten, dabeisein wollte, egal was es war.

Also verzogen sie und der süße Junge sich ins Schlafzimmer, aber er kriegte ihn nicht rein. Er mühte und mühte sich, aber es klappte nicht. Schließlich gaben sie es auf und kehrten zu den anderen zurück, und er sagte – für alle vernehmbar – »Hergott, dein Ding ist ja so klein, daß man nicht mal einen dicken Zeh reinstecken könnte.«

Alle lachten, und Karla fühlte sich gedemütigt.

»Ich konnte es kaum erwarten, groß genug zu werden, um mit einem Mann zusammen zu sein.«

Als sie groß genug war, »wurde ich zu einem kleinen Sex-Monster. Ich wollte alles wissen, was es zu wissen gab.«

Aber Sex machte ihr keinen Spaß, und sie hatte nie einen Orgasmus. Außerdem war sie noch immer ein Kind. Sie hatte nur diese Art, die Leute zu überzeugen, sie sei keins mehr.

Gut und Böse

Wir wollten nicht wie unsere Mütter sein, unsere Mütter hantierten nervös herum und hatten nie Spaß . . . Unsere Daddies jagten dem Mond hinterher . . . Diese Filous. Wir wollten sein wie sie.

Das habe ich in einem Essay über Südstaatenmädchen und ihre Väter geschrieben. In meiner Familie war unser Vater der Abenteuerlustige. Er trank zuviel, tanzte zu gefährlicher Musik, spielte um Einsätze, die er nicht hatte, lieh sich Geld nicht nur auf seine Zukunft, sondern auch auf unsere. Bei den hohen Einsätzen, um die er spielte, konnte er sich keinen Fehler leisten; er hatte keine Sicherheitsmargen oder Reserven. Er steckte – und wir mit ihm – immer in einem Loch. Und von Zeit zu Zeit sogar sehr tief.

Ich bewunderte ihn. Er war größer als das Leben, fröhlicher als die Musik; er sang und tanzte und erzählte Geschichten. Er vermittelte mir ein Gefühl, daß alles möglich ist. In einem Roman habe ich einmal über ihn geschrieben: »Er brachte jede Menge Leben in die Party. Wirklich jede Menge Leben.«

Karla hat Angst, daß ich ihren Vater in der Rolle des Schwächlings besetze: Jemand, der nicht Manns genug war, seine Frau und seine Tochter bei der Stange zu halten. Sie erzählt mir dauernd, was für ein kräftiger Mann Larry Tucker war, wie die Leute sich vor ihm gefürchtet haben, wie er sie einmal, als er sie beim Nachhausekommen zugedröhnt auf der Toilette sitzend vorfand, gepackt und in die Badewanne gesteckt hat. Sie erzählt mir, wie Mama Carolyn Larry Tucker gedroht hat, als sie geschieden wurden: »Wenn du eines meiner Mädchen anrührst, schleif' ich dich vor Gericht.« Deswegen, meint Karla, steckte Larry Tucker in einem Dilemma. Die Mädchen flippten rum und wurden immer wilder, während er Angst hatte, Gewalt anzuwenden, weil Carolyn Moore sonst . . .

»Daddy hat Mutter einfach abgöttisch geliebt«, sagt Karla.

Wir sind alle so beängstigend zerbrechlich.

Meine Mutter war auch kein Seelchen; sie hatte ein leidenschaftliches Temperament und konnte sich auf einen erklärten Feind mit der Wildheit einer in die Enge getriebenen Katze stürzen, sie . . .

Aber sie war im Grunde ihres Herzens gut; ein Mensch voller Wärme und Mitgefühl, dessen Bedürfnisse, bei Licht besehen, schlicht waren. Meine Mutter wollte ein Zuhause . . . vor allem ein Zuhause. Aber sie sollte, mit Ausnahme der letzten fünf Jahre ihres Lebens, nie eins bekommen, in dem sie sich sicher fühlte.

Ich erkläre Karla, daß ich es problematisch finde, daß sie ›anständig sein‹ und ›hart arbeiten‹ für unmännlich hält, und daß das ihr Problem ist, genau wie es mein Problem war, daß ich meine Mutter für langweilig hielt, bloß weil sie wollte, daß mein Leben in ein wenig ruhigeren und sehr viel sichereren Bahnen verlief. Währenddessen tanzte der Filou seinen flotten Tanz.

In gewisser Weise sitzen wir hier auf verschiedenen Seiten der Plexiglasscheibe – der/die gute/böse Mutter/Vater – aber es läuft auf dasselbe hinaus.

Ich sage Karla, sie solle lange und gründlich darüber nachdenken, weil ich meine Mutter wohl erst verstanden habe, als sie schon tot war.

»Komm drüber weg, Mädchen!« sage ich ihr. Und wir lachen.

Heiße Sachen

Neben dem Bild von Karla im Bikini in Caney Creek, in Erfahrung und Stimmung jedoch Lichtjahre davon entfernt, hängt ein Foto von Karla als schmollende Sechzehnjährige, die sich sexy auf einem braunen Fellsessel herumlümmelt. Es ist 1973; der Sessel ist eines dieser weichen, formlosen Teile, die damals so modern waren – Karla nennt ihn den runden Liebessessel. Hinter dem Sessel kann man eine mit Lamellen-Jalousien verdeckte Wand erkennen. Karla trägt rote Schlaghosen und Sandaletten mit Korkabsätzen, ein Bein ist über die Lehne gehängt. Ihr Gesichtsausdruck ist mißmutig, gelangweilt und voller pubertärer Verachtung für die Welt.

Vorhang für den zweiten Akt. Karla ist jetzt ein knackiges Mädchen, hat ihre Regel, flippt rum. Der drahtige Floh ist zu einer schwarzhaarigen Miss Tough Guy geworden – eine Kämpferin, muskulös, athletisch; ein wildes Mädchen.

Als ›extrem‹ bezeichnet sie sich selbst, womit sie vor allem die Drogen meint, die sie nimmt, und die Schlägereien, in die sie gerät.

Kathi und Kari hatten an der Schule schon einen Ruf weg.

Als Karla kam, erwarteten die Lehrer förmlich Ärger. Karla Faye sorgte dafür, daß sie ihn bekamen.

Auf dem Schnappschuß sieht Karla genauso aus, wie sie mit dreizehn war, eine mürrische Rockerin, die gerade im Begriff war, von der Schule zu fliegen, nicht wegen ihrer Noten – obwohl sie in der siebten Klasse schon zweimal sitzen geblieben war –, sondern wegen ihrer Prügeleien.

Als das Bild in dem Liebessessel aufgenommen wurde, lebte Karla mit ihren beiden Schwestern, ihren Freundinnen Shawn und Laura Sue, ihrer Mutter sowie deren bester Freundin Adele in einem Apartment in Spring Branch.

»Sieben Frauen in einem Apartment mit vier Schlafzimmern und zwei Badezimmern. Es war eine einzige Party! Ich ging in dem Jahr nicht zur Schule, weil man mich rausgeschmissen hatte ... In dem November bin ich vierzehn geworden ... Mutter arbeitete tagsüber als Sekretärin, abends machten Adele und sie ihr Geld am Telefon. Wir hatten immer jede Menge Moos und konnten uns leisten, was wir wollten! Ich hab' in dem Jahr eine Menge LSD genommen – ich bin echt ziemlich heftig auf LSD abgefahren – und hab' angefangen, mit unkonventionellem Sex jenseits der Missionarsstellung herumzuprobieren. In dem Jahr hat Kari Ronnie getroffen. Adele, Laura Sue, Kari und Kathi arbeiteten als Striptease-Tänzerinnen in verschiedenen Clubs, also hab' ich ein bißchen in die Szene reingerochen. Ich hab' selber nie getanzt, weil ich immer zu jung aussah, aber ich bin trotzdem mit in die Clubs gekommen, hab' den anderen beim Tanzen zugesehen, mit ihnen Drogen genommen und so ...

In dem Apartment in Spring Branch haben wir ein halbes oder ein ganzes Jahr gewohnt, bevor wir nach Genoa gezogen sind zu diesem Mann, den Mutter wegen seines Geldes geheiratet hat.« In dem Apartment in Spring Branch hat Carolyn Moore zum ersten Mal Heroin gespritzt; und von da an ging alles ziemlich rapide bergab. Mama Carolyn hing bald an der Nadel, versuchte einen Entzug, hing wieder an der Nadel, ging wieder auf Entzug ...

Als Peter dreizehn war, nahm auch er für jedes Foto, das wir von ihm machten, eine Tough-Guy-Pose ein. Er war an sich ein hübscher Junge, aber sobald er eine Kamera auf sich gerichtet sah, verfinsterte sich seine Miene. Als wollte er sagen: »Ich? Wen kümmert das denn einen Scheißdreck?«

Wir haben geglaubt, für unsere Kinder das Richtige zu tun, Carolyn Moore und ich, indem wir ihnen gute Freunde, *Kumpel* waren.

Und außerdem, wer um Himmels willen wollte schon ein *Polizist* sein?

Mama Carolyn

1974. Ein Farbfoto, aufgenommen in dem Apartment in Spring Beach, in dem die Frauen gemeinsam lebten. Karla und ihre Mutter sitzen an einem Tisch und spielen Karten. Karla ist vierzehn. Sie gibt.

Sie ist zum letzten Mal und endgültig von der Schule geflogen. Sie hat Heroin gespritzt. Sie war mit ein paar Rock-Bands auf Tournee. Hat ihr erstes Kokain genommen. Ist schwer auf LSD. Ein Freund von Adele, der besten Freundin ihrer Mutter, ein Zwei-Meter-Mann und Ex-Marineinfanterist, hat Karla in Selbstverteidigung und ›Sex jenseits der Missionarsstellung‹ unterrichtet.

Auf dem Bild trägt Carolyn einen grünen Rippen-Strick-Pullunder. Ihre Hände liegen flach auf dem Kartentisch, sie trägt ihr Haar lang, offen und honiggold blondiert und blinzelt aus Augen, die eher grün als blau wirken, über ihre Schulter in die Kamera. Vor Carolyn Moore stehen eine offene Dose Lone Star (›Lone Star war Mutters Bier‹), eine Packung Zigaretten und ein Aschenbecher auf dem Tisch. Außerdem zwei Fläschchen verschiedenfarbigen Nagellacks.

Carolyn hat abgenommen. Noch hält sie sich aufrecht – braucht die Rückenlehne nicht als Stütze –, aber ihre Schultern sind zusammengesunken, ihre Arme baumeln schlaff herab, ihre ganze Erscheinung hat etwas *Schlampiges* – als hätte sie ihre Offenherzigkeit zu weit getrieben. Als hätte das texanische Mädchen größere Schritte genommen, als sie verkraften konnte, wenn sie bei Gesundheit bleiben wollte.

Trotzdem ist sie noch immer hübsch. Ihr Gesicht wie eine Blume, ihre Haut überraschend blaß.

Karla trägt eine ärmellose dunkelblaue Bluse. Ihre dichten schwarzen Locken fallen auf ihre Schultern. Sie hat muskulöse Arme, die Unterarme sind mit feinen, dunklen Härchen bedeckt. Sie ist ein kräftiges, gesund und sportlich aussehendes Mädchen – muskulös und von einer Präsenz, die ihren Schwestern und ihrer Mutter abgeht. Sie sieht jünger aus als vierzehn.

Als Karla fünfzehn war, haben Ärzte bei ihr eine Totaloperation vorgenommen. Sie hatte ständig Probleme, ungewöhnlich heftige Regelblutungen und Zysten an den Eierstöcken. Die Ärzte unterzogen sie einer grundlegenden Untersuchung und nahmen ihr schließlich die Gebärmutter und einen Eierstock heraus. Karla sagt, es war ihr egal, in gewisser Weise sei sie sogar ganz froh gewesen. Zumindest mußte sie sich keine Sorgen mehr machen, schwanger zu werden.

Es war alles ein großer *Witz*. Eine Riesenparty. Ein Filmskript, in das sie mitten hineingeboren wurde.

In der Zwischenzeit erarbeitete sich Karla in ihrem Freundeskreis die Position und Rolle, an der sie festhalten sollte, die einer streitlustigen, knallharten Macherin, die nach den Gesetzen des Tough-Guy-Codes lebte und dafür sorgte, daß niemand, absolut niemand es wagte, den Menschen, die sie liebte, weh zu tun.

Debi Bullard erzählt, daß Karla ihr, als sie sie zum ersten Mal mit Einstichen in den Armen erwischt habe, »die Fresse poliert hat. Sie hat die Einstiche gesehen und mir die Fresse poliert.«

Was genau, will ich wissen, meint sie mit ›die Fresse poliert‹?

»Na ja, mich verprügelt.«

»Mit geballten Fäusten?«

»Ja.«

»Ins Gesicht?«

Nicken. »Sie hat mir die Fresse poliert.«

»Warum hat Karla geglaubt, daß es für sie okay ist und für dich nicht?«

»Das frag' ich mich bis heute.«

Karla behauptet, sie hätte Debi nicht wirklich geschlagen, sondern ihr nur Schläge angedroht – keine der beiden weicht an diesem Punkt von ihrer Darstellung ab –, sie habe reichlich Schlägereien gehabt, auf die sie stolz war, und in etlichen habe sie Leute wirklich böse verletzt, warum sollte sie sich in diesem einen Fall mit Lorbeeren schmücken, die ihr nicht zustanden? Niemand, sagt Karla, habe ihr das Boxen beigebracht. Es war nicht nötig.

»Ich glaube, ich wußte schon, wie man boxt, als ich rausgeflutscht bin. Ich war immer stark. Und ich wußte, wie man kämpft.«

Inzwischen war Houston auch auf der Landkarte verzeichnet. Wir hatten das Astrodome, die Astros, Jones Hall und einen neuen Flügel für das Museum. Der Ölpreis stand hoch; genau wie die Grundstückspreise. Was die Einwohnerzahl anging, hatten wir Dallas überholt. Wir hatten eine sogenannte freie Schule, in der Kinder lesen lernen konnten, wann sie wollten. Es gab Erwägungen für ein neues Museum, ein Ballett . . .

Es kann grausamer sein, in einer Stadt wie Houston zu leben, lautet eine soziologische Theorie, als in einer Stadt mit ganz klaren Klassentrennungen. Eine Stadt der scheinbar unbegrenzten Möglichkeiten macht den Leuten an den Rändern Hoffnungen: Die Grenze ist gleich dort drüben, man muß nur hart genug arbeiten, die richtige Kleidung tragen, die richtigen Sachen machen, den Schritt wagen, und schon ist man akzeptiert. Man gehört dazu, ist *in.* Man braucht nur Geld. Es gibt keine nach sozialen Stufen getrennten Viertel. Alles ist gleich vor der Tür.

Trotz der Anzeichen sozialen Aufstiegs und den glücklichen Zeiten auf dem Grundstück in Caney Creek lauerten im Haushalt der Tuckers im Hintergrund ständig Probleme. Seit Karlas Geburt, wenn nicht schon früher, deutet sich der kommende Ärger an; man muß sich nur die Fotos ansehen. Auf der einen Seite gibt es eine Familie deutlich nordischen Typs: Carolyn, Lawrence, Kathi und Kari Tucker. Alle haben sie helles Haar, helle Augen, eine blasse Haut, eine verwischte Weichheit. Dann kommt auf einmal dieses schwarzäugige, mandelhäutige Baby zur Welt, das zu einem flachbrüstigen, o-beinigen, knochigen, heißblütigen Rabauken heranwachsen sollte.

Man muß sich nur das Bild mit den drei ausgestopften Häschen auf dem Bett ansehen. Zwei kleine Osterhäschen mit Puderzucker-Glasur. Eins mit einer schwarzen Mähne.

Lawrence Tucker ist Karla Fayes Vater, und doch ist Karla das leibliche Kind eines anderen Mannes. Man muß nicht allzu intelligent sein, um das zu vermuten. Da Karla im November 1959 geboren wurde, heißt das, daß Carolyn Moore sich schon zwei Jahre nach ihrer Hochzeit mit anderen Männern herumgetrieben haben muß. Karla ist das Ergebnis einer solchen Affäre, diesmal mit einem Griechen, einem Feuerwehrmann . . . Mack Arnold sagt, er glaubt, es sei ein Nachbar gewesen.

Debi Bullard und Karla lagen früher gerne unter dem Eichenbaum und redeten darüber, fragten sich, ob Karla vielleicht adoptiert war oder was. Es war offensichtlich, daß Karla niemandem in der Familie ähnlich sah. Sie fragten sich, welcher Affäre sie entsprungen war.

Zu diesem Thema schweigt Karla. Sei versucht, sich eine Ähnlichkeit mit ihrer Großmama T., der Großmutter väterlicherseits, herbeizureden.

Doch das kauft ihr keiner ab. Wahrscheinlich weiß sie das auch selbst. Aber sie und Lawrence Tucker haben nie darüber gesprochen, und sie behält, was sie denkt, für sich. Schließlich *ist* Lawrence Tucker Karlas Vater. Der griechische Feuerwehrmann – oder wer es sonst gewesen sein mag – steuerte nur die dunklen Haare und die O-Beine bei, ihr Aussehen, die Diskrepanz in ihrer Existenz, die ihr beim allerersten Blick in den Spiegel aufgefallen sein müssen.

»Als ich rausgeflutscht bin...« sagt sie und meint – ihre Geburt.

Carolyn weit draußen

»Meine Mutter und ich standen uns wirklich nahe. Wir haben alles geteilt, unsere Drogen wie unseren Lippenstift. Am Anfang war sie gegen Heroin, weil sie die Spritzen haßte. Damals, als ich zwölf war und mit Daddy in der Hewitt Street lebte, hab' ich angefangen, regelmäßig zu drücken und die Schule zu schwänzen. Er wußte nicht, was er mit mir machen sollte, also rief er Mutter an und sagte, sie solle kommen und mich holen, weil er bei mir nichts ausrichten konnte. Also kam Mutter vorbei. Ich weiß noch ganz genau, ich lag splitternackt im Bett. Sie wußte, daß ich im Prinzip voll an der Nadel hing und jeden Stoff spritzte, den ich kriegen konnte. Sie zerrte mich aus dem Bett und sagte, los raus hier, du kommst mit mir, und ich sagte, kann ich mir vorher noch was anziehen? Und dann bin ich zu ihr gezogen. Ich hab' ihr versprochen, daß ich nicht mehr fixen würde, aber wie das so ist, ein Junkie wird immer einen Weg finden, sich H zu spritzen, und das hab' ich auch getan.«

Großmama B. glaubt, daß Karla zu hart mit ihrer Mutter ins Gericht geht. »Sie erklärt mir immer«, erzählt Karla, »so schlimm war es auch nicht.« Karla verzieht das Gesicht. »Ich *sage* ja gar nicht, daß es so schlimm war.«

Zweifelsohne muß Großmama B. gespürt haben, daß der Boden unter ihren Füßen schwankte, wenn ihre Enkelinnen über Sex redeten wie über Corn Flakes. Großmama B. ist eine gutbürgerliche Dame; sie erkennt unterschwellige Kritik, wenn sie sie hört. All dieses Gerede über Freier. Ein Grund dafür, daß Karla die Reaktion anderer Menschen so intensiv studiert, liegt darin, daß sie versucht, die Lücken ihrer Erziehung zu schließen, indem sie beobachtet, wie sie auf die respektable und anständige Welt wirkt . . . *wirklich.*

»Unser Leben mag anderen Menschen unnormal vorkommen«, sagt Karla. »Und vielleicht sehe ich heute im Rückblick auch vieles anders. Nicht, weil es sich durch die Erinnerung verändert hat, sondern wegen der Reaktion der Leute. Damals fanden wir es kein bißchen seltsam, für uns war es normal, wissen Sie.«

Carolyn Moore lehrte ihre Töchter, auf ihr Benehmen zu achten und keinesfalls Widerworte zu geben. Karla glaubt, daß sie nur einmal wirklich widersprochen hat, Kari zweimal und von Kathi weiß sie es nicht. Dafür verpaßte ihr Carolyn Moore eine Ohrfeige, daß es Karla vom Stuhl riß. Bei Tisch schmatzen, unmöglich. Am schlimmsten aber war Lügen. Carolyn Moore erklärte den Mädchen, daß sie für sie gerade stehen würde, solange sie immer die Wahrheit sagten. »Ich mach' keine Versprechungen, was ich alles nicht tun werde, wenn wir erst zu Hause sind«, sagte sie immer, »aber solange ihr mir die Wahrheit sagt, stehe ich für euch ein.« Und das tat sie auch. Und sie mußte es oft tun, weil die Tucker-Mädels wirklich schlimm waren und es von seiten der Schule ständig Beschwerden gab.

»Meine Mutter, ich weiß nicht, sie war immer für uns da, das ist es wohl. Bis sie selbst an der Nadel hing.«

Ich habe eine Studio-Aufnahme von Carolyn Moore mit achtunddreißig. Sie trägt einen schwarzen Samtumhang, wie Fotografen ihn benutzen, und ist geschminkt und zurechtgemacht. Ihr Haar fällt in Locken um ihr langes, schmales Gesicht, sie lächelt matt, ihre Augenbrauen sind sorgfältig gezupft, und sie trägt ein goldenes Medaillon. Der tiefe Ausschnitt des Umhangs entblößt große Brüste.

Carolyn Moore war nach einer Totaloperation gerade wieder aus dem Krankenhaus entlassen worden, als das Foto gemacht wurde. Das war noch, bevor sie an Hepatitis erkrankte, aber sie befand sich schon jetzt in keinem guten Zustand.

Auf der Studioaufnahme ist Carolyn Moore noch immer hübsch, aber sie hat ihren Glanz verloren. Sie wirkt hager und kraftlos, ihr Lächeln aufgesetzt. Es ist fast vorbei ... ihre Gesundheit, ihr Aussehen, die aufrechte Haltung, ihr Mut ... sie verblassen rasch.

Als Karla zum ersten Mal Geld für im weitesten Sinne sexuelle Handlungen genommen hat, war sie als Tramperin unterwegs. Ein Typ, der sie mitnahm, sagte, er würde ihr zwanzig Dollar geben, wenn sie ihm eine Titte zeigte. Sie tat es. Er zahlte. Sagte, er würde noch mal zwanzig zahlen, um die andere zu sehen. Sie ließ ihn. Er zahlte noch einmal.

Als Karla nach Hause kam, erzählte sie ihrer Mutter und den anderen Frauen, was passiert war, und präsentierte stolz die vierzig Dollar. Mama Carolyn nahm ihr ein Teil des Geldes ab und behielt es. Wenn Karla so etwas tun würde, erklärte sie, könne sie sich auch an der Miete beteiligen.

Karla gibt sich die Schuld dafür, daß ihre Mutter mit dem Fixen angefangen hat.

»Nachdem ich eingezogen war, erklärte sie mir, sie würde Heroin hassen, weil sie wüßte, daß sie es, wenn sie es je probierte, lieben würde, und dann würde sie an der Nadel hängen, und deswegen würde sie das Zeug nicht nehmen. Außerdem haßte sie Spritzen, während ich ein regelrechter Spritzen-Freak war. Die Nadel liebte ich genauso wie den Stoff selbst.«

Karla spritzte sich alles, was sie nur in die Finger bekam. Sie war zwar nicht so schlimm wie mancher Junkie, wie dieser Typ beispielsweise, an den sie sich erinnert, der die Nadel immer wieder einstach, zwölf oder dreizehn Mal. Die Einstiche waren der eigentliche Kick. So schlimm war es bei ihr nicht. Aber »die Nadel hat mir genausoviel gegeben wie die Droge«. Sie bedeckt ihren Mund mit der Hand. »Echt zum Kotzen.«

Einmal kam Karla nach Hause und fand ihre Mutter auf der Couch liegend vor, wie sie sich beim Versuch, die richtige Stelle zu treffen, die Spritze wieder und wieder in den Arm stach. Sie bat Karla, ihr zu helfen. Karla sagt: »Nein, das wirst du nicht tun.« Und ihre Mutter sagte: »Na gut, dann mach' ich's eben allein.« Und sie versuchte es selber weiter. Und Karla kam eine Begebenheit in den Sinn, als sie mit ihren Freundinnen in einem Junkie-Haus war. Ein Typ versuchte, sich eine Spritze zu setzen, hatte aber keine Ahnung, was er tat, traf eine Arterie, und sein Arm platzte auf, und der Typ starb an Ort und Stelle. Das Junkie-Haus leerte sich binnen Minuten. Als Karla ihre Mutter jetzt mit der Spritze in ihrem Arm herumstochern sah, fiel ihr das wieder ein, und sie willigte ein zu helfen, und so geriet Carolyn Moore an die Heroin-Nadel.

»Ich hasse mich dafür. Von da an ging alles bergab . . .«

Karla mußte nie viel für ihren Stoff bezahlen. Alle ihre Bekannten nahmen Drogen und dealten. Drogen standen immer zur Verfügung. Wenn sie selbst dealte, gehörte es dazu, daß sie die Drogen auch selbst nahm.

In dem Apartment in Spring Beach lernte Karla von Scott, dem Marineinfanteristen, der der Liebhaber von Carolyn Moores Freundin Adele war, oralen Sex und Karate.

»Scott hat mir die Tritte gezeigt. Wir haben mit einem schweren Sandsack trainiert, und am Ende war ich ziemlich gut. Auch am Punching-Ball. Darin war ich wirklich gut. Ich kann mich nicht erinnern, daß mir das jemand beigebracht hat; ich konnte es einfach. Ich meine, ich war immer ziemlich gut in Sport. Solange ich denken kann, konnte ich schon immer Kopfstand und ein ganzes Stück auf den Händen laufen, bevor mir die Schultern weh taten . . . In meiner ersten eigenen Wohnung hatte ich keine Möbel, kein Bett, gar nichts. Nur mein Radio, meinen Punching-Ball und ein paar Klamotten. Es war großartig.«

Ich habe ein Foto, wie Karla in der Luft Spagat macht, die Beine im rechten Winkel von den Hüften abgespreizt, die Finger bis zu den Zehenspitzen ausgestreckt. Sie wirkt ganz konzentriert, mit geschlossenen Augen, ihr Haar wirbelt nach vorn, und sie schwebt etwa 1,20 Meter hoch in der Luft. Die Beine sind ausgestreckt, und ihre Muskeln zeichnen sich auf ihren Ober- und Unterschenkeln ab.

Russisches Spagat nennt sie diese Übung: »Es ist noch nicht ganz perfekt. Ich sollte meinen Oberkörper gerader halten.«

Außer den Kampfsportstunden gab Adeles Freund Karla auch noch weitergehenden Unterricht.

Sie war fünfzehn. Sie hatte schon gesehen, wie andere Frauen aus dem Haus Scott mit dem Mund befriedigt hatten – wie sie seinen Schwanz bis in den Rachen eingeführt hatten, so daß der Samen hinter den Geschmacksnerven landete und sie ihn nicht schmecken konnten – aber Karla hatte es noch nie selbst getan.

Der Marineinfanterist meinte, es sei an der Zeit, daß Karla lernte, wie man einem Mann einen blies. Und er brachte es ihr bei. Und auf diese Fertigkeit waren alle Frauen, mit denen sie zu tun hatte, stolz.

Ich habe ein Foto von Karlas Lehrer. Er trägt einen Armee-Overall und ein schwarzes Unterhemd und drückt sich einen Pit-Bull an die Brust. Seine grüne Baskenmütze steckt in seiner Tasche, er trägt eine Pilotensonnenbrille und läßt seine Muskeln spielen. Es sieht aus, als würde er die Zähne zusammenbeißen.

Dann beschlossen Scott und zwei andere Typen, daß es Zeit sei, daß Karla auch lernte zu empfangen, was sie schon geben konnte. All die anderen Frauen erklärten Karla immer wieder, sie wisse ja gar nicht, was sie verpasse, und sie könne sich gar nicht vorstellen, was ein echter Höhepunkt war, wenn sie noch nie geleckt worden sei, also nahmen drei Kerle und eine Frau Karla mit ins Schlafzimmer und . . .

Gar nichts. Einer der Männer war angeblich ein Experte. Sie benutzten Honig. Sogar Adele versuchte ihr Glück. Aber . . .

Erst als Karla im Januar 1983 mit Danny Garrett ins Bett ging, lernte sie oralen Sex zu mögen – oder überhaupt zum Orgasmus zu kommen.

»Davor bin ich, glaube ich, ganze zweimal gekommen. Und beide Male war es ein Unfall. Es war mit Freiern. Ich hatte mich nicht im Griff.«

Was ihre Schulbildung anbetraf, Karla war eine miserable Schülerin, mit Ausnahme des Jahres, als sie endgültig von der Schule verwiesen wurde. Sie hatte in jenem Jahr gut begonnen – lauter glatte Einsen – und wollte sich wirklich anstrengen, wurde dann aber zwei Wochen nach Schuljahrsbeginn von der Schule verwiesen. Vorher war sie bereits dreimal fast suspendiert worden, aber ihre Mutter hatte den Direktor jedesmal überredet, sie auf der Schule zu lassen. Die übrige Zeit hat sie es schlicht nie versucht, hat sich nie eingesetzt. Die siebte Klasse hatte sie einmal wiederholt und auch in der neunten das Klassenziel verfehlt, aber man versetzte sie trotzdem. Ihre Lehrer erklärten ihr, sie hätte das Potential zu einer eins-Komma-null-Schülerin, und sie glaubt auch, daß man sie ermutigen wollte, aber ihre Gedanken waren überall, nur nicht in der Schule. Am Ende versetzte man sie schon deswegen, um sie möglichst schnell loszuwerden. In der zehnten Klasse passierte wieder dasselbe: Sie erreichte das Klassenziel nicht, wurde aber trotzdem versetzt.

Die elfte Klasse wiederholte sie zweimal, besuchte im nächsten Schuljahr noch einmal zwei Wochen den Unterricht und ging dann mit den Allman Brothers auf Tournee. Karla, ihre Mutter und die anderen Mädchen waren ziemlich eng mit der Rockgruppe Dr. Hook and the Medicine Show befreundet, so daß sie viel Zeit mit den Musikern verbrachten.

»Die Schule hat mich einfach nie interessiert. Ich hab' meine Lehrer gehaßt, hab' gehaßt, daß sie mir erzählen wollten, was ich zu tun und zu lassen hatte. Im Unterricht war ich immer voll und bin eingeschlafen. In vielen Kursen hatte ich schon einen Ruf, bevor ich überhaupt aufgetaucht war, und Sie können Gift drauf nehmen, daß ich diesem Ruf gerecht geworden bin.«

Nachdem ich ein paar Sekunden habe verstreichen lassen, frage ich: »Die Allman Brothers?«

Ihre Augen leuchten auf wie Glühbirnen.

»Als ich zwölf oder dreizehn war, bin ich mit meiner Mom, meiner Schwester und ein paar anderen zu einem Konzert im Jeppeson-Stadion gegangen. Ich hab' mich bis an die Bühne vorgedrängelt und getanzt, und auf einmal kommt dieser Typ vorbei – und gibt mir einen Backstage-Pass. Er war Roadie und hat mich mitgenommen. Ich bin in der Limousine der Allman Brothers zu dem Hotel, in dem alle übernachtet haben, gefahren, und es war echt schick! Am nächsten Abend hab' ich meine Mom angerufen und ihr erzählt, wo ich bin, und sie sagte: ›Na ja, ich hab' mir schon gedacht, daß du irgend so was treibst, als du nicht nach Hause gekommen bist.‹«

Mein Schwiegervater benutzt immer eine ganz bestimmte Redewendung, wenn er über ein Kind redet – meistens ein Mädchen – das sowohl hinreißend als auch unverbesserlich ist. »Sie ist niedlich«, sagt er dann, schüttelt den Kopf und kichert. »Aber sie ist ein Bandit.« Und dann wiederholt er sich für gewöhnlich. »Ein Bandit.«

Um Carolyn Moore gegenüber fair zu bleiben, muß ich zugeben, daß ich mir vorstellen kann, was für ein Bandit diese lebhafte Kindfrau auf der anderen Seite der Plexiglasscheibe mit ihrem Lachen, ihren eigenwilligen Gesten und den Sätzen, die nur so aus ihr hervorzusprudeln scheinen, gewesen sein muß, als sie jung war.

Mit einem Rabauken in der Familie geht es wüst zu. Am Ende hat Karla Carolyn Moore wahrscheinlich genauso beeinflußt, wie umgekehrt ihre Mutter Karla. Karla war ein Heißsporn; jemanden wie sie gab es in der Familie nicht noch einmal.

Carolyn Moore sagte von Karla, daß sie rare Qualitäten hatte, weil es stimmte; sie behandelte Karla anders als die beiden anderen Mädchen, weil sie *anders* war.

Der Roadie der Allman Brothers erklärte Karla also, daß sie in sechs bis sieben Monaten wieder in der Stadt sein würden und daß sie dann in das Soundso-Hotel kommen und sich einen Backstage-Paß abholen sollte und so. Und als die Band zurückkehrte, gingen Shawn und Karla zwar zu dem Konzert, aber nicht ins Hotel, weil Karla glaubte, daß ›die sich bestimmt nicht an ein so kleines Mädchen wie mich erinnern werden‹. Sie saß also mit Shawn hinter der Bühne, als der Roadie sie beim Aufbau entdeckte und sagte: »Da bist du ja. Jetzt bleibt mal einen Moment sitzen, wo ihr seid.« Und er besorgte Backstage-Pässe und pappte sie den Mädchen auf die Brust, und nach dem Konzert fuhren sie mit ihm ins Hotel.

Danach ging Karla regelmäßig einmal im Jahr, wenn die Allman Brothers in die Stadt kamen, für eine Woche oder länger mit ihnen auf Tournee.

»Manchmal sind wir eine Zeitlang mit ihnen im Bus unterwegs gewesen, bis wir irgendwo ausstiegen und zurück nach Houston geflogen sind. Manchmal bin ich irgendwohin geflogen, um sie dort zu treffen. Ich bin nach San Antonio, Macon, Georgia und New York geflogen und im Bus mit ihnen bis New Orleans gefahren. Shawn war immer dabei, und nach New York ist auch Mutter mitgekommen. Es war ein unglaubliches Gefühl, einer der größten Augenblicke meines Lebens! Ich glaube, ich bin '73 zum ersten Mal geflogen, mit Shawn von Kansas City, Missouri, wo wir zum ersten Mal mit den Allman Brothers unterwegs waren.

Shawn und ich waren so etwas wie die kleinen Mädchen des Roadies. Er war ungefähr dreißig. Und er hat sich um uns gekümmert. Ich bin erst nach einem Jahr oder so mit ihm ins Bett gegangen. Wir haben zusammen Parties gefeiert, und er hat sich um uns gekümmert. Dann nach einem Jahr, ich weiß nicht, wir hatten getrunken und gekifft, und es ist einfach passiert. Shawn und ich waren immer mit ihm zusammen. Nicht« – und sie betont ihre Worte nachdrücklich – »Shawn und ich zusammen.« Und sie deutet mit dem Finger zwei nebeneinander liegende Menschen an. »Shawn und ich *mit* jemand anderem. Eine Zeitlang war ich mit Dickie Betts zusammen, wissen Sie, wer das ist, also er war wirklich süß – ich meine . . .! Dann waren es nur noch Dickie und ich, und es hieß ›Paß auf, Dickie bringt dich um, wenn du seinem Mädchen zu nahe kommst.‹ Und ... wenn man mit einer Band zusammen auf Tour ist, kommt es darauf an, mit einem Menschen zusammen zu sein, sein Mädchen zu sein und niemandes sonst. Wenn du mit allen rummachst, nutzen sie dich aus. Die Band reicht dich an die Roadies weiter, und dann wollen sie dich nicht wiederhaben.« Deswegen schaffte es Shawn nicht, zusammen mit Karla nach New Orleans zu kommen. Sie war wieder im Roadie-Bus.

Wie lange hat sie gebraucht, frage ich, die Soziologie des Rock'n Roll-Lebens zu durchschauen?

Sie wischt die Frage beiseite. »Ich wußte nach der ersten Nacht Bescheid.«

Wieder leuchten ihre Augen auf. »Ich hab'«, verkündet sie stolz, »mit Gregg Allman geschlafen. Einmal.«

Auf dieser Tournee war auch Shawn dabei. »Dieses Mädchen und ich standen uns wirklich nahe«, sagt Karla von ihr. »Es gab nichts, was ich ihr nicht erzählen konnte. Wenn man sich die beiden besten, engsten Freundinnen vorstellt, dann hat man uns. Wir haben aneinander geklebt wie Siamesische Zwillinge.

Shawn hat davon geträumt, ein Baby von Gregg Allman zu bekommen. Seinen kleinen Sohn. Ich weiß noch, wie ich in der Badewanne lag, nachdem ich mit ihm zusammen war, und ihr erklärt hab', ich würde mich am liebsten nie wieder unten rum waschen.

Aber das hab' ich natürlich doch getan.« Sie kichert.

Und, frage ich, hat Shawn auch mit Gregg geschlafen?

Karla schüttelt den Kopf. »*Nein*«, sagt sie, und das ist alles.

Mit Gregg Allman geschlafen zu haben! Ihre beste Freundin ausgestochen zu haben! Endlich war sie *im Geschäft.* Inzwischen hatte Karla bestimmt die Erwartungen ihrer Mutter erfüllt, ein Mädchen von allerseltensten Qualitäten.

Und hoppla. Sie war erst dreizehn, vierzehn, fünfzehn Jahre alt.

Carolyn am Ende

Noch zwei Schnappschüsse von Carolyn Moore. Auf dem ersten ist sie bei Großmama B., zusammen mit Ronnie Burrell, der zu der Zeit mit Kari verheiratet war.

Ronnie hat den Arm um Carolyn Moore gelegt; sie sitzen zusammen auf einer Couch, die Köpfe aneinander gelehnt wie zwei Turteltauben. Beide haben sie langes, offenes Haar, beide lächeln. Ronnie Burrell ist ein gutaussehender junger Mann mit einem entschlossenen Kinn, und es hat den Anschein, als ob er Carolyn Moore sehr mag. Auch ihr Lächeln wirkt echt – vielleicht weil sie einfach zu krank ist, um noch zu posieren oder Geheimnisse zu verbergen.

»Mutter ist durch die Spritzen krank geworden. Und dann hat sie einfach nicht mit dem Trinken aufgehört. Sie haben ihr gesagt, sie soll, aber sie hat nicht auf sie gehört . . .«

Rekonvaleszent nach einem ersten Anfall von Hepatitis, trägt Carolyn Moore einen blauen Bademantel mit Blumenmuster. Ihr Gesicht ist aufgedunsen, die Augen matt, das Haar lang und strähnig. Sie ist ungeschminkt, und ich hätte sie nicht erkannt. wenn Karla es mir nicht gesagt hätte. Das Foto sieht aus wie eine tragische Karikatur des Bildes aus dem Jahre 1956, auf dem Carolyn und ihr Mann sich auf der rostfarbenen Couch mit dem glänzenden Muster aneinander kuscheln.

Der siebte und letzte Schnappschuß von Carolyn Moore wurde im November 1979 aufgenommen, zwei Wochen, bevor sie ins Ben Taub-Krankenhaus eingeliefert wurde, wo sie weitere zwei Wochen später starb.

»Mutter konnte sich nicht mehr alleine aufrecht halten. Wir haben sie nach draußen gebracht und sie gestützt. Wir stehen vor Großmama B.'s Apartment. Kari und ich halten sie fest.«

Die drei Frauen stehen in der Sonne vor einigen Sträuchern und einem Backsteingebäude. Carolyn hat eine verwaschene Blue Jeans und ein gelbes ärmelloses Eagles-T-Shirt an. Sie stützt sich mit beiden Armen erkennbar auf die Schultern ihrer Töchter.

Karla, in engen Schlaghosen und T-Shirt, hat die Hand in ihrer üblichen Gouvernanten-Pose in die Hüfte gestemmt. Kari trägt weite Hosen und eine schlichte weiße Bluse. Ihr offenes Haar erinnert noch immer an die Lockenpracht eines Weihnachtsengels.

Carolyn und ihre Tochter Kari haben den gleichen Mund und die gleiche Nase. Sie lächeln das gleiche Lächeln. Aber jetzt ist Kari diejenige, die voll im Leben steht. Carolyn Moores Kopf ist nur mehr ein Schädel. Sie ist vom Tod gezeichnet.

Für Großmama B. tragen Carolyn Moore und ihre Töchter das Kinn hoch. Es ist eine tapfere Pose. *Alles ist in Ordnung,* scheint die Haltung der drei Frauen zu signalisieren. *Wir sind drei Freundinnen fürs Leben, wir halten zusammen und machen einander das Leben lebenswert bis zum Ende oder doch zumindest bis — ich weiß nicht . . .*

Es ist noch eine weitere Frau anwesend, aber sie ist nicht im Bild: die Fotografin, Zelda Donaldson, besser bekannt als die unerschütterliche Großmama B.

»Ich möchte Ihnen einen Traum erzählen, den ich in der Nacht hatte, als meine Mutter starb . . .«

Carolyn Moore lag im Ben Taub-Krankenhaus, in Harris County das Hospital, wohin die Leute gehen, die kein Geld haben. Sie hatte nicht ins Krankenhaus gewollt, aber Großmama B. hatte schließlich erklärt, sie könne sie nicht länger pflegen, so daß Kari, Kathi, Großmama B. und Karla sich mit Krankenwachen abwechselten. Karla konnte es einfach nicht glauben, daß ihre Mutter im Sterben lag, sie hatte geglaubt, sie würde immer für sie da sein.

Mit sechzehn hatte Karla einen Bauschreiner geheiratet, den sie im Park getroffen hatte. Sein Name war Steve Griffith; er war ein kräftiger und breitschultriger Bursche — ihr Typ. Zunächst war Karla gerne mit ihm zusammen, aber das gab sich sehr schnell wieder. Sie war noch immer mit Steve Griffith verheiratet, als Carolyn Moore im Ben Taub-Krankenhaus lag. Steve Griffith verachtete Karlas Familie und konnte sie nicht ausstehen; Karla wiederum haßte Carolyn Moores dritten Mann – bis heute nennt sie ihn ›den alten Mann‹ – so daß sich Karla und ihre Mutter in deren letzten Lebensjahren nicht so häufig gesehen hatten wie früher.

Am 22. Dezember 1979 hatte Karla die Nacht bei ihrer Mutter verbracht. Als am nächsten Morgen Kari kam, um sie abzulösen, bat Carolyn Moore ihre Töchter, sie zur Toilette zu führen, damit sie ein letztes Mal auf einem normalen Klo sitzen, eine normale Zigarette rauchen und normal ihren Stuhlgang erledigen konnte. Die Schwestern konnten ihr diese Bitte nicht abschlagen und führten sie zusammen mit ihrem rollbaren Tropf zur Toilette. Dabei lief Blut aus dem Mund ihrer Mutter.

Karla hatte protestieren wollen, als ihre Mutter sagte, ›ein letztes Mal‹, aber Kari hatte ihr ein Zeichen gemacht, und sie hatte den Mund gehalten. Als dann Blut aus Carolyn Moores Mund auf den Boden tropfte, war Karla kurz davor, völlig auszurasten, aber wieder signalisierte Kari ihr, sie solle sich abregen, was sie auch tat. Sie setzten ihre Mutter aufs Klo, ließen sie ihr Geschäft verrichten, brachten sie zurück ins Bett und machten hinter ihr sauber.

Karla weigerte sich noch immer zu glauben, daß dies die letzte Zigarette ihrer Mutter gewesen sein sollte. Als sie zu Hause Steve Griffith von dem Vorfall erzählte, sagte er nur, er sei sicher, daß alles ins Lot kommen würde.

In dieser Nacht hatte Karla den Traum.

»In dem Traum war ich im Krankenhaus und stand an ihrem Bett, und sie streifte sich den Ring ab, den ich ihr geschenkt hatte. (Ich hab' ein Tischfußball-Turnier gewonnen und hab' meiner Mutter von dem Preisgeld zum Muttertag einen Ring gekauft, den wir ihr alle drei zusammen überreicht haben, als sie nach ihrer Totaloperation im Krankenhaus lag.) Sie gab mir den Ring und sagte, sie wollte, daß ich ihn trage. Während ich ihn überstreifte, starb sie. Am nächsten Morgen wurde ich vom

Telefon geweckt. Großmama B. war dran und sagte, wenn ich Mutter noch einmal lebend sehen wollte, sollte ich mich schleunigst auf den Weg zum Krankenhaus machen.«

Karla und Steve sprangen in den Truck und fuhren hin, aber als sie die Station betraten, erklärte man ihnen, daß sie schon tot sei. Karla drängte sich an den Schwestern vorbei zum Bett ihrer Mutter, aber als sie sie berührte, war ihr Körper bereits abgekühlt.

»Ich bin auf die Knie gefallen und hab' Rotz und Wasser geheult. Kurz darauf gab Großmama B. mir den Ring und sagte, Mutter hätte ihn ihr vor ihrem Tod in die Hand gedrückt und sie gebeten, ihn mir zu geben. Es war echt unheimlich . . .«

Carolyn Moore starb am Heiligen Abend 1979 im Alter von dreiundvierzig Jahren. Karla war damals zwanzig.

»In allen Träumen von Mutter ist sie noch lebendig . . . ich wache auf, und Tränen laufen mir übers Gesicht . . .«

Auf einem Foto, das kurz nach dem Tod ihrer Mutter entstanden ist, trägt Karla einen großen Cowboy-Strohhut tief ins Gesicht gezogen, die Krempe an den Seiten flott hochgeklappt. Ihre Sonnenbrille klemmt frech am Hutband, sie trägt Jeans und ein kariertes Hemd. Ihr Haar fällt nach vorne bis über ihre Brüste.

Jetzt sieht Karla nicht mehr gelangweilt aus. Sie ist *zornig*.

Sie beschreibt es so: »Ich mit zwanzig, kurz bevor ich Steve verlassen habe. Wir waren in ein eigenes Haus gezogen und eine Zeitlang sogar ganz gut miteinander ausgekommen. Und dann hab' ich ihn verlassen. Ich war fertig mit ihm, Punkt.«

Ich fragte Karla, warum sie Steve Griffith geheiratet habe, wenn sie ihn nie wirklich geliebt hat und nach der ersten Erregung des Neuen nicht mal Spaß am Sex mit ihm hatte. (»Am Ende waren wir an dem Punkt, wo ich ihm einfach einen geblasen hab' und dann eingeschlafen bin.«) Er war krankhaft eifersüchtig, und sie stritten und prügelten sich ständig.

Karla nahm sich für ihre Antwort viel Zeit. »Ich habe noch nie darüber nachgedacht«, sagte sie schließlich, »aber wahrscheinlich habe ich ein Zuhause gesucht. Mit Mutter war es ziemlich schnell bergab gegangen. Sie hat regelmäßig gedrückt, und deshalb . . . ich weiß nicht, aber ich glaube, ich habe einfach einen Platz gebraucht, wo ich hingehen konnte . . . Steve hat meine Familie gehaßt, so daß ich sie in den Jahren ziemlich selten gesehen habe. Er war meine Familie.«

Karla und Steve lebten fast die gesamte Zeit ihrer Ehe mit Steve Griffiths Eltern zusammen, und Karla haßte es. Sie hatte mehr von ihm erwartet und verlor bald jeglichen Respekt.

Der einzige glückliche Aspekt ihrer Ehe war ein vierjähriges Mädchen namens Jeanette, das ihnen der Vater des Mädchens vorbeigebracht hatte, der sich selbst nicht um das Kind kümmern konnte – die Mutter war schon lange vorher auf Nimmerwiedersehen verschwunden. Jeanette lebte praktisch die gesamte Ehe über mit Karla und Steve zusammen.

Karla war sehr streng mit Jeanette, lehrte sie, sich zu benehmen, verbot ihr jegliche Widerworte und schickte sie in den Kindergottesdienst. Ich habe ein Foto, auf dem Steve, Karla und Jeannette gemeinsam vor einem Weihnachtsbaum hocken. Steve hat einen Stoppelbart und keinen Schnäuzer; er sieht ziemlich hinüber aus und im Grund genommen völlig gewöhnlich.

Jeanette, ein kleines knuddeliges Pummelchen von vier Jahren, sitzt auf Karlas Schoß. Karla hat den Kopf zurückgeworfen und lächelt strahlend.

Irgendwann tauchte dann doch die Mutter wieder auf, um Jeanette mitzunehmen. Karla hat das Kind nie wiedergesehen. Sie sagt, sie fragt sich manchmal, wo Jeanette ist und ob sie weiß, was geschehen ist.

Nach Carolyn Moores Tod gab es niemanden mehr, der Karla auf die Finger klopfte, niemanden, der ihr irgend etwas verbot. Es gab keine Jeanette mehr, an deren Tagesablauf sie sich zu halten hatte. Miss Tough Guy übernahm das Kommando.

Und tief in ihrem Herzen lag die junge Karla Faye begraben,

das kleine, rabaukenhafte, vielversprechende Mädchen, deren ganzes Leben von dem Moment an, als sie herausflutschte, schwarzhaarig und dunkel in eine Familie von blassen Blauäugigen, eine einzige Lüge war.

Die nichts mehr wollte, als ihrem Vater ein *Sohn* zu sein, aber wie hätte sie das sein können, ohne eine ganz andere Person zu werden, eine, die auf jeden Fall kein Mädchen war?

Das große Ich

Ich stelle mir ihr Leben vor, *werde* in gewisser Weise sie – werde Karla und Mama Carolyn –und weiß plötzlich nicht mehr, wer von ihnen dem Ich, das diese Geschichte erzählt, das die ganze Knochenarbeit verrichtet, das zuhört und zurechtrückt, näher ist; nach einer Weile kann ich nicht mehr sagen, wem mein eigenes gut/böse-, Mutter/Tochter-, Wärterin/Gefangene-Selbst sich verbundener fühlt.

Meine Mutter ist schnell gestorben; sie erlitt einen Schlaganfall und sagte sich dann – davon bin ich überzeugt –, anstatt eine Art Nicht-Leben angeschlossen an alle möglichen Maschinen zu leben, »zum Teufel damit«, und starb. Schnell ist gut für den, der stirbt, aber gar nicht leicht für die, die überleben. Wir hatten nie geglaubt, daß sie als erste gehen könnte; mein Vater war derjenige mit dem schwachen Herzen.

Sie wußte es. Hatte es immer gewußt. Hinterließ Notizen und Tagebuchaufzeichnungen, die genau das besagten, einen Brief für mich, im hintersten Winkel einer Schublade, von der sie wußte, daß ich sie früher oder später leeren würde. All die Geschichten. Meine Mutter, eine Frau mit vielen Namen, war auch eine Frau mit einem geheimen Leben, bis hin zu ihrem Tod.

Als sie von uns gegangen war, bedeutete Familie für mich, mit Ausnahme einer entfernten Nichte, die ich nur selten traf, ich und die Männer: ein Vater, ein Ehemann, zwei Brüder, zwei Söhne.

Mein kleiner Bruder kam zur Welt, als ich zwölf war. Wieder hatten meine Mutter und ich auf die Ankunft einer Susie gewartet.

Keine Susie.

Brüder, Söhne.

Keine Susie.

Der Prozeß

Der Prozeß auf Leben und Tod gegen eine Frau ist einer der großen sensationellen Momente unserer Zivilisation.

Edmund Pearson
Der Fall Borden, 1924

Man hatte die ... Hoffnung ... der Doktor würde glauben ... es sich leisten zu können ... den Versuch zu unternehmen, es so darzustellen, wie es war, einfach zu erzählen: So und so hat es sich abgespielt, und ihr müßt mir glauben, weil ich es weiß. Ich war es. Ich war dort.

Sybille Bedford
Der Prozeß des Dr. Adams, 1962

Ich wollte die Wahrheit sagen. Ich wollte, daß die ungeschönte Geschichte erzählt wird. Ich mußte irgend etwas tun gegen diesen kranken Wahnsinn, der uns gepackt haben muß, daß wir an so etwas auch nur denken konnten.

Karla Faye Tucker, 1984

Die Mitspieler

Kathleen

Ich wußte, daß ich, um herauszufinden, was geschehen war, auch die Akten von Karlas Prozeß lesen konnte. Bis Oktober 1989 hatte ich eben das vermieden. Die Geschichte, die mich interessierte, war nicht, wer was im Zeugenstand gesagt hatte, und was dann passiert war. In einem Prozeß geht es immer um Sieg und Niederlage; was ans Licht kommt und was nicht, ist immer daran orientiert. Jemand gewinnt, jemand verliert.

Meine Geschichte handelte von Karlas Stimme. Von ihren Gesten, Betonungen, ihrer Auswahl; davon, welche Informationen sie für entscheidend hielt und welche für nebensächlich; von der Reihenfolge, in der sie bestimmte Dinge zur Sprache brachte und andere Themen vermied. Meine Geschichte handelte davon, was ich im Todestrakt zu suchen hatte, welche Fragen ich stellte und welche nicht und was Karlas Geschichte mit ihr und mir machte.

Mit Ausnahme von Henry Oncken, den ich zweimal kurz besucht hatte, war ich auch den Anwälten aus dem Weg gegangen. Und so dauerte es ein wenig länger, als es vielleicht sonst gedauert hätte, bis ich die Durchschriften bekam, aber es gelang mir schließlich doch.

In Texas fallen die Rechte an der Mitschrift eines Prozesses nach Beendigung und Reinschrift an den Gerichtsschreiber, der somit von ihrem Verkauf profitiert – so als habe er den Prozeß gleichsam selbst geschrieben, anstatt ihn einfach mitzustenografieren.

Das ist in gewisser Hinsicht auch durchaus fair. Der

Gerichtsschreiber macht aus den mündlichen Aussagen während des Prozesses hinterher einen Text. Er trifft gewisse Entscheidungen: über die Zeichensetzung, die den Sinn einer Aussage deutlich macht, über die Schreibweise ungebräuchlicher Namen, auch über das, was Zeugen, Richter, Anwälte und Ankläger tatsächlich sagen, und darüber, wann er auf eine Geste des Richters oder der Richterin zu reagieren hat, die ihm signalisieren: »Schreiben Sie das jetzt nicht mit.«

Ende Oktober 1989 rief ich das Gericht des 180. Distrikts mit der Vorsitzenden Richterin Patricia Lykos an und bat, mit dem Gerichtsschreiber verbunden zu werden.

Die Gerichtsschreiberin von Richterin Lykos sei Kathleen Powers, erklärte man mir, und dann hatte ich sie in der Leitung.

Ich stellte mich Kathleen vor und nannte ihr das Aktenzeichen des Falles. Ich sagte, ich wüßte nicht, ob sie die Person sei, die ich zu sprechen wünschte, aber vielleicht könne sie mir weiterhelfen bei der Suche nach den Mitschriften eines Prozesses, der vor etwa fünfeinhalb Jahren an Richterin Lykos' Kammer verhandelt worden sei.

Wie denn, fragte Kathleen, der Angeklagte geheißen habe?

Ich sagte es ihr.

Schweigen am anderen Ende.

»Ich habe mich schon gefragt«, seufzte Kathleen schließlich, »wann jemand etwas damit machen würde.« Erneut schwieg sie einen Moment und sagte dann: »Es überrascht mich, daß es so lange gedauert hat.«

Wie sich herausstellte, war Kathleen die Gerichtsschreiberin bei Karlas Prozeß gewesen und hatte sich wenig später für vier Jahre beurlauben lassen. Sie war erst eine Woche vor meinem Anruf an ihren Arbeitsplatz zurückgekehrt.

Ich fragte sie, ob sie sich noch an den Prozeß erinnern konnte.

»Ich wünschte, ich könnte ihn vergessen«, erwiderte sie. »Ich glaube, niemand, der irgendwas damit zu tun hatte, kann das. Ich war auch dafür zuständig, jeden Tag die Beweisstücke in und aus dem Gerichtssaal zu bringen. Jeden Tag habe ich diese Spitzhacke reingetragen. Die Schrotflinte, die Motorradteile ... Und am Ende jedes Verhandlungstages habe ich sie wieder rausgetragen.«

Mir kam es vor, als könnte ich hören, wie sie am Telefon schauderte.

»Karla und ich waren genau gleich alt. Wir sind mit derselben Musik groß geworden. Die erste Platte, die ich mir je gekauft habe, war *Eat a Peach* von den Allman Brothers. Und ich weiß nicht ... ich habe immer gedacht ... ich weiß auch nicht, es ist mir einfach unter die Haut gegangen.«

Als ich ihr weitere Fragen stellen wollte, wehrte Kathleen ab.

»Ich glaube, ich sollte dazu nicht viel sagen. Sie sollten mit J. C. Mosier reden, ich bin sicher, er wird Sie empfangen, und ... mit einigen anderen auch. Es gab jede Menge Gerede.«

Mehr war ihr nicht zu entlocken. Als ich sie fragte, ob wir uns vielleicht einmal zum Mittagessen treffen könnten, sagte sie nein.

Kathleen riet mir davon ab, die Prozeßmitschriften zu kaufen; so etwas würde zwei Dollar die Seite kosten, und Mordprozesse zögen sich ganz schön in die Länge – in Karlas Fall über 2000 Seiten, ohne die juristische Vorvernehmung und Schöffenvereidigung.

»Aber«, erklärte sie mir, »Sie können die Akten gerne im Gericht einsehen und sich Notizen machen.«

Kathleen sagte mir noch, an wen ich mich wenden sollte, um die entsprechenden Akten zu bekommen. »Wenn es irgendein Problem gibt, wenden Sie sich ruhig an mich.«

Kathleen Powers blieb unnachgiebig. Ihr Tonfall deutete sowohl ihre ernsthafte Bereitschaft an, mir zu helfen, wie ihren ebenso ernsten Vorsatz, möglichst schnell einzuhängen und jedes weitere Gespräch über *The State of Texas vs. Karla Faye Tucker* zu unterbinden.

Im darauffolgenden Juli lernte ich Kathleen schließlich doch persönlich kennen. Ich saß im Büro von Patricia Lykos und trank Kaffee. Kathleen kam zu spät zur Arbeit, weil sie nach dem Unfall eines Chemikalientransports in einem Stau steckengeblieben war. Als sie eintraf – blond, attraktiv, mit großer Brille – war sie das reinste Nervenbündel. Sie ließ sich in einen großen Sessel fallen, um sich von der furchtbaren Fahrt zu erholen. Richterin Lykos stellte mich vor.

Bei der Erwähnung meines Namens fuhr Kathleen Powers hoch und sah mich eindringlich an.

»Ihr Name hängt schon seit dem letzten Oktober an meinem Schwarzen Brett«, sagte sie. »Ich habe mich schon gefragt, ob Sie überhaupt noch auftauchen. Sie klangen damals nicht besonders entschlossen.«

»Das war ich auch nicht.«

»Ich wußte«, sagte sie zu Patricia Lykos gewandt, »daß früher oder später jemand darüber schreiben würde.«

Richterin Lykos erzählte Kathleen Powers, daß wir gerade über das Tonband gesprochen hatten, daß Douglas Garrett aufgenommen hatte.

»Beweisstück 56.« Aus ihrem großen Sessel verkündete Kathleen die Nummer, und es klang wie ein Reflex, wie die Erinnerung an eine alte Telefonnummer, die man vergessen will, aber nicht kann. »Beweisstück 26 war die Spitzhacke.«

Kathleen stand auf, ging an mir vorbei und goß sich ein Glas Wasser ein.

Miss Rebecca

Wenn man das erste halbe Jahr im Gefängnis übersteht, schafft man, laut Ted Bundy, auch den Rest. Der Staat Florida hat Bundy schließlich doch hingerichtet, so daß wir nie wissen werden, ob ›der Rest‹ auch den elektrischen Stuhl umfaßte, aber trotzdem . . .

Was seine Andeutung betrifft, die ersten Wochen im Gefängnis seien die härtesten, gibt Karla ihm recht, würde allerdings die schlimmste Phase auf vielleicht die ersten sechs Wochen begrenzen.

Ich habe ein Foto von Karla im County-Gefängnis, das im Herbst 1983, ein paar Monate nach ihrer Verhaftung, aufgenommen wurde. Sie trägt ein blaues, sackartiges Gefängniskleid mit Knöpfen, kurzen, engen Ärmeln und diesem wenig schmeichelhaften offenen Kragen, den Gefängniskleidung offenbar haben muß. Nicht alle Insassen des County-Gefängnis trugen blau, das Kleid paßte Karla einfach – wenn man im Gefängnis etwas findet, das paßt, sagt sie, klaut man es zur Not und wäscht es, bis es auseinanderfällt. Sie trug es ständig.

Wenn es in dem Familienalbum an meiner Wand so etwas wie vorher und nachher gibt, gehört das Bild von Karla im County-Gefängnis genau in die Mitte. Es ist zweifelsohne so etwas wie ein Verbindungsglied.

Auf den Vorher-Bildern hat Karla ihren Blick wie einstudiert drauf, dieses kalkulierte Schmollen, diese leicht großspurige Miss-Hot-Stuff-Anmache. Selbst mit sieben sieht sie schon so selbstsicher aus. Auf diesem Foto wirkt sie blaß, lächelt milde, das Kinn ist leicht gesenkt, die Arme hängen linkisch herab. Sie sieht unglaublich und völlig untypisch zurückhaltend, um nicht zu sagen regelrecht schüchtern aus. Man hat den Eindruck, als würde Karla Faye Tucker zum ersten Mal in ihrem Leben vor der Kamera zurückweichen, anstatt sie herauszufordern – zu verführen – näher zu kommen.

Sie sieht aus wie ein stilles Kind, mehr nicht. Ein ganz gewöhnliches Kind, das sich durch die Welt tastet und hinter einem Vorhang aus Unsicherheit her einen Blick riskiert und sich fragt *Soll ich?*

Sie hat zugenommen, aber das ist es nicht.

Sie hat mit dem Rauchen aufgehört. Die einzigen Drogen, die sie noch nahm, waren ihre Hormontabletten und, für den Prozeß, Locomotil für ihren Magen. Jeden Tag brachte eine Wärterin sie auf die Krankenstation, damit sie ihre Hormontabletten bekam.

Im Gefängnis von Harris County hat Karla »eigentlich die meiste Zeit auf meiner Pritsche rumgelegen, echt, ich weiß nicht, deprimiert vermutlich. Es war das erste Mal in meinem Leben, das ich allein war. Sonst hatte ich immer Menschen um mich rum gehabt.«

Getrennt von ihrer Sippschaft, ohne derbe Motorradrocker-Sprüche, mit denen sie sich Mut machen, und Freier, die sie scharf machen konnte, ohne Freundinnen und Schwestern, die sie beschützen, ohne Typen, die sie beeindrucken oder denen sie – ihr ganzer Stolz – fachmännisch einen blasen konnte, lag Karla auf ihrer Pritsche, schrieb lange, schlüpfrige Briefe an Danny, machte die Anrufe, die man ihr erlaubte, und aß Eis – manchmal mehr als einen Liter auf einmal.

Ihr Kommentar auf der Rückseite des Fotos mit dem blauen Gefängniskleid: »Über 60 Kilo! Als ich mit dem Rauchen aufgehört hatte. *Fett.*«

Im November erlebte sie ihren ersten Geburtstag hinter Gittern:

> '83 bin ich im County-Gefängnis vierundzwanzig geworden. Ich feierte so still in meiner Zelle vor mich hin und merkte, daß es unheimlich ruhig geworden war, dachte mir aber nichts weiter dabei. Bald darauf kam dann Mary und sagte mir, ich sollte mal kommen. Widerwillig folgte ich ihr. Sie führte mich in eine leere Zelle in unserem Knast, und alle elf Mädels, die gerade einsaßen, sprangen auf und riefen HAPPY BIRTHDAY! und fingen an zu singen. Sie hatten die Wände bemalt und überall Klopapier aufgehängt. Sie machten einen Eimer voll Limonade und einen voll heißen Kakao. Als Geburtstagskuchen benutzten sie Honigsemmel mit Steichhölzern anstatt Kerzen. Sie hatten Tabletts mit kleingeschnittenen Schoko-Riegeln und Bonbons. Von Miss Rebecca hatten sie ein paar Bücher bekommen und sie in Papierhand-

tücher eingewickelt. Die haben sie mir dann geschenkt. Ich hab' geweint und die meisten anderen auch! Es war die beste Party, die ich je hatte, wegen dem Wo und dem Wie. Und das waren Mädchen, die wegen was weiß ich im Knast saßen und denen ein Geburtstag von jemand anderm echt egal war – hatte ich jedenfalls geglaubt.

In Haft begann Karla, sich langsam aus ihrem Drogennebel zu befreien. Rusty Hardin, der die Anklage gegen Danny Garrett führte, sagt, er glaubt, Karla sei noch immer ein bißchen wirr im Kopf gewesen, als im April 1984 ihr Prozeß begann. Er sagt, als sie im November ausgesagt habe, sei sie klarer gewesen.

»Wieder mehr«, sagt er, »von dieser Welt.«

Man kann es auf dem Foto im County-Gefängnis erkennen; sie ist ein leicht verschwommenes Mädchen, nicht mehr das mit den klaren Konturen, das wir von früheren Bildern kennen. Ihre Nerven liegen nicht mehr blank, ihre Gefühle sind in Sicht, aber noch immer *da draußen* wie ein Preis, den sie gewinnen will, ohne es bisher ganz geschafft zu haben. In gewisser Weise ist es ein Glück, daß man ihr eine Nummer verpaßt hat, *denn dieses Mädchen weiß nicht, wer sie ist.*

Sie sieht auf jeden Fall niedlich aus. Jetzt, wo man sie von dem ganzen Großtun und Gerede ausgesperrt hat, kann ihre Süße – ihre Verwundbarkeit – zu Tage treten.

Ich habe mit angesehen, wie mein Vater gegen Ende seines Lebens aus dem Sumpf des Alkoholismus hervorkam. Er sah aus wie ein mit Schlamm bedecktes Wesen, das sich in einem Gruselfilm aus dem Abgrund erhebt. Fast ein Jahr lang sah er trocken noch schlimmer aus als in der Zeit, als er Unmengen von Wodka weggespült hatte.

Zu Beginn einer Haft ist man wie eine wilde, eingesperrte Ratte. Man kann nur denken, raus hier, egal wie, nur raus. Man heult, randaliert, verflucht sein Schicksal, rennt mit dem Kopf gegen die Wand, fängt an, wahllos alles in sich hineinzustopfen, um dann wieder tagelang gar nichts zu essen ... Das ist das halbe Jahr, von dem Ted Bundy geredet hat.

Karla nennt es, die Backsteinmauern mit eigenen Händen festhalten. Laß los, und sie stürzen über dir ein.

Irgendwann kommt dann ein entscheidender Moment: Entweder man ergibt sich der Situation oder nicht, entweder man paßt sich an oder verweigert sich, macht etwas aus dem, was noch übrig ist, oder nicht, macht einen Schritt auf ein neues Leben unter den vorgegebenen Bedingungen zu – egal wie reduziert und unerfreulich, egal wie abstoßend die Wahl ist, vor die man gestellt wird – oder eben nicht.

Nachdem meine Mutter gestorben war, stürzte sich mein Vater in seinen letzten ernsthaften Exzeß. Wochenlang aß er praktisch nichts, sondern trank nur: goß sich Wodka hinter die Binde, bis er nicht mehr laufen, reden oder seinen Namen schreiben konnte. Danach brachte ich ihn zu einer vierwöchigen Austrocknung und Therapie in ein Krankenhaus. Als Diabetiker war er in einem dermaßen katastrophalen Zustand, daß es sechs statt vier Wochen dauerte. Der Alkohol und die Belastung durch den Tod meiner Mutter hatten sein System gründlich ruiniert. Sein Zuckerwert war viel zu hoch. Zum ersten Mal in seinem Leben mußte er Insulin gespritzt bekommen; die Ärzte bemerkten brandige Flecken an seinen großen Zehen. Der Anfang vom Ende.

Als mein Vater 1983 sein zweites Bein amputieren lassen mußte, versicherte ihm der Chirurg, daß die Operation völlig unkompliziert wäre und es ihm hinterher gesundheitlich gut gehen würde. (Ein Versprechen, das sich leicht machen läßt, denn eine Amputation ist – wie ich gelernt habe – tatsächlich in etwa so simpel wie das Durchsägen eines Baumstammes.) »Mehr noch«, sagte der Chirurg, »ich weiß, daß das für Sie ziemlich unglaublich klingen wird, aber es wird eine Zeit kommen, da werden Sie wieder glücklich sein.«

Wir standen im Flur direkt vor dem Operationssaal. Mein Vater – auf dem Rollbett liegend und darauf wartend, hineingeschoben zu werden – sah den Chirurgen nur an. Mein Bruder und ich waren zu sehr vor den Kopf geschlagen, um etwas zu sagen.

Der Verlust eines Beines war eine Sache. Aber nie mehr stehen zu können wie eine Puppe?

Der Chirurg behielt recht. Eine Zeitlang, als mein Vater lernte, sich mit einem Rollstuhl fortzubewegen, allein in und aus Betten und Autos zu klettern und sich zur Arbeit oder zu Treffen der Anonymen Alkoholiker zu bewegen, war er nicht nur mit sich zufrieden, er war – relativ, verglichen mit dem, was er zu ertragen hatte – glücklich. Sich den Gegebenheiten anpassend, hatte er ein Leben.

Am 6. Dezember 1983, weniger als einen Monat nach ihrem 24. Geburtstag, besuchte Karla ihr erstes AA-Treffen, eine einstündige Sitzung für Süchtige jedweder Art. Bei den Anonymen Alkoholikern lernte Karla auch eine Frau kennen, die, wie sich herausstellte, für ihr Leben wichtiger werden sollte als sonst irgend jemand, den sie bis dahin und seither getroffen hat: die Kaplanin Rebecca Lewis, die Karla Miss Rebecca nennt.

Die Treffen der Anonymen Alkoholiker wurden ein regelmäßiger Bestandteil von Karlas Gefängnisleben, genau wie die Bibelstunden. Karla hatte Einzelsitzungen mit Miss Rebecca. Miss Rebecca hörte ihr zu, gab ihr Ratschläge, erfuhr ihre Lebensgeschichte und die ihrer Mutter. Rebecca Lewis begann, Karla Faye Tucker zu mögen – wahrscheinlich mehr, als sie das heute aus professionellen Gründen zugeben mag. Als ich die Kaplanin im Sommer 1990 besuchte, hing an ihrer Pinnwand nur ein Foto, ein Schnappschuß von Karla Faye, die auf dem kleinen Hof vor dem Todestrakt hockt.

Mit der Zeit begann Karla die Pfunde, die sie im County-Gefängnis zugenommen hatte, wieder abzuspecken: Sie kam aus ihrem Schmollwinkel herausgekrochen, fing an, Freundschaften zu schließen, und ermutigte Mithäftlinge, an den AA-Sitzungen und Bibelstunden teilzunehmen. Schließlich wurde sie sogar Mitglied von Miss Rebeccas Elite-Corps, ein fortgeschrittenes Bibel-Seminar, das einer ausgewählten Gruppe von Insassen vorbehalten blieb, die die Kaplanin ausbildete, im Knast eigene Bibelstunden abzuhalten.

Beständigkeit ist ein Charakterzug, nach dem Rebecca Lewis bei einem Menschen Ausschau hält. Die Kaplanin weiß von der Neigung der Insassen, Kirche zu spielen. Bevor sie eine in ihr Fortgeschrittenen-Seminar zuläßt, unterzieht sie sie einer gründlichen Begutachtung. Karla, davon ist Rebecca Lewis überzeugt, hat nicht Kirche gespielt. Sie war beständig in ihrem Glauben und ihren Ansichten.

Als ich zu der Kaplanin fuhr, erwartete ich eine Vertreterin des unerschütterlichen Fundamentalismus. Statt dessen traf ich eine äußerst intelligente und präzise formulierende Frau, die Soziologie, Psychologie, Kriminologie, Religion und Jura studiert hatte.

Wir trafen uns in dem winzigen Büro der Kaplanin im oberen Stockwerk des Harris County-Gefängnis. Ich war unangemeldet gekommen. Die Telefonleitungen des Gefängnisses waren ständig besetzt gewesen. Man hatte mich auf Warteschleifen gelegt und mir solange Klimper-Versionen von ›Greensleeves‹ vorgespielt, bis ich jemanden erwürgen wollte.

Rebecca Lewis ist eine sehr hübsche, sehr jung aussehende Frau von Anfang dreißig. Sie trägt ihr dunkelblondes Haar lang und offen wie ein junges Mädchen. Sie hat eine glatte, blasse Haut, volle hellrote Lippen und klare blaue Augen, die mit geübtem Eifer auf das Leuchten des Herrn gerichtet sind. An dem Tag, als ich sie traf, trug sie ein blaßblaues Kleid mit Gürtel und einem großen weißen Spitzenkragen, kleine Ohrringe, keine Ringe und wenig Make-up. Sie ist auf eine völlig unkomplizierte Art hinreißend. Wenn eine Casting-Agentur eine neue Aimee Semple McPherson brauchen sollte, wäre sie gut beraten, einen Blick auf Kaplanin Lewis zu werfen.

Wie alle tief religiösen Menschen ist die Kaplanin sich ihrer Sache absolut sicher. Wenn sie von ›dem Herrn‹ spricht, ist er für sie so real wie ein Fenster. Wenn sie sagt, »ich bin in einem christlichen Haus aufgewachsen«, steht sie auf demselben Fels, auf dem schon Jesus gestanden hat, und ihr Ton ist von seliger Gewißheit.

Während ich von ihrer Klarheit und Helligkeit ganz überwältigt war, hatte ich gleichzeitig das Gefühl, daß Rebecca Lewis meine Person mißbilligte, obwohl ich nicht hätte sagen können, ob es an der Frisur lag, an meinen Schuhen, an irgend etwas, das ich gesagt habe, an dem Buch, das ich schreiben wollte ... oder ob ich mir das alles vielleicht nur eingebildet habe, während meine Selbstsicherheit unter ihrem festen, blauen Blick zu einer Pfütze zusammenschmolz.

Als Karla 1983 inhaftiert wurde, arbeitete Rebecca Lewis seit einem Jahr im Harris County-Gefängnis. Inzwischen ist sie Leiterin der Gefängnisseelsorge, die erste Frau, die diese Stellung je innehatte.

»Hierher kommen Menschen«, sagte Rebecca Lewis – und mit ›Menschen‹ meinte sie Insassen – »die jemand *sein* wollen. Sie wissen nicht, wie man jemand ist oder was genau sie wirklich wollen. Sie wissen nicht, wie man mit und in einer Gruppe lebt, ihr Sozialverhalten ist unterentwickelt; fast immer haben sie eine Bezugsgruppe, glauben aber statt dessen fest an ihre eigene Unabhängigkeit, ihre Fähigkeit, sich um sich selbst zu kümmern und allein klarzukommen. Darauf verlassen sie sich. Und das umfaßt in aller Regel auch die Fähigkeit, andere zu manipulieren.«

Die Kaplanin war wütend. Es war schwer auszumachen, auf was.

»Menschen kommen hierher, sie haben schlimme Kindheitserfahrungen hinter sich – Regierungsstatistiken deuten an, daß fünfundachtzig Prozent aller Insassen als Kind sexuell mißbraucht worden sind; und das sind die *offiziellen* Zahlen. Sie suchen danach, jemandem zu gefallen, häufig der Mutter. Sie tun alles, damit ihre Liebe erwidert wird, alles. Wir versuchen ihnen zu helfen, ganze, eigenständige Menschen zu werden, unabhängig davon, ob diese Liebe erwidert wird oder nicht –

was wahrscheinlich ohnehin nicht passiert, egal, was sie auch tun. Wir zeigen ihnen, daß der *Herr* ihnen diese Erfüllung geben kann. Wir erklären ihnen, daß man nicht noch mehr als *ganz* geliebt werden kann, und so liebt Gott uns Menschen. Der *Herr* gibt die Erfüllung.«

Sie war wütend auf die Mütter, die ihrer Aufgabe nicht gewachsen waren, auf die Gesetzesbrecherinnen, die Mütter brauchten, auf die Regierung, die miese Statistiken veröffentlichte . . .

»Viele von ihnen kommen hier zum ersten Mal in ihrem Leben so weit und lange genug zur Ruhe, daß sie sich selbst betrachten können . . .«

War sie wütend auf die Außenstehenden, die nicht begreifen konnten, wie schwer das alles war?

»Ich weiß nicht, wieviel Karla ihnen von ihrer Mutter erzählt hat, aber wissen Sie, sie war eine schlechte Mutter.«

Was sollte ich sagen? Ich nickte.

»Karla brauchte den Herrn für ihre Erfüllung. Ich bin in Karlas Prozeß als Leumundszeugin aufgetreten, weil sie in ihren Ansichten und Handlungen *beständig* ist. Das habe ich auch ausgesagt. Aber ein Leumundszeugnis hilft nichts. Manchmal schadet es sogar eher. Der Ankläger dreht die ganze Aussage herum, indem er sagt: ›Aber Sie kennen sie nur im Gefängnis, Sie wissen nicht, wie sie draußen ist, und haben sie nicht gekannt, als sie das Verbrechen begangen hat.‹ Und da hat er recht. So wie das läuft, drehen sie einem, wenn man die Wahrheit sagt, das Wort im Mund herum. Ich habe es für Karla getan. Es war das erste und das letzte Mal, das ich für jemanden ausgesagt habe.«

Als ich andeutete, daß die Kaplanin vielleicht eine Macht des Guten in Karlas Leben gewesen sei, vielleicht eine der wenigen überhaupt und die einzige, auf die sie je gehört habe, wehrte Miss Rebecca ab. Nicht ihr Einfluß sei es gewesen, sagte sie, sondern der des Herrn. Dem *Herrn* gebühre aller Verdienst.

Als sie als Heranwachsende über eine mögliche berufliche

Laufbahn nachdachte, tendierte Rebecca Lewis zu einem Sozialberuf, in dem sie Menschen helfen konnte, irgendwo im Bereich der Rechtspflege, sie wußte nicht genau was. Dann ...

»Ich hatte einen Traum von eingesperrten Frauen. Sie waren nicht notwendigerweise im Gefängnis, nur einfach eingesperrt. Aber ich war in der Lage zu erkennen, wie sie da herauskommen konnten. Und ich konnte nicht begreifen, warum sie das nicht taten. Ich fragte eine der Frauen: ›Warum gehst du nicht einfach?‹ Sie sagte, das würde auch keinen Unterschied machen. ›Früher oder später wäre ich sowieso wieder hier‹, erklärte sie mir. Und das ging mir nicht aus dem Kopf. ›Früher oder später wäre ich sowieso wieder hier.‹«

Schließlich kombinierte Rebecca Lewis die beiden nachhaltigsten Einflüsse in ihrem Leben, das christliche Elternhaus und ihr Bedürfnis, eingesperrten Frauen zu helfen, nicht wieder rückfällig zu werden.

Als meine Zeit mit der Kaplanin abgelaufen war, fühlte ich mich ausgelaugt, als ob sie diejenige gewesen wäre, die mir Fragen gestellt hätte. Im Flur scherzte Rebecca Lewis, auf den Aufzug wartend, noch mit einem Mitarbeiter. Ihre Bemerkungen waren leicht und bissig und voller Ironie, während er ein wenig mißtrauisch klang.

Als ich wieder im Wagen saß, bemerkte ich, daß ich meine Lesebrille auf dem Schreibtisch der Kaplanin liegen gelassen hatte.

Anstatt mir noch einmal ›Greensleeves‹ anzuhören oder gar die Mißbilligung der Kaplanin zu ertragen, beschloß ich, ihr eine kurze Notiz zu schicken.

Ich bin nie wieder bei ihr gewesen. Wahrscheinlich liegt meine Lesebrille noch immer auf ihrem Schreibtisch.

Die Richterin

Das Büro des Staatsanwalts von Harris County teilte mit, daß man beabsichtigte, Karla Faye Tucker und Danny Garrett in zwei getrennten Prozessen anzuklagen, Karla für den Mord an Jerry Lynn Dean, Danny Garrett für die Ermordung von Deborah Thornton.

Man könnte dann beide je nach Ausgang des ersten Prozesses auch noch wegen des zweiten Mordes anklagen.

Staatsanwälte sehen sich selbst oft als ritterliche Helden des Guten und der gerechten Ordnung, die die Arbeit des Herren erledigen. Staatsanwälte können übermäßig aufrichtig, sie müssen ungeheuer eifrig sein. Aufrichtige, eifrige Staatsanwälte können es gar nicht leiden, wenn man über Prozeßstrategien spricht, als würde man von einem Football-Spiel reden. Aber es ist natürlich trotzdem ein Spiel, eins, in dem der Staat den ersten Zug macht. Das Büro des Staatsanwalts von Houston läßt sich, obwohl großzügig ausgestattet, ungern auf einen Mordprozeß gegen eine Frau ein. Fälle, in denen es um vorsätzlichen Mord geht, sind teuer. Frauen werden nicht oft zum Tode verurteilt. Das Büro der Staatsanwaltschaft gewinnt gerne.

Karla wurde des Mordes an Jerry Dean angeklagt, weil der Staat in diesem Fall mehr Beweise gegen sie zusammengetragen hatte. Da Danny Garrett offenbar für die meisten Verletzungen verantwortlich war, die zum Tode von Deborah Thornton führten, wollte der Staat Texas ihn wegen dieses Mordes anklagen. Wenn der Staatsanwalt in keinem der beiden Prozesse die Höchststrafe erreichte, konnte ein anderer Ankläger es später noch einmal versuchen.

Der Vorsitz bei einem bestimmten Mordprozeß wird per Los entschieden. Um zu entscheiden, welcher Fall vor welcher Kammer verhandelt wird, wird in Harris County die Ping-Pong-Ball-Methode angewandt, vergleichbar mit der Ziehung der Lottozahlen. Ein Gerichtsangestellter ruft den Fall auf, setzt die Ping-Pong-Maschine in Bewegung, ein Ball fällt heraus, auf dem der Name des Richters steht.

Was die Lotterie der Richter anging, war man allgemein der Meinung, daß Danny Garrett Glück gehabt hatte. Sein Fall würde vor der Bezirksgerichtskammer 232 mit dem Vorsitzenden Richter A. D. Azios verhandelt werden. In Texas werden Richter in ihr Amt gewählt, was bedeutet, daß sie in erster Linie Politiker sind. Richter Azios ist als ein gemütlicher Zeitgenosse bekannt, der seine Wählerschaft bei Laune hält, indem er immer wieder auf seine Verdienste als Kriegsheld hinweist, und sich ansonsten als liebenswerter Kerl präsentiert – hart gegen das Verbrechen, aber umgänglich; außerdem von hispanischer Abstammung.

Auf Karlas Ping-Pong- Ball stand die Nummer 180 mit der Vorsitzenden Richterin Patricia Lykos.

Niemand, der je in irgendeiner Funktion vor der Kammer 180 des Bezirksgerichts von Harris County erschienen ist, hegt lauwarme Gefühle für Patricia Lykos. Von Staatsanwälten wie Strafverteidigern bekam ich Kommentare zu hören, die von ›Hexe‹ ... ›griechische Xanthippe‹ ... ›launisch‹ ... ›sprunghaft‹ ... bis zu ›die totale Instinktpolitikerin‹ ... ›ehrgeizig‹ ... ›Juristin für die Wählergalerie‹ ... und noch einmal ›Hexe‹ ... reichten. Ein Verteidiger sagte schlicht ›meine Lieblingsrichterin‹ und ließ die Eiseskälte in seiner Stimme für sich sprechen. Ein Staatsanwalt zuckte zusammen, als ich ihn nach ihr fragte, und lächelte dann honigsüß, als wollte er sagen: »Von mir werden Sie dazu nichts hören.«

»Sie ist zu allem fähig«, bemerkte ein Anwalt, der schon verschiedene Prozesse mit ihr erlebt hatte.

»Zu was beispielsweise?«

»Nun, sie läßt das versammelte Gericht eineinhalb Stunden warten, um hereinstolziert zu kommen und der Jury zu erklären: ›Meine sehr verehrten Damen und Herren Geschworenen, wenn wir die Verteidiger dazu bewegen könnten, pünktlich zu erscheinen, käme es nicht zu diesen bedauernswerten Verzögerungen.‹ So in der Richtung.«

Solche Bemerkungen scheinen Pat Lykos nicht zu überraschen.

»Bei den Anwälten bin ich nicht besonders beliebt«, sagt sie und zuckt die Schultern. »Aber was soll's. Wir sind ja hier nicht in der Unterprima.«

Die Richterin ist eine äußerst attraktive Frau von Ende vierzig, mit olivfarbener Haut, üppigen mediterranen Zügen und dunklem Haar mit einigen grauen Strähnen, das sie in einer schicken Frisur nach hinten gekämmt trägt. Passend zu ihrer Hautfarbe hat sie die Lippen tiefrot geschminkt und trägt anstelle einer Robe Kostüme in lebhaften Farben. Auf der Richterbank pflegt sie Kaffee zu trinken und zu rauchen, wobei sie den Qualm nach tiefen Zügen immer in Richtung der Lüftungsschlitze bläst. Sie erlaubt auch den Geschworenen auf der Bank zu rauchen, verbunden mit der Ermahnung: »Ich würde darum bitten, daß sich die Raucher in die zweite Reihe setzen. So werden die Nichtraucher meiner Ansicht nach am wenigsten beeinträchtigt.«

Direkt zu Beginn in Karlas Prozeß, noch während der Voranhörung, unterbricht Patricia Lykos die Zeugenbefragung, um Mack Arnold direkt anzugehen: »Warum stehen Sie auf?«

Danny Garrett ist im Zeugenstand und beruft sich auf sein Aussageverweigerungsrecht.

Mack Arnold erwidert: »Ich würde dem Zeugen gern in die Augen sehen, Euer Ehren.«

»Dann tauschen Sie die Plätze«, empfiehlt die Lykos.

Mack Arnold bedankt sich bei der Richterin für den guten Tip, bevor er und Henry Oncken die Plätze tauschen. Dann hält Pat Lykos ihre kleine Ansprache:

»Ich bitte alle Anwälte zu beachten, daß Fragen im Sitzen und von der Bank aus gestellt werden, es sei denn, es gibt einen zwingenden Grund, sich dem Zeugen zu nähern, wofür die Erlaubnis des Gerichts eingeholt werden muß. In diesem Gerichtssaal wird kein Anwalt herumparadieren und seine Fragen über die Schulter werfen. Er bleibt sitzen, es sei denn, das Gericht hat ihm ausdrücklich das Gegenteil erlaubt.«

Die Anordnung, daß Verteidiger sitzen bleiben müssen, ist recht unüblich. In vielen Gerichtssälen wird jede Menge herumstolziert – vor allem von den Verteidigern. Es gibt zahlreiche Anwälte, die – wie überall nachzulesen und zu sehen ist – ihre Karriere auf der Fähigkeit gegründet haben, kompliziertere Schrittfolgen als Eins-Zwei-Drei vorzuführen.

Als Mack Arnold ein anderes Mal während einer kurzen Unterbrechung für fünf Minuten aus dem Gerichtssaal verschwindet, wahrscheinlich um zur Toilette zu gehen, erklärt ihm Richterin Lykos, er habe den Saal nicht ohne ihre Erlaubnis zu verlassen.

Als ehemalige Polizistin und Republikanerin, die sich in den Augen der Wählerschaft als entschiedene Kämpferin gegen das Verbrechen profiliert hat, kann Patricia Lykos ihre Strenge hin und wieder auch zugunsten des Angeklagten einsetzen. Als Joe Magliolo Karla mit Vornamen anredet, erinnert ihn die Richterin spitz daran, daß in ihrem Gerichtssaal jeder mit Nachnamen angesprochen würde, mit einem vorangestellten ›Miss‹, ›Mr.‹ oder ›Mrs.‹. Wodurch sie den Status der Angeklagten angehoben hat.

Ich fragte Pat Lykos, ob ihr Ruf als unnachgiebige Richterin etwas damit zu tun habe, daß sie eine Frau sei, die besonders streng wirken müsse, um sich bei den pfauenhaften Anwälten Autorität zu verschaffen.

»Kindchen«, seufzt Pat Lykos. »Ich habe mich in meiner Zeit bei der Polizei durchs College gekämpft. Möchten Sie eine Tasse Kaffee?«

Die Richterin ist empfindlich, aber abseits der Richterbank kann sie auch ganz entspannt und gemütlich wirken.

»Der Gerichtssaal ist kein Ort für theatralische Allüren«, befindet Patricia Lykos. »Sich auf die Absperrung lehnen und der Jury über die Schulter bedeutungsvolle Blicke zuwerfen, während ein Zeuge aussagt? Das lasse ich nicht zu.«

In ihrem Büro sitzt sie mir für den Arbeitstag gekleidet gegenüber – ein rotes Kostüm, cremefarbene Bluse, eine zweifach um den Hals geschlungene Perlenkette. Nur die schwarzen Lederturnschuhe passen nicht ins Bild. Patricia Lykos' Büro ist vollgestopft, beengt und merkwürdig möbliert. Wir sitzen in einer Art Vorzimmer zu ihrem eigentlichen Büro, ich auf einer flachen Couch, sie auf einem Stuhl. Auf einem Tisch steht eine Kaffeemaschine, und ständig gehen Leute ein und aus.

Sie öffnet einen kleinen Kühlschrank, entnimmt ihm ein Milchfläschchen und gießt einen Schluck in ihren Kaffee.

»Von Kathleen«, erklärt sie mir, die Flasche hochhaltend.

Ich nehme den Kaffee an und biete ihr an, unser Gespräch kurz zu halten, wohlwissend, daß in ihrem Gericht etliche Menschen auf ihre Gerichtstermine warten.

Sie winkt ab.

»Entspannen Sie sich, Kindchen«, sagte sie und zieht an ihrer Zigarette.

Patricia kann sich noch lebhaft an Karlas Prozeß erinnern. Im Gegensatz zu Joe Magliolo glaubt sie nicht, daß die Waffe der einzige Grund war, warum der Fall seinerzeit solche Aufmerksamkeit erregte.

»Es war die Gewalttätigkeit. Und natürlich die Tatsache, daß es eine Frau war. Es kommt nur sehr selten vor, daß eine Frau in ein derartig gewalttätiges Verbrechen verwickelt ist. Die Anklage hat die Todesstrafe gefordert . . .«

Sie hält inne, erinnert sich.

»Und dann war da noch diese Geschichte über sexuelle . . . Wie hat sie sich noch ausgedrückt?«

»Sie hätte ›einen echten Abgang gehabt‹.«

»Hab' ich noch nie vorher gehört.« Sie schlürft ihren Kaffee, tut einen tiefen Zug an ihrer Zigarette. »Ich dachte, ich hätte schon alles gehört.«

Wir sinnieren beide einen Augenblick lang still über Karlas Ausdruck für ›Orgasmus‹.

Ich frage die Richterin, ob sie noch weiß, wo auf der Anklagebank Karla gesessen habe.

»Normalerweise sitzen sie der Jury direkt gegenüber – wissen Sie, um an ihr Mitgefühl zu appellieren –, aber in Karlas Fall bin ich mir da nicht sicher. Sie müssen verstehen, meine Mutter lag während des Prozesses im Sterben, so daß ich mich nicht mehr an jede Einzelheit erinnere. Aber ich weiß noch genau, wie sie aussah.« Richterin Lykos malt sich mit dem Zeigefinger ein Kreuz zwischen die Brüste. »Dieses weiße Kreuz.«

Bei ihren Beschreibungen von Karla erwähnten die Zeitungen jedesmal das weiße Plastikkreuz um ihren Hals, ein billiger Anhänger, wie man ihn im Gefängnis bekommt. Wenn Zeugen aufgefordert werden, sie im Gerichtssaal zu identifizieren, beziehen sie sich immer wieder auf die Frau mit dem rosafarbenen Pullover, dem blauen Kleid, der dunklen Bluse . . . und dem weißen Kreuz um den Hals.

Als ich Karla nach ihrer Prozeß-Garderobe frage, verdreht sie die Augen. »Meine Oma hat mir die Sachen gekauft. Diese Puffärmel. Es war echt peinlich. Die Leute wußten doch von meinem früheren Leben. Ich habe ihnen doch im Zeugenstand davon erzählt. Ich weiß, daß meine Oma mir nur helfen wollte, aber trotzdem.«

»Aber Sie müssen verstehen«, erklärt Patricia Lykos mir, »daß ich zu dem Fall nichts sagen kann.« In Kürze steht ein Gerichtstermin für Karla an, bei dem Richterin Lykos wahrscheinlich das Datum für die Hinrichtung festsetzen wird. Damit wird der Weg frei für eine ganze Reihe neuer Gnadenappelle und Vollstreckungsaufhebungen.

Der Gerichtsdiener steckt den Kopf zur Tür herein. Irgend jemand läuft durchs Zimmer. Die Richterin drückt ihre Zigarette aus.

Ich stehe auf und bedanke mich bei Pat Lykos für die Zeit, die sie mir geopfert hat.

Bevor sie den Gerichtssaal betritt, greift die Richterin hinter sich, um ein Paar hochhackiger Schuhe aus einem Stapel von Kartons hervorzuziehen, die sich hinter ihr an der Wand stapeln.

»Ich habe mich schon gefragt, ob Sie hinter dem Richtertisch Reeboks tragen«, sage ich.

»Um Himmels willen, nein«, sagt sie uns lädt mich ein, während der Verlesung der Gerichtstermine auf der Geschworenenbank Platz zu nehmen. Wir schütteln uns zum Abschied die Hand, und Sekunden später tritt die Richterin Lykos durch eine Tür direkt in den Gerichtssaal, in dem sich alle erheben.

Auf ihrem hohen Holzpult hat sie einen dieser besonders standfesten Kaffeebecher aus Keramik stehen, mit schwerem, breitem Boden und zum Rand hin schmaler werdend. Kathleen Powers, blond und mit wippendem Haar, sitzt voll konzentriert an ihrer Maschine, die Augen auf irgendeinen entfernten Punkt fixiert, während sie die sich entfaltende Geschichte mitschneidet.

Anwälte

Anfangs hatte Karla einen Privatverteidiger, den ein Freund ihres Freundes Scott, des Marineinfanteristen, engagiert hatte.

»Gabe Nahas«, erzählte mir ein anderer Anwalt. »Sagen Sie nicht, daß ich es gesagt habe, aber gütiger Gott – er pfiff aus dem letzten Loch.« (Im Winter 1991 verlor Gabe Nahas seine Zulassung wegen erwiesener Inkompetenz. *Senilität,* wie ein Kollege verächtlich meinte.)

Karla mochte Gabe Nahas nicht.

»Aber noch schlimmer war, er mochte mich auch nicht. Er wußte, daß ich ihm die Hucke vollgelogen habe.«

Larry Tucker und die beiden Großmütter erklärten Karla, daß sie, was ihren Rechtsbeistand anging, auf sich selbst gestellt war, daß aber die Richterin bestimmt bessere Anwälte bestellen würde, als sie sie sich leisten konnten. Nicht nur einen Verteidiger, sondern – weil es um einen Fall von vorsätzlichem Mord ging – zwei.

»Man hat mich vom County-Gefängnis ins Gericht gebracht.

Die Lykos hat mich gefragt, ob ich eine neue Rechtsvertretung wünschte, und ich habe ja gesagt. Dann kam dieses ganze Blabla, von wegen ob ich wollte, daß sie mir einen Anwalt bestellte, und ich sagte wieder ja, und dann hab' ich zum ersten Mal Mack (Arnold) und Henry (Oncken) getroffen. Die Lykos sagte, wir könnten uns für das Gespräch in das Geschworenenzimmer zurückziehen, also sind wir da rein und, ich weiß nicht, ich hab' mich an den Tisch gesetzt und zum ersten Mal jemandem die Wahrheit gesagt, außer meiner Kaplanin. Ich weiß nicht, was die gedacht haben. Wahrscheinlich waren sie überrascht.«

Wenn sich Patricia Lykos in den sieben Jahren seit Karlas Prozeß nicht grundlegend verändert hat, ist es zweifelhaft, daß Karla mit schlichten ›Jas‹ davongekommen ist. Richterin Lykos pflegt ihre Fragen so zu formulieren, daß ›Ja‹ als Antwort möglicherweise *ausreichen* würde, jedoch von ihr nicht akzeptiert wird, weil sie auf etwas anderes hinaus will . . .

»Ich werde jetzt einige Dinge erklären«, sagt sie beispielsweise zu einem Angeklagten. »Wenn Sie die begriffen haben, sagen Sie das. Haben Sie mich verstanden?« Sie wartet auf eine Antwort. Wenn der Angeklagte »Ja«, »Ach so«, »Hab' ich«, »Jawohl, Euer Ehren«, oder sonst irgend etwas außer dem gebotenen »Ich habe verstanden« sagt, neigt Patricia Lykos ihren Kopf, senkt ihr Kinn und wartet auf die korrekte Antwort auf ihre Frage. Ich habe beobachtet, wie sie eine junge Frau und ihren Pflichtverteidiger zu einer Schautafel zurückbeorderte, weil die junge Frau die Frage offensichtlich *nicht* verstanden hatte und ihr Anwalt mit dem Fall so wenig vertraut war, daß auch er keine große Hilfe darstellte. »Ich kann über diese junge Frau kein Urteil sprechen, wenn sie so offenkundig nicht begreift, was vor sich geht«, erklärte die Richterin Lykos.

Im vollen Bewußtsein der Tatsache, daß der Fall von Karla Faye Tucker großes öffentliches Interesse erregen würde, waren die Anwälte, die Pat Lykos für Karla bestellte, ihrer Ansicht nach Topjuristen. Sie entschied sich für zwei Männer, die im Strafrecht über sehr viel Erfahrung verfügten. Normalerweise benennt ein Richter bei einer Mordanklage einen Anwalt mit großer Prozeßerfahrung, während der andere – der als Zweitanwalt gilt – eher unerfahren ist. Aber in diesem Fall wollte die Richterin Lykos besonders sorgfältig vorgehen.

Es gibt Menschen, die meinen, ihre Logik sei fehlerhaft gewesen: Denn beide von Patricia Lykos bestellten Anwälte hatten den Großteil ihrer Karriere damit verbracht, für die Anklage zu argumentieren. Sie hatten sich einen Namen als Ankläger, nicht als Verteidiger gemacht, und für die meisten Anwälte ist diese Unterscheidung so grundlegend wie verschiedene Blutgruppen.

Ich habe einen hochrangigen Ankläger der Staatsanwaltschaft gefragt, was er von Karlas Verteidigung hielt.

Er zuckte die Schultern und sagte: »Es waren Ankläger.«

Als Henry Oncken und Mack Arnold Karla im Oktober 1983 kennenlernten, war sie noch großspurig und feindselig.

»Ich konnte sie nicht ausstehen«, sagt Henry Oncken. »Die Drogen steckten ihr immer noch in den Knochen. Ihr war alles egal. Ich wollte den Fall nicht annehmen.«

Ich fragte Mack Arnold, ob er überrascht gewesen sei, als Karla plötzlich auspackte und ihren Anwälten über ihre Teilnahme an den Morden berichtete. Er bekommt einen wehmütigen Blick, verneint die Frage und fügt dann hinzu: »Man kommt an einen Punkt, wo einen nichts mehr überrascht.«

Mack Arnold ist irischer Abstammung und steht auch offen dazu, entschuldigt sich damit im Verlauf des Prozesses bei der Richterin für seine gelegentlichen Ausbrüche. Außerdem neigt er zu einem traditionell schwarzen, irischen Humor: Zynismus und Fatalismus, als Witz getarnt.

Als Deutschstämmiger hat Henry Oncken ein dickes Fell, er ist ruhig, beherrscht. Als Vaterfigur – die sich eher um das Feuer im häuslichen Kamin kümmert, als sich die Hände in der eigentlichen Kampfhandlung schmutzig zu machen – kümmert er sich im Verlauf des Prozesses um Karla, hält sich zurück, gibt der Angeklagten Tips, ermutigt sie, erledigt die Arbeit hinter der Bühne.

Denn ein Prozeß ist pures Theater. Wie Schauspieler müssen sich Anwälte nicht so sehr darüber Gedanken machen, wer sie *sind*, als vielmehr darüber, wie sie wirken: weise, väterlich, als Spielverderber oder Kreuzritter.

Der dritte Akteur in diesem Stück – oder sogar der vierte, wenn man Pat Lykos mitrechnet, die sich als jemand, die auf Wählerstimmen angewiesen ist, genauso auf ihre Wirkung konzentrieren muß wie auf die Realität des verhandelten Verbrechens – ist der Ankläger, Joe Magliolo. Er ist ein Italiener, der einzige nicht promovierte Sohn in einer Familie von fünf Brüdern und einem promovierten Vater. Joe Magliolo hat den Finger schnell am Abzug, er ist clever, ehrgeizig, intelligent und hat es eilig. Er ißt schnell, bewegt sich schnell, und er hat nur drei Jahre als Unterstaatsanwalt gearbeitet, bevor er selbst zum Chefankläger ernannt wurde. Er war erst seit drei Monaten Chef, als Karlas Fall zur Verhandlung anstand. Sein erster Mordfall. Kein Problem. Joe Mag war bereit.

Mack Arnold hat einen Hang zum Dramatischen und ist eloquent, so daß es Sinn macht, daß Mack die Arbeit im Gerichtssaal übernahm. Und doch war schließlich Henry derjenige, der im Laufe der Zeit eine Beziehung zu Karla aufbauen sollte. Einige Beobachter fragten sich, warum Henry nicht öfter selbst im Prozeß aufgetreten ist, vor allem, wenn Karla im Zeugenstand saß.

»Henry wollte den Fall nicht übernehmen«, erzählt Jackie Oncken. »Aber wir haben das Geld gebraucht. Und nach einer Weile kam es an einen Punkt, wo er Karla so sehr mochte, daß er nach Hause kam und sagte: ›Weißt du, Jackie, tief drinnen ist sie ein ganz anderes Mädchen, das jetzt langsam zum Vorschein kommt.‹ Und er erzählte mir, wie Karla sich um dieses kleine Mädchen gekümmert hat, das von irgendwelchen Drogeneltern verlassen worden war. An dem Tag, als sie zum Tode verurteilt wurde, kam er nach Hause, setzte sich im Dunkeln in seinen Sessel und weinte.«

1981 war Henry Oncken nach einer Zeit im Büro der Staatsanwaltschaft vom republikanischen Gouverneur Bill Clements berufen worden, bis zum Ende der Wahlperiode die Stelle eines verstorbenen Richters zu übernehmen. Als Oncken 1982 auf dem republikanischen Ticket für eine Wiederwahl kandidierte, verlor er, aus dem Amt gefegt von einem erdrutschartigen Wahlsieg der Demokraten auf allen Ebenen.

»Ich habe in meinem Leben insgesamt nur zwei Jahre als freier Anwalt praktiziert. Und in der Zeit rief mich Richterin Lykos zu sich« – er krümmt die Finger wie eine Hexe, die kleine Kinder in eine dunkle Ecke locken will – »und sagte: ›Ich habe da was für Sie.‹ Ich wollte den Fall weiß Gott nicht übernehmen.«

»Henry«, stellt seine Frau Jackie unumwunden fest, »ist der geborene Ankläger.«

Daß Karlas Prozeß vor dem von Danny stattfand, war reines Losglück und hatte mit den bereits festgesetzten Terminen anderer Verfahren, den Terminplänen und der Verfügbarkeit der Anwälte zu tun. Bei einem Mordfall befragen die Anwälte beider Seiten einzeln und langwierig potentielle Geschworene, so daß das Verfahren der Juroren-Auswahl oft länger dauert als der eigentliche Prozeß. Man brauchte einen Monat, bis man Karlas Jury aus acht Frauen und vier Männern zusammengestellt hatte.

Während der Geschworenenvereidigung dachten beide Seiten bereits in die Zukunft, über die Feststellung von Schuld und Unschuld hinaus in die Phase der Urteilsfindung. Das ist bei Mordprozessen durchaus üblich. Die Anklage versuchte sicherzugehen, daß kein potentieller Geschworener Karla gegenüber gnädiger gestimmt war, weil sie eine Frau war. Die Verteidigung suchte nach Männern mit Töchtern in Karlas Alter. »Wir haben uns gedacht, daß ein Mann mit einer Tochter in Karlas Alter sich mit ihr identifizieren würde. Daß es ihm schwerer fallen würde, sie zum Tode zu verurteilen.«

»Wir waren sehr glücklich über die Zusammensetzung der Jury«, sagt Henry Oncken. »Wir hatten durchaus Chancen. Wir haben geglaubt, mit dieser Jury auf der Siegerstraße zu sein.«

Der Prozeß dauerte zwei Wochen, vom 11. bis zum 25. April 1984. Die Niederschrift umfaßt gut zweitausend Seiten, unterteilt in sechsunddreißig gebundene Bände.

Der Prozeß gegen Danny Garrett wegen des Mordes an Deborah Thornton vor der Kammer des Richters A.D. Azios begann Ende Juli. Die Vereidigung der Geschworenen dauerte vom 6. August bis zum 8. Oktober. Erst danach begann der eigentliche Prozeß. Und erst vier Monate später, am 29. November, wurde der Prozeß mit Verhängung der Todesstrafe gegen Danny Garrett beendet.

Die Niederschrift von Danny Garretts Prozeß umfaßt gut zehntausend Seiten, unterteilt in dreiundsechzig Bände.

Warum Dannys Prozeß so viel länger dauerte? Elegante Fußarbeit und etliche Nebenschauplätze, die der von Dannys Familie engagierte Anwalt Ray Bass eröffnete.

Ray Bass ist ein kleiner Mann – das erzählt er einem auch ständig in der Prozeßmitschrift, ungefähr alle fünf Minuten. »So klein«, fragt er bei jedem Zeugen nach, der behauptet hat, irgend jemand sei etwa eins sechzig groß, »wie ich?« – der geborene Verteidiger, ein geborener schamloser Schaumschläger. Aufmerksamkeit bleibt an ihm kleben wie Glitzer an Klebstoff. Als Performer ist Ray Bass in seinem Element. Er jongliert, schlägt Purzelbäume, legt sich ein Clowns-Kostüm an und schlägt Rad wie ein Pfau. Was immer geboten scheint.

Ein anderer Anwalt bringt seinen Charakter mit der Bemerkung auf den Punkt: »Ray Bass ist dafür bekannt, vor Gericht eine Fliege zu tragen.«

Wenn man auf der juristischen Fakultät eins lernt, dann, daß man sich entsprechend kleiden muß, um erfolgreich zu sein. Und die Leute mißtrauen Menschen mit Fliege.

Richter Azios, soviel ist klar, läßt den Anwälten deutlich mehr Raum, komplizierte Schrittfolgen vorzuführen, als Richterin Patricia Lykos.

Gegen die öffentliche Ordnung und das Ansehen des Staates Texas

11. April 1984. In der Vorverhandlung ist das Tonband als Beweisstück zugelassen worden. Douglas Garrett wurde der Vollbesitz seiner geistigen Kräfte attestiert, er kann als Zeuge gehört werden. Die Anklage ist bereit. Die Verteidigung sagt, sie auch.

Joe Magliolo verliest vor dem ordnungsgemäß zusammengestellten Großen Geschworenengericht von Harris County die Anklage, die zu vertreten er vom Staate Texas autorisiert worden ist, daß ›Karla Faye Tucker, im folgenden die Angeklagte genannt, am oder um den 13. Juni 1983 im Zusammenhang mit den Straftatbeständen des Einbruchs und des Diebstahls sowie des versuchten Einbruchs und des versuchten Diebstahls in der Wohnung des Jerry Lynn Dean, im weiteren der Kläger genannt, den Tod des Klägers durch Schlagen und Stechen des Klägers mit einer Breithacke vorsätzlich herbeigeführt hat‹.

›Gegen‹ – Kathleen hat einen Absatz gemacht – ›die öffentliche Ordnung und das Ansehen des Staates Texas‹.

Joe Mag hält ein plastisches Eröffnungsplädoyer, in dem er der Jury erklärt, was er zu beweisen gedenkt, und ruft seinen ersten Zeugen auf.

Die Geschichte

Am Morgen des 13. Juni 1983 um 6 Uhr 40 wartet der sechsundzwanzigjährige Gregory Scott Travers darauf, daß sein Freund Jerry Lynn Dean ihn in seinem El Camino abholen kam. Gregory Travers wohnte in den Windtree Apartments, etwa eineinhalb Minuten von Jerry Dean entfernt. Die jungen Männer arbeiteten beide für eine Firma namens Qube Security, für die sie Alarmanlagen installierten. Um 7 Uhr sollten sie bei der Arbeit sein, so daß sie für gewöhnlich um zwanzig vor losfuhren, aber an diesem Morgen kam Jerry nicht.

Gregory wartete bis zehn vor und ging dann zum Apartment 2313, um nachzusehen, ob sein Kollege vielleicht verschlafen hatte. Ihm fiel auf, daß der El Camino nirgends zu sehen war. Er fand die Hintertür von Jerry Deans Apartment unverschlossen. Gregory Travers klopfte. Die Tür öffnete sich, und er rief in die Wohnung hinein. Als er keine Antwort erhielt, rief er ein zweites Mal. Das Radio im Wohnzimmer spielte laute Rock-Musik. Er betrat das Apartment und . . .

Man fragt sich unwillkürlich, wie das für einen unvoreingenommenen Zuhörer klingen muß, jemanden, der nicht weiß, was in Apartment 2313 bereits vorgefallen ist; aber andererseits gibt es im Gerichtssaal keine unvoreingenommenen Zuhörer: Joe Magliolo hat der Jury erzählt, was sie zu erwarten hat, sie wissen, was Gregory Travers bevorsteht. Nichtsdestoweniger empfinden sie vielleicht die dunklen Ahnungen, nicht obwohl, sondern gerade *weil* sie wissen, was kommt, während Gregory Travers die Szene noch einmal durchlebt und uns Schritt für Schritt durch das Apartment seines Freundes führt. Zu diesem Zeitpunkt hat er nicht direkt Angst, noch nicht, aber inzwischen macht er sich doch Sorgen – er ruft den Namen seines Freundes, um nicht unangekündigt in seine Intimsphäre einzudringen, tastet sich mit seiner Stimme vor, wie man mit der Hand vor sich her tastet, wenn man nachts aufsteht und durchs Schlafzimmer tapst, ohne das Licht anzumachen.

Zuerst geht er in das große Schlafzimmer, wo jedoch niemand ist. Es ist das Zimmer, in dem die vierjährige Jamie Kay, Shawn Jackson Deans Tochter schlief, als Jerry und Shawn noch als verheiratetes Paar mit Jamie zusammenlebten. Aber dort ist niemand.

Damit soll angedeutet werden, daß Gregory Travers zwar den Grundriß des Apartments 2313 kannte – schließlich wohnte er selbst in den Windtree Apartments –, aber nicht wußte, wie Jerry Dean lebte und daß er Jamie Kay das große Schlafzimmer überlassen und mit seiner Frau, als sie noch bei ihm wohnte, in dem kleineren, unmöblierten Zimmer schlief.

»Okay.« Joe Magliolo mimt den Mr. Fragensteller, unser Mann fürs Geradlinige. Er gibt dem Erzähler einen kleinen Schubs. »Und was dann?«

Und dann . . .

Die Sekunden verticken; inzwischen ist es fast sieben, Sommer, taghell. Da die Apartments im Windtree-Komplex niedrige Decken und wenig Fenster haben, wird es in dem Apartment schattig gewesen sein, das Licht weich und grau.

Gregory Travers kommt aus dem Elternschlafzimmer, geht ein oder zwei Schritte. Blickt quer über den Flur durch die offene Tür in das andere Schlafzimmer. Er hat ›Jerry, in dem anderen Zimmer gesehen‹, und der ›hatte ein bißchen Blut auf dem Kopf.‹ Gregory Travers weiß zunächst nicht, was er davon halten soll. Und dann sieht er sich die Szenerie genauer an, und . . .

»Und dann sah ich das Mädchen mit der Spitzhacke im Herz.«

Eine Geschichte ist nie nur Handlung, eine Geschichte ist immer auch Sprache und Timing und sorgfältige Details, Rhythmus und Ordnung und Subtext und wie Worte klingen und sich anfühlen, ihr angehäuftes Gewicht und ihre Verwischtheit wie Staub in einer Schublade.

In einem Prozeß muß der Erzähler ständig variieren, der Tonfall, die Sprache, der Subtext der Geschichte verändert sich laufend. Joe Magliolo ist nicht der Erzähler; er ist der Fremdenführer. Er kann nicht kontrollieren, was Menschen sagen, er kann ihnen nur Stichworte liefern, sie führen, behutsam fragen. ›Dann sah ich das Mädchen mit der Spitzhacke im Herz‹ ist seine Belohnung – besser könnte es kein lebender oder toter Dichter formuliert haben.

Gregory Travers liefert das Es-war-einmal; bringt die Geschichte, die die Anklage erzählt haben möchte, in Gang, indem er die Tatsache in den Raum stellt, daß es zwei Leichen gab, zwei tote Menschen, die er gefunden hat, an einem bestimmten Ort, zu einer bestimmten Zeit: einen Mann und ein Mädchen, und das Mädchen hatte eine Spitzhacke im Herzen. Gregory Travers weiß das, weil er dort war, er hat es gesehen.

In ihren einleitenden Worten an die Jury hat Patricia Lykos gesagt, daß die Jury bei der Feststellung der Tatsachen in diesem Fall auch die Erscheinung, die Haltung und das Gebaren eines Zeugen mit in Betracht ziehen solle, das Interesse, das er am Ausgang des Verfahrens haben könnte, sowie sein Verhältnis sowohl zum Kläger wie zur Beklagten, die Plausibilität seiner Aussage – mit anderen Worten seine oder ihre Glaubwürdigkeit.

Gregory Travers Aussage klingt niederschmetternd wahr; wir glauben ihm, vertrauen ihm, er drängt uns keine Meinung auf, sondern liefert uns nur eine Beschreibung, und während er uns in karger, schmuckloser Prosa durch das Apartment 2313 führt, beginnen wir, sein Gefühl zu teilen.

Außerdem stimmt Gregory Travers uns auf das Leitmotiv und den Grundton von *State of Texas vs. Karla Faye Tucker* ein. Das Leitmotiv menschlicher Bösartigkeit jenseits dessen, was ein normaler Mensch sich vorzustellen vermag. Den Grundton puren Horrors.

Um das zu betonen, wird Joe Mag immer wieder auf die Phrase ›zu Tode gehackt‹ zurückgreifen.

Sobald Gregory Travers die Leichen gesehen hat, begibt er sich – ›stürzt aus dem Apartment‹ – nach Hause. Von dort ruft er den Krankenwagen und die Polizei an.

Damit ist die Geschichte umrissen: Wir haben einen ersten Überblick. Dann führt Joe Magliolo Gregory Travers für eine detailliertere Schilderung in das Apartment 2313 zurück, diesmal unter Zuhilfenahme von Fotos. Zunächst läßt er seinen Zeugen die Tatsache feststellen, daß es im Wohnzimmer von Jerry Lynn Deans Apartment ein Holzgerüst mit einer halb zusammengebauten Harley gab, die am Morgen des 13. Juni 1983 verschwunden ist. (Es ist wichtig für Joe Mag, diesen Tatbestand herauszuarbeiten, wenn er auf ein Todesurteil wegen Mordes im Zusammenhang mit einem anderen, eigenen Straftatbestand aus ist.)

Die Fotos werden als Beweismittel aufgenommen. In der Vorverhandlung hatte es langwierige Debatten darüber gegeben, welche Bilder zugelassen und auf welche als unnötig reißerisch verzichtet werden sollte. (Mack Arnold nahm besonders heftig Anstoß an einer Nahaufnahme der Spitzhacke in Deborah Thorntons Brust und T-Shirt.)

Zunächst die Anfangseinstellungen: Apartment 2313 von außen, vom Parkplatz aus gesehen. Die Hintertür, die Vordertür. Dann Innenaufnahmen: das Wohnzimmer, der Flur. Gregory Travers sagt, ja, das ist das Gebäude; ja, das ist das Wohnzimmer; ja, dort stand das Podest mit der Harley, als ich eine Woche vorher dort war ...

Das unmöblierte Schlafzimmer ist das reinste Chaos; überall Kartons und Kisten, Aluminium-Trittleitern, Planen. Das Bett besteht aus einer dünnen Matratze, die von der Wand abgerückt in der Mitte des Zimmers liegt. (Ein Artikel aus den ersten Tagen nach dem Mord behauptete, daß die Polizei nicht wußte, ob Jerry Deans Apartment durchwühlt worden war oder ob es sich immer in derartiger Unordnung befand.)

Joe Magliolo führt die Jury auf diesem Rundgang. Fährt näher und näher heran. Fixiert sein Motiv. Macht sich sozusagen bereit, den tödlichen Schlag zu führen. Die Jury weiß, was kommt – die Leichen, die verstümmelten Leichen. Die Geschworenen begreifen möglicherweise auch, daß sie noch nicht bereit sind für das, was, wie sie wissen, jetzt kommen muß. Sie müssen bereit sein, können es aber unmöglich sein. Zu guter Letzt holt Joe Magliolo das Bild ganz nah heran, das Gregory Scott Travers sah, als er auf die Schwelle des unmöblierten Schlafzimmers trat: Jerry Lynn Dean nackt auf dem Rücken, halb auf, halb neben der Matratze.

Sein Kopf ist seitlich nach hinten gerissen – zu der Seite, die auf der Matratze liegt, seiner rechten. Sein langes, blondes Haar fällt in Strähnen in sein Gesicht. Sein linkes Bein ist ausgestreckt, sein rechtes angewinkelt. Sein Penis liegt ruhig auf seinem Oberschenkel. Seine linke Hand ist an der Hüfte leicht zur Faust geballt. Sein rechter Arm ist ausgestreckt, als wolle er jemandem etwas anreichen. Die Hand liegt direkt vor einem Pappkarton, der sorgfältig mit silbernem Isolierband umwickelt ist.

Er könnte auch schlafen. Wenn da nicht die blutigen Striemen wären und etwas, das aussieht wie Kakerlaken, die auf seiner Brust krabbeln, könnte er auch vor sich hin träumen. Die Kakerlaken sind die Spitzhackenlöcher.

Deborah Thornton liegt links von Jerry Lynn Dean, halb auf der Seite, ein wenig zusammengerollt. Ihr Haar hängt ihr schlaff ins Gesicht, ein Arm ist über die Brust gewinkelt, der andere liegt flach auf dem Bett neben ein paar Blutflecken, die Handfläche nach oben, die Finger gekrümmt. Sie trägt das T-Shirt mit der Aufschrift ›Teller 2‹, einen Ring und um den Hals ein Goldkettchen. Jemand hat den Saum ihres T-Shirts zwischen die Beine gestopft, so daß ihre Genitalien bedeckt sind. Wer, bleibt unklar; keiner kann sich daran erinnern oder sagt etwas dazu.

Der Griff einer Spitzhacke ist gut 1 Meter 20 lang; die Eisenspitze von einem Ende zum anderen etwa sechzig Zentimeter. Das spitze Ende hat sich fünfzehn Zentimeter tief in die Brust des Mädchens gegraben, glatt durch die ›2‹ von ›Teller 2‹. Der Rest des Werkzeugs schwebt parallel über ihrem Körper, als habe man sie wie ein Insekt an eine Pinnwand genagelt.

Wie unschuldig die Toten aussehen. Nicht wie gemalte Teufel, sondern mehr wie Kinder. Im Leben waren sie keine Kinder und auch nicht unschuldig; aber tot . . . es ist, als ob sie gereinigt, geläutert wären. Eine Jury sollte sich nicht mitreißen und unangemessen von Tricks beeinflussen lassen. Aber dies sind keine Tricks. Und Geschworene sind auch nur Menschen.

Ich habe Peter erst tot gesehen, nachdem der Bestatter seine Arbeit verrichtet hatte; als man ihn mit Puder, Make-up und Stopfmaterial in eine Glamour-Version seiner selbst verwandelt hatte. Wenn ich eines bedauere, dann, daß ich im Krankenhaus, als der Chirurg aus der Notaufnahme kam und den Kopf schüttelte, nicht darauf bestanden habe, meinen toten Sohn zu sehen, und falls der Chirurg das hätte verhindern wollen, gebrüllt, geschrien, einen Anfall bekommen habe oder was immer nötig gewesen wäre, um mit eigenen Augen zu sehen, wer oder was mein Junge war oder in diesem Moment geworden ist.

Wenn jemand gefragt hätte, ›wollen Sie ihn sehen‹, hätte ich ja gesagt. Aber keiner fragte, und ich dachte auch nicht daran, denn ich war Lichtjahre von jeglichem Denken – von mir selbst entfernt.

Ich betrachte die Fotos des toten Jerry Dean und der toten Deborah Thornton, aber ich finde dort nichts. ›Sie‹ sind verschwunden: aus ihrem Selbst, aus dem Bewußtsein, aus diesen sterblichen Überresten auf dem Schwarzweiß-Foto der Polizei von Houston.

Das letzte Alptraum-Bild, das in dem unmöblierten Schlafzimmer aufgenommen wurde, ist eine Nahaufnahme des Loches in Deborah Thorntons T-Shirt und Brust, nachdem man die Spitzhacke entfernt hatte.

Herausgezogen hat sie S. C. Pilgram. Er sagt, er habe es getan, weil es zum einen keine Möglichkeit gab, das tote Mädchen mit dem in ihr steckenden Werkzeug zu transportieren – zumal, wie er betonte, draußen die versammelte Presse wartete –, zum anderen, weil er als Beamter der Spurensicherung sämtliche Beweisstücke sicherzustellen und mögliche Fingerabdrücke zu nehmen hatte.

Eine schmutzige Arbeit. Irgend jemand mußte sie erledigen.

Joe Magliolo läßt Polizisten auftreten, Beamte der Mordkommission, den Gerichtsmediziner, führt uns vom Tatort in den Autopsie-Raum, wo die gewaltsamen und rätselhaften Tode untersucht und bezüglich ihres Zeitpunkts, ihrer Art und Ursache genauer bestimmt werden.

Als stellvertretender Leitender Gerichtsmediziner inspiziert Aurelio Espinola sämtliche Leichen, die ins Leichenschauhaus von Harris County gebracht werden, und weist die eigentliche Autopsie dann verschiedenen Assistenten zu, wobei er sich die Untersuchung der kompliziertesten Fälle vorbehält. Im Laufe seiner Karriere hat Aurelio Espinola laut eigenen Schätzungen nicht weniger als sechstausend Autopsien durchgeführt.

Nachdem er Mr. Espinolas Referenzen festgehalten hat, begleitet Joe Mag den stellvertretenden Leitenden Gerichtsmediziner auf einer Führung durch Jerry Lynn Deans Körper, die derjenigen gleicht, die er durch das Windtree-Apartment 2313 geleitet hat. Er beginnt mit einer Beschreibung der äußeren Kennzeichen – Größe, Gewicht und allgemeine Erscheinung, einschließlich der Rißwunden, Quetschungen, Hautabschürfungen, Kratzer und der achtundzwanzig Stichwunden. Im Labor aufgenommene Fotos werden gezeigt, die Leiche von Jerry Lynn Dean in einer Autopsie-Wanne mit den Kakerlaken auf der Brust, den Hals in einer Metallklammer, so daß sein Kopf nicht zur Seite wegsacken kann. Deborah Thornton in ihrer Edelstahl-Wanne.

Joe Mag fragt den Gerichtsmediziner nach den am Körper des Toten festgestellten, nicht sichtbaren Verletzungen – Knochenbrüche, Rißwunden an mehreren inneren Organen wie Leber, Herz, Lunge, Ansammlungen von Gewebeflüssigkeit und Blutgerinnseln – und fährt dann mit derselben Tortur bei Deborah Thornton fort.

Als Joe Magliolo seinen Zeugen freigibt, kommt Mack Arnold sofort auf die Wunden an Jerry Lynn Deans Hinterkopf zurück, entlang des *os occipitale* (Hinterhauptbein), wo der Schädel in den Hals übergeht. An diesem Punkt tut sich ein Streit zwischen Verteidigung und Anklage auf, der nicht geklärt werden wird.

Karla sagt, daß Jerry, nachdem sie sich auf seinen Schoß

gesetzt hatte, sagte: »Karla, wir können alles klären. Ich hab' ihre Mutter nicht angerufen«, und dann ihren Arm packte. Karla wehrte sich. Danny ging dazwischen und trennte sie, und Karla fand sich auf dem Boden wieder. Danny, sagt sie, trat dann *von hinten* ans Bett und schlug Jerry mit einem Hammer auf den Kopf. Karla Faye konnte nicht genau erkennen, was passierte; bis auf das Licht, das durch einen Spalt im Vorhang fiel, war es dunkel, aber sie konnte die Umrisse erkennen, wie Schatten an einer Wand, und es war Danny Garrett, der heftig mit einem Hammer auf den Kopf von Jerry Lynn Dean einschlug.

Nachdem er von Jerry abgelassen hatte, verließ Danny das Zimmer, um Motorradteile auf den Pick-up zu laden. In diesem Augenblick begann Jerry, die gurgelnden Geräusche von sich zu geben – was nach Aussage des Gerichtsmediziners absolut plausibel klingt, denn wenn ein Mensch hart genug auf diese spezielle Stelle des Schädels geschlagen wird – hart genug, um den Schädel regelrecht vom Hals zu reißen –, werden Blut und Gewebeflüssigkeit freigesetzt, die in die Lunge sickern. Die gerichtsmedizinische Untersuchung ergab, daß sich in Jerry Deans linkem Lungenflügel sechshundert Kubikzentimeter, in seinem rechten dreihundert Kubikzentimeter Flüssigkeit befanden.

Erst nachdem Danny das Zimmer verlassen hatte, schaltete Karla – warum, weiß sie selbst nicht – die Deckenbeleuchtung ein. Und Jerry gab dieses gurgelnde Geräusch von sich, das Karla nicht ertragen konnte, das sie zum Verstummen bringen wollte. Sie kann nicht sagen, warum dieses Geräusch sie so verrückt machte, aber es war ihr unmöglich, den Raum zu verlassen, sie war wie festgenagelt, total unter Strom und darauf aus, etwas zu unternehmen, und das Geräusch war einfach unerträglich, Jerry Dean war noch immer hinter ihr her, irgend etwas jenseits von Jerry Lynn Dean war hinter ihr her . . . und dann sah sie die Spitzhacke – »Sie stand da, sie stand einfach da« – an die Wand gelehnt, und sie packte sie und holte aus und hieb sie in Jerrys Rücken, genauso wie er auf die Bilder ihrer Mutter eingestochen hatte.

In dieser Phase des Prozesses sind der Jury Motive egal; es ist die Aufgabe der Geschworenen, sich auf den Ablauf der Ereignisse zu konzentrieren, was wann geschah und wer wem was antat.

Die Frage ist, wer den tödlichen Schlag geführt hat. Die Schläge auf Jerry Lynn Deans Hinterkopf haben sicher zu seiner Bewußtlosigkeit geführt, aber sie töteten Jerry Dean nicht sofort. Das wird durch das Gurgeln eindeutig bewiesen – außerdem wurden ihm nachweislich einige Stichwunden von hinten *und* vorne zugefügt, als er noch lebte. *Aber.* Wenn Jerry Lynn Dean schon so gut wie tot war, als Karla mit der Spitzhacke auf ihn einhieb, um das gurgelnde Geräusch zum Verstummen zu bringen – »Dieses Geräusch«, sollte Karla später aussagen, »ich wollte nur, daß er aufhörte, dieses Geräusch zu machen« – wie konnte sie dann des Mordes schuldig sein?

Klug argumentiert. Aber völlig am Thema vorbei, wenn es im allgemein menschlichen Sinn darum geht, was tolerabel ist und was nicht. Wir schrecken eher vor der Natur des Verbrechens an sich als vor dem eigentlichen Moment des Todes zurück. Hätten Karla oder Danny Jerry Dean erschossen, man hätte kaum Notiz davon genommen; der Mord wäre als eine der üblichen Steitereien zwischen Drogenfreaks und Motorradrockern abgetan worden, wo man ohnehin nie wußte, wer überlebte und wer nicht, und wen hätte es am Ende außer ihren Familien und ein paar Freunden gekümmert?

Wir schrecken nicht so sehr vor dem Mord als vor dem Grauen zurück, vor dem, was Karla den kranken Wahnsinn nennt, der nötig war, um eine solche Tat zu begehen.

Die Geschworenen jedoch, egal wie persönlich entsetzt sie auch sein mögen, müssen sich trotzdem auch auf die klugen Argumente konzentrieren. Für sie lautet die relevante Frage nicht, wer hat diesen Alptraum angerichtet und warum, sondern zu welchem Zeitpunkt genau war der Kläger tatsächlich tot, und welchen Wunden, zugefügt von welcher Person, ist er letztendlich erlegen.

Das Hin und Her über diese Frage zieht sich durch den ganzen Prozeß bis in die Schlußplädoyers. Da ist auch noch die Frage des Hammers, mit dem Danny laut Karla auf Jerry eingeschlagen hat, den Danny als Waffe benutzt hat, wie er anderen selbst erzählt hat, die es ihrerseits wieder anderen erzählt haben, des Hammers, der nie gefunden wurde.

Weil die Anklage die Jury glauben machen will, daß es Karla Faye und nicht Danny Garrett war, die den Schlag auf Jerry Deans Hinterkopf geführt hat, lassen Joe Magliolo und Aurelio Espinola die Möglichkeit im Raum stehen, daß es gar keinen Hammer gab, daß Karla diejenige war, die Jerry Dean auf den Kopf geschlagen hat, wahrscheinlich mit dem Griff der Spitzhacke. Das sagen sie zwar nicht ausdrücklich, weil sie nicht schlüssig genug beweisen könnten, daß die nicht einmal 60 Kilo schwere Karla Faye all das hätte bewerkstelligen können, ohne daß Jerry Dean sich auch nur rührte; sie lassen die Andeutung eben bloß in der Luft hängen.

Joe Magliolo kommt zur Aufklärung des Falles.

J. C. Mosier wird aufgerufen, um zu erzählen, wie er am Abend des 18. Juli im Büro der Mordkommission ›einen Anruf von einem alten Freund erhielt, den ich seit ungefähr acht Jahren kenne.‹ Der alte Freund, so stellt sich heraus, war Douglas Garrett, der J. C. laut dessen Angaben erklärt, er müsse unbedingt mit ihm reden. Am nächsten Abend, so sagt J. C. aus, habe er sich mit Douglas Garrett und Kari Burrell getroffen, die ihm dann erzählt hätten, wer die Spitzhackenmörder seien.

(Im Polizeibericht wird der erste Anrufer eine ›persönliche, verläßliche und vertrauliche Quelle‹ genannt; im Gespräch mit mir erklärt J. C., es sei eine von Dannys Ex-Frauen gewesen, die angerufen habe. Die Ex-Frau, erklärte er, sei wie er in Oak Forest aufgewachsen; er kannte sie besser als Danny oder Douglas. Erst nach dem Anruf der Ex-Frau hat J. C. mit Douglas telefoniert und sich in der Wohnung der Ex-Frau mit ihm und Kari verabredet. Das hat er jedenfalls mir erzählt.)

J. C. beschreibt, wie man Douglas verdrahtete, das Warten im Lieferwagen, die Vorgänge bei der Verhaftung.

Mack Arnold nimmt J. C. bezüglich Douglas Garrett hart in die Mangel. Hatte Douglas Karla nicht geholfen, Jerry Deans Brieftasche zu verbrennen? Hatte er nicht genau einen Tag, bevor er anrief, gestohlene Motorradteile in den Brazos River geworfen? Hätte man ihn nicht auch verhaften müssen?

J. C. ist ein ausgezeichneter Zeuge; er bleibt standfest. Ein guter Zeuge ist sich seiner Sache immer ganz sicher. Ein guter Zeuge bleibt standfest. J. C. wiederholt noch einmal: Douglas Garrett hat seinen Bruder verraten, weil er erstens Angst um sein Leben hatte und es zweitens das war, was jeder gesetzestreue Bürger getan hätte.

Die Anklage ruft Jimmy Leibrant auf. Joe Mag beeilt sich festzustellen, daß der Anklage die Tatsache wohl bekannt ist, daß Jimmy wegen Besitz und Herstellung von Speed eine Zeitlang im Knast gesessen hat, und er geht auch ganz sicher, daß jeder mitbekommt, daß man Jimmy keinen Handel angeboten hat, seine Strafe für seine Beteiligung an den Straftaten des 13. Juni im Gegenzug für diese Zeugenaussage zu reduzieren.

Nach dieser Einleitung beginnt Jimmy zu erzählen, was in dieser Nacht passierte, wie er und Karla und später auch Danny Pillen geschluckt, Jack Daniel's und Tequila getrunken und Speed gespritzt haben, wie sie völlig unter Strom standen – total ausrasteten –, und wie Karla aufgedreht war und Danny, und wie er, Jimmy, einen Punkt von *yeah, okay, was auch immer* erreicht hatte, und wie sie alle unbedingt etwas unternehmen wollten, als Danny Garrett schließlich sagte: »Ich weiß, was wir machen können.« Als *zugeknallt, aber noch ansprechbar,* beschreibt Jimmy Leibrant seinen Zustand. Als sie in Dannys Ranchero aufbrachen, sei er, sagt Jimmy Leibrant, davon ausgegangen, daß sie zu Jerry Lynn Deans Apartment fuhren, um ihn wegen irgendeiner Drogengeschichte, aus der er noch Schulden hatte, zur Rede zu stellen. Seine Aufgabe habe er so verstanden – zumindest behauptet er das – als zusätzliche Einschüchterung zu fungieren, falls es Ärger geben sollte.

Als sie am Tatort eintrafen, habe Danny ihn auf einen Erkundungsgang geschickt, und als er zurückgekommen sei, hätten sich die Dinge längst weiter entwickelt, und er habe, als er zur Hintertür hereinkam, keine Ahnung gehabt, was vorgefallen war oder was in dem unmöblierten Schlafzimmer in diesem Moment vor sich ging, daß er aber beim Hereinkommen, schon *in* der Tür genaugenommen, ein Geräusch gehört habe, daß »sich anhörte wie eine kaputte Aquariumspumpe«.

So liefert uns Jimmy Leibrant, unser neuer Erzähler, einen Vergleich. Er hätte auch ein ›lautes‹ Geräusch, ein ›krächzendes‹ Geräusch oder ein ›ungleichmäßiges‹ sagen können. Statt dessen bemüht er unsere Phantasie: »Wie«, sagt er, und jeder von uns hat schon einmal das tiefe Brummen einer Aquariumspumpe gehört und das röchelnde, Luft einsaugende und ausstoßende und wieder einsaugende und ausstoßende Geräusch einer defekten Pumpe . . .

Also ging Jimmy nach hinten, um zu sehen, was los war, stand in der Tür des unmöblierten Schlafzimmers mit einer Kiste Diebesgut in der Hand. Jimmy Leibrant sagte, er habe Karla Faye gesehen, einen Fuß auf Jerry Deans Rücken, beide Hände an der Hacke, wie sie sich anstrengte, deren Spitze wieder aus dem Körper zu ziehen. »Sie hat daran herumgezerrt«, sagt er. Nachdem sie sie herausgezogen hatte, beschwört Jimmy Leibrant, habe Karla mit der Hacke ausgeholt, den Kopf umgewandt und Jimmy angesehen – »gelächelt«, sagt er – »und wieder auf den Kerl eingeschlagen«.

Danach hat sich Jimmy Leibrant verkrümelt. Er ist nicht gerannt, er ist gegangen, weggegangen. In die Nacht hinaus. (Joe Mag entlockt ihm die Aussage, daß es möglicherweise bereits dämmerte, womit er andeuten will, daß Karla und Danny vielleicht noch mehr aus aus dem Apartment 2313 gestohlen hätten, wenn sie nicht vom Tageslicht überrascht worden wären.) Karla und Danny waren reichlich wütend auf ihn, weil er den Schwanz eingeklemmt hatte und davongerannt war. Am nächsten Nachmittag, sagt Jimmy, am Nachmittag des 13. Juni, hätten sie sich alle in der McKean Street 2205 die Fernsehnachrichten angesehen, und als man zeigte, wie Jerry Deans Leiche in einem Leichensack aus dem Apartment getragen wurde, habe Karla gesagt: »Das ist der Wichser«.

Sagt Jimmy Leibrant. Mehr haben wir nicht. Er ist kein besonders glaubwürdiger Zeuge; das räumt sogar Joe Magliolo in seinem Schlußplädoyer ein. Die Anklage beteuert, keinen Handel mit Jimmy Leibrant abgeschlossen zu haben, aber wir wissen, wie so etwas läuft, wir wissen, daß es in einem Prozeß um Gewinnen und Verlieren geht und daß die Staatsanwaltschaft sehr viel mehr daran interessiert war, für Karla Tucker und Danny Garrett die Todesstrafe zu erreichen, als Jimmy Leibrant für eine gewisse Zeit hinter Gittern festzusetzen. Außerdem ist Jimmy wie die eingesperrten Frauen in Rebecca Lewis' Traum. Er wird wiederkommen. Früher oder später, sagt sich die Anklage, kriegen wir ihn als Gewohnheitsstraftäter sowieso dran. Das vordringliche Ziel ist jetzt, diesen Prozeß zu gewinnen.

Jimmy Leibrant war dort. Hat gesehen, gehört. In der ersten Person: Ich sah. Nicht zu schlagen. Selbst wenn man die Hälfte seiner Aussage in Zweifel zieht, reicht die andere Hälfte immer noch. Die Anklage gibt den Zeugen frei.

»Wegen dieses Lächelns«, sagt Mack Arnold. Er erinnert Jimmy Leibrant daran, daß er am Abend seiner ersten Aussage nichts von einem Lächeln erwähnt hat, jetzt aber erklärt, daß er nie vergessen werde, wie Karla sich zu ihm umwandte, lächelte und dann noch einmal auf den Kerl einschlug.

Jimmy Leibrant scharrt mit den Füßen. Und wenn man die ganze Geschichte kennt, weiß man, warum Mack an diesem Punkt noch einmal nachhakt. Karla gibt zu – wird in Kürze sogar öffentlich gestehen –, ein grausames, undenkbares Verbrechen mit einer Spitzhacke begangen zu haben, und doch beharrt sie fest auf einigen Punkten, darunter die, daß sie weder die Spitzhacke aus Jerry Deans Rücken *herausgezerrt*, noch aufgeblickt und Jimmy Leibrant *angelächelt* habe.

Mack Arnold bohrt bei Jimmy auch weiter nach bezüglich der Frage, welchen Handel er vielleicht mit der Staatsanwaltschaft geschlossen haben könnte, um seine Strafe zu verringern.

Jimmy Leibrant weiß die Antwort auf diese Frage: Es hat keinen Handel gegeben.

Derweil sitzt Karla und sitzt und sitzt, in ihrer Klein-Mädchen-Puffärmel-Bluse und mit dem weißen Plastikkreuz aus dem Gefängnis um den Hals. Ich habe sie gefragt, wie es war, dort zu sitzen. Schrecklich, sagte sie, so gar nichts sagen zu können; und Mack und Henry hatten sie angewiesen, sich während des Prozesses keine Notizen zu machen: »Ich hasse es«, hatte Henry erklärt, »einen Angeklagten zu sehen, der sich ständig Notizen macht«. Henry hatte ihr erklärt, sie solle würdevoll und ruhig aussehen, also versuchte sie, so zu tun, als würde das, was vor sich ging, sie nicht aufwühlen, worauf man ihr vorwarf, sie sei kalt. Und als sie sich einmal in den Gerichtssaal umdrehte, um ihrem Vater Lawrence Tucker ein Lächeln zuzuwerfen, schrieb die Presse, sie habe Jimmy Leibrant angegrinst. Sie hat sich nie wieder umgedreht.

Joe Mag ruft Kari Tucker Burrell – frischgebackene Garrett – in den Zeugenstand; sie und Douglas haben ein paar Wochen vor dem Beginn von Karlas Prozeß geheiratet.

Kari hat so eine gewisse Art mit Worten. Sie spricht davon, daß Karla Jerry ›zerhackt‹ habe. Sie bringt auch den Ausdruck ein, ›ein echter Abgang‹ – als Zitat von Karla. Sie erzählt, Karla habe zu Jerry Lynn Dean gesagt: »Eine Bewegung, und du bist tot, du Wichser«, Kari sagt, sie hätten Jerry Lynn Dean die ›Schrotflinte in die Visage gedrückt‹ und Karla habe ›die Hacke voll reingezimmert‹. Wenn man Karis Aussage liest, bekommt man den Eindruck einer jungen Frau, die eigentlich wie eine Motorradrockerin redet, sich aber um ihrer Glaubwürdigkeit bei einem anständigen, bürgerlichen Publikum willen bemüht, das Register zu wechseln, und imitiert, was sie aus dem Fernsehen kennt.

»Es war eine kriminelle Szene«, sagt sie.

»Das kann ich nicht sagen, weil, wissen Sie, meine Damen und Herren Geschworenen, ich weiß es nicht . . .«

Kari ist wie Wasser. Ihr Redefluß plätschert bald hier, bald da, schlängelt sich, kommt vom eigentlichen Punkt ab. Es ist aber auch sonnenklar, daß Kari keinen Moment lang vergißt, für wen sie aussagt.

Als ein Mädchen, die an kurzfristige Beschäftigungsverhältnisse gewohnt ist, erledigt sie ihren Job gut. Für die Dauer der Zeugenaussage steht Kari Garrett voll und ganz der Anklage zur Verfügung. Sie ist Joe Magliolo mit ihrer ganzen Aufmerksamkeit und Fertigkeit zu Diensten. Für die Dauer ihrer Aussage ist sie uneingeschränkt für ihn da, als gehöre sie ihm.

Also läßt sie ihre Geschichte so gemein wie möglich klingen. Nach den Morden sei Karla in einem regelrechten Rausch gewesen, erzählt sie. Karla wollte die Motorradteile, ›ganz einfach, weil sie sich selbst eines bauen wollte‹. Karla habe gesagt: »Das Mädchen umzubringen, war eine Scheiß-Knochenarbeit«. Und daß sie sie umgebracht hätten, ›weil sie eben da war und alles mitgekriegt hatte‹. Was die Tatsache anbetrifft, daß Karla in jener Nacht völlig unter Strom stand, sagt Kari, wenn überhaupt Speed geschluckt oder gespritzt worden sei, ›habe ich nichts davon mitbekommen‹. Ihrer ›Kenntnis‹ nach hätte es überhaupt kein Speed gegeben. Nur ein bißchen Gras. Etwas Whiskey.

Kari kennt sich mit Drogen aus; sie weiß, was sie sagt. Die Anklage ist wild entschlossen zu beweisen, daß Karla in jener Nacht nicht total ausgerastet war: vielleicht angeknallt, aber nicht total unter Strom. Die Anklage will nicht, daß für die Morde wegen der von Karla Tucker eingenommenen Stimulantia irgendwelche mildernden Umstände geltend gemacht werden. Immer wieder hakt Joe Magliolo an diesem Punkt nach. Drogen, ja. Speed? »Nicht«, sagt Kari, »daß ich wüßte.«

»Lassen sie mich versuchen, Ihnen zu erklären, was ich sagen will«, setzt Kari an. ». . . « Und so weiter und so weiter.

Als Mack Arnold versucht, Kari zu bewegen, über das kleine Mädchen zu sprechen, daß Karla und ihr Mann Steve Griffith zu sich genommen hatten, minimiert Kari die Zeit von Karlas Pflegemutterschaft auf, na ja, vielleicht zwei Jahre. In Wirklichkeit waren es fast fünf.

Als ich Karla erklärte, daß Karis Zeugenaussage meiner Ansicht nach nicht besonders viel Gewicht hatte, weil sie so sprunghaft und ungeordnet erzählt habe, widersprach sie mir.

»Die Schwester sagt gegen die Schwester aus«, bemerkte sie, und ließ die Bemerkung sacken. »Kari hat mit dem Finger auf mich gezeigt und in diesem schrecklichen Tonfall gesagt: *Das ist sie, das ist diejenige.* Als ob sie sagen wollte: *Verbrennt sie, das ist sie.* Ich hab' so doll geweint, daß ich dachte, ich müßte mich übergeben.«

Gewichtigkeiten. Fotos. Der Horror. Was immer auch an zweifelhaften Zeugenaussagen nachkommt, egal wie wenig vertrauenswürdig der Erzähler auch ist, die Fotos bleiben haften. Die unschuldigen Toten. Der Mann mit den Kakerlaken auf der Brust. Das Mädchen mit der Spitzhacke im Herz.

Die Polizei von Houston hat eine Video-Aufnahme des Tatorts gemacht, in Farbe – eins der ersten Tatort-Videos, das die Houstoner Polizei je gedreht hat. Joe Magliolo hat es nicht verwendet. Es war grauenhaft, sagt er genußvoll. Aber er hatte auch ohne genug in der Hand. Manchmal übertreibt man es und widert eine Jury damit an. Er hatte auch ohne das Video genug.

Wenn ich mit Karla rede, vergesse ich es. Für mich ist sie die, die ich jetzt kenne, eine warmherzige, liebevolle Freundin. Die Morde kommen mir vor wie ein Kapitel aus einem abgegriffenen, alten Buch.

Karla selbst ist es, die mich wieder daran erinnert:

Was ich getan habe, war schrecklich. Schrecklich.

Es ist ein Teil ihres Lebens; der Grund, warum ich sie überhaupt kenne.

Das Tonband

Joe Magliolo ruft Douglas Garrett auf. Die Jury hört sich das Beweisstück 56 an, das Tonband. Von Zeit zu Zeit stoppt Joe Mag das Abspielgerät, um Douglas Garrett Fragen zu stellen: »Wer hat da gesprochen?« »Was ist da passiert?«

Douglas Garrett wirkt hektisch, emotional labil; auf einem Foto, das ich von ihm besitze, wirkt er abgelenkt, fett und ein wenig mitleiderregend. Seine Lippen werden von einem komischen, aufgesetzten Lächeln umspielt, und es sieht so aus, als ob er hinter seiner Brille leicht schielte. Wie Danny ist er korpulent. Aber während Danny dabei trotzdem geschmeidig wirkt – seine Haut glänzt kühl und leicht feucht – sieht Douglas ungelenk und wie ständig abwesend aus. Verschiedene Menschen haben mir erzählt, daß Douglas Kari schlägt. Das kann ich mir gut vorstellen. Er hat etwas von einem Pulverfaß.

Beweisstück 56 – das Tonband – verfehlt seine Wirkung auf die Geschworenen nicht, bis hin zu der Stelle, wo Douglas Karla fragt, ob es sie angemacht habe, Jerry zu töten, und ihre laute, kehlige Antwort: »Na, und ob«.

Dann wird Douglas direkt ins Kreuzverhör genommen.

Hoch und runter, kreuz und quer. Er ist schwer einzuschätzen, aber nicht hohl. Exzentrisch, vielleicht sogar gebrochen. Aber er versucht sein Bestes, versucht, die Wahrheit zu sagen. Sich einen Reim darauf zu machen. Eine Ahnung davon zu erhaschen, was tatsächlich geschah. Und es passiert, *während* er aussagt.

»Ich hab' versucht, ihnen nicht zuzuhören«, sagt er über Dan und Karla in den Tagen unmittelbar nach den Morden. »Aber sie kamen immer wieder an, haben mir Sachen erzählt, haben so getan, als müßte ich das auch noch toll finden. Aber das konnte ich einfach nicht.«

Douglas Garrett sagt, er glaubt an den Teufel, und daß er vielerlei Gestalt annehmen kann, und daß er, egal welche

Gestalt er auch immer am Morgen des 13. Juni 1983 angenommen hatte – vielleicht war es Ronnie Burrell – in Karla und Danny gewirkt haben muß, als sie in die Watonga Street fuhren; anders kann man es nicht erklären. Nachdem sie die Fotos von dem Mann mit den Kakerlaken auf der Brust und dem Mädchen mit der Spitzhacke im Herz gesehen und auf ihrer Bank Auge in Auge mit einem niedlichen, schwarzhaarigen Mädchen mit Puffärmelbluse und einem weißen Gefängniskreuz gesessen haben, mögen die Geschworenen geneigt gewesen sein, ihm zuzustimmen. Und dann sagt Douglas Garrett, er glaube, daß Ronnie Burrell vielleicht der Teufel ist. Er weiß nicht, ob die Drogen vom Teufel sind, er weiß nur, daß Karla und Danny in jener Nacht nie getan hätten, was sie getan haben, wenn sie nicht unter dem Einfluß des Teufels gestanden hätten. Punkt.

Im Zeugenstand verkauft sich Douglas Garrett an niemanden – keinem ist mit seiner Teufels-Theorie wirklich geholfen –, er stochert nur, sucht, versucht, sich die Geschehnisse zu erklären.

Er redet weiter. Sowohl Verteidigung wie Anklage wissen nicht, was sie tun sollen, außer ihn zu lassen. Danny und Karla seien auf einem Horrortrip gewesen, sagt er. Es sei völlig undenkbar, daß einer von ihnen ein derartiges Verbrechen begangen hätte, wenn sie nicht auf einem Horrortrip gewesen wären. Und keiner von ihnen sei stark genug gewesen, den anderen wieder runterzuholen.

Vorsichtig bittet Mack Arnold Douglas Garrett, den Damen und Herren Geschworenen zu erläutern, was genau ein ›Horrortrip‹ ist.

Douglas gerät ins Schwimmen. »Wenn man auf einem Horrortrip ist, ist man sich nicht völlig bewußt . . . also die Wahrnehmung funktioniert anders. Mit andern Worten, wenn man wütend wird und das Adrenalin fließt, dann ist man auf einem Horrortrip, und es kann einem passieren, daß man irgendwas anstellt. Ein Horrortrip ist wie . . . Eifersucht zum Beispiel,

Eifersucht ist ein Horrortrip. Neid ist ein Horrortrip. Haß. Ich glaube, der Teufel kann einen Menschen anfälliger für solche Horrortrips machen, und schwächer. So schwach, daß man nicht mehr davon runterkommt.«

Er weiß, was er meint, aber nicht, wie er es erklären soll. In seiner Unbeholfenheit wird er eigenartig präzise, um nicht zu sagen eloquent.

Karla sagt, sie kann verstehen, warum Douglas ein verstecktes Mikrophon getragen und gegen sie ausgesagt hat. »Ich mag Douglas sehr«, sagt sie. »Er hat getan, was er für richtig hielt.«

Wie er der Jury erklärte: »Ich kann mir nicht vorstellen, daß irgend jemand auf der ganzen Welt jetzt mit mir den Platz tauschen wollte.«

Wenn er ein bißchen weiche Knie hatte, ein wenig zerbrechlich wirkte, machte ihn das nur menschlicher; anders als die Mörder.

»Douglas Garrett ist ein seltsamer Mensch«, sagt Mack Arnold heute. »So ein Typ, bei dem man einfach nie so richtig weiß. Manchmal habe ich gedacht, er ist brillant, manchmal schien er völlig den Faden zu verlieren – oder schlimmer.« Auf die Frage, ob Douglas Garrett von der Houstoner Polizei einen Handel dafür angeboten bekommen habe, daß er ein Mikro trug, sagt Mack Arnold nur: »Garantiert«.

Noch einmal ruft Joe Magliolo Aurelio Espinola in den Zeugenstand, um erneut deutlich zu machen, daß Jerry Dean noch lebte, als Karla auf ihn einhieb. Um noch einmal sein ›zu Tode gehackt‹ rüberzubringen: Achtundzwanzig Hiebe auf den Körper, davon mindestens dreizehn, die potentiell tödliche Verletzungen verursacht haben. Mack nimmt den Gerichtsmediziner noch einmal halbherzig und eher auf die weiche Tor ins Kreuzverhör, dann ist es vollbracht.

Die Anklage hat keine weiteren Zeugen.

Die Verteidigung versucht, eine Zeugin aufzurufen, die aussagen soll, sie habe mitgehört, wie Jimmy Leibrant einen Handel mit der Staatsanwaltschaft geschlossen habe. Die Aussage wird nicht zugelassen.

Dann hat auch die Verteidigung keine weiteren Fragen mehr. Keine weiteren Zeugen.

Henry Oncken: »Es war schrecklich.«

Die Plädoyers

Von der Anklage kam nichts Neues. Mack Arnold hingegen schaffte es mit seinem Schlußplädoyer auf die Titelseiten.

Mack erhob sich und erklärte, er sei mit dem Staatsanwalt einer Meinung, daß die Geschworenen die Angeklagte für schuldig befinden müßten.

»Die Beweislast ist erdrückend«, sagte er, »daß meine Mandantin des vorsätzlichen Mordes schuldig ist, und ich würde jedes andere Urteil für Unrecht halten. Ich glaube, weder ich noch Henry Oncken noch Karla Faye Tucker«, sagte er, »hegen irgendeinen Zweifel darüber, wie das Urteil ausfallen wird.«

Er forderte die Jury auf, sich ›der Wahrheit verpflichtet zu fühlen‹. Selbst wenn Danny Garrett den ersten Schlag geführt habe, erklärte er, sei Karla ›ebenfalls schuldig, egal wie es auch immer geschehen ist‹. Und was das Thema Drogen anbetraf, selbst ›wenn sie so sehr unter Strom stand, daß sie nicht wußte, was sie tat, ist sie noch immer des Mordes schuldig‹.

Mack sagt, daß man ihn bis heute deswegen heftig attackiert. Er zuckte die Schultern auf seine zynisch-irische Art. »Ich habe versucht, bei den Geschworenen an Glaubwürdigkeit zu gewinnen. Wir konnten der Anklage keinen Fehler nachweisen, also haben wir uns dazu entschlossen.«

Manche sagen, es sei eine durchaus vernünftige Strategie gewesen, die Frage von schuldig/nicht schuldig aufzugeben und den Blick schon auf das Strafmaß zu richten, um so zu diesem frühen Zeitpunkt schon etwas zugunsten des Lebens der Klientin zu bewirken.

Andere sagen, so etwas tue man einfach nicht, es sei, als wenn man das Handtuch werfe. Wenn man auf unschuldig plädieren wolle, ohne die Schuldbeweise anzufechten, hätte man das der Jury im Vorwege erklären müssen. Wenn die Geschworenen das Gefühl bekommen, die Verteidigung ändert auf halber Strecke die Strategie, fühlen sie sich düpiert.

Mack und Henry hatten sich über diese Taktik natürlich beraten und sie mit Karla besprochen. Mack hatte den gesamten Part im Gerichtssaal übernommen, er war derjenige, zu dem die Jury – so hofften sie – eine Beziehung aufgebaut hatte, deswegen würde er auch, so hatte man vereinbart, das Schlußplädoyer halten und sich der nachfolgenden Kritik stellen. Aber es war eine gemeinsame Entscheidung der beiden Anwälte nach Beratung mit ihrer Mandantin.

Macks Plädoyer war jedoch keine Glanzleistung, doch damit eine so gewundene Taktik erfolgreich sein konnte, hätte er brillant sein und eine wirklich große Rede halten müssen. Mack argumentierte, er wisse nicht, warum die Anklage mit aller Macht leugnen wolle, daß Danny Garrett den ersten Schlag geführt hätte. Es käme ihm fast vor, als versuche der Staatsanwalt die Jury von Danny Garretts völliger Unschuld zu überzeugen, wo er doch seinerseits des vorsätzlichen Mordes angeklagt sei. Mack sagte auch, er könne nicht begreifen, warum die Anklage sogar so weit gegangen sei, beweisen zu wollen, daß Karla in jener Nacht kein Speed genommen habe.

Er jammert, verlangt zuviel. Außerdem wirkt sein Standpunkt unvermittelt reell. Es kommt einem vor, als wolle er in der Endphase des Spiels, nachdem er sich plötzlich mit der Anklage einig erklärt hat, den Staatsanwalt bitten, doch fair zu bleiben, die Sache nicht so verbissen zu sehen, nicht auf Blutrache aus zu sein, das Spiel – in der Retrospektive – nach den Regeln des wirklichen Lebens zu spielen.

Mack behauptet noch immer, daß es das einzig Richtige war. Er versuchte, das Leben seiner Mandantin zu retten. Und darauf läuft ein Mordprozeß von Anfang an hinaus, schon *vor* der

Geschworenenvereidigung. Die Verteidigung versucht, das Leben des Angeklagten zu retten. Um zu gewinnen – um die Mordanklage zu rechtfertigen –, muß der Staatsanwalt die Geschworenen vom Gegenteil überzeugen. Selbst wenn man Karla schuldig sprechen würde, wäre lebenslänglich ein Teilerfolg für Mack und Henry. Mack sagt, wenn er in der Phase der Strafmaßfestsetzung das Vertrauen der Jury gewinnen kann und dabei ein Lebenslänglich für Karla herauskommt, hat er getan, was er tun mußte.

Damals erklärte er den Reportern, ob seine Entscheidung richtig oder falsch gewesen sei, werde sich in der darauffolgenden Woche entscheiden. »Wenn sie lebenslänglich bekommt«, sagte er, »werde ich keine Fragen mehr beantworten müssen, warum ich getan habe, was ich getan habe.«

Die Jury tat, worum Mack Arnold sie gebeten hatte; sie nahm sich siebzig Minuten Zeit – mehr, als fast alle vorhergesagt hatten –, und kehrte mit dem Urteil ›schuldig‹ zurück.

Das Gericht vertagte sich für die Dauer der Osterferien, die Verhandlung sollte am Montag, den 19. April, wieder aufgenommen werden.

Die Strafe

Wenn in Texas ein Angeklagter in einem Mordprozeß für schuldig befunden wird, gibt es nur zwei mögliche Urteile, lebenslänglich oder Todesstrafe. Die Jury verurteilt den überführten Mörder nicht persönlich; das tut der Richter. Die Jury hat dann die Aufgabe, zwei Fragen zu beantworten: 1. Ob die Handlungen, die zum Tod des Opfers führten, vorsätzlich vorgenommen wurden und ob der Angeklagte dabei vernünftigerweise davon ausgehen mußte, daß sie zum Tod des Opfers führten; 2. ob die Wahrscheinlichkeit besteht, daß der Angeklagte weitere

Gewalttaten begeht, die eine fortdauernde Bedrohung der Gesellschaft darstellen.

Über beide Fragen wird getrennt entschieden. Um mit ja zu stimmen, sollte ein Geschworener der Überzeugung sein, daß ein Tatbestand jenseits aller begründeten Zweifel als gegeben festzustellen ist. Nach der Abstimmung hat der Richter bei der Festsetzung des Strafmaßes keinen Spielraum. Wenn beide Fragen mit ja beantwortet werden, bedeutet das automatisch die Todesstrafe. Wenn beide mit nein beantwortet werden, heißt das lebenslänglich.

In Karlas Prozeß rief Joe Magliolo in der ersten Runde der Verhandlung zur Festsetzung des Strafmaßes Kari und Douglas Garrett in den Zeugenstand.

Beide bestätigen Karlas gewalttätigen Charakter, ihre Prügeleien mit anderen Mädchen und Frauen, mit Männern, das blaue Auge, das sie Jerry Dean geschlagen hatte, und wie flink sie im allgemeinen mit ihren Fäusten war. Einzeln sagten sie aus, daß sie Angst um ihr Leben hatten, abwechselnd Nachtwache hielten, und daß Douglas eine Pistole in seinem Bademantel versteckt hatte. Douglas sagte, Dan und Karla hätten lang und breit darüber geredet, wen sie als nächsten umbringen wollten, jetzt, wo sie mit den Spitzhacken-Morden davongekommen waren, und daß Danny ihn auf einen Plan angesprochen habe, Ronnie Burrell zu ermorden. Weil Ronnie Douglas wegen der eingetretenen Tür sowieso schon auf dem Kieker hatte, könne Douglas an einem Abend in der McKean Street 2205 vorbeikommen, an dem auch Danny zu Hause sein würde, Ronnie provozieren, so daß Dan ihn in Notwehr für das Leben seines Bruders umbringen konnte.

Das war, erklärt Douglas, »sozusagen der letzte Tropfen. Ich hatte keine Lust, in ein paar Jahren die Zeitung aufzuschlagen und zu lesen, daß man auf so und so viele Gräber gestoßen war.«

Die Anklage hat keine weiteren Fragen.

Mack Arnold ruft Karlas Familie in den Zeugenstand, dann

die Psychiaterin Barbara Felkins, die auf eine entsprechende Frage hin aussagt, daß Karla Faye ihrer Ansicht nach in einer total kontrollierten Umgebung, mit anderen Worten im Gefängnis, zur Rehabilitation fähig sei und ein nützliches Mitglied der Gesellschaft werden könnte, wahrscheinlich erstmals in ihrem Leben überhaupt die Chance dazu hätte. Solange Mack sie führt, wirkt Barbara Felkins überzeugend. Sie berichtet von Karlas Drogenkonsum und was dieser bei dem Mädchen bewirkt hat. Dann kommt Joe Magliolo an die Reihe.

Sachverständige sind im Prinzip Huren, die man kauft und bezahlt. Sie sagen entweder für die eine oder die andere Seite in einem Prozeß aus.

In Joe Mags Händen schmilzt Barbara Felkins kühle Selbstsicherheit zu Sirup. Sie fließt dahin und versickert. Nachdem man ihre Aussage im Kreuzverhör des Staatsanwaltes gehört hat, glaubt man, daß es vielleicht doch so etwas wie angeborene Bösartigkeit gibt. Und daß Karla ein Beispiel dafür ist.

Mack: »Es war eine Katastrophe. Bevor sie in den Zeugenstand trat, war sie stark wie ein Löwe. Im Kreuzverhör ist sie dann zusammengeklappt. Es war wirklich die reinste Katastrophe.«

Es ist unmöglich zu sagen, ob es für den Ausgang von Karlas Prozeß einen Unterschied gemacht hätte, wenn Barbara Felkins ihre kühle Haltung bewahrt hätte und stark wie ein Löwe geblieben wäre. Man hatte der Verteidigung eine Gesamtsumme von vierhundert Dollar für die psychiatrische Begutachtung ihrer Mandantin zur Verfügung gestellt: *vierhundert Dollar.* Mack Arnold forderte mehr, aber Richterin Lykos lehnte ab. In der Welt der Psychiatrie kommt man mit vierhundert Dollar nicht weit. Der Anklage hingegen standen Mittel im gewünschten Maße zur Verfügung. Nachdem der Distriktsstaatsanwalt sich für eine Mordanklage entschieden hatte, öffnete er seine Schatullen für die Anklage.

Miss Rebecca tritt auf; verschiedene Angestellte des County-Gefängnisses. Sie bitten um Gnade. Beschrieben die Veränderung, die sie bei Karla wahrgenommen haben.

Aber das Herzstück der Verteidigung ist die Aussage der Angeklagten Karla Faye selbst.

Karla erzählt der Jury dieselbe Geschichte, die sie mir erzählt hat, dieselbe, die sie später im Prozeß gegen Danny zu Protokoll geben wird, dieselbe, die sie auch ihren Anwälten erzählt hat. Ihre Geschichte verändert sich nie; vielleicht fällt sie manchmal etwas ausführlicher aus, mit mehr Details, aber sie verändert sich im Kern nicht, stößt auch nie vor eine leere Wand, wie es oft bei Leuten der Fall ist, wenn sie lügen und an eine steinige Grenze stoßen, jenseits der ihre Phantasie endet.

Mack sagt ganz offen, sie wollten Karla so lange wie nur irgend möglich im Zeugenstand halten. Henry sagt, es sei ihre einzige Chance gewesen, sie menschlich erscheinen zu lassen, und das konnten sie nur, wenn sie sie ihre eigene Geschichte erzählen ließen.

Die Drogen, die Freier, ihre Mutter. Die kranken Träume, die sie und Danny träumten. Die Allman Brothers, ihre Ehe. Die Nacht vom 12. auf den 13. Juni 1983.

Es ist eine fesselnde Geschichte. Nicht einmal Joe Magliolo kann Karla Fayes Gelassenheit erschüttern oder sie in irgendwelche Widersprüche verwickeln. Sie begegnet der Herausforderung mit Überzeugung und Ehrlichkeit.

In den Houstoner Zeitungen steigen die Artikel über die ›Spitzhacken-Mörderin‹ von den Gerichtsseiten zum Aufmacher für den Lokalteil auf, schließlich in den überregionalen Teil und zu guter Letzt, als Karlas Aussage immer aufsehenerregender wird, auf die Titelseiten.

Als ihr eigener Anwalt Karla fragt, ob sie glaubt, daß sie so, wie sie vor den Morden gelebt hat, eine Bedrohung für die Gesellschaft dargestellt habe, erhebt Joe Magliolo Einspruch, weil er die Frage für einen Selbstgänger hält. Richterin Lykos lehnt seinen Einspruch ab.

Karla bejaht die Frage. »So wie die Dinge gelaufen sind«, sagt sie, »glaube ich schon.« Sie sagt, daß sie für das, was sie getan hat, keine Gnade verdient und daß sie nicht weiß, welche Strafe schlimm genug sei, das wieder aufzuwiegen. Als Joe Magliolo sie fragt, ob das bedeutet, daß sie um die Todesstrafe bittet, sagt Karla – sich bewußt werdend, wieweit sie gegangen ist –, sie wisse es nicht.

Mack Arnold und Joe Magliolo halten ihr Schlußplädoyer. Mack bittet um Gnade. Zum Schluß seiner Zusammenfassung fragt Joe Magliolo: »Hat Karla Faye Tucker die Todesstrafe verdient? Ich werde sie diese Frage selbst beantworten lassen.« Und er drückt auf den Start-Knopf des Kassetten-Recorders, und Karlas laute, kehlige Stimme erfüllt den Gerichtssaal: »Na, und ob.«

Die Jury beriet sich drei Stunden und präsentierte dann ein einstimmiges Ja als Antwort auf beide Fragen. Im vertraulichen Gespräch erzählten einige Geschworene Joe Magliolo hinterher, daß sie Karla nicht zum Tode hätten verurteilen wollen, jedoch nach Lage der Gesetze keine Möglichkeit gesehen hätten, es nicht zu tun.

Karla wurde ins County-Gefängnis zurückgebracht. Dort blieb sie bis zum Ende von Dannys Prozeß im Dezember 1984 und wurde dann nach Mountain View verlegt, wo sie eine Zeitlang die einzige Frau in Texas war, die in der Todeszelle saß.

Todestrakt

Hier drinnen hab' ich ein Leben. Ich will nicht behaupten, daß ich glücklich darüber bin, im Gefängnis zu sein, aber ... ich kann zur Schule gehen und lernen. Anstatt auf der Stelle zu stehen, kann ich mich hier weiterentwickeln.

Karla Faye Tucker,
im Todestrakt in Gatesville

Ich hatte vier oder fünf Mithäftlinge, die hingerichtet wurden. Es ist deprimierend. Es ist ... wirklich deprimierend.

Danny Garrett,
im Todestrakt in Huntsville

Näharbeiten ... beschäftigen die Gedanken noch viel wunderbarer als die Erwartung der eigenen Hinrichtung.

Christopher Burney,
Einzelhaft

Stammesriten

Als ich Peter das letzte Mal lebend sah, verließ er gerade das Haus, um seine Freunde nach Hause zu bringen.

Als ich ihn das nächte Mal sah, lag er in einem Sarg. Wir haben uns für einen Metallsarg entschieden, in Schwarz und Silber wie die Vereinsfarben seines Lieblings-Football-Clubs, der Raiders. Peter mochte alles an den Raiders, ihre Farben, das Piratensymbol, ihre Härte und ihren Rowdie von einem Besitzer. Damals waren sie noch in Oakland ansässig. Er mochte sogar den miesen Ruf Oaklands. Am Sonntag vor seinem Tod war er mit seinem Freund Sugar Bear nach Houston gefahren, um die Raiders gegen die Oilers spielen zu sehen. Und nach welchen Kriterien sollte man einen Sarg auch auswählen? *Peter hätte diesen genommen,* dachten wir an jenem Tag. Ich durchlebte eine Phase, in der ich mich ständig fragte, was er getan hätte, in der ich seine Vorlieben und Abneigungen peinlichst beachtete. Man hat zumindest etwas zu tun.

Am Abend nach Peters Tod kamen seine Freunde, um uns zu besuchen. Da die meisten von ihnen mexikanischer Abstammung waren und somit in einer auf den Tod zentrierten Kultur aufgewachsen waren, wußten sie, wie sie sich zu verhalten hatten. Sie kamen zu uns, sagten sehr förmliche und blumige Beileidsbekundungen auf, schickten Sträuße, brachten Kondolenzkarten vorbei und dann saßen sie da, einfach nur da. Ich ließ sie in Peters Zimmer gehen und sich umsehen – einfach nur da sein. Sie blätterten seine Fotoalben durch und kamen immer wieder.

Einer von ihnen, Eloy Barrera – er war älter als Peter und immer derjenige aus der Clique gewesen, der sich am besten auszudrücken verstand; irgend etwas war zwischen den beiden vorgefallen, ich habe nie erfahren was, aber sie hatten sich zerstritten – Eloy Barrera also fragte mich schließlich: »Können wir Peter sehen? Wir wollen ihn sehen.«

Eloy ist ein hübscher Junge. Sehr überzeugend. Er saß da und wartete.

»Wir« bedeutete seine Freunde; sein Stamm. Ich hatte die Beerdigung für Donnerstagnachmittag um vier Uhr angesetzt, damit seine Schulkameraden dabei sein konnten.

Ich wollte mir Peter am nächsten Morgen in der Leichenhalle ansehen. Er sah offenbar ganz okay aus, nicht entstellt oder verstümmelt. Glenn wollte nicht mitkommen; er wollte Peter lebendig im Gedächtnis halten und hatte Angst, daß er das, wenn er ihn jetzt so anders sehen würde, vergessen könnte. Colin, der mittlerweile aus Kalifornien nach Hause gekommen war, wollte auch nicht mit. Ich mußte mich vergewissern, daß ... ich weiß nicht ... er es auch wirklich war, vermutlich. Ich bereute es schon, daß ich nicht darum gebeten hatte, ihn noch im Krankenhaus sehen zu dürfen. Jetzt mußte ich mich mit der Glamour-Version des Bestattungsunternehmers begnügen. Meine Schwägerin und eine alte Freundin aus Houston wollten mich begleiten. Meine Freundin sagte, die Toten machten ihr keine Angst, sie seien nicht einmal *dort*.

Ich saß mit Eloy auf der Couch, als er mich fragte. Eine Reihe anderer Jugendlicher war auch dabei, vor allem Mädchen ... eines saß neben mir, ein paar auf dem Boden zu meinen Füßen. Peter hatte von früh an zahlreiche Freundinnen gehabt. Als er starb, hatte er gerade zwei feste, Tina Gonzales und Cindy Rodriguez. Tina war an diesem Abend auch zugegen.

Ich ließ ihre ernsten, traurigen, jungen Gesichter auf mich wirken und dachte, daß er sein Leben nicht wirklich mit uns verbracht hatte. *Er hatte mit ihnen gelebt, mit Eloy, Bobby, Cindy und Tina, mit seinen Freunden, seiner Sippe.* Ich habe Peter nicht verstanden und nie begriffen, was er wollte, aber er war, was er war. Als ich so dort saß und Eloy ansah, wußte ich, was ich wollte. Ich wollte, daß Peters Beerdigung für sie war, für seine Mitschüler und Freundinnen und besten Kumpel, wie die Party, die er am Labour Day gegeben hatte.

Ich erklärte Eloy, daß ich am nächsten Morgen zur Leichenhalle fahren und mir Peter ansehen wollte und daß ich, wenn er okay aussah, veranlassen würde, daß der Sarg offen blieb. Wenn nicht, dann nicht. Ich wollte ihre Erinnerung an Peter nicht zerstören oder seinen Körper bohrenden Blicken aussetzen, wenn er nicht aussah wie er selbst. Eloy fragte, ob sie, wenn der Sarg offenbliebe, ein paar Sachen hineinlegen könnten, und ich sagte ja.

Der Besitzer des Beerdigungsinstituts wartete schon auf mich. Sie hatten Peter in dem kleinen Raum aufgebahrt, in dem auch schon meine Mutter gelegen hatte. In dem in ein paar Jahren der Leichnam meines Vaters liegen sollte. Der Bestatter ging voran und öffnete den Sarg.

Bei seinem Anblick fiel ich auf die Knie. Die beiden Frauen an meiner Seite zogen mich hoch, und wir traten näher heran. Ich hatte die Kleidung für die Aufbahrung selbst geschickt: ein neues Hemd, das Tina für ihn ausgesucht hatte, ein konservatives, langärmeliges Hemd, das seine neue Entschlossenheit dokumentieren sollte, endlich ernsthaft zu werden und die Schule abzuschließen, sowie ein neuer Gürtel. Außerdem hatte er neuerdings angefangen, ein Halstuch im Hemdkragen zu tragen. Sie hatten es korrekt gebunden. Über seiner Oberlippe stand Flaum, weil er kürzlich beschlossen hatte, sich einen Schnurrbart wachsen zu lassen.

Er war es wirklich. Und auch wieder nicht.

Wenn Lady Macbeth von den Toten sagt, sie seien ›gemalte Teufel‹ und ›Bilder nur‹, irrt sie. Sie spricht eigentlich von Schuld und Angst und nicht von Leichen, und trotzdem irrt sie. Die Toten sind keine gemalten Teufel, sie sind nur gemalt. Sie sind tatsächlich Bilder nur.

Ich blieb lange genug stehen, um die öde Realität dessen, was dort vor mir lag, sacken zu lassen, berührte sein hartes, kaltes

Gesicht und sagte dann: »Er sieht gut aus.« Ich erklärte dem Bestattungsunternehmer, er solle den Sarg offenlassen.

Wenn wir das wollten, sagte er, sollten wir Peter in der Kapelle aufbahren, weil die größer sei, und wenn ein junger Mensch starb, meinte er, würden viele Leute – Jugendliche – kommen. Ich sagte, von mir aus, aber ich verstand es nicht. Ich glaubte nicht, daß so viele kommen würden.

Ich hatte vergessen, daß ein früher Tod für junge Menschen etwas ungeheuer Romantisches hat. Als ich zur Trauerfeier kam, war die Kapelle restlos überfüllt. Cindy stand neben dem Sarg. Ihre Mutter stützte sie. Cindy weinte, klagte und jammerte, bis ihre Mutter – für deren Geburtstag ich Stunden, bevor Peter überfahren wurde, noch ein Buch signiert hatte – sie zur Toilette führen mußte, wo Cindy einen langen, schrillen Schrei ausstieß. Ich fragte mich, ob sie je wieder ganz so wie vorher sein würde.

Kaum war ihr Wehklagen erstorben, als ich einen weiteren Schrei von irgendwo hinten in der Kapelle hörte.

»PEE-ter! PEE-ter!«

An der Tür der Kapelle stand Tina, gestützt von *ihrer* Mutter. Beim Anblick von Peter in seinem Sarg war sie wie ein Sack Kartoffeln in sich zusammengesunken.

Eine Zeitlang fand ich es tröstend, daß sie all das taten. Es war wie jede Trauerzeremonie, die ich zwar inszeniert hatte, an der ich jedoch im Moment nicht direkt Anteil nahm. Ich mußte mich für die Kinder zusammennehmen. Sie übernahmen für ein paar Stunden das Weinen und Wehklagen.

Ich hatte Talismane und Erinnerungsstücke um Peters Leichnam drapiert – Familienfotos, eine Locke aus dem Fell seines Hundes Maxine, einen Stein aus dem Fluß, die Foreigner-, Rush- und Bad Company-Cassetten, die er auf seiner Party gespielt hatte, ein Exemplar von *Taxi Driver*, dem einzigen Buch, von dem ich sicher bin, daß er es bis zum Ende durchgelesen hatte, Abrisse von Konzertkarten, die er gesammelt hatte, ein Bild von Tina, ein Bild von Cindy.

Alex Navarro hatte Peters Bibel dazugelegt, die er von seiner Großmutter bekommen hatte. Ich habe keine Ahnung, wie das Buch in Alex Navarros Hände gelangt war. Die meisten Jugendlichen legten kleine Zettel in den Sarg, auf die sie Grüße geschrieben hatten wie: ›Du wirst ewig leben‹, ›Rock'n Roll Forever‹, ›Ich werde dich immer lieben, Peter‹.

Sie berührten Peters Gesicht und Hände. Ich stand am Fuß des Sarges und empfing sie wie die Mutter der Braut. All die Rock'n Roller. Nie hatte ich einen von ihnen in etwas anderem als einem schwarzen T-Shirt mit dem Namen irgendeiner Rock-Band gesehen. Heute standen sie mir zurechtgemacht in Anzügen gegenüber, das Haar zurückgekämmt, und sagten: »Mein Beileid zu diesem tragischen Verlust.« Sie wußten, was sie zu tun hatten, und es war wunderbar, der Trost des reinen Rituals.

Sargträger waren sieben Freunde und ein Bruder: Alex Navarro, Eloy Barrera, Jesse ›Poppo‹ Machado, Arthur Contreras, Steve ›Sugar Bear‹ Williams, Danny Longoria, Stephen Hurtado und Colin. Eigentlich sollte Peters allerbester Freund, Bobby Numbrano, auch einer der Sargträger sein, aber Bobby schaffte es nicht, pünktlich genug in der Kapelle zu erscheinen, als daß man wirklich auf ihn zählen konnte. Er war beobachtet worden, wie er in seinem Wagen immer wieder um den Block fuhr, weil er es nicht über sich brachte, die Kapelle zu betreten.

Als wir aus der Kapelle kamen, waren überall Autos. Ich dachte, daß sie zu einer anderen Beerdigung gekommen sein mußten, aber nein. Freunde von uns waren aus Houston, Austin und San Antonio gekommen. Leute aus der Stadt waren da. Und jede Menge Jugendliche.

Es war eine vergleichsweise *würdige* Beerdigung, seinem Leben angemessen und so frei von Klischees wie nur möglich. Es war besprochen, daß einige seiner Freunde ein paar Worte sagen sollten. Bobby tauchte auf, wollte sprechen und brachte kein Wort heraus. Sugar Bear – ein Schwarzer mit einem Diamantknopf im Ohr (was damals noch sehr viel ungewöhnlicher war als heute) sagte: »Peter war wie ein Bruder für mich« und kam nicht viel weiter. Eloy Barrera fand wohlgewählte Worte. Jim Pape, Peters Rechtsanwalt, hielt eine kurze Rede, in der er an Peter erinnerte. Mein Bruder spielte Gitarre, und Glenns Schwester sang ›Amazing Grace‹ und ›In the Sweet Bye and Bye‹ in einem ziemlich flotten Bluegrass-Rhythmus. Die letzte Strophe sangen wir alle gemeinsam. Und es war schön. Und die Jugendlichen wehklagten zum Himmel. Kreischten. Stöhnten. Stützten sich gegenseitig.

Ich weiß nicht, wie meine Freundinnen und Freunde es geschafft haben, aber sie haben nie aufgehört, sich um uns zu kümmern. Die Beerdigung war der leichteste Part.

Tot ist tot. Und ich mußte erst einen Weg finden, das wirklich zu begreifen.

Todestrakt 1

Als Karla am Abend nach der Urteilsverkündung wieder ins County-Gefängnis zurückkam, fand sie ihre Zelle in dem Zwölf-Zellen-Trakt leergeräumt vor. Nach ihrer Verurteilung zum Tode waren ihre Sachen zusammengepackt und in eine der Zellen geräumt worden, die besonders schweren Fällen und Todeskandidaten vorbehalten sind. Die entsprechende Sektion des County-Gefängnis wird Iso-Block genannt, die Abkürzung für Isolations-Block.

Die Strafvollzugsbestimmungen für das Leben im Todestrakt variieren von Bundesstaat zu Bundesstaat, aber in allen Staaten werden die zum Tode Verurteilten von den gewöhnlichen Insassen getrennt. Dafür gibt es offiziell eine Reihe von Gründen, wie beispielsweise die Annahme, daß ein zum Tode Verurteilter gefährlicher ist als andere Gefangene. Außerdem gilt die Isolation als eine Art Bestrafung. Vor allem aber sind Regeln eben

Regeln. Und die Rituale um eine Exekution sind besonders förmlich und werden strikt eingehalten.

Der Tod – sogar der bevorstehende Tod – verlangt eben einen Ritus.

Mit ihren Freundinnen im Knast hatte Karla ein angenehmes Leben. Sie besuchte Unterrichtsstunden, ihr Bibelseminar und ging ihrer Missionsarbeit nach. Im Iso-Block erkundigte sie sich, ob es irgendeine Möglichkeit gab, zu ihren Freundinnen zurückzukehren, dorthin, wo sie gebraucht wurde. In Kürze würde man sie ja ohnehin in den Todestrakt verlegen. Die Vollzugsbeamtin sagte, sie wolle sehen, was sich machen ließe. Am nächsten Morgen erschien eine Psychologin, um Karlas Geisteszustand zu untersuchen.

Noch am selben Tag erlaubte man Karla Faye, in ihren alten Block zurückzukehren, wo sie blieb, bis Renovierungsarbeiten alle weiblichen Häftlinge zu einem Umzug zwangen – worauf man Karla fragte, wo sie als nächstes untergebracht zu werden wünschte. Sie sagte, im Bewährungsblock. Man gewährte ihr den Wunsch. Karla schrieb, ihre Zelle dort sei wie die »Luxussuite des edelsten Hotels«.

Im County-Gefängnis hatte Karla täglich Zugang zu einem Telefon, so daß sie jeden Tag zahlreiche Leute anrufen konnte. Sie bekam etwa einmal die Woche Besuch von ihrer Familie. Sie sagt, ihr Leben dort sei im Grunde in Ordnung gewesen, manchmal sogar besser.

Im November 1984 wurde sie heftig kritisiert, weil sie gegen Danny ausgesagt hatte. Nach Ansicht mancher Leute war das etwas, was man einfach nicht tat. Aber Karla fühlte sich neuen Werten verpflichtet; sie hatte jetzt einen Pakt mit Gott geschlossen, nicht mehr mit ihrer Sippe – dem Gefängnis, ihrer Familie oder den Motorradrockern. Sie tat, was sie für richtig hielt.

Wir haben eine gelbe Labrador-Hündin, Pearl. Pearl blickt die Menschen mit so viel Liebe an, daß es einem manchmal vorkommt, als könne sie sich gar nicht *ausdenken,* was sie noch tun könnte, um zu zeigen, wieviel Liebe sie noch in sich trägt.

Karla hat den gleichen Blick. Hinter ihrem Plexiglas kämpft sie gegen die Gegebenheiten an. Schickt meinen Nichten Karten, strickt Schals, häkelt mir eine Sonnenkappe in grellen Farben und schickt einer Freundin von mir ebenfalls eine. Schreibt an Jugendliche mit Drogenproblemen. Sie kann gar nicht genug tun. »Wenn Sie nur wüßten«, sagt sie, »wie sehr ich den Menschen helfen will. Wie es mich zerreißt, anderen zu helfen . . .«

Zweimal sagte Karla im Prozeß gegen Danny Garrett aus, einmal in der Phase der Schuldfeststellung und einmal, als es um die Urteilsfindung ging. Am 29. November wurde Danny Ryan Garrett zum Tode durch eine giftige Injektion verurteilt. Damit ist Danny Garrett eine echte Rarität: Nur etwa sechs Prozent der in den USA in Todeszellen Einsitzenden wurden von einem Privatanwalt vertreten.

Nach ihrer Aussage, das wußte Karla, würde sie nach Gatesville verlegt werden, aber niemand teilte ihr mit, wann oder wer sie abholen würde. Sie blieb in ihrer ›Luxussuite‹ im County-Gefängnis bis zu den frühen Morgenstunden des 18. Dezember 1984, als man sie zwischen zwei und drei Uhr morgens weckte. »Auf geht's«, sagte irgend jemand. Karla hatte keine Ahnung wohin. Sie wußte, daß sie irgendwann verlegt werden würde, aber es kam ohne jede Vorwarnung.

Auf geht's. Zwei Kriminalbeamte, Männer. Karla fragte wohin, einer der beiden sagte, zum Krankenhaus. Sie stellte keine weiteren Fragen, packte nur ihre Zigaretten, ihren Kamm und ihre Bibel ein und folgte ihnen. Auf der Treppe nach unten eröffnete man ihr die Wahrheit. Sie seien, verkündete einer der Beamten, unterwegs zum *Big House.*

(Karla kichert, wenn sie *Big House* sagt. Niemand benutzt diesen Ausdruck, außer im Kino.)

Zuerst waren die Kriminalbeamten entschlossen, sie abweisend und hart anzupacken. Sie wußten, daß sie es mit der gefährlichen Spitzhacken-Mörderin zu tun hatten, der sie es schon zeigen würden. Schlau, wie sie ist, reagierte Karla mit allergrößter Freundlichkeit. Als sie darauf bestand, daß man ihr erlaubte, in ihre Zelle zurückzugehen und ihre Habseligkeiten zusammenzupacken – wozu sie, wie sie wußte, berechtigt war – gaben die Polizisten wohl oder übel nach. Sie brauchte zwei Plastikmüllsäcke, um alles einzupacken. Die Kriminalbeamten erklärten ihr, sie müsse die Säcke selbst tragen, was sie auch tat oder mit hinter dem Rücken gefesselten Händen versuchte, bis die Beamten schließlich doch nachgaben und ihr die Säcke bis zum Wagen trugen.

Von Houston bis Gatesville sind es etwa zweihundert Meilen. Unterwegs plauderte Karla von der Rückbank so lange mit den Polizisten, bis diese ihre abweisende Haltung langsam aufgaben; dann döste sie ein. Als sie aufwachte, hörte sie einen der Männer sagen: »Ich glaube, sie wacht auf. Wir können die Musik wieder ein bißchen lauter drehen.«

Als sie Karla fragten, ob sie Hunger habe und auf dem Weg irgendwo frühstücken wolle, sagte sie natürlich ja, schon wegen der Aussicht auf richtiges Essen von einem richtigen Teller. Sie trug ihre persönliche Kleidung. Auf dem Parkplatz eines vierundzwanzig-Stunden-Diners erklärten ihr die Polizisten, daß sie ihr vertrauen und ihr die Handschellen abnehmen würden, wenn sie versprechen würde, sie nicht zu enttäuschen.

Karla: »Ich beteuerte, daß ich das nicht tun würde, und auf einmal stand ich da, *frei!* Es war ein FANTASTISCHES Gefühl. Ich hatte Jeans an, einen langärmeligen blauen Pulli und meine Schlangenlederstiefel. Ich stand ohne Handschellen neben einem normalen Auto gemeinsam mit zwei nett aussehenden Männern vor einem Restaurant. Ich hatte mich lange nicht mehr so frei gefühlt.«

Die drei setzten sich an einen Tisch. Karla bestellte Spiegeleier mit Schinken, Schokoladenkekse, Toast, Orangensaft – nichts von alldem hatte sie in den vergangenen neunzehn Monaten zu Gesicht bekommen – und stürzte sich in eine regelrechte Freßorgie. Sie hatte schon immer einen gesunden Appetit, aber an jenem Tag hinterließ sie ihren Teller blitzeblank und aß sogar noch etwas von dem, was die beiden Kriminalbeamten übrig gelassen hatten. Die beiden sagten, ihr beim Essen zuzusehen, sei schöner gewesen als die meisten Dates in ihrem Leben.

Hinterher mußte Karla natürlich aufs Klo. Während ein Polizist die Toilette überprüfte, bezahlte der andere die Rechnung. Karla ging zur Toilette, und sie fuhren weiter. Nach dem fettigen Mahl und der ganzen Aufregung darüber . . . Wenn man sie vorgewarnt hätte, hätte sie sich bei der Krankenstation etwas für den Magen mitgeben lassen. Sie hoffte bloß, daß sie Gatesville erreichte, ohne daß es zu Peinlichkeiten kommen würde. Die beiden Polizisten erklärten Karla, daß sie ihr bis zur Ankunft in Gatesville die Handschellen nicht wieder anlegen würden, und das taten sie auch nicht. Unterwegs mußten sie für Karla noch zweimal halt machen.

Als sie Gatesville erreicht hatten, legten die beiden Polizisten Karla die Handschellen wieder an, trugen ihre Plastiktüten, wünschten ihr viel Glück und fuhren weg.

Karla hat sie nie wiedergesehen.

»Ich war traurig, weil ich das Gefühl hatte, daß zwei neue Freunde gingen.«

Eine Zeitlang war Karla die einzige Frau im Todestrakt. Eine Insassin namens Pamela Perillo war schon vor Karla zum Tode verurteilt worden, zur Zeit von Karlas Ankunft jedoch wegen einer Zeugenaussage nach Houston verlegt worden. Ganz allein in dem von den übrigen Insassen von Mountain View abgetrennten Betonblock, verfiel Karla zunächst in eine tiefe Depression. Aber als Pamela zurückkehrte, lebte sie schnell wieder auf.

Der Todestrakt war damals in provisorischen Räumlichkeiten untergebracht. Das Frauengefängnis war erst kürzlich von Huntsville nach Gatesville verlegt worden, und die Behörden hatten noch nicht endgültig entschieden, wo auf Dauer Raum für die Unterbringung und Hinrichtung von Todeskandidatinnen geschaffen werden sollte. Als Karla Faye und Pam Perillo nach Gatesville kamen, wurden sie zunächst in einem Trakt untergebracht, der direkt an die psychiatrische Ambulanz angrenzte und von jener nur durch Gitterstäbe getrennt war. Karla und Pam konnten die Frauen auf der anderen Seite sehen und mit ihnen sprechen. In etlichen Nächten sickerte Wasser durch und überflutete den Todestrakt, wenn wieder eine gestörte Patientin das Wasser laufenließ oder eine Toilette verstopft hatte. Und es war *sehr* laut: man hörte schlagende Türen und Fenster, Schreie, klirrendes Glas. Patientinnen legten Feuer und erhängten sich. Patientinnen schlitzten sich die Pulsadern auf – viele schlitzten sich die Pulsadern auf und brüllten unentwegt.

Pam und Karla riefen Hilfe herbei. Die Insassen der psychiatrischen Ambulanz, so meldeten sie, seien wieder munter.

Karla und Pam hatten nichts gegen das allgemeine Getöse; so hatten sie wenigstens etwas zu tun, hatten das Gefühl, nützlich zu sein. Außerdem waren sie in der Nähe von anderen Menschen. Tagsüber führten Karla und Pam trotz des ausdrücklichen Verbots von jeglichem Kontakt zwischen Todestrakt-Insassen und gewöhnlichen Häftlingen durch die Gitterstäbe Gespräche mit den Frauen im Psychiatrie-Trakt. Sie hörten sich ihre Probleme an, versuchten, ihre Stimmung aufzuheitern. Einmal retteten sie einer Frau sogar das Leben, indem sie ihren Selbstmordversuch meldeten.

Jedem, der mit einem Gefängnis in Kontakt kommt, ist die Präsenz des Todestraktes ständig gegenwärtig. Die Anwesenheit von Menschen, die wie Käse bis zum Tag ihrer Tötung gelagert werden, berührt jeden, der diesen Menschen nahekommt oder auch nur von ihrer Nähe weiß.

Ich habe gesehen, wie Insassen Karla in ihrer Zelle zugewinkt haben. Ich habe gehört, wie eine Frau, die mit einer Gartenarbeits-Kolonne zur Arbeit gefahren wurde, an Karla vorbeikam und sagte: »Die ist vom Todestrakt.« Ihre Stimme hatte einen ganz eigenen Tonfall. Angst, Respekt. Dahinter schwingt fast zwangsläufig immer noch ein anderes Gefühl mit, ein Gefühl der Erleichterung, das jeder von uns kennt, der schon einmal beobachtet hat, wie ein anderer von der Polizei angehalten wird, weil er zu schnell gefahren ist oder eine rote Ampel übersehen hat. *Es tut mir leid, daß es ihn erwischt hat, aber, Gott vergebe mir, ich bin froh, daß es nicht mich getroffen hat.*

Insassen des Todestraktes dürfen sich nicht beruflich weiterqualifizieren. Ihnen werden keine Fertigkeiten vermittelt, die ihnen die Wiedereingliederung in die Zivilisation erleichtern. Sie sind nicht hier, um Fertigkeiten zu lernen oder sich weiterzubilden oder auf eine Rückkehr in die Zivilisation zu warten. Sie sind hier, um darauf zu warten, daß ihnen das Leben genommen wird.

In Texas verbringen die Frauen im Todestrakt sechs Stunden pro Tag mit der Anfertigung von Puppen – großen, kuscheligen, ausgestopften Buben und Mädchen mit sommersprossigen Knien und Gesichtern. Die Puppen werden von Vollzugsbeamten bestellt, mit genauer Angabe von Geschlecht, Haut- und Haarfarbe und Kleidung. Ein Bekannter, der für die Justizbehörde tätig ist, hat mir eine von ihnen besorgt. Meine Puppe hat wie ich braune Haare und braune Augen. Sie ist in hellen Farben gekleidet, wie ich: kariertes Kleid, lavendelbaue Schürze. Karla nennt diese Puppen ihre Babies, genau wie sie ihre Hunde immer genannt hat.

Den Frauen im Todestrakt ist es jedoch erlaubt, Fernkurse an High Schools und Colleges zu belegen. Der Staat kommt für die Kosten jeweils eines Kurses pro Semester auf, die Insassin bezahlt für alles weitere. Nachdem Karla im Gefängnis ihren High-School-Abschluß nachgeholt hat, hat sie begonnen, College-Seminare zu belegen, jeweils zwei pro Semester. Den einen bezahlt der Staat, den anderen Großmama B., oder wer auch immer das Geld sonst überwiesen hat.

Die Frauen lesen, stricken, häkeln, schrieben Briefe. Karla macht Aerobic, Yoga und Fünfzehn-Meilen-Märsche. Ich habe eine Reihe von Zeitschriften für sie abonniert. Sie schneidet Bilder von Kleidern, die ihr gefallen, aus und schickt sie mir. Sie entwirft Häuser, in denen sie gerne leben würde, und klebt Collagen. Früher hatten die Frauen auch einen Garten, aber da der Hof ausschließlich der Freizeitgestaltung vorbehalten ist und irgend jemand im vergangenen Jahr entschieden hat, daß ein Garten keine Freizeitgestaltung ist, durften die Frauen in diesem Frühjahr keinen neuen anlegen. Nach einer Weile beginnt man das Prinzip zu begreifen: Nicht nur, daß die Regeln um der Regeln willen gemacht werden, sie werden auch in regelmäßigen Abständen geändert. Man beißt sich nicht an so etwas fest, man klagt nicht oder fragt warum. Gründe sind kein Thema. Und Klagen würde einen verrückt machen.

Da sehr wenige Frauen in Todeszellen einsitzen – in Texas oder sonstwo –, genießen die Frauen in Gatesville ein offeneres und ausgefüllteres Sozialleben als die Männer in Huntsville. Wenn man sie nach dem Unterschied zwischen männlichen und weiblichen Gefangenen fragt, erklären die meisten Vollzugsbeamten, daß Frauen, auch wenn sie mehr jammern und klagen als die Männer – ›macht einen völlig verrückt‹, meinte ein Beamter zu mir, ›dieses dauernde Geratsche‹ – weniger gewalttätig sind. Weniger Morde, Messerstechereien, Fluchtversuche. Keine Vergewaltigungen. Also können es sich die Behörden leisten, mit den Frauen im Todestrakt etwas laxer umzugehen, sie ihr Leben leben zu lassen und es ihnen sogar ein wenig angenehm zu machen. Karla sagt, man sei in Gatesville nie schlecht mit ihr umgegangen, habe ihr, solange sie sich korrekt verhalten habe, immer ihre Würde gelassen – sie eben wie einen erwachsenen Menschen und nicht wie ein Tier oder Kleinkind behandelt.

Wochentags abends um 22 Uhr 30 wird jede Frau im Todestrakt in einer Einzelzelle eingeschlossen, an Wochenenden um 1 Uhr 30. Am nächsten Morgen um 6 Uhr 30 werden die Zellen wieder aufgeschlossen. Jede Zelle ist etwa 2,5 mal 3,5 Meter groß, mit Bett, Waschbecken, Toilette und einigen Regalen ausgestattet und führt direkt in einen Gemeinschaftsraum, den die Frauen den Tagesraum nennen und von ihren Zellen aus sehen können. Im Tagesraum essen die Frauen, nähen, sehen fern, leben. Er ist mit ihren Handarbeiten dekoriert: gehäkelte Blumen, gehäkelte Tischdecken, eine gehäkelte Flickendecke über einer Parkbank, alles erdenkliche Gehäkelte, um den Ort wohnlicher zu machen.

An den Tagesraum grenzt der Arbeitsraum, in dem die Frauen an einem Tisch sitzen und ihre Puppen basteln.

Jede Frau hat ihr eigenes Radio. Drei von ihnen besitzen Schreibmaschinen. Es gibt einen Fernseher und Regale mit Büchern und Zeitschriften.

Zum Kochen wird eine Art Tauchsieder verwendet. Die Frauen füllen einen Topf mit Wasser, legen einen oder zwei Tauchsieder hinein und stellen die Pfanne oder den Topf mit dem zuzubereitenden Essen ins kochende Wasserbad.

Einmal in der Woche gehen die Frauen in den Gefängnisladen, um sich Lebensmittel und Kleinigkeiten des alltäglichen Bedarfs zu kaufen. Eigentlich gehen sie nicht selbst, sondern kreuzen die Artikel auf einer Liste an; aber es ist fast wie Einkaufen, also nennen es die Frauen so. Das gleiche gilt für die Bibliothek. Wenn die Frauen beim Laden Eis bestellen, müssen sie es immer sofort essen; Karla freut sich besonders auf ihr Eis. Ansonsten werden Lippenstifte, Shampoo, persönliche Bedarfsartikel, Zigaretten – Pam ist die einzige Raucherin –, Geschenke zu Geburtstagen und Weihnachten gekauft. Bastelbedarf bestellen die Frauen normalerweise direkt bei einem Versandhandel.

Als ich Karla fragte, was sie im Gefängnis am meisten vermißt, sagte sie: »Meine Familie.« Dann überlegte sie einen Augenblick lang und fügte hinzu: »Nach meiner Familie fehlt mir vor allem leckeres Essen.«

Neben Staats- und Strafvollzugsbeamten dürfen nur offizielle Gäste des Justizministeriums und Menschen mit einer religiösen – christlichen – Botschaft die Frauen in ihrem Zellenblock besuchen: Vertreter der Gefängnismission, Redner, Sänger, Puppentheater, Erlöste, die Zeugnis von ihrer Bekehrung ablegen, und ein paar schlichte Besucher.

Wenn sie Gäste haben, servieren ihnen die Frauen im Todestrakt manchmal ein Essen. Auch an Feier- oder Geburtstagen sowie an Halloween und am Valentinstag veranstalten sie ein zeremonielles Essen. Mit diesen kleinen, aber sehr förmlichen Feiern strukturieren sie ihre Zeit.

Die Rezepte im Todestrakt basieren hauptsächlich auf Streichkäse. Als Hauptgericht steht Hühnchen aus der Dose ganz hoch im Kurs, ebenso wie Roastbeef aus der Dose und Streichkäse. Zum Dessert sind sie auf eine Getränkemischung und... Streichkäse angewiesen. Mit den Nudeln aus einer Fertigsuppe und einer Dose Roastbeef im eigenen Saft wird eine Gefängnis-Version von Boeuf Stroganoff zubereitet: Kurz vor dem Servieren werden auf eine Dose Rindfleisch sechs Päckchen Streichkäse in die Sauce gerührt, die anschließend mit ein wenig Essig verdünnt wird, was ein einfallsreicher Ersatz für die saure Sahne ist. Die Gefängnis-Version von Hühnchen-Enchiladas (besonders beliebt bei Parties) basiert auf einer Dose Hühnerfleisch, vier kleinen Tüten zermahlener Chicos, einem halben Liter Milch, zehn Päckchen Streichkäse, einer Tube einfacher Käsesauce und einer Tube Jalapeno-Käsesauce, einem Paket Mehl-Tortillas, vier kleinen Dosen Chili und einem halben Paket Butter. Auch Rindfleisch-Burritos werden hin und wieder serviert, wobei zehn Päckchen Streichkäse auf eine Dose Roastbeef mit Sauce verwendet werden.

Zum Nachtisch gibt es vielleicht den Knast-Käsekuchen – zwei Päckchen zerstampfter Graham-Kekse, geschmolzene Margarine, achtzehn Päckchen Streichkäse, Erdbeermarmelade, sechs kleingehackte Granola-Riegel, ein Paket Vanille-Waffeln, zwei Dosen Mandarinen-Orangen, zwei kleine Päckchen Getränkepulver und Zitronat. Vielleicht aber auch Karlas Lieblings-Dessert, genannt Karlas Delight: ein halbes Paket Getränkepulver und vier Päckchen Streichkäse mit Sirup zu einer Creme verrührt, einen mit Zucker glasierten und einen unglasierten Schokoriegel zur Verzierung und das Ganze mit

Zuckerguß überzogen. Zur zusätzlichen Dekoration werden bunte M & M's darüber gestreut.

»Essen Sie auf«, sagte Karla. »Junge, das ist echt mein Lieblings-Nachtisch.«

Dieses Jahr haben sie zu Halloween eine Party gefeiert. Karla, Pam und Frances haben Masken gestickt – eine Maus, ein Kaninchen, ein Tiger, eine Katze –, und Karla hat formelle Einladungen gestaltet, in denen die anderen aufgefordert wurden, am 31. Oktober 14 bis 17 Uhr an einer gruseligen Halloween-Party teilzunehmen, u.A.w.g. Sie steckte die Einladungen in Umschläge und bat eine Vollzugsbeamtin, sie zuzustellen. Die Beamtin verließ den Trakt für eine Weile und kam dann zurück, um zu verkünden, daß sie Post für Pam und die anderen beiden habe, nicht jedoch für Karla.

Post? Um diese Tageszeit? Natürlich wußten alle von der Party. Sie wußten auch, daß sie so tun mußten, als wüßten sie es nicht. Wenn man eins im Gefängnis lernt, dann das.

Alle erbetenen Antworten fielen positiv aus. Karla bereitete die Gefängnisversion von Hühnchen-Enchiladas und ihren Spezialnachtisch. Jede mußte sich ein Spiel ausdenken. Die Party ging den ganzen Nachmittag, und bei den Spielen wollte jede ganz *ernsthaft* gewinnen. Wer ein Spiel gewonnen hatte, durfte mit verbundenen Augen einen Schoko-Riegel von einem Teller greifen, während die anderen Frauen wie wild durcheinander redeten, damit die Gewinnerin nicht den Riegel bekam, den sie eigentlich haben wollte. Sie spielten wie kleine Kinder, sagt Karla, und hatten sehr viel Spaß.

»Es war eine ganz besondere Party«, meint sie, »wegen der besonderen Situation. Man lernt Dinge ganz anders zu schätzen, wenn man hier drin ist und weiß, wie es ist, auf vieles zu verzichten.«

Zu Geburtstagen gibt es eine kalte Platte. Schnittchen mit zurechtgeschnittener Kruste – hübsch dekoriert. Dazu wie edle Pralinés in feine Scheiben geschnittene Schoko-Riegel.

Pam kann von allen Frauen am besten stricken und häkeln.

Sie macht den anderen viele Geschenke, und wenn eine von ihnen einen Gerichtstermin hat, strickt Pam ein Kleid.

Karla, Pam Perillo und die beiden anderen Frauen, Betty Lou Beets und Frances Newton, sind alle wegen desselben Delikts verurteilt, wegen Mordes.

Das ist kein Kavaliersdelikt. Sie haben nicht aus Leidenschaft gemordet. Und keine wird in die Todeszelle geschickt, weil sie einen Angreifer getötet hat; wenn es um Frauen geht – in Prozessen um die Höchststrafe gilt noch immer diese doppelte Moral – müssen die Verbrechen besonders grausam sein.

1980 trampten Pam Perillo, eine Freundin und ein Freund in der Gegend des Astrodome, als zwei Männer anhielten und ihnen anboten, sie mitzunehmen. Die Männer nahmen die drei mit zu sich nach Hause, boten ihnen an, über Nacht zu bleiben und fuhren noch einmal los, um Kaffee und Doughnuts zu besorgen. Als Pam und die beiden anderen in der Wohnung Gewehre fanden, beschlossen, sie, ihre Gastgeber auszurauben. Als die beiden Männer zurückkamen, bedrohten Pam und der Freund sie mit ihren eigenen Waffen, schlossen einen von ihnen ein und legten dem anderen ein Seil um den Hals – an dem sie von beiden Seiten so lange zogen, bis sie ihr Opfer langsam erwürgt hatten. Dann ließen sie den anderen Mann heraus und erwürgten ihn ebenfalls.

Im nächsten Monat stellte Pam sich. Sowohl sie als auch ihre beiden Freunde wurden schuldig gesprochen und zum Tode verurteilt.

Pam Perillo hatte zwei Prozesse, die beide gleich endeten. Nach dem zweiten Prozeß adoptierte ihr Anwalt sie. Er und seine Frau ziehen jetzt ihren kleinen Sohn groß. Pam ist dreiunddreißig, blond, schlank, tätowiert, ein derb aussehendes Mädchen vom Lande. Sie ist Karlas beste Freundin im Todestrakt. Pam hat Karla stricken, häkeln und sticken beigebracht.

Mit zweiundfünfzig ist Betty Lou Beets die älteste Frau, die in Texas in der Todeszelle sitzt. Sie war fünfmal verheiratet, hat fünf Kinder und etliche Enkelkinder. Betty ist drall, langsam ergrauend und sexy, sie trägt ihre Haare hochgesteckt, malt sich die Fußnägel an, trägt klobigen Schmuck und geknotete Halstücher und könnte jederzeit als Madame in einem altmodischen Western-Saloon durchgehen. Betty stammt aus Ost-Texas – die einzige Frau im Todestrakt, gegen die nicht in Harris County Anklage erhoben wurde. Sie wurde für schuldig befunden, ihren fünften Mann von hinten in den Kopf geschossen und ihn dann, um die Versicherung zu kassieren, in einer Brunnenattrappe vergraben zu haben. Zur Zeit läuft ein weiteres Verfahren gegen sie wegen der Ermordung ihres vierten Mannes, auf dessen hinter einem Schuppen vergrabene Leiche man kurz nach der Entdeckung des fünften Mannes stieß. Auch er war von hinten in den Kopf geschossen worden. Ihr dritter Mann ist bereits vor Jahren verschwunden, ohne daß man je wieder von ihm gehört hätte.

Betty behauptet, ihr Sohn sei für die Morde verantwortlich.

Mit vierundzwanzig ist Frances Newton die Jüngste im Todestrakt, die einzige Schwarze und am kürzesten hier. Auf Fotos sieht sie aus, als wäre sie höchstens zwölf. Sie hat das Gesicht eines liebreizenden Kindes, aus ihren warmen Augen strahlt Güte in alle Richtungen. Frances ist zum Tode verurteilt worden, weil sie ihren mit Drogen handelnden Ehemann erschossen hat, nachdem sie ihn zusammen mit seinem Bruder, ihrer fünfzehnjährigen Schwester und einer weiteren Frau im Bett erwischt hatte. Das allein wäre in Texas ziemlich glimpflich abgegangen, aber nachdem sie ihren Mann erschossen hatte, tötete Frances Newton auch ihre beiden Kinder – einen siebenjährigen Jungen und ein einundzwanzig Monate altes Mädchen – jeweils mit einem Schuß ins Herz. Daß sie die Hundertausend-Dollar-Lebensversicherung für ihren Mann und ihre Tochter kassierte, machte die Tat zu einem vorsätzlichen Mord.

Frances' Verurteilung war ein weiterer Sieg für Joe Magliolo.

Wie Betty behauptet auch Frances, sie sei es nicht gewesen, eine Haltung, die die beiden Frauen verbindet und sie ein wenig von den geständigen Mörderinnen abrückt.

Karlas und Pams Verbrechen sind sich darin ähnlich, daß es sich nicht um die Art von Mord handelt, die Frauen normalerweise begehen – nämlich an Familienangehörigen, Liebhabern, Ehemännern –, und daß sie mit einer eher untypischen Tatwaffe begangen wurden. Frauen greifen in der Regel zu Pistolen, Küchenmessern oder Gift. Auch die unmittelbare Gewalttätigkeit ihrer Taten ist ungewöhnlich: eine Spitzhacke im Fleisch, langsames Strangulieren mit einem Seil.

Karla und Pam haben ihre Verbrechen gestanden; Betty und Frances beteuern ihre Unschuld. In Freiheit haben Karla und Pam ein wildes Leben gelebt – Sex, Drugs & Rock'n Roll –, während Betty und Frances zumindest den Anschein von Anstand gewahrt haben.

Trotzdem sitzen die vier Frauen gemeinsam in der Tinte, und sie haben sich arrangiert, haben sich ein Leben geschaffen. Das kann nur gelingen, wenn sie vor allem bereit sind, ihr Ego zurückzunehmen und in Gemeinschaft zu leben. Sie wissen nicht, ob sie das Gefängnis je wieder lebend verlassen, und wenn überhaupt, wann. Sie können sich nicht auf regelmäßige Besuche verlassen. Die Außenwelt ist schlicht dort draußen, wie ein früher einmal geträumter Traum. Ihr Leben sind sie, ihre Gemeinschaft. Wenn sie keine Gemeinschaft haben, haben sie kein Leben. Ihre Gemeinschaft basiert auf Riten und Zeremonien, auf dem Glauben und der Hervorhebung der kleinen, kurz gesteckten Ziele – einen Pullover zu stricken, den sie bei einem Gerichtstermin tragen können, ein Paar Socken bis Weihnachten fertig bekommen, sich gegenseitig mit Geschenken überraschen. Wenn eine der Frauen in eine Depression verfällt, warten die anderen verzweifelt darauf, daß sie sich wieder fängt, damit ihr gemeinsames Leben weitergehen kann.

Der Erfolg einer solchen Gemeinschaft hängt auch davon ab, daß jede Frau in sich ein Gefühl von Erfüllung hat, wie es Rebecca Lewis in ihrem Büro im Gefängnis von Harris County beschrieben hat. Karla sagt, es würde im Todestrakt keine Gemeinschaft geben, keine Fröhlichkeit, keine Parties, keinen inneren Frieden, wenn nicht alle Frauen an Jesus Christus glauben würden.

Wenn ich ›Religion‹ sage, verbessert sie mich: Nicht Religion, beharrt sie, sondern Christus.

»Mein Hauptanliegen im Leben ist jetzt die Liebe«, sagt sie und weist dazu mit weit ausholender Geste auf die Fenster hinter meinem Kopf. »Mörder, Fixer, Ungläubige, jeden zu lieben. Ohne Christus könnte ich das nicht.«

Wie das? frage ich sie, die vielleicht der liebevollste Mensch ist, den ich je getroffen habe.

Sie zögert einen Moment, bevor sie antwortet. »Zu lieben, ohne etwas zurückhaben zu wollen. Ohne zu erwarten, daß man zurückgeliebt wird. Ich bin es ja nicht wirklich, die da liebt, sondern es ist Gottes Liebe in mir. Ich liebe die anderen mit der Kraft der Liebe von Christus, und indem ich das tue, hoffe ich, andere zu Christus zu führen.«

Ich beneide sie um ihren Glauben, ihre Gewißheit. In jedem Brief schreibt sie, daß sie für mich betet.

Im Todestrakt gibt es zwei Duschen. Karla und Frances teilen sich die eine, Betty und Pam die andere. Sie schneiden sich auch gegenseitig die Haare. Dauerwellen dürfen jedoch nicht selbst gelegt werden; eine Anstalts-Friseuse kommt gelegentlich in den Todestrakt, um Pam, Betty und Frances zu frisieren.

Als Betty im Winter 1990 vor Gericht erscheinen mußte, strickte ihr Pam ein Kleid. Alle halfen mit. Alle Frauen sind etwa gleich groß, zwischen 1,55 und 1,60 Meter. Alle probierten das Kleid an. Alle wollten auch eins haben, aber in einer anderen Farbe. Pam hat versprochen, allen eins zu stricken. Sie haben sich vorgenommen, es jedesmal zu tragen, wenn sie vor Gericht erscheinen müssen.

Dann haben sie diesen Plan wieder verworfen.

Jedesmal, wenn Karla einen Gerichtstermin in Houston hat, stellt sie sich ihre Garderobe neu zusammen. Sie strickt sich einen Pullover, wenn es Winter ist, oder häkelt sich etwas Leichteres, wenn es warm ist. Dann wird der Termin verschoben, das Gericht bittet um eine Vertagung, und Karla überlegt, was sie als nächstes strickt.

Die Frauen im Todestrakt haben gelernt, sich mit den Gegebenheiten zu arrangieren. Sie haben ein Leben. Ein Vollzugsbeamter erklärte mir: »Die Frauen im Todestrakt von Gatesville sind besser dran als alle anderen Gefangenen in den Justizvollzugsanstalten in Texas.« Als ich einmal zu Karla sagte, sie werde vermutlich nie wieder Weiß tragen, wenn sie je in die Freiheit entlassen werden sollte, meinte sie: »Das ist Knast-Denken, genau wie wenn die Leute sagen, ›ich trinke nie wieder aus einem Plastikbecher, ich esse nie wieder mit einer Plastikgabel ...‹ Ich will nicht in dieses Knast-Denken verfallen. Ich *mag* weiß.«

Anfang 1991 entdeckte eine Wärterin eine Katze im Todestrakt. Als sie wenig später einige zu Besuch weilende Würdenträger in Mountain View herumführte, ertappte sie die Todeskandidatinnen beim gemütlichen Plausch durch einen Zaun mit gewöhnlichen Gefängnisinsassen. Die Wärterin reagierte mit aller Härte. Jetzt fesseln die Beamten, die Karla vom Besucher-Zentrum zum keine zwanzig Meter entfernt liegenden Eingang des Todestraktes bringen, ihre Hände mit Handschellen – auf dem Rücken. Wenn sie das tun, lacht Karla jedesmal und hält ihre Handgelenke so hoch es eben geht. »Wie gefällt Ihnen mein neues Armband?« ruft sie mir zu. Wenn sie am ganzen Körper gründlich durchsucht wird, reckt sie die Arme in die Luft und seufzt genußvoll: »Hmm, den Teil mag ich immer am liebsten.«

Sich anpassen. Und wieder anpassen. Wie ein Stehaufmännchen, das man zwar umstoßen, aber nie ganz zu Boden werfen kann.

Man möchte den ganzen Todestrakt nehmen und ihn auf eine einsame Insel oder den Mond verpflanzen, möchte die Frauen ihre Gemeinschaft leben lassen, ihre Streichkäse-und-Schoko-Riegel-Kuchen backen, ihre Spiele spielen und sich gehäkelte Blumen ins Haar stecken lassen.

Der alberne Traum einer Außenstehenden: Sie würden nicht wollen. Sie vermissen nicht direkt ihre Freiheit, aber ihre Familien. Menschen. Essen.

Ich habe Karla einmal gefragt, ob sie das Angebot annehmen würde, ihre Todesstrafe in lebenslange Haft ohne Bewährung umzuwandeln.

»Darauf können Sie Gift nehmen«, antwortete sie wie aus der Pistole geschossen. »Hier kann ich mir ein Leben schaffen. Ich *habe* mir ein Leben geschaffen.« Sie hielt inne und blickte durch die Plexiglasscheibe auf das vergitterte Fenster in meinem Rücken. »Außerdem –« fuhr sie fort, und ihre Augen blitzten – »kann man ja nie wissen, was passiert.«

Man sieht sich mit dem Undenkbaren konfrontiert, dem, wovon man gesagt hätte, daß man es nie, *nie* ertragen könnte, und siehe da, man paßt sich an, versucht, einen Weg zu finden und ist selbst am meisten überrascht darüber.

Todestrakt-2

Von weitem erinnert der Block 1 der Strafvollzugsanstalt Ellis in Huntsville an die Alcatraz-Sing-Sing-Version eines Gefängnisses, wie wir sie alle in unserer Phantasie mit uns herumtragen. Er ist zwar nicht auf Granit gebaut, aber er ist aus Backstein, mehrstöckig, hinter einem Gitterzaun und Stacheldrahtrollen, öde und einsam.

Block 1 der Anstalt Ellis liegt dreizehn Meilen nördlich von Huntsville, in einer ursprünglichen Landschaft, wie sie für den Osten von Texas typisch ist, umgeben von kühlen, hohen Kiefern, die so starr stehen, daß sie sich kaum im Wind wiegen. Eine wellige Gegend mit fruchtbaren Böden und zahllosen Seen, in denen es reichlich Barsche gibt. Der Osten von Texas – der eigentliche Osten, der mehr durch kulturelle Eigenheiten als durch den schmalen Streifen Land definiert ist, aus dem er besteht – grenzt an den Norden Louisianas. Rassistische Tendenzen sind hier ähnlich verbreitet. Der Osten von Texas ist der einzige Teil des Staates, der deutlich von einer Südstaaten-Haltung geprägt ist, im Gegensatz zur Südwestener-Mentalität im übrigen Texas.

Kiefern sind unnahbar und selbstgenügsam wie unnachgiebige Menschen, die sich sofort zurückziehen, wenn man mit ihnen redet. Man fährt eine ganze Weile durch Kiefernwälder, bevor man Ellis 1 erreicht, und dann liegt es auf einmal vor einem da.

Ich hatte Danny Garrett geschrieben, ihm meine Bücher zuschicken lassen und ihm erklärt, daß ich mit Karlas Hilfe ein Buch schreiben wollte. Karla hatte ihm auch geschrieben. In einem kurzen Brief hatte sich Danny Garrett für die Bücher bedankt und erklärt, er habe sich aus Liebe zu Karla und wegen ihrer Zuneigung zu mir entschlossen, mich zu empfangen.

Um ein Interview zu vereinbaren, mußte ich mich an die Pressestelle des Texanischen Strafvollzugsdepartments wenden, das seinen Hauptsitz in der Innenstadt von Huntsville hatte. Der Leiter der Pressestelle, Charley Brown, ist ein freundlicher und recht gut aussehender Schwarzer, auf dessen Schreibtisch eine schwarze Ausgabe des Charley Browns von den ›Peanuts‹ steht.

Weil um Mitternacht des Tages, an dem ich ankam, am 6. Dezember 1989, eine Hinrichtung angesetzt war, war Charley Brown sehr damit beschäftigt, Presseanfragen abzublocken.

Der Häftling Carlos DeLuna sollte am Morgen von Ellis 1 nach Huntsville gebracht werden, wo er in einer Spezialzelle im Keller des Gebäudes eingeschlossen werden sollte. Bis 18 Uhr sollte DeLuna Gelegenheit haben, Zeit mit seiner Familie und Freunden zu verbringen. Auch hier würde der Kontakt nur durch eine Plexiglasscheibe erlaubt sein.

Kein Körperkontakt, nicht einmal in den letzten Stunden des Delinquenten. »Das ist ein absolutes Tabu«, sagt Brown und hebt warnend den Finger.

Der Raum, in den der Häftling anschließend auf eine Rollbahre geschnallt gebracht werden sollte, um eine tödliche Dosis Sodium Thiopenal verabreicht zu bekommen, befand sich in einem nahegelegenen Gebäude. Um anzudeuten, wo die Hinrichtung stattfinden würde, nickte Charley Brown vage in die Richtung eines Parkplatzes hinter dem Haus.

Während Charley Brown mich noch aufforderte, Platz zu nehmen, klingelte schon wieder das Telefon. Brown hörte etwa eine halbe Minute lang zu und sagte dann: »Meines Wissens ist es noch immer in Kraft. Rufen Sie mich später zurück.«

Er hängte ein, blickte auf, seufzte und ließ sich in seinen Stuhl fallen. »Für mich bedeutet das einen Vierundzwanzig-Stunden Tag«, sagte er. »Und niemand dankt es einem.« Er zuckt die Schultern und lacht. »Das gehört nun mal zu meinem Job.«

Eine von Charley Browns Aufgaben als Leiter der Pressestelle der texanischen Strafvollzugsbehörden ist die Teilnahme an Hinrichtungen. Bisher hat er dreißig gesehen. (Seit die Todesstrafe 1976 in Texas wieder eingeführt wurde, sind hier mehr als vierzig Männer hingerichtet worden, mehr als in jedem anderen amerikanischen Bundesstaat. In Florida sitzen zwar mehr Menschen in der Todeszelle, aber in Texas kommen sie schneller dran.)

Zuzusehen, wie Männer auf eine Pritsche geschnallt werden, um an der Überdosis eines Medikaments zu sterben, das die Herzfunktionen verlangsamt, bis sie zum Stillstand kommen, ist, wie Charley Brown erklärt, nicht unbedingt sein Fall. Er sagt nicht direkt, daß er *gegen* die Todesstrafe ist, aber eins sagt er bestimmt: Wenn Charley Brown seine Arbeitsplatzbeschreibung selbst erstellen dürfte, würde er das, was er in dieser Nacht um 24 Uhr wieder zu tun hat, nicht in die Liste seiner Pflichten aufnehmen. Aber, erklärt er schulterzuckend, er tut, was er tun muß; und da es zu seinen Aufgaben zählt, der Presse zu berichten, was geschehen ist – wie der Häftling reagiert hat, wer seine letzten Besucher waren, was er als letzte Mahlzeit zu sich genommen hat, wer bei der Hinrichtung zugegen war, wem der Verurteilte zugewunken hat, wie seine letzten Worte lauteten, wie lange es gedauert hat, bis der Tod eingetreten ist – na ja …

»Man kann es am besten erzählen, wenn man es gesehen hat. Die ersten paar Male konnte ich hinterher überhaupt nicht schlafen, aber …« Es entsteht eine lange Pause, dann reißt sich Brown zusammen. »Tja, Charley Brown muß eine Familie ernähren. Es ist Teil meines Jobs.«

Charley Brown glaubt nicht, daß der Staat Texas so weit ist, eine Frau hinzurichten. Er kann nicht erklären warum, aber er glaubt, daß das noch eine ganze Weile dauern wird. Vielleicht hofft er, die Vorstellung mit einem Fluch zu belegen, weil er daran denkt, daß er zuschauen müßte.

Browns Assistent David Nunnelee betritt das Büro. »Das Fünfte hat ihn abgewiesen«, sagt er und meint das Fünfte Bezirksgericht, das Carlos DeLunas Gnadengesuch in letzter Minute abgewiesen hat.

Als ich David Nunnelee erzähle, daß ich ein Buch über Karla Faye Tucker schreibe, nickt er, lächelt und sagt: »Das Herzchen vom Todestrakt.«

Nunnelee begleitet mich nach Ellis 1.

Die Anlage ist makellos gepflegt. Es gibt Stiefmütterchen, Gauklerblumen und Zierkohl, perfekt rund gestutzte Buchsbäume und kein einziges Hälmchen Unkraut.

Die Empfangshalle ist hell und luftig, es herrscht ein geschäftiges Treiben. An die Halle grenzt ein Atrium mit Bananenbäumen, Lilien mit großen grünen Blättern und anderen exotischen Pflanzen – ein veritabler Dschungel aus überraschend üppigen Pflanzen.

Ich werde durch die Eingangspforte gewinkt. Keine Überprüfung meines Führerscheins; David Nunnelee ist meine Beglaubigung. Insassen mit Besen, Mob und Harken in der Hand schlendern vorbei und unterhalten sich angeregt. In der Empfangshalle hängen Bilder an den Wänden, Fotos des Anstaltsleiters, des Gouverneurs, verschiedener Beamter, die in Ausübung ihrer Pflicht getötet wurden, sowie einer Gruppe Bürger, möglicherweise der Verwaltungsrat der Anstalt. Hinter dem Atrium liegen drei Zellentrakte. Die Gitterstäbe verlaufen sowohl horizontal als auch vertikal, so daß sie kleine hellblau angestrichene Quadrate bilden. Die Wände sind aus rotem Backstein. Mit all dem Rot und Blau, nicht zu vergessen mit dem dschungelartigen Atrium, sieht der Ort viel farbenfroher und, tatsächlich, viel *fröhlicher* aus, als ich es erwartet hatte.

Insassen lehnten an den Gittern und blickten herab. Einer winkte mir mit ausholender Armbewegung zu. Ich erwiderte seinen Gruß.

Jeder der hier Einsitzenden ist zum Tode verurteilt. In dem Monat waren es zusammen 287. In der Nacht würden es nur noch 286 sein, wenn nicht ein Wunder Carlos DeLuna noch rettete.

Wenn man so durch die Gänge geht, verliert man die Tatsache aus den Augen, daß diese Häftlinge im Gefängnisjargon schon tote Männer sind – ›Ein toter Mann kommt durch‹, verkündeten die Wärter früher, wenn sie einen Insassen des Todestraktes einen Flur entlang führten. Aber ein Besuch ist gar nicht so schlimm, macht einem keine Angst. Wovor sollte man Angst haben? Die Menschen lächeln, nicken einem zu, reden. Man kann ihre Dankbarkeit sehen und spüren, wenn man ihr Lächeln erwidert. Es ist ein Leben. Eine Art Leben – aber trotzdem ein Leben.

David Nunnelee fordert mich auf, ihm einen Flur entlang in einen Raum zu folgen. Die Decke ist niedrig, es ist ziemlich dunkel. Es gibt weit mehr Reihen mit Besuchertresen als in Mountain View. Besucher und Insassen sind durch eine Drahtglas-Wand getrennt, die bis zur Decke reicht. Der Tresen und die Stühle sind aus Holz. Das in das Glas eingearbeitete Drahtgeflecht ist so engmaschig, daß man nicht hindurchsehen kann. Gut fünfzig Zentimeter oberhalb des Tresens sind eine schmale, mit Draht verstärkte Scheibe und darunter ein Sprechschlitz eingelassen. Insassen und Besucher können sich nur durch diese schmale Scheibe sehen. Dazu muß man sich entweder bücken oder hinsetzen.

»Wo ist Garrett?« ruft Nunnelee.

Hinter dem Glas kann man an der Stelle, wo David und ich stehen, eine massige Gestalt ausmachen. Ich hatte ihre Gegenwart sofort gespürt und geahnt, daß es Danny sein könnte, konnte aber selbst auch kaum etwas erkennen, und ... er sah so groß aus.

»Hier«, antwortete er wie bei einem Zählappell.

Ich versuche, ihn zu fixieren, aber durch die Wand aus Glas und Draht kann ich nur verschwommene Umrisse ausmachen.

»Ich kann nichts erkennen«, sage ich.

»Ich habe sie gleich erkannt, wegen den Fotos«, sagt er.

Der Ton seiner Stimme läßt mich vermuten, daß er vielleicht froh ist, mich zu sehen.

»Wo wollen Sie sitzen?«

»Ich weiß nicht.« Ihm ist unbehaglich zumute, er möchte offenbar gerne, daß ich die Initiative ergreife. Er selbst kann oder will von sich aus nicht zu entgegenkommend sein. Als der Wärter sagt: »Setzen Sie sich einfach irgendwo hin«, meint Danny, »ich will nicht unbedingt in der Nähe von denen da sitzen«, und nickt in Richtung ein paar anderer Insassen.

Wir gehen ein Stück am Besuchertresen entlang und setzen uns. Ich biete ihm an, etwas zu trinken zu kaufen. Ich kaufe zwei Pepsis und stelle Dannys in eine Art Durchreiche, die der Wärter auf der anderen Seite aufschließt, um Danny seinen Becher zu geben.

Auf den Fotos, die Karla mir gegeben hat, sieht Danny untersetzt aus, mit kurzem Hals, angenehmen Gesichtszügen, aber ungelenk. Fünf Jahre im Gefängnis haben sein Aussehen nicht verbessert. Er ist inzwischen mehr als kräftig und sagt das auch selbst. »Ich hab' hier drinnen reichlich Fett angesetzt«, meint er. Er hat schon von Natur aus eine helle Haut. Jetzt ist er gefängnisblaß.

Tags zuvor hatte ich zwei getrennte Gespräche mit J. C. Mosier und Rusty Hardin. Beide erklärten mir, ich würde feststellen, daß Danny kalt und berechnend sei.

Es gab allen Grund anzunehmen, daß J. C. und Rusty möglicherweise recht hatten, was Danny betraf, aber sie hatten ihrerseits auch ihre Gründe.

J. C. ist ein Polizist. Was Danny getan hatte, hatte er nicht nur als persönlichen Affront und Verrat empfunden, sondern es hatte ihn auch verwirrt. Er konnte es noch immer nicht begreifen.

Rusty hatte die Anklage gegen Danny geführt und ihn in die Todeszelle geschickt. Ein Ankläger wird von einem Urteil zu seinen Gunsten nicht abrücken.

Aber ihre Einschätzung war trotzdem nicht völlig aus der Luft gegriffen, auch die Lektüre der Mitschriften beider Prozesse konnte diesen Eindruck nicht widerlegen. Außerdem gab es da noch etwas, das, was Karla ihren und Dannys kranken Wahnsinn nennt. Dannys Unterrichtsstunden. Ihre kranken Träume, nachts in schwarzer Kleidung und schwarzen Ski-Masken herumschleichen, Waffen tragen, über Zäune klettern, ausspähen, wer noch wach war und wer schon schlief, wer die Lichter angelassen hatte und wie die Menschen lebten.

Kranke Träume

Es gab ein Foto der beiden, in voller Tarnausrüstung, ein ganzes Waffenlager mit sich herumschleppend. Kurz nach den Morden bat Karla Douglas, das Bild zu zerreißen.

Danny hatte Karla von seiner Zeit als Soldat in Vietnam erzählt, vom Abschlachten der Schlitzaugen und von einem Elite-Killer-Kommando, in dem er dort gedient hatte, das so geheim war, daß es nicht einmal in seinen Dienstakten geführt wurde. Karla war schon immer auf Kriegs- und Killer-Filme abgefahren; hier war jetzt ein Mann, der wilde, aufregende Sachen gemacht hatte, die es sonst, so hatte sie geglaubt, nur im Kino gab.

Mindestens viermal sahen sie sich gemeimsam den Film *Die Nadel* an. Donald Sutherland spielte einen Nazi-Killer. Danny erklärte Karla, wie Sutherland seine Morde beging, wie er den Körper seiner Opfer an einer Stelle traf, die den sofortigen Tod zur Folge hatte, wie er seinen Job schnell, leise und – das allerwichtigste – ohne Gefühle erledigte.

Danny trainierte seine Killer-Qualitäten weiter, das erzählte er jedenfalls Karla, indem er für den Mob arbeitete. Karla bewunderte die Mafia, die Art, wie sie sich ihre eigenen Gesetze schuf und sich nicht wie die üblichen Weicheier ein geordnetes Leben aufzwingen ließ, in dem andere einem sagten, was man wann, wie und wo zu tun hatte. In Houston gab es einen Barbesitzer namens Sam Cammarata, in dessen Club Danny eine Zeitlang gearbeitet hatte, bevor er in irgendwelche Schwierigkeiten geraten war; jetzt erledigte er für Sam Cammarata Undercover-Jobs.

»Sam Cammaratas Killer!« höhnte ein Anwalt. »Jeder, der in dieser Szene den Macho markieren wollte, hat erzählt, er sei ein Killer für Sam Cammarata. In Houston hat es nie einen Mob gegeben. Sam Cammarata ist so ungefähr das meiste an Mafia, was wir zu bieten haben.«

In jener Zeit hatte Karla schon regelmäßig Freier. Wirklich ernsthaft hatte Karla mit der Prostitution erst angefangen, nachdem Mama Carolyn gestorben war und sie selbst ihren Mann verlassen hatte. Als Danny Karla kennenlernte, ging das bereits seit etwa zwei Jahren so. Sie hatte ein paar alte Kunden ihrer Mutter übernommen. Einmal hatte sie Kari in Midland vertreten und später dort regelmäßig angeheuert. In den Jahren seit Mama Carolyns Tod war Karla rauher, härter, kälter, schlagfertiger und feindseliger geworden. Noch mehr Drogen, noch weniger Grund, nicht rumzuflippen. Einmal im Monat fuhr sie für eine Woche zum Anschaffen nach Midland, hatte darüber hinaus ein weiteres Engagement in Enid und arbeitete gemeinsam mit Kari während Messen und Kongressen in Houstoner Innenstadthotels. Ein Wachmann an der Eingangstür gab ihnen einen Zimmerschlüssel, sie arbeiteten sich durch die Menge, Kongreßteilnehmer zahlten hundert Dollar pro Nummer. So ließ sich in einer Nacht eine Menge Geld verdienen.

Karla und Kari hatten ihre Fleisch-Kunden, ihre Schmuck-Kunden, ihre Kleider-Kunden: Ein Nachtwächter bei Niemann-Marcus etwa öffnete eine Hintertür, man ging in sein Büro, besorgte es ihm, und dann ließ er einen Klamotten bis zu einem bestimmten Gesamtbetrag aussuchen.

Wie Mama Carolyn war Karla in jenen Tagen – im Januar 1983, als Danny sie traf – gut im *Geschäft.* Selbständig. Verdiente ihr Geld am Telefon. Lebte ihr eigenes Leben.

Also mußte Danny sich anstrengen, mußte für dieses Mädchen, von der er sofort wußte, daß er sie haben wollte, jemand ganz Besonderes werden. Dabei hatte sie ihm an dem Tag, als sie sich im Wartezimmer des Pillendoktors begegnet waren, die Hölle heißgemacht, hatte ihn wüst beschimpft, ihn einen Wichser und dergleichen genannt und ihm erklärt, daß sie für ein Leben genug Garretts ertragen habe, wobei sie sich auf einen anderen Garrett bezog, mit dem Kari einmal etwas hatte. Danny verliebte sich trotzdem in Karla, wollte sie, bemühte sich um sie, tanzte noch am selben Abend im Diamondback Saloon einen langsamen Tanz mit ihr, brachte ihr -zig neue Rezepte, überhäufte sie mit Aufmerksamkeit, machte es sich zur Aufgabe, daß auch sie ihn wollte, solange, bis sie ihm gehörte.

Bis zu Danny hatte Karla in ihrem ganzen Leben zwei Orgasmen gehabt, und das waren Unfälle gewesen. In ihrer Branche mußte sie ständig Gefühle vortäuschen – das war immer das schlimmste, wenn ein Kunde wollte, daß sie ihm erzählte, wie toll er doch war und daß er ihre echten Gefühle geweckt hatte. Es war nicht gut, sich mit einem Freier *einzulassen*, Gefühle zu empfinden oder sich im eigenen Körper treiben zu lassen. Bei der Arbeit mußte der Körper vom Selbst unabhängig werden, Sex war Business, Business war Business. Genau wie ein Verkäufer, der eine Waffe verkaufte und auch nicht wußte, ob sie für sportliche Zwecke, einen Mord oder sonst was verwendet wurde, so verkaufte Karla ihr Geschlecht, als ob es ein reines Produkt wäre – was es auch war –, ein Ding irgendwo da draußen, getrennt vom Ich.

Sie mochte Ledermäntel und Lederjacken, und sie hätte auch gerne Leder-Miniröcke getragen, was sie sich wegen ihrer O-Beine jedoch nicht traute.

Karla Faye war bekannt als das Mädchen, das Sex liebte, sich danach verzehrte, es unbedingt haben mußte, sie galt als regelrecht Sex-*süchtig*. Wonach sie sich sehnte, waren keine Gefühle – Gefühle waren nicht vorgesehen –, sondern Action, Power, die Befriedigung, einen Job sauber erledigt zu haben, gut zu sein, so wie ihre Mutter gut gewesen war: gut im Geschäft, selbständig, nach ihren eigenen Regeln. Sich selbst in jeder Situation behaupten können. Karla wußte, daß sie gut war in dem, was sie machte, also tat sie es gern. Sie genoß es zu spüren, wie ein Mann verrückt wurde, wenn sie ihn mit dem Mund befriedigte, dann zu fühlen, wie er sich gehen ließ und sich selbst und jedes Gramm Macht und Kontrolle verlor, das er sonst in den Fingerspitzen hatte, um damit die Welt zu beherrschen. Wenn sie einen Mann so weit gebracht hatte, wenn sie spürte, wie er ganz weich und von Sinnen und zittrig wurde, dann wußte sie, daß sie ihn einen Augenblick lang *gehabt*, einen Moment Macht über ihn ausgeübt hatte.

Sie und ich, wir lachten darüber. Sex ist neben Yoga eins unserer Lieblingsthemen. Es gibt kein besseres Mittel, da sind wir uns einig, einen Mann in die Knie zu zwingen.

Macht und das Geld. Das war der ausgehandelte Deal.

Sich selbst einmal zu erlauben, so weich und von Sinnen und zittrig zu sein, kam für Karla Faye nicht in Frage. Weich und von Sinnen und zittrig zu sein, bedeutete, die Kontrolle zu lockern, sich dem auszuliefern, wer oder was auch immer dort draußen war. In diesem Moment für den anderen ganz da zu sein. Und wenn man so für einen anderen ganz da war, dann bedeutete das, sich ihm zu öffnen, ihm zu vertrauen.

An dem Abend, als er mit ihr den langsamen Tanz im Diamondback Saloon getanzt hatte, ging Danny Garrett mit Karla ins Bett, umwarb sie auch hier weiter, brachte sie dazu, sich zu entspannen, nahm sich viel Zeit, streichelte sie, liebte sie, küßte sie, bis ihr Selbst endlich in ihrem Körper heimisch wurde und sie zulassen konnte, ihm zu vertrauen, so sehr, daß sie schließlich fühlte, was zu fühlen sie Scott, Adele und die ganze Bande in dem Apartment trotz all der Arbeit und Expertise, die sie im Schlafzimmer aufbrachten, nicht hatten bewegen können. Zu fühlen und zu fühlen. Auf immer höheren Ebenen der Ekstase, sagt sie. Es ging weiter und weiter.

Ein paar Monate später bekam sie ihre Scheidung und das Recht, wieder ihren Geburtsnamen zu führen.

Im Mai hatten Danny und Kari Sex auf der Couch.

Danny war der erste Mann, den Karla je geliebt hat. »Wir wären«, sagt sie, »perfekt füreinander, wenn da nicht die kranken Träume gewesen wären.« Danny war nicht besitzergreifend wie Steve Griffith, sie stritten nicht; er war perfekt, Karla hätte ihn nie betrogen. Freier waren geschäftlich, das war etwas anderes. Auch für ihn gab sie ihre Jobs in Midland und Enid und in den Innenstadt-Hotels nicht auf und zog auch ihr rotes Telefon nicht aus der Wand. Sie vertraute ihm, aber . . .

Danny Garrett hatte seine Aufgabe gefunden. Wenn man die Gesellschaft betrachtete, die sie bisher gesucht hatte – Rock-Stars, Roadies, Militärinfantristen, ein Mann mit einer tätowierten Fliege auf der Schwanzspitze – würde es ein leichtes sein, Karla davon zu überzeugen, daß er nicht nur der Typ war, der ihr Orgasmen verschaffen konnte, sondern auch der männliche Mann ihrer Träume. Danny erklärte Karla, daß man viel Geld damit verdienen konnte, andere Leute umzubringen. Danny sagte, er werde Karla zum ersten weiblichen Killer der

Mafia ausbilden. Inzwischen war es offenkundig, daß sie nicht mehr der erste weibliche Quarterback der National Football League werden konnte, und Danny eröffnete ihr die Möglichkeit, der erste weibliche Irgendwas zu werden. Wie eine geduldige Mutter, die ihrem Kind etwas beibringt, begann Danny mit Karlas Unterricht. Er war siebenunddreißig, sie war dreiundzwanzig. Er wußte Sachen, die sie nicht wußte. Er lehrte sie, nachts loszuziehen und Leute zu beobachten, ohne selbst gesehen zu werden, mitzubekommen, wann sie kamen und gingen, wann sie arbeiteten und ... andere Dinge.

Karla Faye hatte jede Menge männliche Männer gekannt, aber keiner war je so weit gegangen. Das ›Kill Them All – God Will Sort Them out‹-T-Shirt entsprach den Gedanken, die sie und Danny hegten, geradezu perfekt.

Natürlich bekam die Sippe aus der McKean Street all das mit. Manche sagten, sie hätten schon immer gewußt, daß Danny nie weiter von zu Hause weg als auf den Philippinen stationiert war, wo er als Sanitäter half, Menschenleben zu retten, anstatt sie mit einem Killer-Kommando auszulöschen. Andere waren sich da nicht so sicher. Vielleicht war er in Vietnam wirklich bei den Baby-Killern gewesen. Sie wußten jedenfalls, daß er versucht hatte, jemanden dazu zu bringen, seine Ex-Frau Phyllis zu erledigen und ihm ein paar ihrer Finger zurück zu bringen.

Ronnie Burrell behauptet, daß er, wenn Danny ihn bedrängte, Phyllis umzulegen, schließlich immer irgendwann gesagt habe: »Sicher, Danny. Was du willst. Wird erledigt.« Schließlich hatten sie meistens getrunken, wenn das Gerede losging, und Ronnie Burrell wurde nicht so schnell betrunken. Also wußte er immer noch, was Sache war.

Es war ein Teil des Spiels, Teil dessen, womit ein echter Mann eine Frau beeindruckt. Jeder wußte, wie stolz Danny auf Karla war, weil sie wild und stark war und einen Mann zusammenschlagen und ihm richtig weh tun konnte, wußte, wie er ihre Selbständigkeit mochte und ihre Eigenart. Karla hatte den besonderen Glanz. Diese seltenen Qualitäten.

Am 13. Juni 1983 im Apartment 2313 hatte Karla Faye es schließlich gebracht. Wenn sie versucht hatte, den Maßstäben des Mannes zu entsprechen, den sie liebte, dann hatte sie jetzt ihre Prüfung bestanden.

Mit Hilfe ihrer Wut hatte sie es geschafft.

Todestrakt 3

Ich habe von Danny Garrett geträumt, bevor ich ihn traf. In meinem Traum sah er aus wie auf den Schnappschüssen, die Karla mir geschickt hat; blaß, hellhaarig und eckig, mit kurzem Hals und im Profil geradezu bullig, von vorne jedoch irgendwie attraktiv. Karla sagt, Dannys Ausstrahlung liege mehr in dem, was er ist und wie er sich gibt, als in seinem Aussehen. Danny war ein Frauenschwarm, sagt sie. In meinem Traum hatte ich Angst vor ihm.

In Ellis hätte ich Danny Garrett nicht erkannt. Er ist jetzt weichlich und dick; sein rotbraunes Haar ist leicht angegraut. Mit Ausnahme seiner dunklen, durchdringenden Augen ist er im Prinzip zu einem aufgeschwemmten Stück weißen Fleisches geworden. Menschen, die lange im Gefängnis sitzen, neigen dazu, sich nicht zu verändern oder zu altern; es ist, als ob sie vor dem wirklichen Leben versiegelt und die normalen biologischen Prozesse einfach gestoppt wären. Danny macht da keine Ausnahme; er könnte auch fünfunddreißig anstatt vierundvierzig sein – oder siebenunddreißig wie zum Zeitpunkt der Morde. Seine Haut ist glatt und faltenlos, hell und mit feinen Sommersprossen gesprenkelt.

In dem dämmrigen Licht glaubte ich, seine Augen seien schwarz-braun. Vielleicht lag es auch an dem eigentümlichen Gegensatz. Sein Blick wirkt flach und ohne jedes Funkeln, aber seine Augen fixieren einen starr und brennen sich tief ein.

Karla korrigierte mich später in diesem Punkt. Blau, erklärt sie mir, seine Augen sind blau.

Wir stottern rum und versuchen ein Gespräch in Gang zu bringen. Er fragt, was ich schreibe und wie es Karla geht. Ich antworte langatmig. Er nickt, schlürft an seiner Pepsi. Danny Garrett ist ein mißtrauischer Mann. Selbst wenn ich ihm eine völlig beiläufige Frage stelle, betrachtet er lange seine Hände, bevor er antwortet, als ob er die möglichen Erwiderungen abwägen würde, um nur ja mit der richtigen zu kommen. Er hätte keinen guten Zeugen für sich selbst abgegeben; er versucht, zu clever und genau zu sein, ist zu offensichtlich bemüht, den eigentlichen Sinn einer Frage zu ergründen, denkt zu viel, gibt zu wenig von sich. Seine zurückhaltende Art kommt nicht von ungefähr. Danny Garrett war Barkeeper. Da gehört es zum Job, mehr zuzuhören als zu reden, mehr zu nehmen als zu geben, einfach nur da zu sein, alles in sich aufzunehmen und geduldig zu lauschen.

Er zündet sich eine Zigarette an, wedelt den Rauch zur Seite, fragt, ob der Qualm durch den Sprechschlitz kommt. Ich sage nein, das sei schon in Ordnung, alles okay.

Vor mir sitzt ein erkennbar gebrochener Mann vor den Trümmern seines Lebens, ein Mann, der von einer Aura des Schmerzes und der Hoffnungslosigkeit umgeben ist. Es fällt mir schwer, mich daran erinnern zu müssen. Auch damals konnte ich den Gedanken kaum zulassen. Nachdem ich gegangen war und zurückdachte und wieder dieses hängende Gesicht und diese dunklen, stumpfen Augen vor mir sah, wunderte ich mich, es überhaupt ausgehalten zu haben.

Danny Garrett bekommt keinen Besuch von seiner Familie. Fünf Jahre lang hat er kein einziges Interview gegeben. In seiner Anfangszeit in Huntsville war sein älterer Bruder Joe zwei- oder dreimal da, aber ...

Danny zuckt seine breiten Schultern. »Wir haben uns beide ziemlich unwohl gefühlt. Wir hatten uns nicht viel zu sagen. Ich wußte, was es ihn gekostet hatte, hier rauf zu kommen. Er ist

Apotheker, er muß eine Aushilfskraft bezahlen, dann hierher fahren und zurück, das sind sechs-, siebenhundert Meilen. Ich hab' ihm gesagt, er solle sich keine Umstände mehr machen.«

Was Briefe angeht, anfangs haben ihm ein paar Verwandte geschrieben, aber er antwortete nicht, also gaben sie es auf. »Eine Cousine von mir hat ziemlich lange durchgehalten, aber nachdem sie nie eine Antwort bekam« – Danny deutet ein Lächeln an – »hat sie es schließlich auch drangegeben.«

In der Urteilsfindungsphase seines Prozesses haben einige Verwandte von Danny als Leumundszeugen ausgesagt. Sie berichteten von der Garrett-Familie, deren Vorfahren man bis zur Revolution zurückverfolgen könne, machten deutlich, was genau ein Garrett tun würde und was nicht, ließen den Gerichtssaal keinen Augenblick darüber im Zweifel, was für eine stolze und aufrechte Familie die Garretts immer gewesen sind. Joe Garrett, der Apotheker, sagte, er würde nie glauben, daß sein kleiner Bruder eine derartige Waffe gegen irgend jemanden benutzen könnte. Wir Garretts, sagte er, würden ein Gewehr benutzen, wenn wir irgendwas zu regeln haben. Die Garretts hatten Gewehre schon immer geliebt; Gewehre gehörten zur Tradition des großen Südwestens.

Im Gefängnis hat Danny sich als Garrett offensichtlich abgeschrieben und bittet andere, das ebenfalls zu tun. Sein Leben, das bißchen, das er hat, spielt sich in Ellis 1 ab.

»Ich bin nicht«, sagt er mit Nachdruck, »zum Mörder erzogen worden.«

Danny hat sich die Veröffentlichungsdaten der Bücher, die ich ihm geschickt habe, angeschaut und will sie in chronologischer Reihenfolge lesen. Er macht eine intelligente Bemerkung über das eine, das er schon durchgelesen hat – keine leichte Lektüre –, vor allem über eine Szene, die er, so erzählt er, mitten in der Nacht gelesen und so komisch gefunden hat, daß er laut loslachen mußte. »Wahrscheinlich hab' ich mit meinem Lachen die Leute geweckt«, sagt er.

Er möchte wissen, wie ich auf die Namen meiner Romanfiguren komme. Ich weiß, daß er etwas ganz Bestimmtes meint, aber ich weiß nicht was. Ich bemühe mich um eine ehrliche Antwort und erzähle ihm, daß ich ständig auf der Suche nach guten Namen bin, daß es mir jedoch selten gelingt, mir bessere Namen auszudenken als die, die es schon gibt.

»Was ist mit dem Vater in dem Buch?«

Ich erzähle ihm, daß die Figur an meinen eigenen Vater angelehnt ist und die meisten Kosenamen, die ich für ihn benutzt habe, tatsächlich auch seine waren. Big, Big Daddy.

»Und was ist mit Chunk?«

»Den hab' ich mir ausgedacht.«

Er spielt mit seiner Zigarette. Wenn seine Hände auf dem Tresen liegen, kann ich sie nicht sehen. Wenn ich aufstehen und durch die Scheibe nach unten sehen würde, könnte ich es vielleicht, aber im Sitzen sehe ich nur sein Gesicht, seinen Hals und seine Schultern. Seine Hände tauchen nur in meinem Blickfeld auf, wenn er an seiner Zigarette zieht, einen Schluck Pepsi trinkt oder eine Geste macht.

»Ich habe gefragt, weil ich früher auch Chunk genannt wurde. Auf der High-School. Beim Football.«

Er zieht an seiner Zigarette. »Dann«, sagt er, »sind wir umgezogen.«

Hat man ihn in der neuen Schule auch Chunk genannt?

»Nein. Dort haben sie mich Bevo genannt. Ist das nicht der Name des – ?«

Ich nicke.

»– langhornigen Wappenstiers der University of Texas?«

Als ich Danny frage, warum er Bevo genannt wurde, sagt er, er könne sich nicht mehr erinnern. Irgend etwas an der Frage, die ich gestellt habe, oder der Antwort, die er geben wollte, nimmt ihm seine gute Laune, und er verfällt wieder in trauriges Brüten. Der hoffnungslose Blick kehrt wieder, die Schultern sacken herunter. Er zieht sich wieder in sein Schneckenhaus zurück.

Die texanische Strafvollzugsbehörde hat als einzige im ganzen Land ein Arbeitsprogramm für die Häftlinge im Todestrakt. Das Programm wurde im Juli 1986 aufgenommen, als Experiment, von dem die Mitarbeiter in Strafvollzug und Verwaltung unbedingt wollten, daß es erfolgreich sein würde. Üblicherweise wird argumentiert, daß zum Tode verurteilte Häftlinge sowieso schon tote Männer sind, die nichts mehr zu verlieren haben, so daß sie unmöglich zu Kooperation und Zusammenarbeit in einer Gruppe bereit sein können. Sie gelten als gewalttätiger als gewöhnliche Häftlinge. Und da ist noch etwas: Es handelt sich um Männer, von denen man annimmt, daß die Gesellschaft sie aufgegeben hat, Männer, denen nicht mehr zu helfen, die nicht mehr zu retten sind. Warum also sollte man ihnen einen Job geben, sie ausbilden – wozu die Mühe?

Bis 1986 waren sechs Flügel von Ellis 1 Männern vorbehalten, die Tag und Nacht – dreiundzwanzig Stunden am Tag – in ihren drei mal vier Meter großen Zellen hockten und nichts anderes zu tun hatten, als zu warten. 1986 boten die Strafvollzugsbehörden den arbeitsfähigen Todestrakt-Insassen – die nie Ärger gemacht oder im Iso-Block gesessen hatten – die Möglichkeit an, in einer Kleiderfabrik zu arbeiten. Die Arbeit war auf rein freiwilliger Basis und unbezahlt. Danny gehört vom ersten Tag an zu einer Arbeitseinheit. Er lebt in einem Block mit sechzig anderen Männern, die auch an dem Programm teilnehmen. Er hat einen Zellengenossen.

»Als ich mit dem Arbeitsprogramm angefangen habe, konnte ich mir aussuchen, ob ich allein oder mit einem Zellengenossen leben wollte. Ich habe mich für den Zellengenossen entschieden. Ich hätte seit damals auch schon wieder wechseln können. Leute werden dauernd verlegt. Aber ich weiß nicht.« Er zuckt die Schultern. »Die Jungs sind schon ganz in Ordnung.«

»Jemand, mit dem man mal reden kann«, vermute ich.

Er antwortet nicht.

Todestraktinsassen, die an dem Arbeitsprogramm teilnehmen, arbeiten vier Stunden täglich, von zwölf bis vier.

»Ich habe mein ganzes Leben gearbeitet. Es hat nie eine Zeit gegeben, in der ich nicht gearbeitet habe. Wenn man nicht an dem Arbeitsprogramm teilnimmt, muß man praktisch rund um die Uhr in seiner Zelle bleiben. Sie lassen einem zwanzig Minuten Hofgang täglich, aber . . .« Er zögert. »Man wird beim Rein- und Rausgehen von oben bis unten gefilzt, und manchmal ist die Wache auch eine Frau. Und . . .« Er zögert, sein Blick verliert sich. »Ich weiß nicht, ob Sie wissen, wie so eine Leibesvisitation abläuft . . .« Ich nicke. »Na ja« – er senkt den Blick – »es ist echt peinlich. Manchmal bleibt man lieber in seinem Kabuff, als da durch zu müssen.«

»An Wochenenden«, fährt er fort, »bleibt man an beiden Tagen vierundzwanzig Stunden in der Zelle, wenn man nicht an dem Programm teilnimmt. Die Leute reden dauernd von schlimmen Zeiten . . . das ist eine *echt* schlimme Zeit. Ich weiß nicht, ein paar von den Typen, die nicht arbeiten, sagen, daß sie nicht helfen wollen, ihre eigene Hinrichtung zu bezahlen, und irgendwie haben sie auch recht, aber unsere Arbeitseinheit hat einen größeren Ausstoß als irgendeine andere in der ganzen Anstalt – da können sie den Buchhalter fragen, es ist irgendwas wie eine Million Dollar pro – ich weiß nicht, aber es ist eine Menge. Es ist eine Kleiderfabrik. Wir machen Hemden, Shorts, Schürzen, Kochmützen, alles mögliche. Und vielleicht helfe ich damit wirklich, meine eigene Hinrichtung zu bezahlen, ich weiß nicht. Aber« – erneutes Schulterzucken – »wenigstens mache ich irgendwas. Ich bin produktiv. Alles ist besser, als einfach nur rumzuhängen.«

Das Arbeitsprogramm für Insassen des Todestraktes ist erfolgreicher, als die Behörden es sich je hätten träumen lassen. 1987 betrugen die Einnahmen aus den Verkäufen von Produkten an andere staatliche Einrichtungen mehr als 1,25 Millionen Dollar, mehr Produkte pro Häftlinge als in irgendeiner anderen Kleiderfabrik des texanischen Strafvollzugsystems. Bisher hat es keine ernsthaften gewalttätigen Zwischenfälle gegeben. Danny beschreibt seine Zelle. Drei mal vier Meter. Zwei Betten.

Kahle Wände. »Wir dürfen keine Kalender aufhängen. Wir dürfen eigentlich nicht einmal Kartons oder Kisten für unsere persönlichen Sachen haben, aber man läßt uns trotzdem. Darin bewahren wir unsere juristischen Unterlagen und so auf. Ich habe vor allem Bücher.«

Weil er an dem Arbeitsprogramm teilnimmt, wird Dannys Zelle in den Stunden vor Arbeitsbeginn einmal pro Stunde drei bis fünf Minuten aufgeschlossen.

»Man kann rausgehen, einmal durch den Tagesraum spazieren, auf die Toilette gehen, sich eine Tasse Kaffee holen. Und wenn man nicht geht, weiß man, daß der Wärter in einer Stunde wiederkommt.«

Ich frage ihn, ob er Carlos DeLuna kennt.

»Ja, den kenne ich«, sagt er.

Das hatte ich vermutet, aber schließlich waren es insgesamt fast dreihundert Häftlinge, und da wußte ich nicht, ob jeder jeden kannte.

»Wir sind eine ziemlich enge Gemeinschaft.«

Er hatte auch schon Zellengenossen, die hingerichtet wurden.

»Es ist deprimierend«, ist alles, was er dazu sagt.

»Es ist deprimierend.«

Er sagt es dreimal.

»Es ist – wirklich deprimierend.«

Er raucht seine Zigarette bis zum Filter runter.

Er fragt nach Karla, sieht mich mit diesen dunklen, durchdringenden Augen an und sagt: »Wenn Sie es so darstellen können, daß ich das Schwein in dieser Geschichte bin, tun Sie's. Retten Sie sie.« Tränen stehen in seinen Augen.

Sein Anwalt hat Danny angewiesen, Karla nicht zu schreiben und nicht mit den Medien zu sprechen. Er zuckt die Schultern. Ist Ray Bass noch immer sein Anwalt? »Ja«, erwidert er auf seine knappe Art. (Es ist, als ob seine Antworten immer mehr andeuten würden, als er zugeben will, obwohl es unmöglich zu erraten ist, was.) Und dann sagt er noch: »Wenn es ihn noch . . .« Er zuckt die Schultern, schenkt mir ein trockenes

Lächeln und läßt den Satz unvollendet verklingen. *Kümmert*, wollte er, glaube ich, sagen.

Dannys Todesurteil ist vom texanischen Berufungsgericht noch nicht bestätigt worden. Das heißt, daß nach fünf Jahren selbst der erste von etlichen Schritten, die am Ende entweder zu seiner Hinrichtung, der Verringerung seiner Strafe, seiner Freilassung oder einer Neuverhandlung seines Falles führen, noch nicht ganz vollzogen ist.

Ich erzähle ihm, daß ich J. C. Mosier getroffen habe und daß der ihn grüßen läßt. »J. C. ist ein ehrlicher Bulle«, sagte Danny. »Der einzige, den ich kenne.« Dann verbessert er sich. »Vielleicht gibt es auch noch andere. Aber J. C. ist der einzige, den ich persönlich kenne.«

Wir reden darüber, daß J. C. für das Amt des Sheriffs kandidiert hat. Danny sagt, er habe an dem Abend die Nachrichten gesehen und geglaubt, J. C. habe gewonnen, und als er dann am nächsten Morgen aufwachte, erfuhr er, daß das nicht der Fall war. J. C. stammt aus seinem Viertel, und Danny freut sich offensichtlich über dessen Aufstieg, aber nicht sehr. Er freut sich über gar nichts besonders, mit Ausnahme seiner Arbeit vielleicht, wo er etwas machen darf. Ich bin froh, daß ich ihm in jener Nacht mit meinem Roman zu einem Lachen verholfen habe.

Danny hat kürzlich zum ersten Mal seinen Bruder Douglas auf die Besucher-Liste gesetzt. »Ich hab' sie eingeschickt, aber noch nicht zurückbekommen. Die« – er weist vage über seine Schulter – »müssen erst ihre Zustimmung geben. Ich dachte, daß ich ich sie inzwischen zurück hätte, aber sie ist noch nicht da.«

Bis jetzt hat sich Danny geweigert, Besuch von Douglas zu empfangen. Als Danny das letzte Mal mit Douglas geredet hat, hatte der ein Bandgerät im Stiefel.

Wir reden viel über Karla; ich erzähle ihm, wie sie aussieht und wie sie sich in ihrem Leben eingerichtet hat. Ich frage ihn, ob er sich irgendwie verantwortlich dafür fühlt, was sie in jener

Nacht getan hat. Er betrachtet seine Hände, denkt lange angestrengt nach und sagt dann auf seine nachdenkliche, präzise Art einfach »Nein.« Dann wartet er darauf, daß ich weitersprechen. Ich sage, meiner Ansicht nach sei er der einzige gewesen, der die Ereignisse hätte aufhalten können. Er sagt, das sei wahr, er hätte die Schlüssel an sich nehmen können. »Sie müssen das verstehen«, erklärt er, »die beste Methode, Karla zu etwas zu bewegen, war damals, ihr zu sagen, sie solle es nicht tun.«

Nachdem sie fest zusammen waren, hatte er gehofft, sie würde die Freier aufgeben. »Man kann nicht jemanden lieben und gleichzeitig so was machen«, sagt er.

Er dachte, daß sie vielleicht an dem Punkt war, aufhören zu wollen. Sie redete oft davon, wie sehr ihr der Job auf die Nerven ging.

Also, sage ich, haben Sie geglaubt, daß sich die Dinge langsam zum Besseren wendeten.

Er hat eine Art zu schmollen wie ein neugeborenes Kalb, wenn er sich hintergangen oder mißverstanden fühlt. »So langsam, wie Sie denken, nun auch wieder nicht«, protestiert er.

Wir reden über die McKean Street 2205. Ein schönes Haus, gebe ich ihm ein Stichwort, aber ein bißchen klein für all die Leute.

»Nicht so klein, wie es aussieht.«

»Nein, aber . . .«

»Klein für vier Personen. Als Kari ihren Ex-Mann eingeladen hat, bei uns einzuziehen . . .« Er blickt auf, um sich zu vergewissern, daß ich weiß, von wem er redet. Ich nicke. Er hält inne. »Ich wollte nicht, daß er einzieht.« Wieder eine Pause. »Ich wurde überstimmt.« Pause. »Zwei zu eins.«

Gehörte Jimmy Leibrant zur Absprache mit Ronnie Burrell dazu?

Er setzt an, die Frage zu verneinen, zögert dann. »So wie es am Ende rausgekommen ist, schon.«

»Das hatte ich gemeint.«

»So könnte man es ausdrücken.«

Sein Ausdruck verfinstert sich.

»Diese Geschichte... Karla fuhr nach Oklahoma, Enid, glaube ich, um dort zu arbeiten. Sie war ein paar Tage dort. Ich habe sie wahnsinnig vermißt. Ich hab' gewünscht, sie würde nicht fahren. Dann fuhr sie nach Midland... wissen Sie davon?«

Ja.

»Ich hab' sie angerufen, als sie dort war. Das sollte ich eigentlich nicht, das kann ein Mann einfach nicht machen, eine Frau anrufen, wenn sie... Egal, ich hab' sie jedenfalls angerufen. Sie hat gesagt, sie sei unglücklich und würde mich vermissen und... daß man so was einfach nicht machen könnte, wenn man verliebt sei... und daß sie vielleicht nach Hause kommen würde, und ich hab' gesagt, komm sofort. Ich wünschte, sie hätte diesen Trip nie gemacht.«

Riesige Pause. Er will auf etwas hinaus, ich versuche zu ergründen was, er blickt nach oben auf das dicke, schwarze Drahtgeflecht über seinem Kopf, den Kopf geneigt, die Zähne zusammengebissen, mit starrem Mund und...

Ich warte zwei geschlagene Minuten, vielleicht sogar noch länger. Es kommt mir vor wie eine Stunde. Schließlich senkt er seinen Blick wieder, bis er mir direkt in die Augen sieht. Seine Augen füllen sich mit Tränen.

»Als sie auf diesem Trip war, haben Kari und ich... wir haben uns betrunken... und waren zusammen, Kari und ich, und...« Schulterzucken. »Danach war alles anders. Ich glaube, danach hat Karla mir nie wieder wirklich vertraut.«

Er bringt die Worte kaum heraus.

»Es gibt in meinem Leben nur zwei Sachen, die ich wirklich bereue. Das, und... na ja das andere, ist ja klar.«

Ich setze an, ihn zu fragen, warum er Karla von dem Zwischenfall auf der Couch erzählt hat, aber Danny redet schon weiter.

»Natürlich wußte ich, daß es klüger war, es nicht zu beichten. Sehen Sie... ich war noch nicht so fett, als ich« – er weist auf die Tür, die zum Eingang führt – »draußen war. Ich bin rumgekommen . . . ich . . .« Er ist ein bescheidener Mann, aber er wird das, was er gewesen ist, nicht kleiner machen, als es war. Da draußen, vorher, war er kein Niemand, er kannte sich aus. »Ich wußte, daß es klüger war, nichts zu beichten. Sehen Sie . . .«

Er zündet sich eine neue Zigarette an.

»Ich war Barkeeper. Als Barkeeper hört man eine Menge Geschichten, wissen Sie. Typen haben mir erzählt, wie es war, wenn sie ihre Frauen betrogen und es ihr dann gestanden haben. Es funktioniert nie. Ich weiß das. Ich bin rumgekommen. Ich weiß Bescheid.«

Mit der rechten Hand beschreibt er einen Halbkreis, als wolle er die Orte andeuten, an denen er gewesen ist, die Menschen, die er getroffen hat.

»Ich hab' nie begriffen, warum diese Typen es ihren Frauen gestanden haben, bis es mir selbst passiert ist. Und jetzt weiß ich warum. Sie haben es nicht ausgehalten, es für sich zu behalten. Sie konnten mit sich so nicht weiterleben. Sie haben es getan, weil sie die Frau liebten. Und sie konnten es nicht für sich behalten. Und . . .« Pause. »Deswegen hab' ich es auch getan. Und . . .«

Er ist ungefähr so weit gegangen, wie er ertragen kann.

Als unsere zwei Stunden abgelaufen sind, kommt David Nunnelee zu mir, um mir zu erklären, daß ich noch fünf Minuten hätte. Ich frage Danny, ob ich irgend etwas für ihn tun kann; er sagt, ich solle Karla ausrichten, daß er sie liebt, daß er sie immer lieben wird, und er sagt noch einmal: »Was immer Sie für Karla tun können, tun Sie es.«

»Ich will nicht, daß sie . . . Ich will, daß sie lebt. Ich hasse es, daß sie eine alte Frau ist, wenn sie rauskommt, falls sie rauskommt.«

Er fragt, ob ich ein Bild habe. Ich verspreche ihm, das nächste Mal eins mitzubringen. (Das hätte ich auch schon diesmal tun können. Niemand hätte etwas gesagt – mir hat nicht einmal jemand erklärt, ich dürfe keine Handtasche mitbringen.)

Ich erkläre Danny Garrett, daß ich wiederkommen würde, wenn er es will. Er sagt, gerne. Vielleicht sieht er ob dieser Aussicht sogar ein wenig fröhlich aus. Ich sage, es könnte ein paar Monate dauern. Er zuckt die Schultern, ohne das Offensichtliche noch einmal anzusprechen. Ich drücke meine Handfläche gegen die Glaswand zwischen uns. Danny zögert, bevor er meine Geste erwidert.

Ich sage: »Take it easy«, und wünsche mir dann, ich hätte es nicht getan.

»Was bleibt mir übrig.« Dannys Stimme klingt flach, aber nicht verbittert.

Ein paar Monate später erhielt ich eine kurze Notiz von Danny Garrett, in der er mir erklärte, daß er sich doch entschieden habe, mich nicht wiederzusehen. Es habe nichts mit mir zu tun, sagte er. Er möge mich. Er habe bloß eine Entscheidung getroffen. Er wünschte mir Glück.

Irgendwie war ich erleichtert.

Als ich Karla erzählte, was Danny darüber gesagt hatte, warum er ihr seinen Seitensprung gestehen mußte, hört sie es sich an, ohne mit der Wimper zu zucken.

»Ich glaube«, sagte sie, »er hätte einen Weg finden können.«

Susie

An einem Herbsttag des Jahres 1990 saß ich plaudernd in Rusty Hardins Büro. Rusty fragte nach Karla. Wenn er von ihr spricht, wird sein Blick immer weich. Irgend jemand hat ihm von Peters Tod erzählt. Der Gedanke ließ ihn zusammenzucken, dann stellte er eine ganz einfache Frage.

»Glauben Sie, daß Karla für Sie vielleicht so etwas wie eine Ersatztochter ist?«

Ich weiß nicht, warum mir der Gedanke noch nicht gekommen war, er scheint so naheliegend. Vielleicht war es eine Frage des Timings; die Tatsache, das Rusty eine mögliche Verbindung direkt mit Peters Tod hergestellt hatte. In dem Moment war es für mich jedenfalls eine völlig neue Idee.

Ich gab ihm eine nichtssagende Antwort. Als ich nach Hause kam, dachte ich weiter darüber nach.

Ich glaube nicht, daß Karla eine Ersatz-Irgend etwas ist. Ich glaube, Karla ist eher wie die Susie, die meine Mutter und ich erschaffen und auf die wir dann gewartet haben, die Schwester/Tochter, die ich nie hatte.

Karla sagt, daß ich sie manchmal an ihre Mutter erinnere, bestimmte Redewendungen, die ich benutze, die Musik, die ich mag, meine Direktheit, und es gibt wohl auch eine Art Seelenverwandtschaft, die sie eher ahnt. »Ihre Hände«, sagte sie einmal. »Sie haben kleine Hände wie Mutter.« Meine Hände sind kein bißchen klein; ich lege eine Hand an die Plexiglasscheibe, um es ihr zu zeigen. Karla drückte ihre Hand auf ihrer Seite dagegen. »Ich dachte, sie sind klein«, sagte sie.

Wir sind aneinander gekettet, sie und ich, in einem seltsamen Bund aus Vergebung, Schuld und unerschütterlichem Glauben an das Spontane und Geheimnisvolle.

Wir bringen uns gegenseitig Neuigkeiten, Geschichten. Leben.

Komische Sache.

Karlas Träume

In Karlas erstem Traum von mir lebten wir beide im selben Viertel, aber ihr Haus lag in einer Straße, in der eher Arbeiter wohnen, während meins – nur ein paar Ecken entfernt – in einer gutbürgerlichen Gegend lag. Ich rief sie an, um ihr zu sagen, daß ich krank sei, und sie zu fragen, ob sie irgendeine

Medizin für mich hätte. Karla sagte ja und kam sofort vorbei. In meinem schicken Haus fand gerade eine Party statt; Karla trug nur ein ärmelloses T-Shirt und Shorts und kam sich völlig fehl am Platz vor. Schließlich fand sie mich und gab mir die Pillen. Kari, die inzwischen ein Kind hatte, war auch mitgekommen. Ich hatte ihr erzählt, daß wir schwimmen gehen wollten und daß sie eingeladen sei mitzukommen, daß wir aber vielleicht nackt baden wollten. Karla sagte nein danke, nahm das Kind bei der Hand und ging nach draußen in den Hof.

Ein Sturm kam auf, der die Äste der Bäume zu Boden drückte. Karla erklärte dem Kind und Kari, daß sie sich an einem dicken Baumstamm festhalten sollten. Das taten sie auch gemeinsam, bis ich wiederkam, worauf sich der Sturm sofort legte.

Das Kind und Kari verabschiedeten sich. Karla und ich gingen in die Küche. Glenn war auch da. »Hast du sie gefragt?« sagte er. Und ich setzte an, Karla etwas zu fragen, aber es war mir peinlich. In diesem Moment kam mein Bruder in die Küche, um der Sache Einhalt zu gebieten. »Nein«, erklärte er. »Sie ist zu jung!«

Und Karla dachte: *O nein, sie doch nicht etwa auch.* Weil sie auf einmal wußte, was wir von ihr wollten: Sex — wir beide und sie. Und sie hatte geglaubt, da wir anders wären, uns um sie kümmern würden, wußten, was sie wollte: nämlich eine Tochter sein und keine Sex-Gespielin.

In dem zweiten Traum war ich mit ihr in einem der Häuser, in dem sie als Kind gelebt hatte, wie eine Mutter, und sonst passierte nicht viel, aber Karla fühlte sich sicher.

In dem dritten Traum waren Karla, Carolyn Moore und ich zusammen, und Karla stellte mich ihrer Mutter vor, die mich herzlich empfing.

Karla sagt, sie habe sich glücklich und geborgen gefühlt.

Bis geschieht, was geschehen soll

Es ist mir wichtig, daß die Leute wissen, daß wir hier drinnen nicht bloß schreckliche Monster sind, wir sind normale Menschen. Vielleicht haben wir etwas Schreckliches getan, aber wir sind menschliche Wesen. Wir ändern uns. So was kommt vor. Ich habe nichts dagegen, für das, was ich getan habe, zu sterben, aber es ist mir wichtig, daß die Leute das wissen.

Karla Faye Tucker 1990

Ich mag sie, und ich hoffe, daß sie nicht sterben muß.

Rusty Hardin, 1986

Labour Day

Wir leben auf dem Land. Die Zufahrt zu unserem Haus ist etwa einen halben Kilometer lang, einspurig und von Bäumen gesäumt, sie geht von einem vierspurigen, asphaltierten Highway ab. Wenn man auf diesem Highway 80 in westlicher Richtung fährt, kommt man auf die Interstate 35 und nach San Marcos; in östlicher Richtung gelangt man nach Luling und dann auf die Interstate 10. Der Highway 80 ist eine vielbefahrene Straße. Große LKW benutzen sie, um die Kontrollstellen zu umfahren. Von unserem Schlafzimmerfenster aus kann man den Verkehr auf der anderen Seite des Feldes vor unserem Haus vorbeifahren sehen. Bei offenem Fenster hört man das Rauschen der Übernacht-Laster und PKW. Ich habe etliche wache Nächte an diesem Fenster verbracht, hinausgesehen und darauf gewartet, daß die Scheinwerfer von Peters Wagen in die Einfahrt einbogen.

Am Labour Day unterhielten Glenn und ich uns noch eine Weile, lasen ein wenig. Wahrscheinlich haben wir, als es schon nach halb zwölf war, auch eine Bemerkung darüber gemacht, daß der nächste Tag Peters erster Schultag war und er trotzdem noch nicht zu Hause war. Wir wußten Cindys Telefonnummer nicht. Ihr Vater war tot, ihre Mutter hatte noch einmal geheiratet, die Familie war unter dem Namen des Stiefvaters im Telefonbuch eingetragen. Peter ließ uns über seine Freunde im dunkeln, viele hatten ohnehin kein Telefon.

Schließlich legten wir uns schlafen. Um zwei wachte ich wieder auf. Sobald ich die Augen aufgeschlagen hatte, fragte Glenn: »Ist er inzwischen zu Hause?«

Ich wich der Wahrheit aus. »Ich glaube nicht.«

Glenn schlug die Decke zur Seite und sprang aus dem Bett.

Sorgen zermürben einen natürlich. Man unterliegt extremen Gefühlsschwankungen, das Denken wird schwammig, bis man keinen geraden Gedanken mehr zusammenkriegt. Dann wird es noch schlimmer. Nach einer Weile werden die Sorgen langweilig. Man hört sich selbst in immer demselben Tonfall immer dieselben Sachen sagen. Man schimpft, tobt und jammert, und wenn man fertig ist, fängt man wieder von vorne an. Man wird – ist – ein Klischee, sogar (und vor allem) für sich selbst.

Mitten in der Nacht weiß man nie, ob man wütend oder ängstlich sein soll. Man hofft die ganze Zeit, daß es nichts gibt, weswegen man Angst haben müßte. Man ist zu wütend, um Angst zu haben, und hat zu viel Angst, um noch wütend zu sein. Manchmal haben wir uns abgewechselt. Glenn hatte Angst, und ich war wütend, und dann haben wir getauscht.

Glenn ging nach unten und nahm Peters Steak aus dem Ofen. Peter hatte etwas davon gegessen. Das war irgendwie beruhigend. Er nahm den Knochen und gab ihn den Hunden.

Wir falteten unsere Kleidung, sagten das Übliche.

»Er war nüchtern. Ich hätte ihn nicht fahren lassen, wenn er nicht nüchtern gewesen wäre.«

»Und du hast keine Ahnung, wie Cindys Telefonnummer lauten könnte?«

»Ich werde ihn nicht noch einmal suchen. Das habe ich schon zu oft getan. Ich finde ihn sowieso nicht.«

»Na, dann werde ich wohl mal nach ihm suchen.«

»Ist er das? Hast du auch was gehört?«

Wir legten die gefalteten Kleidungsstücke in den Korb, gingen wieder zu Bett und schliefen tatsächlich bald – ich war mir nie sicher, ob ›gnädigerweise‹ hier das passende Wort ist oder nicht – irgendwie ein.

Wenn wir nicht geschlafen hätten, dann hätten wir die Hunde bellen hören. Die Hunde bellen immer, wenn auf dem Highway etwas los ist, vor allem unsere weiße Schäferhündin Maxine, die Peter gehörte. Wenn wir die Hunde gehört und in die Richtung geschaut hätten, in die sie bellten, hätten wir auf dem Highway 80 knapp zweihundert Meter von unserer Einfahrt entfernt den Rettungswagen, die Polizei, die Lichter und Autos gesehen. Sie waren alle da, von unserem Haus aus leicht zu sehen. Auf jeder Seite unseres Bettes ist ein Fenster, keine zwei Schritte von unseren Kopfkissen entfernt. Durch die Fenster blickt man auf das Feld und den Highway 80. Wären wir aufgewacht, aus dem Bett gestiegen, ans Fenster getreten ...

Es war alles dort. Autos. Lichter, Polizei. Der Rettungswagen, in dem der bewußtlose Patient vorsichtig in einen Blutdruck-stabilisierenden Rettungssack gepackt und nach Austin gefahren wurde ...

Es war eine heiße Nacht, die zentrale Air-Condition war eingeschaltet, die Fenster geschlossen. Ich frage mich bis heute, warum wir die Sirenen nicht gehört haben. Ich weiß es nicht.

Es hatte aufgehört zu regnen. Die Nacht war still, feucht und stickig. Tiefhängende Wolken verdeckten den Mond. Mosquitos schwärmten.

In dieser Stunde bin ich mehrere Male aufgewacht. Ich blickte zur Decke, um den Widerschein seiner Wagenscheinwerfer zu entdecken, lauschte auf das Radio, seine Stimme, während er mit Maxine sprach. Die Haustür, die Kühlschranktür, seine Zimmertür.

Wartete. Schlief. Wachte auf. Schlief.

Es muß kurz vor fünf gewesen sein, als ich ein leises Klopfen an der Haustür hörte.

»War das ...?«

»Ja.«

»Ich gehe schon ...«

Ich erzähle das alles – Karla oder wer auch immer zuhören mag – wie eine erfundene Geschichte, bis ins kleinste Detail. Wenn ich einen Roman schreibe, weiß ich normalerweise, worauf ich hinaus will, wie die Geschichte enden wird. Diesmal endet sie damit, daß der Junge stirbt.

Während Glenn sich etwas überzog, ging ich ins Badezimmer und stellte mich auf den Wannenrand, um aus dem hohen Badezimmerfenster zu sehen.

»Ist es die Polizei?«

Ich wollte es nicht sagen.

»Ich glaube schon.« Mein Herz spielte verrückt. Ich konnte nur denken: noch mehr Ärger.

Glenn ging nach unten. Als ich mich schließlich angekleidet und es bis zur Haustür geschafft hatte, erklärte er dem Streifenpolizisten an der Tür gerade: »Wir haben lange gewartet und sind dann schließlich zu Bett gegangen . . .«

Peter war verletzt, vielleicht überfallen worden, sie wußten es nicht. Man hatte ihn ins Brackenridge Hospital in Austin gebracht. Mike Holmes, der Streifenpolizist, hatte unser Haus erst suchen müssen, es war eine entlegene Adresse.

»Oh, mein Gott.» Ich weiß noch, daß ich genau das gesagt habe. Ich weiß noch, daß ich mich fragte, warum Glenn sich Zeit ließ, einen Plausch zu halten. Wir zogen uns an, ich nahm das Buch, das ich gerade las (und nie zu Ende gelesen oder noch einmal zur Hand genommen habe), packte noch ein Extra-Hemd ein, wohlwissend, wie kalt es in Texas in Gebäuden mit Air-Condition werden kann, und griff nach einem roten Halstuch mit einem Muster aus schwarzen Cowboys und Indianern, das ich als Taschentuch mitnahm.

Unterwegs versuchte ich Glenn all die Informationen zu entlocken, die er auch nicht hatte. Er wußte nur, daß Peter in einem kritischen Zustand war, daß Mike Holmes jedoch erklärt hatte, wenn es ein Krankenhaus gebe, in dem man ihm helfen konnte, sei dies das Brackenridge Hospital, das Zentrum für Koma-Patienten von ganz Zentral-Texas.

Von unserem Haus bis nach Austin sind es neunundzwanzig Meilen. Wir hielten uns in westlicher Richtung auf der 80. Als wir dann nach Norden auf der I-35 weiterfuhren, waren wir schon an Peters Wagen vorbeigekommen, der auf der Gegenfahrbahn direkt diesseits des Blanco River stand, mit geplatztem linken Hinterreifen. Wir sahen den Wagen nicht, wir haben nicht danach Ausschau gehalten.

Die chirurgische Abteilung und das Wartezimmer des Brackenridge Hospitals waren mir wohl vertraut, weil ich im Jahr zuvor etliche Stunden dort verbracht hatte, als ich darauf wartete, daß man meinem Vater erst ein, später auch das andere Bein amputierte. Verzweiflung hängt über diesem Zimmer noch dichter als der Zigarettenqualm, gegen den die altersschwache und klappernde Lüftung auch nicht viel auszurichten vermag. Menschen schlafen auf abgewetzten, unbequemen Sofas, um die Zeit zwischen den erlaubten Zwanzig-Minuten-Besuchen auf der Intensivstation totzuschlagen. Tragen mit Patienten, die aus dem OP kommen, werden hin- und hergeschoben. Das öffentliche Telefon klingelt. Irgend jemand geht dran, verkündet laut: »Die Familie von–. Ist ein Mitglied der Familie – hier?«

Ich trat an das Fenster des Informationsschalters. An den Rahmen des Fensters war ein kleiner weißer Zettel geklemmt, auf dem stand: »Peter. Niere.« Zu dem Zeitpunkt wußte ich nicht einmal, ob irgend jemand seinen Namen kannte.

In einem Notfall muß man eine Rede parat haben.

»Mein Sohn Peter Lowry ist heute morgen von einem Rettungswagen hierher gebracht worden. Vielleicht hatte er keine Papiere bei sich. Er wurde in der Nähe von San Marcos verletzt. Wir wissen nicht, was ihm fehlt.«

Die Krankenschwester blätterte durch die Papiere auf ihrem Klemmbrett.

»Er wird zur Zeit noch operiert«, erklärte sie und sah mich an. »Er hat beide Beine gebrochen.«

Ich fragte sie, ob sie wisse, wie es passiert sei.

Wenn sie es wußte, sagte sie es nicht.

Gebrochene Beine? Gütiger Gott, mit gebrochenen Beinen würden wir schon fertig werden. Der Streifenpolizist hatte gesagt, daß es sich möglicherweise um einen Überfall gehandelt hatte, und er hatte von Kopfverletzungen gesprochen. Gebrochene Beine hörte sich irgendwie falsch an, aber ich nahm es ihr ab. Ich kehrte in das verrauchte Wartezimmer zurück, erstattete Bericht, Glenn sagte nichts. Wir setzten uns, um zu warten.

Er las Zeitungen; ich öffnete mein Buch und starrte auf die Wörter.

Gebrochene Beine heilten auch wieder, der Mensch lebte weiter. Ich stellte mir vor, was als nächstes kommen würde, ein Rollstuhl, Krücken, ein Privatlehrer ... Gott vergebe mir, aber selbst der Gedanke, daß sein Leben jetzt, wo sich die Sache als nicht lebensbedrohlich erwiesen hatte und nicht einmal schwere Hirnverletzungen zu erwarten waren, vielleicht durch diesen Unfall eine Wende erfahren würde, ging mir durch den Kopf. Vielleicht, sagte ich mir, wird Peter jetzt das Licht sehen, vielleicht nützt er diese Gelegenheit, sein Leben in Ordnung zu bringen. Wenigstens wissen wir jetzt immer, wo er ist, dachte ich. Ich kann nicht glauben, daß ich das dachte, aber ich habe es gedacht.

Wir warteten. Sieben Uhr, halb acht.

Gegen acht wurde ein Man mit beiden Beinen in Gips aus dem Operationssaal gerollt. Neben ihm ging eine Frau, die sich vorbeugte, um ihm ins Ohr zu flüstern.

Komisch, dachte ich. An einem Morgen zwei Leute mit zwei gebrochenen Beinen.

Ich sagte nichts. Glenn sagte nichts.

Um acht Uhr und etwas ging ich erneut zur Information, um einer anderen Krankenschwester meine Rede vorzutragen. Ich erklärte ihr, daß Peter beide Beine gebrochen habe, und daß ich mich fragte, ob er nicht inzwischen aus dem OP herausgebracht worden sei.

Die Krankenschwester konsultierte ihr Klemmbrett. »Peter?« fragte sie, als ob sie ihn kennen würde. »Oh ...« Sie zögerte. »Es handelt sich nicht um gebrochene Beine. Er ist ... noch immer im Operationssaal.«

Ob sie mir sagen könne, welche Verletzungen er erlitten habe?

»Nein, das kann ich wirklich nicht«, sagte sie. »Der Arzt wird herauskommen und Ihnen alles erklären, sobald er fertig ist.«

Ich ging zu Glenn zurück, der mittlerweile aufgestanden war und an einer Wand lehnte.

»Es sind doch keine gebrochenen Beine«, sagte ich.

»Das habe ich auch nicht geglaubt.«

Ich lehnte mich neben ihn an die Wand, und wir warteten. Wir hatten drei Stunden damit zugebracht zu denken, unser Sohn hätte sich die Beine gebrochen. Jetzt, wo wir wußten, daß dem nicht so war, nahmen wir es einfach hin.

Mike Holmes tauchte auf. Er übergab mir einen Plastikbeutel mit Peters persönlichen Sachen: seine schwarze Nylon-Brieftasche und seine Surfer-Shorts, seine Autoschlüssel mit dem silbernen ZZ-Top-Schlüsselring, seine Oakland-Raiders-Mütze, seine Piloten-Sonnenbrille – ein Glas fehlte.

Mike Holmes fragte, was wir bisher erfahren hätten, ich sagte es ihm, und dann fragte er: »Wissen Sie noch, was für ein Hemd Peter getragen hat?«

Es war eins seiner Lieblingsstücke, ein schwarzes Tournee-T-Shirt, auf dem in klecksiger weißer Schrift über die Brust ›Cheap Trick Cheap Trick Cheap Trick‹ geschrieben war. Peter hatte das Hemd zerrissen, so wie er und seine Freunde das immer taten, hatte die Ärmel abgerissen und das Hemd unten abgeschnitten, so daß sein Nabel frei blieb. Er war vorher schwimmen, erklärte ich dem Steifenpolizisten, er trug seine Flußklamotten. Der Fluß, der an unserem Haus vorbeifließt, fließt auch durch die Innenstadt von San Marcos und wird von zahlreichen Kanus, Schwimmern und Tauchern benutzt. Die Leute wissen, was Flußklamotten sind. Im Sommer schwärmen halbnackte Jugendliche durch San Marcos wie die Ameisen.

Als ich ihm erklärte, daß das Hemd schwarz war, schüttelte Mike Holmes den Kopf.

»Es war eine pechschwarze Nacht gestern«, erinnerte er uns. »Kein bißchen Mond. Das T-Shirt ist verschwunden.«

»Es war zerrissen. Wahrscheinlich hat man es für einen Lumpen gehalten.«

Mike Holmes nickte und runzelte die Stirn.

Und dann hörten wir zum ersten Mal von der Möglichkeit einer Fahrerflucht.

»Wir haben Peters Wagen gefunden«, sagte Mike Holmes. »Kurz hinter der Brücke über den Blanco ist ihm ein Reifen geplatzt. Man kann die Reifenspuren sehen, wo er gegen die Betontrennmauer auf dem Mittelstreifen geprallt ist. Wir wissen nicht, ob er eingeschlafen oder einem Hund ausgewichen ist oder was sonst; die Straße war naß. Aber er muß noch klar gedacht haben, denn er hat das Richtige getan – er hat den Wagen gesichert und ist auf der linken Straßenseite zu Fuß nach Hause weitergegangen. Das mit dem schwarzen T-Shirt ist wirklich dumm. Es war ein Unfall mit Fahrerflucht, und dieses T-Shirt hätte uns sicher Hinweise geliefert, wer ihn angefahren hat. Farbe des Fahrzeugs, die Höhe, das Material.«

In einer Krise klammert man sich an Mantras. »Wahrscheinlich hat man es für einen Lumpen gehalten.«

Mike Holmes nickte und fuhr dann fort. »Aber ich will, daß Sie wissen, daß er nicht lange da draußen gelegen hat. Drei Wagen haben kurz nach dem Unfall angehalten. Jemand hat den Notruf alarmiert. Der Rettungswagen war in zwei Minuten dort. Die ganze Zeit ist jemand bei ihm geblieben. Er hat nicht einfach nur so dagelegen.«

Ich sagte, nun, das sei gut, und hoffte, daß ich es glaubte.

Gegen halb zehn kam der Chirurg, der Peter seit fast fünf Stunden behandelt hatte, aus dem Operationssaal und stellte sich vor. Er führte uns in ein Sprechzimmer. Mike Holmes bat, mitkommen zu dürfen.

Die Geschichte strebt ihrem Ende entgegen, alles ist für das Finale vorbereitet. Peter stirbt, darauf läuft es hinaus . . .

Man hatte ihm, wie wir erfuhren, eine Niere herausgenommen, sowie die Gallenblase und die Milz. Was auch immer ihn mit solcher Wucht getroffen hatte, hatte die Blutzufuhr zu den

Nieren unterbrochen. Im OP konnten sie das Organ nur noch entfernen. Das ganze Blut in seinem Körper war aus den zerstörten Blutgefäßen in den Bauchraum geflossen. Sein Blutdruck war Null. Es war ein Rätsel, wie er die Fahrt nach Brackenridge überhaupt überlebt hatte. Was immer ihn getroffen hatte, es hatte ihn in etwa 1.20 Meter Höhe erwischt, rechts in Höhe des Brustkorbs, so daß man annahm, daß es ein großer LKW gewesen sein mußte. Seine Beine waren unversehrt, eine Rippe war der einzige gebrochene Knochen. Er war mit der Schädelbasis hart auf das Pflaster geschlagen, aber sie hatten ihn noch nicht geröntgt, weil sie zu sehr damit beschäftigt waren, den Blutverlust zu ersetzen und um sein Leben zu kämpfen.

Glenn fragte den Arzt, wie er Peters Chancen einschätzen würde.

Es war die Art Frage, die ein Arzt beantworten konnte. »Ich würde sagen dreißig Prozent.«

In diesem Augenblick ging ich – ich konnte selbst nicht fassen, was ich tat, während ich es tat – zur gegenüberliegenden Wand des Sprechzimmers, lehnte mich dagegen, trommelte mit den Fäusten gegen den Stein und stöhnte wie eine Kuh über den Verlust ihres Kalbs.

Der Arzt sagte, Peter habe nichts getrunken, wenn uns das in irgendeiner Weise trösten würde. Wenn man den Brustkorb eines Menschen öffnet, der viel getrunken hatte, tritt ein Whiskey-artiger Geruch auf, den er nicht ausgeströmt habe. Als er seinen Bericht beendet hatte, bot der Arzt uns an, in seinem Sprechzimmer sitzen zu bleiben und zu warten.

»Benutzen Sie auch gerne das Telefon«, sagte er.

In dem Sprechzimmer des Arztes war es eiskalt, selbst mit zusätzlichem Hemd. Ich kann mich daran erinnern, gezittert zu haben.

Glenn griff nach dem Telefon.

»Egal, ob er lebt oder stirbt.«

»Wir haben ihm gegenüber versagt.«

Endlich waren wir uns einmal einig.

Er machte einige Anrufe. Eine halbe Stunde später kam der Arzt zurück. Peters Überlebenschancen seien auf etwa fünf Prozent gesunken, sagte er. Er fragte, ob wir ihn sehen wollten. »Ich weiß, daß, wenn es mein Sohn wäre . . .«

Wir hasteten durch scheinbar kilometerlange Flure, wobei der Arzt uns ständig zur Eile drängte.

Der Junge stirbt in diesem Moment, vielleicht ist er schon . . .

Als wir um die letzte Ecke bogen, wurde der Arzt ausgerufen, was gar nicht überraschend, sondern fast erwartet kam. Alles lag direkt vor uns, und schon bevor ich dort ankam, wußte ich, daß ich nur noch einen Schritt tun mußte bis zur Gewißheit, wie auf einem Gartenweg aus Steinplatten.

Schließlich waren wir da, der Arzt bat uns zu warten. Er öffnete die Tür des Operationssaals und trat ein. Binnen Sekunden kam er wieder heraus und schüttelte den Kopf.

Es ist so trivial. Mit Fäusten gegen die Wand hämmern. Ein Kopfschütteln anstelle aller Worte. Wie dümmstes Fernsehmelodrama.

Der Junge ist jetzt tot.

Ich hatte das Gefühl, jemand hätte mir in den Magen geschlagen, und ging in die Knie. Dort unten auf dem kalten Fußboden des Brackenridge-Hospitals spürte ich so deutlich, daß man mir meinen Sohn genommen hatte, als ob ich noch schwanger wäre und eine Hand sich durch Haut und Gebärmutter gebohrt hätte, um ihn mir zu entreißen.

Glenn half mir auf die Beine. das rote Halstuch mit den aufgedruckten schwarzen Cowboys und Indianern vor dem Gesicht, ging ich den Flur hinunter.

Als wir das Krankenhaus verließen, trafen wir den Arzt in der Halle. Er trug jetzt Straßenkleidung. Glenn dankte ihm für alles, was er getan hatte, um Peters Leben zu retten. Der Arzt brachte kein Wort heraus.

Auf der Heimfahrt sahen wir Peters Wagen auf dem Highway 80 direkt hinter der Brücke über den Blanco River. Wie sahen die Reifenspuren. Mike Holmes hatte uns erklärt, daß wir die Stelle, wo Peter angefahren worden war, an orangefarbenen Markierungen auf der Fahrbahn erkennen würden.

Als wir Peters Wagen passiert hatten, fuhren wir langsamer und suchten nach den beschriebenen Markierungen und fuhren und fuhren.

Schon in Sichtweite unseres Hauses entdeckten wir schließlich die orangefarbenen Umrisse auf dem Asphalt: Seinen Körper, seine Mütze, Zigaretten, Sonnenbrille, Schlüssel.

Nur knapp fünfzig Meter nach den orangefarbenen Umrissen bogen wir in unsere Einfahrt ein.

Ironie ist *per definitionem* eiskalt und herzlos. Jedesmal, wenn wir in die Stadt wollten, mußten wir an der Stelle vorbei, an der Peter überfahren worden war. Es gab keinen anderen Weg; auf dem Heimweg würden wir die Reifenspuren entdecken. Jedesmal, wenn wir aus dem Fenster blickten, konnten wir die Stelle sehen, in nördlicher Richtung auf der anderen Seite des Feldes, wo die orangefarbenen Markierungen waren.

Es war eine finstere Nacht, die Straße war glatt. Es gab keine Reifenspuren. Vielleicht war es ein Gegenstand, der über die Ladefläche eines Lasters hinausragte. Vielleicht hatte es der Fahrer nicht einmal mitbekommen. Bei all seinen illegalen Machenschaften war Peter immer ein geschmeidiger Junge und ein guter Sportler gewesen. Er wußte, wie man sich zu bewegen hatte. Es ist nur schwer vorstellbar, daß er nicht rechtzeitig ausgewichen wäre, wenn er gesehen hätte, was auf ihn zukam.

Wegen des verschwundenen Cheap Trick-T-Shirts fehlte der Polizei jeglicher Hinweis auf das Modell, die Farbe oder das Material des LKWs oder Wohnwagens.

Das Rätsel, so sollte ich lernen, war die letztendliche Antwort. Das Rätsel, und nicht das Wissen.

Vergebung, Gnade

Bis auf einige behutsame Fragen hört sich Karla meine Geschichte schweigend an.

Als ich fertig bin, fühlt sich der Besucherraum von Mountain View an, als hätte man ihn mit tausend Lagen feuchter Baumwolle gedämpft, so erdrückend ist das Schweigen.

Es war der 9. März 1989, mein erster Besuch, meine erste Begegnung mit Karla, der Tag, bevor das Fohlen geboren wurde, als wir auf unserer jeweiligen Seite der Plexiglasscheibe saßen und uns dreieinhalb Stunden lang die Horror-Geschichten unseres Lebens erzählten.

Alles geschah an jenem Tag; wir haben uns alles erzählt. Was wir danach noch hinzugefügt haben, waren nur Verfeinerungen, Berichtigungen, Klarstellungen.

Nachdem sie sehr lange mein Gesicht betrachtet hat, stellt Karla mir schließlich eine Frage. »Haben Sie je erfahren, wer ihn angefahren hat?«

Nein, sage ich und erzähle ihr, daß eine Wahrsagerin, zu der ich gegangen war, gesagt habe, daß es eine betrunkene Frau in einem Wagen mit Wohnanhänger gewesen sei. Eine ganze Woche lang glaubte ich ihr und war beruhigt. Und wenigstens für diese eine Woche inneren Friedens haben sich die vierzig Dollar, die ich für die Sitzung bezahlte, doppelt und dreifach gelohnt.

»Jetzt möchte ich Sie etwas fragen.« Sie zögert. Sie ist nicht ganz sicher, ob sie das, was sie bewegt, auch laut sagen soll.

»Was würden Sie empfinden«, setzt sie dann nach einer Weile neu an, »wenn man den Fahrer des Lasters finden würde, der Peter getötet hat, und es würde einen Prozeß geben, und man würde den Fahrer vor Gericht bringen und sagen: ›Oh, aber er hat sich geändert, er ist jetzt ein neuer Mensch. Schaut her, wie gut er geworden ist.‹ Was würden Sie empfinden?«

Bevor ich angefangen hatte, die Geschichte von Peters Leben

und Sterben zu erzählen, hatten wir über Karlas Entschluß gesprochen, keine Interviews zu geben. Sie wolle, sagte sie, aus den Verbrechen, die sie begangen hätte, keine Vorteile auf Kosten von Deborah Thorntons Sohn ziehen, der jedesmal neu über den grausamen Mord an seiner Mutter lesen mußte, wenn die Geschichte wieder aufkam. »Ich habe ihm genug angetan«, sagte sie.

»*Meine* Opfer.« Immer nennt sie Jerry Dean und Deborah Thornton »*meine* Opfer«.

Ich weiß nicht, sage ich schließlich, während mir Gedanken von Gnade und Vergebung durch den Kopf schwirren. »Ich hoffe, ich könnte großzügig sein. Ich wünsche mir, daß ich mit Nachsicht reagieren würde. Aber . . .«

Das Mindeste, was ich tun konnte, war ihr die Wahrheit zu sagen.

». . . ich muß dir gestehen, ich weiß es nicht.«

»Deswegen gebe ich auch keine Interviews. Es tut nichts zur Sache, was für ein Mensch ich jetzt bin, ich habe genug angerichtet.«

Und sie lehnt sich zurück, von mir weg.

Revision

Karlas Todesurteil wurde vom texanischen Berufungsgericht bestätigt. Der Oberste Gerichtshof der U.S.A. weigerte sich, über eine Aussetzung des texanischen Urteils zu verhandeln.

Karlas Revisions-Anwalt George McCall Secrest – jedermann nennt ihn nur Mac – verfolgt mit seinen Eingaben jetzt zwei verschiedene Aspekte des Falls. Er hat sie beide auf Bundesebene angesiedelt, weil, so argumentiert er, Karlas verfassungsmäßige Rechte verletzt worden seien.

Zum einen dadurch, daß die Jury nicht hören durfte, welcher

Art der Handel war, den Jimmy Leibrant mit der Staatsanwaltschaft abgeschlossen hat, um sein Urteil zu reduzieren. Dies sei eine Information, die der Jury zur Verfügung hätte stehen müssen, was jedoch nicht der Fall war.

Der andere und gravierendere Vorwurf lautet, daß Karla vor Gericht unzureichend juristisch vertreten worden sei, ein Pauschalvorwurf, den viele Berufungsanwälte benutzen, um zu den subtileren Punkten eines Revisionsverfahrens vorzudringen.

Laut Mac Secrest haben die bestellen Pflichtverteidiger Karla recht ordentlich vertreten – und recht ordentlich heißt gut, sagt er – aber, so sagt er, Mack Arnold und Henry Oncken hätten bei der Rechtsbelehrung der Jury gepatzt.

Joe Magliolo sagt, er hätte Karlas Anwälte die Rechtsbelehrung der Jury nach Gutdünken schreiben lassen, weil er sich über den Ausgang des Prozesses so sicher gewesen sei. Dies alles geschah in der Urteilsfindungsphase des Prozesses, an deren Ende der Jury die Beantwortung zweier bestimmter Fragen aufgetragen wurde. Patricia Lykos erklärte der Jury, daß das texanische Recht die Möglichkeit vorsieht, Drogen und/oder Alkohol als mildernde Umstände bei der Findung eines angemessenen Urteils in Betracht zu ziehen, wenn die Schuld des Angeklagten erst einmal zweifelsfrei festgestellt sei, nicht jedoch als Erklärung für das Verbrechen selbst.

Die Geschworenen dürften jedoch eine Milderung von Karlas Urteil *nur dann* in Betracht ziehen, wenn sie der Meinung seien, daß die Drogen sie in nichts weniger als einen Zustand vorübergehender Unzurechnungsfähigkeit versetzt hätten.

Nun ist es in der Urteilsfindungsphase eines Mordprozesses die einzige Aufgabe der Jury, bestimmte Fragen mit ja oder nein zu beantworten. Ja oder nein abzumildern ist sowieso ein nur schwer nachvollziehbares Unterfangen. Und außerdem: Warum mußte Karla gleich vorübergehend unzurechnungsfähig gewesen sein, damit die Jury die Drogen als einen möglichen Faktor überhaupt in Betracht ziehen durften?

Mac Secrest ist ein guter und moralischer Anwalt. Dieser

Ansicht sind sowohl Verteidiger wie Staatsanwälte. Mac liebt Berufungsverfahren, und er glaubt, daß Karlas verfassungsmäßige Rechte *tatsächlich* verletzt worden sind. Er schätzt seine Chancen, für Karla eine Mindesthaftstrafe von zwanzig Jahren herauszuhandeln, recht günstig ein.

Als Clarence Darrow für Nathan Leopold und Richard Loeb um Gnade bat, forderte er den Richter auf, ihr Alter zu bedenken und die beiden jungen Männer lange genug in Gewahrsam zu nehmen, bis sich ihr Körper und ihr Geist verändert haben würden.

Dafür sollten zwanzig Jahre reichen.

Jeder sagt, daß es noch mindestens drei Jahre dauern wird, bis in Karlas Fall irgend etwas Definitives entschieden wird. So lange hat sie auf jeden Fall noch Zeit, weiter Pullover zu stricken.

Grab

Anfangs besuchte ich Peters Grab sehr oft. Seine mexikanischen Freunde hatten Plastikblumen gekauft und sie in großen Sträußen in die Erde gesteckt. Die natürlichen Pflanzen, die ich ständig kaufte, gingen mir immer wieder ein; außerdem gefielen mir die unechten besser. Der Trick bestand darin, möglichst viele zu haben, also fuhr ich los und kaufte Hunderte von ihnen. Keine Seide, nichts, was echt oder nur hübsch aussah; sondern die künstlichste und häßlichste Imitation des Originals, die ich auftreiben konnte.

Flamingo-Pink. Gummistiefel-Gelb. Signalrot. Stahlblau.

Ich steckte die Plastikblumen in die Erde, arrangierte sie in farbigen Wellen. Inzwischen war es Herbst, die Landschaft öde. Selbst die Pecanobäume, die ihre Blätter immer als letzte verlieren, standen kahl. Genau wie die Mimosen, die dem Grab

Schatten spendeten und es zur Beerdigung mit rosafarbenem Blütenlaub überzuckert hatten. Die einzigen lebendigen Pflanzen waren wuchernde Chrysanthemen.

Ich trat einen Schritt zurück und bewunderte mein Werk. Noch war kein Gras auf seinem Grab gewachsen; noch war rotbraune, steinige Erde angehäuft wie die Wampe eines Fettwanstes. Unter all den künstlichen Blumen war die Erde nicht mehr zu sehen.

Und jetzt wachst, sagte ich zu den Blumen und wandte mich ab und ging.

Nach einer Weile ging ich nicht mehr hin. Ich hatte Monate nach Peters Tod damit zugebracht, jedes Buch über den Tod von Kindern zu lesen, das ich auftreiben konnte. Nichts war zu schlecht geschrieben, zu hölzern konstruiert oder zu selbstmitleidig, um mich nicht doch in den Bann zu schlagen. Ich las sie alle. Viele der Bücher behandelten unter anderem auch das Problem von Brüdern und Schwestern eines toten Geschwisters. Kinder hassen Friedhöfe, behaupteten die Bücher. Kinder wissen sofort, was zu begreifen Erwachsene viel länger brauchen, daß auf einem Friedhof nämlich nichts geschieht, niemand erscheint, man fühlt gar nichts. Ein Friedhof, das sind Bäume und Grabmäler. Sonst ist niemand da.

Wir haben Peter einen wunderschönen Grabstein aus schwarzem Marmor bestellt. Seine Freunde versammelten sich dort oft nach den Öffnungszeiten des Friedhofs und tranken und rauchten. Sie ließen Andenken dort: halbvolle Zigarettenschachteln (die andere Hälfte war ganz offensichtlich für Peter), Feuerzeuge, Zigarettenhalter, Notizen, Briefe, kleine Whiskeyflaschen und Konzertkarten.

›Rock'n Roll forever‹ stand meistens auf den Zetteln.

Einmal hat jemand eine leere Bierflasche dort gelassen, ein wenig in die Erde gedrückt, so daß sie stehen blieb. Aus dem Hals hingen verwelkte Blumen, darum war ein Kreis aus Steinen gelegt. Unter einem der Steine lag ein Zettel: ›All we are is dust in the wind‹.

Bobby kommt noch manchmal vorbei. Cindy ruft gelegentlich an. Drei Monate nach Peters Tod ist sie schwanger geworden. Sie heiratete den Vater des Kindes nicht, behielt es aber und heiratete ein paar Jahre später einen anderen. Sie leben in Kyle, dreizehn Meilen nördlich von hier. Ein halbes Jahr nach Peters Tod kam Tinas Vater bei einem Autounfall ums Leben, auch auf dem Highway 80; etwa ein Jahr später wurde ihr Freund ebenfalls bei einem Autounfall getötet. Zuletzt hörte ich, daß Tina noch immer bei ihrer Mutter lebt.

Ansonsten habe ich die meisten von Peters Freunden aus den Augen verloren. Sugar Bear ließ die Football-Jacke aus Leder, die er Peter geschenkt hatte, bei uns. Ich versuchte, sie ihm zurückzugeben, aber er sagte, er wolle sie nicht, sie gehöre Peter. Colin hat die Jacke dann für sich mitgenommen und ist weitergefahren, um meinen Bruder in Utah zu besuchen. In der Nacht nach seiner Ankunft brannte das Haus meines Bruders nieder. Alles wurde Opfer der Flammen, einschließlich der Jacke und vieler anderer von Peters Sachen, die Colin für sich mitgenommen hatte, sowie des Klaviers, das mein Vater meiner Mutter gekauft hatte, um das Baldwin-Piano zu ersetzen, das sie vor etlichen Jahren an die Bank verloren hatten.

Das Hüftleiden von Peters Hündin Maxine wurde so schlimm, daß sie nicht mehr aufrecht stehen konnte. Wir mußten sie einschläfern lassen.

Am ersten Weihnachten nach Peters Tod stieg Colin während eines Streits mit seiner Freundin in Kalifornien aus einem fahrenden Auto, knallte mit dem Kopf gegen Beton und erlitt eine Gehirnerschütterung. Danach setzten wir alle gemeinsam unsere Familientherapie fort.

Ärger ballt sich immer. Dann wird es besser.

Vor kurzem habe ich bei Subway Sandwiches zu Mittag gegessen. Das Mädchen, das mir mein Sandwich zubereitete, sagte, daß sie mich kennen würde, und ob ich einen Sohn oder eine Tochter auf der San Marcos High-School hätte. Ich sagte, nun ja, einen Sohn, aber ... ich war mir nicht sicher, wie alt das Mädchen war; in einer College-Stadt sehen alle aus wie ungefähr achtzehn . . . Es sei schließlich schon eine ganze Zeit her, sechs oder sieben Jahre.

»Sie sind Peters Mutter«, sagte sie. Und sie wandte sich dem Jungen zu, der mit ihr zusammenarbeitete, und erzählte ihm, was geschehen war und wie schrecklich dieser Todesfall für alle auf der Schule gewesen war und wie traurig sie gewesen waren und daß, na ja, es sei einfach erschütternd gewesen, und ob ich wüßte, daß man ihm das Football-Spiel und das Jahrbuch der Schule gewidmet hatte. Das hatte ich nicht gewußt. Aber ja, stimmte ich dem Mädchen zu, es sei sehr schlimm gewesen, und das war es noch immer. Aber ich war nicht mehr hauptsächlich damit beschäftigt, mich und andere traurig zu machen, so daß es mir gelang, eine halbwegs aufmunternde Bemerkung zu machen, bevor ich mein Sandwich bezahlte und ging.

Nachdem die Beerdigung über die Bühne gebracht war, tauchte ich tief in den öden Alltag ein, der darin bestand, die neue Realität wirklich zu schlucken. Ich wehrte mich dagegen, jedem lebendigen jungen Menschen mit Abneigung zu begegnen. Aber jedesmal, wenn ich ein Auto voll junger Leute sah, haßte ich ihr Lachen und den Spaß, den sie hatten, ich haßte ihr Leben, die Abschlußfeier der High-School, Hochzeiten und alle anderen einen Einschnitt markierenden Feste, die Peter nicht mehr erlebt hatte, weil er vorher gestorben war. Das klingt nicht schön, aber so war es. Wenn es in dem Boot denn nur soundsoviel Platz gab, warum hatte es Peter sein müssen, den man über Bord gedrängt hatte?

Auch darüber kam ich hinweg. Wenn sich heute jemand an ihn erinnert, vor allem jemand, von dem ich nicht einmal wußte, daß er ihn kannte, bin ich dankbar.

Wenn er nicht in diesem Grab ist, muß er irgendwo anders sein.

Mountain View

Wenn mein Besuch beendet ist, bringen die Wärter Karla normalerweise durch einen nach hinten wegführenden Gang zurück in ihre Zelle. Wir verabschieden uns durch die Plexiglasscheibe, und danach sehe ich sie nicht mehr, aber ich kann sie auf meinem Weg durch den Raum mit den Getränkeautomaten hinter der Tür, auf der in Englisch und Spanisch steht ›Nur Personal‹, lachen und plappern hören wie ein Kind. Die Beamten lachen mit ihr. Ich gehe nach draußen und warte und ... das war's. Ich winke aus meinem Wagenfenster, für den Fall, daß sie im Todestrakt am Fenster steht und mir nachsieht.

Ein paarmal haben sie es auch anders gemacht. Ich glaube eigentlich nicht, daß diese Veränderungen der routinierten Abläufe geplant sind. Eine neue Wärterin beginnt ihren Dienst, sie macht die Dinge auf ihre Art, das ist alles.

Eines Tages brachten zwei Beamtinnen Karla durch die Vordertür, direkt jenseits des doppelten Gitterzauns mit den Stacheldrahtrollen, wo ich unter der Platane auf den weißen Kombi wartete. Es war ein windiger Tag, und mein Haar flatterte wild. Jetzt, zu Einbruch der Dämmerung, war die Luft schon recht kühl geworden. Karla sagte, ich solle meine Jacke überziehen und meinen Kopf bedecken. Das war noch vor der Verschärfung der Sicherheitsbestimmungen, so daß ihre Hände frei waren. Während die Beamtin das Tor aufschloß, rief sie mir noch ein Auf Wiedersehen zu, warf mir mit beiden Händen Küsse zu und winkte heftig.

Aus irgendeinem Grund ließen die Beamtinnen Karla an diesem Tag in ihrem Hof bleiben, anstatt sie wie sonst in ihren Zellenblock zu bringen. Zwischen der Backsteinmauer, die den Platz vor dem Besucher-Zentrum von dem doppelten Gitterzaun und dem Hof des Todestrakts trennt, klafft eine Lücke von vielleicht ein paar Zentimetern. Karla drückte ihr Gesicht dagegen und rief noch einmal ›bye-bye‹ und warf mir weitere Küsse zu.

Als ich zu meinem Wagen auf dem Parkplatz vor dem Gebäude mit dem kirchenartigen Dach ging, rief sie noch immer und warf noch immer Küsse.

Während ich auf der asphaltierten Straße zu dem Häuschen am Eingangstor fuhr, kurbelte ich das Seitenfenster herunter. Ich kann den Todestrakt noch sehen, bis ich hinter dem Pförtnerhäuschen rechts abbiege. Karla stand noch immer auf dem Hof und winkte so wild mit beiden Armen, das ihr ganzer Körper auf und ab hüpfte.

An der Kreuzung wird der entgegenkommende Verkehr auf einem Schild gewarnt, daß die Wagen durchsucht werden könnten, während ein anderes bittet, langsam zu fahren – Kinder. Als ich sie von dort aus zum letzten Mal sah, winkte sie noch immer.

Mit der Zeit lernen Mörder normalerweise, wenn schon nicht ihre Opfer zu entpersonalisieren, so doch sich selbst von ihnen zu lösen, von ihnen als irgendwo *da draußen* in einer anderen Welt und einer anderen Zeit zu denken. Es ist ein Mechanismus des reinen psychischen Überlebens, der unabhängig davon abläuft, ob der Angreifer den Mord gestanden hat oder nicht. In seinen Haft-Erinnerungen *99 Years Plus Life* sagt Nathan Leopold, daß er sieben Jahre im Gefängnis gebraucht hätte, bevor das Ausmaß seiner Tat ihn einholte und er Reue zu empfinden begann.

Karla versucht nie, sich ihrer Schuld und Verantwortung zu entziehen, und stellt sich stets ins Zentrum des grausamen Bildes. Auch wenn sie nicht mehr über die Morde spricht, verliert sie ihre Tat in all ihrer Grausamkeit doch nie aus den Augen. Wenn sie Jerry Dean und Deorah Thornton ›ihre Opfer‹ nennt, tut sie das ganz bewußt. Sie erinnert nicht so sehr sich selbst, als vielmehr ihre Zuhörer noch einmal daran, um was es hier geht: Was in jener heißen Juninacht des Jahres 1983 passiert ist und wer wem genau was angetan hat.

Ich habe Karla versprochen, daß ich, wenn es so weit kommt, an ihrer Hinrichtung teilnehmen werde. Sie hat mich nicht darum gebeten, wird auch niemanden darum bitten, nicht einmal eine Beamtin ihrer Wahl, obwohl sie dazu ein Recht hätte.

»Ich werde nur dann nicht dort sein«, habe ich ihr erklärt, »wenn du mich ausdrücklich darum bittest. Und du mußt mir versprechen, daß du das nicht um meinetwillen tust.«

Sie sagte, das würde sie nicht tun.

Ich sagte: »Laß uns dieses Thema damit abschließen.«

Lawrence Tucker hat sein Haus in Seabrook verkauft und verbringt seinen Ruhestand in Arkansas. Dreimal im Jahr kommt er nach Gatesville. Normalerweise wird er von Großmama T. begleitet.

Kari hat Douglas schließlich verlassen. Laut Karla hat Doug sie einfach einmal zu oft geschlagen. Jetzt ist sie schwanger von ihrem neuen Freund. Was Kathi angeht, die hat, sagt Karla, »so ihre Launen. Mal hält sie Kontakt, dann wieder nicht, dann meldet sie sich wieder«.

Lawrence Tucker hat das Wochenendhaus an der Bucht verkauft.

Großmama B. ist inzwischen zu alt, um noch allein von Houston nach Mountain View zu fahren, aber sie tut es gelegentlich trotzdem.

Debi Bullard will Karla unbedingt einmal besuchen, plant es auch immer wieder, aber dann kommt jedesmal etwas dazwischen.

Mit Shawn ist es genau dasselbe.

Jackie und Henry Oncken kommen regelmäßig nach Gatesville. Jackie schreibt Karla oft. Karla häkelt uns Pullover und Sonnenhüte und Teppiche und alles mögliche. Im Rahmen einer weihnachtlichen Anti-Drogen-Aktion schreibt sie Briefe an Jugendliche. Sie antworten ihr. Sie bekommt eine Menge Post. Demnächst soll sie eine Rede gegen den Mißbrauch von Drogen auf einem Video halten, das an staatlichen High-Schools gezeigt werden soll.

Karla ist nicht einsam, sie fühlt sich nicht verlassen oder beiseite geschoben; ihr Leben findet genau dort statt, wo sie ist: im Todestrakt von Mountain View, zusammen mit den anderen Frauen. Im Mai 1991 wurde das Urteil gegen Betty Lou Beets wegen eins Verfahrensfehlers aufgehoben. Wenn diese Entscheidung Bestand hat, wird Betty nach Hause nach Athen Texas zurückkehren. Man wird ihr wahrscheinlich erneut den Prozeß machen – wenn nicht für den Mord an ihrem fünften Mann, dann für den an ihrem vierten –, aber vielleicht beschließt die Staatsanwaltschaft, nicht erneut die Höchststrafe anzupeilen.

Ich besuche Karla im Prinzip einmal im Monat und werde das weiter tun bis, ich weiß nicht . . . was auch immer.

Schnappschüsse

An derselben Wand mit Karlas Familienalbum habe ich Kopien von zwei Fotos aufgehängt, die Joe Magliolo in die Beweisaufnahme eingebracht hat.

Das eine ist das von Jerry Lynn Dean, halb auf, halb neben der Matratze liegend, mit den Kakerlaken auf der Brust.

Das andere ist das von Deborah Thornton mit einer Spitzhacke im Herzen.

Es ist wichtig, die Dinge im Blick zu behalten, sich genau der Tatsache zu vergegenwärtigen, wie traurig diese Geschichte ist, sich zu erinnern, warum diese gewinnende, liebevolle Kindfrau Karla Faye dort ist, wo sie heute ist. Aber selbst wenn ich das manchmal vergesse, Karla tut das nie. Karla hat die Leichen von Jerry Dean und Deborah Thornton – ›meine Opfer‹ – immer plastisch vor Augen.

»Was ich getan habe, war schrecklich«, erinnert sie mich manchmal, wenn ich sie bedränge, nicht so hart gegen sich selbst zu sein.

Ich habe oft über die Frage nachgedacht, die Karla mich am Ende meines ersten Besuches in Mountain View gefragt hat – *Wenn man den Fahrer des Lasters finden würde, der Peter getötet hat, und es würde einen Prozeß geben, und man würde den Fahrer vor Gericht bringen und sagen: »Oh, aber er hat sich geändert, er ist jetzt ein neuer Mensch. Schaut her, wie gut er geworden ist. Was würden Sie empfinden?«* Es geht um Vergebung, um Gnade, und das Recht eines Menschen, einen anderen zur Verantwortung zu ziehen und zu richten. *Was würden Sie empfinden?*

Ich glaube, es geschieht nicht. Wir haben nicht das Recht, Vergebung *oder* Rache zu üben. Wir können uns gegenseitig bestenfalls Kopfschmerztabletten anbieten. Viel mehr haben wir nicht zu geben.

Mein Leben ist zu Ende. Das habe ich empfunden, als Peter

starb; und das empfinde ich bis heute. Es ist erstaunlich, wieviel Glück man unter völlig unerträglichen Gegebenheiten erleben kann. »Ich weiß nicht, was ich tun würde, wenn mein Kind sterben würde«, sagten die Leute oft zu mir. »Ich glaube nicht, daß ich es schaffen würde.« Manchmal sagen sie das noch immer. Und ich denke für mich: *Was in Gottes Namen soll das denn heißen – ›es schaffen‹ – bringt man sich um, wird man verrückt?* Verrückt zu werden ist eine Möglichkeit, gegen die ich mich bewußt entschieden habe, Selbstmord wäre unfair gegenüber den Menschen, die gut zu mir waren; wie dem auch sei, um Peter zu zitieren, Selbstmord ist kein Ausweg für mich.

Das Leben behält sich eigenwillige Optionen vor, ein Talent für Überraschungen. Ich dachte, Glück sei für mich nie wieder vorgesehen. Das hat sich als unwahr erwiesen. Trotzdem habe ich das Gefühl, daß es in meinem Leben eine Grenze gibt, die den lebendigen Teil von dem trennt, was vorbei ist. Entweder man macht weiter oder eben nicht.

Einmal habe ich Karla gefragt, wie sie einen bestimmten Urlaub verbracht hatte.

Sie zuckte die Schultern und lächelte. »Essen, schlafen, schlafen, essen.«

Und vom Todestrakt sagt sie: »Hier kann ich mir ein Leben schaffen. Ich habe mir ein Leben geschaffen. Und wenn ich hingerichtet werde, na ja, vielleicht ist es gerecht. Ich weiß jedenfalls, daß ich damit klarkomme.«

Wer sich mit dem Undenkbaren, dem Unerträglichen konfrontiert, wird sehen, wozu er imstande ist.

ENDE